Sherlock Holmes

ARTHUR CONAN DOYLE

ESCÂNDALO NA BOÊMIA

E OUTROS CONTOS CLÁSSICOS DE

SHERLOCK HOLMES

Seleção e organização de
MÁRIO FEIJÓ

Tradução de
LEONARDO ALVES

Ilustrações de
MAURÍCIO VENEZA

1ª edição

EDITORA RECORD
RIO DE JANEIRO • SÃO PAULO
2018

CIP-BRASIL. CATALOGAÇÃO NA FONTE
SINDICATO NACIONAL DOS EDITORES DE LIVROS, RJ

Doyle, Arthur Conan
Escândalo na Boêmia e outros contos clássicos de Sherlock Holmes / Arthur Conan Doyle; seleção e organização Mário Feijó; ilustrações Maurício Veneza; tradução Leonardo Alves. – 1ª ed. – Rio de Janeiro: Record, 2018.
400 p.: il.; 14 × 21 cm.

Tradução de: The Adventures of Sherlock Holmes
ISBN 978-85-01-11267-5

1. Ficção inglesa. I. Feijó, Mário. II. Veneza, Maurício. III. Alves, Leonardo. IV. Título.

CDD: 823
17-45882 CDU: 821.111-3

Títulos em inglês dos contos desta coletânea:
"A Scandal in Bohemia", "The Read-Headed League", "The Musgrave Ritual", "The Naval Treaty", "The Final Problem", "The Empty House", "The Six Napoleons", "The Golden Pince-Nez", "The Illustrious Client", "The Sussex Vampire", "Thor Bridge", "The Bruce-Partington Plans", "The Dying Detective", "The Devil's Foot" e"His Last Bow".

Todos os contos foram traduzidos a partir das versões definitivas publicadas entre julho de 1891 e junho de 1892 na *Strand Magazine*, periódico britânico que levou ao sucesso os casos de Sherlock Holmes.

Design de capa: Rafael Nobre.

Texto revisado segundo o novo Acordo Ortográfico da Língua Portuguesa.

Direitos exclusivos de publicação em língua portuguesa para o Brasil adquiridos pela
EDITORA RECORD LTDA.
Rua Argentina, 171 – 20921-380 – Rio de Janeiro, RJ – Tel.: (21) 2585-2000, que se reserva a propriedade literária desta tradução.

Impresso no Brasil

ISBN 978-85-01-11267-5

Sumário

Nota do organizador

O maior detetive do mundo tem nome, sobrenome e endereço. Chama-se Sherlock Holmes e mora em Baker Street 221-B, em Londres. Seu criador tentou matá-lo, despertando a fúria dos fãs. Anos depois, o escritor Arthur Conan Doyle teve que se dar por vencido e finalmente trazer de volta sua genial criatura. Desde então, o quase sempre infalível detetive se tornou um fenômeno global; amado, adorado e idolatrado. Fanfic? Fandom? Começaram com Holmes. Tanto que muitos daqueles que cresceram com seus livros, ao se tornarem autores profissionais, não resistiram à tentação de escrever seu próprio mistério para o ídolo da juventude resolver. Neil Gaiman, por exemplo, inspirou-se em "Seu último caso", o conto que narra o verdadeiro desfecho do personagem, para imaginar o seu "Caso de morte e mel". No Brasil, Jô Soares brilhou com *O Xangô de Baker Street*. Na BBC, os produtores trouxeram Sherlock, Irene, Watson, Mary, Moriarty e Mycroft para o século XXI, naquela que é a adaptação mais bem sucedida da atualidade, graças ao talento dos atores Benedict Cumberbatch e Martin Freeman.

Esta antologia exclusiva reúne contos escolhidos para sintetizar o cânone das aventuras escritas por sir Arthur Conan Doyle para a *Strand Magazine*. Os textos incluem desde os mistérios em quartos fechados a planos mirabolantes de assalto; de intrigas internacionais a casos de espionagem capazes de derrubar o governo (talvez o Império); sem deixar de lado as chantagens e assassinatos a sangue-frio. Para os iniciados, além dos contos consagrados, esta edição oferece narrativas menos conhecidas que ajudam a compreender a jornada do detetive ao longo de três décadas. Para os recém-chegados, eis o universo original de Sherlock Holmes e Watson. Divirtam-se.

Mário Feijó
Escritor e professor

1

Escândalo na Boêmia

I

Para Sherlock Holmes, ela é sempre *a* mulher. Raras foram as vezes em que o escutei se referir a ela por qualquer outro nome. A seus olhos, ela ofusca e predomina por todo o seu sexo. Não se tratava exatamente de sentir qualquer emoção análoga ao amor por Irene Adler. Todas as emoções, e essa em particular, causavam ojeriza à sua mente fria e precisa, ainda que admiravelmente equilibrada. A meu ver, ele era a máquina de raciocínio e observação mais perfeita que o mundo já vira, mas o amor seria uma violação de sua natureza. Ele nunca falava das paixões mais delicadas, salvo em tom de desdém e zombaria. Eram objetos admiráveis para um observador – excelentes para extrair o véu das motivações e dos atos dos homens. Mas, para um homem treinado na razão, admitir tais intrusões no ajuste fino de seu próprio temperamento sutil introduziria um fator de distração que poderia colocar em dúvida todos os seus resultados mentais. Impurezas em um instrumento sensível, ou uma rachadura em uma de suas próprias lupas potentes, não causariam maior perturbação do que uma forte emoção em uma natureza como a dele. E, no entanto, havia apenas uma mulher para ele, e essa mulher era a saudosa Irene Adler, de memória duvidosa e questionável.

Tenho visto pouco de Holmes ultimamente. Havíamos nos distanciado em razão do meu casamento. Minha felicidade absoluta, bem como os interesses domésticos que cercam um homem quando ele se vê enfim senhor de seus próprios domínios, bastavam para absorver toda a minha atenção, enquanto Holmes, que desprezava qualquer forma de associação com sua alma integralmente boêmia, permaneceu em nosso apartamento na Baker Street, metido em meio a seus livros velhos e alternando-se, semana a semana, entre cocaína e ambição, entre o entorpecimento da droga e a intensa energia de sua própria natureza astuta. Ele continuava, como sempre, profundamente atraído pelo estudo do crime, investindo sua imensa capacidade e seu extraordinário poder de observação para seguir pistas e esclarecer os mistérios que a polícia oficial havia abandonado como causas perdidas. De tempos em tempos, eu recebia notícias vagas a respeito de suas atividades: seu comparecimento em Odessa durante o caso do assassinato de Trepoff, sua elucidação da tragédia peculiar dos irmãos Atkinson em Trincomalee e, por fim, a missão que ele havia cumprido com tamanho apuro e sucesso para a família real da Holanda. Contudo, exceto por esses indicativos de suas atividades – que eu simplesmente partilhava com todos os leitores dos diários –, eu pouco sabia sobre meu antigo amigo e companheiro.

Certa noite – era o dia 20 de março de 1888 –, ao retornar de uma visita a um paciente (pois eu estava atendendo novamente), meu percurso me levou pela Baker Street. Quando passei pela porta, da qual me lembrava muito bem, e que sempre minha mente associará aos meus cortejos e aos incidentes obscuros do "Estudo em vermelho"*, fui tomado por um desejo agudo de rever Holmes e saber como ele andava empregando

---

*Aqui é feita referência a *Um estudo em vermelho*, romance de Sir Arthur Conan Doyle em que o personagem de Sherlock Holmes aparece pela primeira vez e investiga o caso homônimo, que o personagem cita acima. (*N. do T.*)

seus poderes extraordinários. Seus aposentos se encontravam bem-iluminados. Quando ergui o olhar, vi sua figura alta e esguia passar duas vezes pela cortina como uma silhueta escura. Ele caminhava a passos rápidos e vigorosos pelo cômodo, com a cabeça baixa e as mãos às costas. Para mim, que conhecia cada estado de humor e hábito dele, a postura e os gestos eram reveladores. Ele estava de volta ao trabalho. Havia emergido de seus sonhos narcotizados e perseguia algum problema novo. Toquei a sineta e fui conduzido ao cômodo, que antes havia pertencido também a mim.

Seus modos não foram efusivos. Raramente eram; mas ele estava contente, acho, por me ver. Praticamente sem pronunciar palavra, embora com uma expressão afetuosa, ele gesticulou para mim na direção de uma poltrona, lançou sua charuteira e indicou um armário de bebidas e um gasógeno no canto. Em seguida, parou diante da lareira e me observou à sua maneira introspectiva.

– As bodas lhe caem bem – comentou. – Acredito, Watson, que você tenha engordado três quilos e quatrocentos gramas desde a última vez que nos vimos.

– Três! – respondi.

– De fato, eu devia ter pensado um pouco mais. Estimo que só um instante mais, Watson. E percebo que voltou a clinicar. Você não me contou que pretendia ir à labuta.

– Então como você sabe?

– Estou vendo, e deduzo. Como eu sei que você tem se molhado muito ultimamente e que sua criada é extremamente desajeitada e relapsa?

– Meu caro Holmes – falei –, isso já é demais. Você certamente teria sido queimado, se tivesse vivido alguns séculos atrás. É verdade que caminhei pelo campo na quinta-feira e voltei para casa em péssimo estado, mas, como troquei de roupa, não imagino como você conseguiu chegar a essa dedução. Quanto a Mary Jane, ela é incorrigível, e minha esposa já a dispensou; mas tampouco entendo como você percebeu.

Ele deu uma pequena risada e esfregou as mãos compridas e nervosas.

– É a mais absoluta simplicidade – respondeu ele. – Meus olhos me dizem que na parte interna de seu sapato esquerdo, no ponto tocado pela luz da lareira, o couro está marcado por seis cortes quase paralelos. Obviamente foram causados por alguém que raspou as margens da sola de forma muito descuidada para remover lama seca. Portanto, como se vê, minha dedução dupla de que você se expôs a um clima ruim e de que dispunha de um espécime particularmente vil de riscadeira de botas da classe servil londrina. Quanto à sua atividade clínica, se um cavalheiro adentra minhas acomodações cheirando a iodofórmio, com uma mancha preta de nitrato de prata no dedo indicador direito e um volume no lado direito da cartola para revelar onde foi armazenado o estetoscópio, eu seria deveras néscio se não o identificasse como um representante ativo da profissão médica.

Fui incapaz de conter minha risada diante da facilidade com que ele explicou seu processo dedutivo.

– Quando o ouço descrever seus motivos – comentei –, a conclusão sempre me parece tão ridiculamente simples que eu poderia chegar facilmente a ela por conta própria. Porém, a cada sucesso de seu raciocínio, me vejo perdido até que você explique o processo. E, no entanto, acredito que meus olhos sejam tão bons quanto os seus.

– De fato – respondeu ele, acendendo um cigarro e se deixando cair em uma poltrona. – Você vê, mas não observa. A distinção é clara. Por exemplo, você já viu com frequência os degraus que se estendem do hall até esta sala.

– Com frequência.

– Quantas vezes?

– Ora, centenas.

– Então quantos degraus são?

– Quantos? Não sei.

– De fato! Você não observou. E, no entanto, viu. É exatamente a isso que me refiro. Já eu sei que são 17 degraus, porque vi e observei. A propósito, como você se interessa por esses probleminhas, e como faz a bondade de registrar uma ou outra das minhas pequenas experiências, talvez se interesse por isto. – Ele me lançou uma folha grossa de papel de carta cor-de-rosa que estava na mesa. – Chegou com as últimas correspondências. Leia em voz alta.

O bilhete não tinha data, tampouco qualquer assinatura ou endereço:

Esta noite, às quinze para as oito, o senhor receberá a visita de um cavalheiro que deseja consultá-lo sobre uma questão profundamente momentosa. Seus serviços recentes para uma das famílias reais da Europa demonstraram que o senhor é digno de confiança para tratar de assuntos cuja importância dificilmente poderia ser exagerada. Essa opinião a seu respeito de diversas fontes obtivemos. Esteja em sua morada nesse horário e não se ofenda se o visitante estiver mascarado.

– Isto é de fato um mistério – comentei. – O que você imagina que signifique?

– Ainda não tenho dados. É um erro crasso formular teorias antes de se obter dados. Na insensatez, começa-se a distorcer os fatos para atender às teorias, em vez de criar teorias para atender aos fatos. Mas, a partir do bilhete propriamente dito, o que você deduz?

Examinei com atenção o texto e o papel em que ele estava escrito.

– O homem que o escreveu aparentemente era alguém abastado – comentei, pretendendo imitar o processo de meu companheiro. – Este papel não poderia ser adquirido por menos de meia coroa o maço. Ele tem resistência e firmeza peculiares.

– Peculiar, essa é precisamente a palavra – disse Holmes. – Não é nenhum papel inglês. Segure-o contra a luz.

Fiz tal qual ele sugeriu e vi um "E" grande com um "g" pequeno, um "P", e um "G" grande com um "t" pequeno impressos na textura do papel.

– O que você acha disso? – perguntou Holmes.

– O nome do fabricante, sem dúvida; ou melhor, seu monograma.

– De forma alguma. O "G" com o "t" pequeno se refere a "Gesellschaft", que é "Companhia" em alemão. É uma abreviação comum, como nosso "Cia". "P", evidentemente, significa "Papier". Agora, quanto ao "Eg". Vamos dar uma olhada em nosso Continental Gazetteer. – Ele retirou um volume grosso e marrom da estante. – Eglow, Eglonitz... Aqui, Egria. Está localizada em um país de língua alemã. Na Boêmia, próximo a Carlsbad. "Notória por ser o local da morte de Wallenstein e pelas numerosas vidrarias e fábricas de papel." Ha, ha, meu amigo, o que você acha disso? – Seus olhos brilhavam, e ele liberou uma grande nuvem azul triunfante de seu cigarro.

– O papel foi feito na Boêmia – respondi.

– Precisamente. E o homem que escreveu este bilhete é alemão. Percebe a construção peculiar da frase: "Essa opinião a seu respeito de diversas fontes obtivemos." Um francês ou um russo não teriam escrito assim. Só o alemão trata os verbos com tão pouca cortesia. Sendo assim, só resta descobrir qual é o desejo desse alemão que escreve em papel da Boêmia e prefere usar uma máscara a revelar o rosto. E aí vem ele, se não me engano, para resolver todas as nossas dúvidas.

Enquanto ele falava, ouvimos o som ríspido de cascos de cavalos e de rodas raspando na calçada, e em seguida um puxão súbito da sineta. Holmes assobiou.

– Um par, pelo som – disse ele. – Sim – acrescentou, ao olhar pela janela. – Um bom *brougham* e um par de belezas. Cento e cinquenta guinéus cada. Ao menos haverá dinheiro neste caso, Watson.

– Acho que seria melhor eu ir embora, Holmes.

– De forma alguma, doutor. Fique bem aí. Não sou ninguém sem meu Boswell. E isto promete ser interessante. Seria uma pena você perder.

– Mas seu cliente...

– Não se preocupe com ele. Pode ser que eu queira sua ajuda, então ele também há de querer. Aí vem ele. Sente-se naquela poltrona, doutor, e preste bastante atenção.

Um passo lento e pesado, que havíamos ouvido subir a escada e seguir o corredor, parou imediatamente do outro lado da porta. E então veio uma batida alta e autoritária.

– Entre! – disse Holmes.

Entrou um homem que não devia ter menos de 2 metros de altura, com tórax e braços de Hércules. Seus trajes ostentavam uma riqueza que, na Inglaterra, seria considerada de mau gosto. As mangas e a parte da frente do jaquetão eram decoradas com tiras grossas de astracã, e o manto azul-escuro que lhe cobria os ombros tinha forro de seda cor de fogo e se prendia em torno do pescoço com um broche composto por um único berilo incandescente. As botas, que alcançavam metade de suas panturrilhas e eram ornadas nas bordas com uma elegante pele marrom, completavam a impressão de opulência bárbara que seu aspecto geral sugeria. Ele trazia um chapéu de aba larga na mão, enquanto a parte superior do rosto, até as bochechas, estava coberta por uma máscara preta, que aparentemente havia acabado de ajustar, pois sua mão ainda estava erguida quando ele entrou. Pela parte inferior do rosto, o homem parecia ter uma personalidade forte, com lábios grossos e protuberantes, e um queixo comprido e reto, insinuando uma determinação que beirava a contumácia.

– Você recebeu meu bilhete? – perguntou ele, com uma voz ríspida e grossa e um sotaque alemão carregado. – Eu disse que lhe faria uma visita. – Seus olhos se alternaram entre mim e Holmes, como se não soubessem a quem se dirigir.

– Por favor, sente-se – disse Holmes. – Este é meu amigo e colega, Dr. Watson, que ocasionalmente faz a bondade de me auxiliar em meus casos. Com quem tenho a honra de tratar?

– Pode me chamar de conde Von Kramm, um nobre da Boêmia. Compreendo que esse cavalheiro, seu amigo, é um homem de honra e discrição, a quem posso confiar um assunto de extrema importância. Caso contrário, eu preferiria me comunicar com o senhor em particular.

Levantei-me para ir embora, mas Holmes me pegou pelo pulso e me obrigou a me sentar de novo.

– Somos nós dois, ou nenhum – disse ele. – O senhor pode dizer diante deste cavalheiro qualquer coisa que diria para mim.

O conde encolheu os ombros largos.

– Então começarei – disse ele – com o compromisso de absoluto sigilo por parte de ambos durante dois anos; ao final desse período, a questão não terá mais importância. No momento presente, não é exagero afirmar que tem tamanho peso que é capaz de influenciar a história da Europa.

– Prometo – disse Holmes.

– Eu também.

– Peço que perdoem esta máscara – prosseguiu nosso estranho visitante. – O honrado senhor que me emprega deseja que seu representante permaneça anônimo, e posso admitir que o título que acabo de anunciar não pertence propriamente a mim.

– Estava ciente disso – disse Holmes, com um tom seco.

– As circunstâncias são de enorme sensibilidade, e foram tomadas todas as precauções para conter o que talvez adquira a dimensão de um escândalo imenso e prejudique uma das famílias reais da Europa. Francamente, a questão envolve a grande Casa Ormstein, detentora do trono da Boêmia.

– Eu também estava ciente disso – murmurou Holmes, acomodando-se em sua poltrona e fechando os olhos.

Nosso visitante olhou com aparente surpresa para a figura lânguida e relaxada do homem que certamente lhe havia sido descrito como o pensador mais incisivo e o agente mais enérgico da Europa. Holmes voltou a abrir os olhos lentamente e fitou com impaciência o cliente gigantesco.

– Se vossa majestade fizer a gentileza de relatar seu caso – comentou ele –, terei melhores condições de auxiliá-lo.

O homem se levantou de um salto e circulou pela sala com uma agitação descontrolada. Depois, com um gesto de desespero, arrancou a máscara do rosto e a jogou no chão.

– Você tem razão – gritou ele. – Eu sou o rei. Por que tentar disfarçar?

– De fato, por quê? – murmurou Holmes. – Antes que vossa majestade falasse eu já estava ciente de que se tratava de Wilhelm Gottsreich Sigismond von Ormstein, grão-duque de Cassel-Felstein e rei hereditário da Boêmia.

– Mas você compreende – disse nosso estranho visitante, voltando a se sentar e passando a mão pela grande testa pálida –, você compreende que não estou acostumado a tratar pessoalmente desse tipo de situação. Porém, a questão era tão delicada que seria impossível confiá-la a um agente sem me colocar à mercê dele. Viajei em segredo desde Praga a fim de me consultar com você.

– Então, por favor, consulte-se – disse Holmes, fechando os olhos outra vez.

– Em suma, eis os fatos: há cerca de cinco anos, durante uma visita prolongada a Varsóvia, fui apresentado à notória aventureira Irene Adler. Decerto o nome lhe é familiar.

– Doutor, faça a gentileza de procurá-la em meu índice – murmurou Holmes sem abrir os olhos.

Por muitos anos, ele havia adotado um sistema de catalogação completo com parágrafos a respeito de pessoas e objetos, de modo que era difícil citar qualquer tema ou indivíduo sobre os quais ele não pudesse fornecer informações imediatamente. Nesse caso, encontrei a biografia acomodada entre a do rabino hebreu e a do comandante que havia escrito um artigo sobre peixes de mar aberto.

– Deixe-me ver! – disse Holmes. – Hum! Nascida em Nova Jersey no ano de 1858. Contralto... hum! La Scala, hum! Primadona da Ópera Imperial de Varsóvia... sim! Aposentada dos palcos... rá! Residência em Londres... deveras! Vossa majestade, a meu ver, se envolveu com esta jovem, escreveu-lhe algumas cartas comprometedoras e agora deseja obter essas cartas de volta.

– Exato. Mas como...

– Houve algum casamento secreto?

– Nenhum.

– Algum documento ou certidão?

– Nada.

– Então não compreendo, vossa majestade. Se esta jovem vier a revelar suas cartas com vistas a chantagem ou algum outro propósito, como poderá comprovar a autenticidade?

– Tem a caligrafia.

– Puf! Fraude.

– Meu papel de cartas pessoal.

– Roubado.

– Meu próprio selo.

– Imitado.

– Minha fotografia.

– Comprada.

– Nós dois aparecemos na fotografia.

– Oh, céus! Isso é muito ruim! Vossa Majestade de fato cometeu uma indiscrição.

– Eu estava perturbado... Louco.

– O senhor se prejudicou gravemente.

– Eu era apenas príncipe da Coroa na época. Era jovem. Mas agora tenho 30 anos.

– A fotografia precisa ser recuperada.

– Já tentamos, sem sucesso.

– Vossa majestade precisará pagar. Ela precisa ser comprada.

– A mulher não a venderá.

– Roubada, então.

– Foram cinco tentativas. Em duas ocasiões paguei para que ladrões vasculhassem a casa dela. Uma vez, furtamos sua bagagem quando ela viajou. Duas vezes ela foi assaltada. Em vão.

– Nenhum sinal da fotografia?

– Absolutamente.

Holmes riu.

– É um belo de um problema – disse ele.

– Mas para mim é muito sério – retrucou o rei, contrariado.

– Deveras. E o que ela afirma que fará com a fotografia?

– Que me arruinará.

– Mas como?

– Estou em vias de me casar.

– Fiquei sabendo.

– Com Clotilde Lothman von Saxe-Meningen, segunda filha do rei da Escandinávia. Você deve conhecer os princípios rígidos de sua família. Ela própria é o modelo da delicadeza. Um fragmento sequer de dúvida a respeito da minha conduta daria fim a tudo.

– E Irene Adler?

– Ameaça enviar-lhes a fotografia. E o fará. Você pode não conhecê-la, mas ela possui alma de aço. Seu rosto é como os mais belos entre as mulheres, e sua mente, como as mais resolutas entre os homens. Se eu me casar com outra mulher, não há limites para o que ela pode fazer... Nenhum.

– Tem certeza de que ela ainda não a enviou?

– Tenho.

– E como?

– Ela disse que a enviaria no dia do anúncio público do noivado. Será na segunda-feira próxima.

– Ah, então ainda temos três dias – disse Holmes, com um bocejo. – É uma grande sorte, pois tenho uma ou duas questões importantes a tratar no momento. Vossa majestade decerto ficará hospedado em Londres por enquanto?

– Certamente. Você poderá me encontrar no Langham com o nome de conde Von Kramm.

– Então lhe mandarei notícias para informá-lo de nosso progresso.

– Por favor. Aguardarei com extrema ansiedade.

– E quanto ao dinheiro?

– Você tem carta branca.

– Irrestrita?

– Garanto que daria uma das províncias de meu reino em troca daquela fotografia.

– E para os gastos ocasionais?

O rei retirou do manto uma bolsa pesada de camurça e a depositou na mesa.

– Aí dentro há 300 libras em ouro e 700 em notas – disse ele.

Holmes redigiu um recibo em uma folha de seu papel de carta e o entregou ao rei.

– E o endereço da *mademoiselle*? – perguntou.

– É Briony Lodge, Serpentine Avenue, St. John's Wood.

Holmes tomou nota.

– Mais uma pergunta – disse. – A fotografia era de formato *cabinet*?

– Era, meio palmo de largura.

– Então boa noite, vossa majestade, e acredito que teremos boas notícias em breve para o senhor. E boa noite, Watson – acrescentou, quando as rodas do *brougham* real deslizaram pela rua. – Se fizer a gentileza de voltar amanhã às três da tarde, eu gostaria de conversar com você sobre este assunto.

II

Às três horas em ponto eu me encontrava na Baker Street, mas Holmes ainda não havia voltado. A senhoria me informou que ele saíra pouco após as oito da manhã. Entretanto, acomodei-me junto à lareira com a intenção de esperá-lo pelo tempo que fosse. Eu já estava profundamente interessado em sua investigação, pois, ainda que ela não estivesse associada a nenhum dos traços funestos e estranhos relacionados aos dois crimes que eu já havia registrado, a natureza do caso e a elevada estatura do cliente lhe conferiam uma qualidade própria. Realmente, além da natureza do caso diante de meu amigo, o domínio hábil da situação e o raciocínio aguçado e incisivo que ele detinha eram tais que para mim era um prazer estudar seu sistema de trabalho e seguir os métodos ágeis e sutis com que ele desfazia os mistérios mais inextricáveis. Eu estava tão acostumado ao invariável sucesso de Holmes que a mera possibilidade de fracasso deixara de invadir meus pensamentos.

Eram quase quatro horas quando a porta se abriu, e um cavalariço de aspecto ébrio, mal-ajambrado, vestido de forma ordinária e com costeletas em torno de um rosto corado, entrou na sala. Por mais acostumado que estivesse ao incrível poder de meu amigo quanto ao uso de disfarces, precisei olhar três vezes até me certificar de que de fato era ele. Com um breve meneio da cabeça, ele desapareceu para dentro do quarto, de onde emergiu cinco minutos mais tarde vestindo um respeitável traje de *tweed*, como sempre. Com as mãos nos bolsos, esticou as pernas diante da lareira e riu folgadamente por alguns minutos.

– Ora, ora! – gritou ele, e então engasgou e riu de novo, até se ver obrigado a se recostar na poltrona, inerte e impotente.

– O que foi?

– É engraçado demais. Com certeza você jamais adivinharia como usei minha manhã ou o que acabei fazendo.

– Nem imagino. Suponho que você tenha observado os hábitos, e talvez a casa, da Srta. Irene Adler.

– De fato; mas a sequência foi um tanto incomum. Vou lhe contar.

Saí de casa pouco depois das oito da manhã, disfarçado como um cavalariço desempregado. Existe um grau maravilhoso de companheirismo e camaradagem entre os profissionais dos estábulos. Se você for um deles, descobrirá tudo o que se pode saber. Logo encontrei Briony Lodge. É uma beleza de casinha, com um jardim nos fundos, mas erguida bem junto da rua, com dois andares. Fechadura à prova de arrombamento na porta. Sala de estar espaçosa no lado direito, bem decorada, com janelas compridas que quase chegam ao chão, e aquelas travas inglesas absurdas nas janelas que qualquer criança conseguiria abrir. Atrás delas não havia nada digno de nota, exceto o fato de que a janela do corredor poderia ser alcançada a partir do teto do abrigo de carroças. Contornei a casa e a examinei cuidadosamente por todos os pontos de vista, mas não observei mais nada de interessante.

Em seguida, lancei-me à rua e descobri, como já esperava, que havia uma estrebaria em uma pista que ladeia o jardim. Ajudei os palafreneiros a escovar seus cavalos e recebi em troca dois *pence*, um copo de cerveja, dois punhados de fumo cru e toda a informação que eu poderia desejar sobre a Srta. Adler, e ainda sobre meia dúzia de outras pessoas na vizinhança por quem eu não tinha o menor interesse, mas cujas biografias fui obrigado a escutar.

– E Irene Adler? – perguntei.

Ah, ela virou a cabeça de todos os homens lá naquela área. É a criatura mais encantadora a usar uma boina neste planeta. É o que diz a estrebaria da Serpentine. Leva uma vida discreta, canta em concertos, sai de casa às cinco todos os dias e volta às sete em ponto para o jantar. Fora desse horário, raras vezes sai, exceto quando canta. Um único homem a visita, mas o faz muito. É um homem moreno, garboso e elegante, nunca aparece menos de uma vez ao dia, e com frequência duas. Trata-se de um tal Sr. Godfrey Norton, da Inner Temple. Veja as vantagens que um cocheiro possui como confidente. Os homens da estrebaria da Serpentine o haviam levado para casa em uma dúzia de ocasiões e sabiam tudo sobre ele. Depois de ouvir tudo o que tinham para me dizer, voltei a caminhar de um lado a outro nas cercanias de Briony Lodge e comecei a pensar em meu plano de ação.

Esse Godfrey Norton evidentemente era um fator importante para a questão. Era um advogado. Isso me pareceu preocupante. Qual era a relação entre ambos, e qual era o propósito de suas repetidas visitas? Ela era uma cliente, uma amiga ou uma amante? Fosse a primeira hipótese, ela provavelmente confiara a fotografia à sua guarda. Fosse a última, essa probabilidade era menor. Seria preciso resolver a incerteza para determinar se eu continuaria em Briony Lodge ou se transferiria minha atenção para o gabinete do cavalheiro na Temple. Era uma questão delicada que expandia meu campo de investigação. Receio que você esteja cansado de ouvir tais detalhes, mas preciso lhe descrever minhas pequenas dificuldades para que você possa entender a situação.

– Estou acompanhando atentamente – respondi.

Eu ainda ponderava a questão quando um cabriolé *hansom* se aproximou de Briony Lodge e um cavalheiro saiu. Era um homem de notável elegância, moreno, aquilino, com bigode... Evidentemente, era o homem do qual eu havia ouvido falar. Ele parecia estar com muita pressa, gritou para o cocheiro esperar e passou correndo pela criada à porta, com a atitude de um homem que se sentia perfeitamente em casa.

Ele ficou na casa por cerca de meia hora, e o vi algumas vezes pelas janelas da sala de estar, andando de um lado a outro, falando com entusiasmo, agitando os braços. Dela, não vi nada. Pouco depois, ele emergiu, com um aspecto ainda mais irrequieto. Ao subir no cabriolé, retirou um relógio de ouro do bolso e o encarou com uma expressão grave.

– Conduza como o diabo – gritou ele –, primeiro para Gross & Hankey's na Regent Street e depois para a Igreja de Santa Monica em Edgeware Road. Dou-lhe meio guinéu se você chegar lá em vinte minutos!

Lá se foram, e eu estava me perguntando se deveria segui-los quando veio pela rua uma beleza de *landau*, e metade dos botões da jaqueta do condutor estavam abertos, sua gravata, solta, e todas as tiras dos arreios pendiam das fivelas. Antes que ele parasse, ela saiu em disparada da casa e embarcou. Captei apenas um vislumbre dela nesse momento, mas era uma bela mulher; um homem seria capaz de morrer por aquele rosto.

– Para a Igreja de Santa Monica, John – gritou ela –, e dou-lhe meio soberano se você chegar lá em vinte minutos.

Era bom demais para ignorar, Watson. Quando eu estava considerando se devia correr atrás deles ou me pendurar atrás do *landau*, um cabriolé chegou pela rua. O condutor hesitou diante de meu aspecto maltrapilho, mas entrei antes que ele pudesse recusar.

– Para a Igreja de Santa Monica – pedi –, e meio soberano se você chegar em lá vinte minutos. – Faltavam vinte e cinco minutos para o meio-dia, e era óbvio o que estava para acontecer.

Meu condutor foi rápido. Acho que nunca andei tão rápido, mas os outros continuaram à nossa frente. O cabriolé e o *landau*, com seus cavalos arfantes, já estavam diante da porta quando cheguei. Paguei ao homem e corri para dentro da igreja. Não havia vivalma lá, salvo os dois a quem eu tinha seguido e um sacerdote de sobrepeliz, que parecia discutir com ambos. Os três estavam reunidos diante do altar. Caminhei até o corredor lateral como se fosse um visitante qualquer da igreja. De repente, para minha surpresa, os três no altar se viraram para mim, e Godfrey Norton veio correndo na minha direção a toda velocidade.

– Graças a Deus – gritou ele. – Você vai servir. Venha! Venha!

– O que foi? – perguntei.

– Venha, homem, venha, só três minutos, caso contrário não será válido.

Fui quase arrastado até o altar, e quando me dei conta me vi balbuciando respostas que me eram sussurradas no ouvido e fazendo promessas das quais nada sabia e, em suma, auxiliando na firme união de Irene Adler, solteira, a Godfrey Norton, solteiro. Tudo terminou em um instante, e então fui cercado pelos agradecimentos do cavalheiro de um lado e pelos da dama do outro, enquanto o sacerdote sorria para mim do meio. Foi a situação mais absurda em que me vi em toda a vida, e foi a lembrança disso que me fez rir agora há pouco. Parece que havia alguma informalidade na certidão deles, que o sacerdote se recusava terminantemente a casá-los sem alguma testemunha, e que minha presença afortunada poupou o noivo de sair às ruas em busca de um padrinho. A noiva me deu um soberano, e pretendo prendê-lo à corrente de meu relógio como lembrete da ocasião.

– Essa foi uma reviravolta muito inesperada – comentei. – E depois?

– Bom, percebi que meus planos corriam sérios riscos. O casal parecia prestes a ir embora, o que demandaria medidas imediatas e enérgicas da minha parte. Porém, na porta da igreja, eles se separaram; ele voltou para a Temple, e ela se encaminhou para a própria casa. "Sairei para o parque às cinco, como sempre", disse ela ao deixá-lo. Eles partiram em direções opostas, e eu fui cuidar de meus próprios assuntos.

– Que são?

– Um pouco de carne fria e um copo de cerveja – respondeu ele, tocando a sineta. – Eu estava ocupado demais para pensar em comida e provavelmente ficarei ainda mais ocupado esta noite. A propósito, doutor, precisarei de sua colaboração.

– Será um prazer.

– Você não se incomoda em infringir a lei?

– Nem um pouco.

– Nem de correr o risco de ser preso?

– Se é por uma boa causa, não.

– Ah, a causa é excelente!

– Então estou às ordens.

– Eu sabia que poderia contar com você.

– Mas o que é que você quer?

– Eu explico assim que a Sra. Turner trouxer a bandeja. Agora – disse ele, fitando com avidez a refeição simples que nossa senhoria havia preparado –, preciso conversar enquanto como, pois não tenho muito tempo. Já são quase cinco horas. Devemos estar no local da ação em duas horas. A Srta., ou melhor, a Sra. Adler, volta de seu passeio às sete. Precisamos estar em Briony Lodge para encontrá-la.

– E depois?

– Deixe isso para mim. Já tomei providências para o que deve ocorrer. Há apenas um detalhe no qual devo insistir. Você não pode interferir, haja o que houver. Entende?

– Devo ser neutro?

– Não deve fazer absolutamente nada. Provavelmente haverá algum ligeiro desagrado. Não se envolva. O resultado será minha entrada na casa. Quatro ou cinco minutos depois, a janela da sala de estar será aberta. Posicione-se perto dessa janela.

– Sim.

– Fique me observando, pois estarei visível para você.

– Sim.

– E, quando eu levantar a mão... assim... jogue para dentro do cômodo o objeto que vou lhe entregar e, ao mesmo tempo, dê alarme de incêndio. Está me acompanhando?

– Perfeitamente.

– Não é nada muito formidável – disse ele, tirando do bolso um rolo comprido em forma de charuto. – É uma bomba de fumaça comum para encanamentos, com uma tampa em cada extremidade para que possa ser acendida com facilidade. Sua tarefa é apenas essa. Quando você der o alarme de incêndio, alertará muitas pessoas. Pode então caminhar até o fim da rua, e eu o encontrarei dez minutos depois. Espero que tenha deixado tudo bem claro.

– Devo permanecer neutro, chegar perto da janela, observá-lo e, ao seu sinal, arremessar este objeto e dar o alarme de incêndio, e depois ir até a esquina e esperá-lo.

– Exatamente.

– Então pode contar completamente comigo.

– Excelente. Acredito que seja quase hora de eu me preparar para o novo papel que precisarei desempenhar.

Ele desapareceu quarto adentro e voltou alguns minutos mais tarde como um simpático e humilde sacerdote não conformista. O chapéu preto e largo, as calças folgadas, a gravata branca, o sorriso gentil e a postura geral de bisbilhotice e curiosidade benévola eram tais que apenas o Sr. John Hare seria capaz de imitar. Holmes não se limitava a trocar de trajes. Sua expressão, sua postura, sua própria alma pareciam variar conforme o papel que ele assumia. Os palcos perderam um excelente ator, assim como a ciência perdeu um astuto pensador, quando ele se tornou um especialista no crime.

Eram 6h15 quando saímos da Baker Street, e faltavam ainda dez minutos para as sete quando nos vimos na Serpentine Avenue. O sol já havia se posto, e os postes eram acesos conforme caminhávamos de um lado a outro diante de Briony Lodge, aguardando a chegada de sua residente. A casa era tal qual eu havia imaginado a partir da descrição sucinta de Sherlock Holmes, mas a localização me parecia menos reservada do que eu esperava. Pelo contrário, para uma ruazinha em um bairro sossegado, o lugar era de uma animação extraordinária. Um grupo de homens mal-ajambrados fumava e ria em uma esquina, um amolador de tesouras operava sua roda, dois guardas flertavam com uma enfermeira e diversos rapazes bem-vestidos caminhavam para lá ou para cá de charuto na boca.

– Veja só – observou Holmes, enquanto caminhávamos na frente da casa –, esse casamento simplifica a situação. A fotografia agora é uma faca de dois gumes. O mais provável é que ela tenha tanto receio de que o Sr. Godfrey Norton veja a foto quanto nosso cliente de que sua princesa lhe ponha os olhos. Agora, a questão é: onde encontraremos a fotografia?

– Realmente, onde?

– É muito improvável que ela a leve consigo. É de formato *cabinet*. Grande demais para ser escondida com facilidade nos trajes de uma mulher. Ela sabe que o rei é capaz de ordenar que ela seja detida e revistada. Já houve duas tentativas semelhantes. Portanto, podemos presumir que ela não a leva consigo.

– Onde, então?

– No banco ou com o advogado. Existe essa possibilidade dupla. Mas estou inclinado a pensar que não é nenhuma das duas. As mulheres são segredeiras por natureza e gostam de cuidar do próprio segredamento. Por que ela a entregaria para outra pessoa? Podia confiar a guarda a si mesma, mas não teria como adivinhar que influência indireta ou política poderia se abater sobre um profissional. Além do mais, lembre que ela havia decidido usá-la daqui a alguns dias. A fotografia deve estar em algum lugar onde ela possa tê-la à mão. Deve estar em sua própria casa.

– Mas já houve duas invasões.

– Rá! Eles não sabiam onde procurar.

– Mas onde você irá procurar?

– Não vou procurar.

– Então o quê?

– Vou fazê-la me mostrar.

– Mas ela não aceitará.

– Ela não será capaz de evitar. Mas estou ouvindo o som de rodas. É a carruagem dela. Vá e cumpra minhas ordens precisamente.

Assim que ele falou, o brilho das lanternas laterais de uma carruagem surgiu na curva da avenida. Era um *landau* pequeno e ágil, que veio sacolejando até a porta de Briony Lodge. Quando o veículo parou, um dos vadios na esquina veio correndo para abrir a porta na esperança de receber um trocado, mas foi afastado por outro vadio, que tinha aparecido com a mesma intenção. Começou um bate-boca feroz, incrementado pelos dois guardas, que tomaram o partido de um dos malandros, e pelo amolador de tesouras, que tomou partido do outro com o mesmo fervor. Alguém desferiu um golpe e, em um instante, a moça, que havia descido da carruagem, se viu no centro de um pequeno conflito entre homens nervosos, que trocavam socos e pauladas com selvageria. Holmes correu para dentro da confusão para proteger a moça; mas, assim que a alcançou, deu um grito e caiu no chão, com o rosto sangrando profusamente. No momento da queda, os guardas deram no pé em uma direção, e os vadios foram para a outra, enquanto algumas das pessoas mais bem-vestidas, que haviam presenciado a briga sem intervir, se aproximaram para ajudar a moça e socorrer o homem ferido. Irene Adler, como continuarei a chamá-la, havia subido os degraus às pressas; mas parou no patamar com sua figura sublime diante das luzes da entrada e olhou para a rua.

– O pobre senhor está muito ferido? – perguntou.

– Ele morreu – gritaram algumas vozes.

– Não, não, ainda vive! – gritou outra. – Mas não vai conseguir aguentar até chegar a um hospital.

– Ele é um sujeito de coragem – disse uma mulher. – Se não fosse por ele, aqueles homens teriam roubado a bolsa e o relógio da moça. Eram uma gangue, e das pesadas. Ah, ele já está respirando.

– Não pode ficar caído na rua. Podemos levá-lo para dentro, senhora?

– Claro. Tragam-no para a sala de estar. O sofá é confortável. Por aqui, por favor!

Com vagar e solenidade, o homem foi carregado para dentro de Briony Lodge e deixado na sala principal, enquanto eu continuava a observar a cena de minha posição junto à janela. As lâmpadas estavam acesas, mas as cortinas continuavam abertas, de modo que vi Holmes acomodado no sofá. Não sei se ele foi tomado por algum remordimento nesse instante em função do papel que estava desempenhando, mas sei que eu mesmo nunca na vida senti tamanha vergonha ao ver a bela criatura contra quem estava conspirando ou a graça e gentileza com que ela cuidou do homem ferido. Contudo, seria traição das mais baixas para com Holmes se eu não cumprisse a parte da qual ele me incumbira. Endureci o coração e retirei a bomba de fumaça de dentro de meu sobretudo. Afinal, concluí, nós não a prejudicaríamos. Iríamos apenas evitar que ela prejudicasse outro.

Holmes havia se sentado no sofá, e o vi se mover como se precisasse de ar. Uma criada atravessou o cômodo às pressas e abriu uma janela. No mesmo instante, vi-o erguer a mão e, ao seu sinal, joguei minha bomba dentro da sala e gritei: "Fogo!" Mal a palavra saiu de minha boca, e toda a multidão de transeuntes, bem-vestidos ou não – cavalheiros, cavalariços e criadas – se uniu em um brado geral de "Fogo!". Nuvens pesadas de fumaça se expandiram pela sala e saíram pela janela aberta. Captei um vislumbre de figuras correndo, e no instante seguinte a voz de Holmes dentro da casa assegurou a todos que tinha sido alarme falso. Esgueirei-me pela multidão e cheguei à esquina. Dez minutos depois, tive a satisfação de ver o braço de meu amigo junto ao meu, escapando do cenário de agitação. Ele caminhou em silêncio a um passo rápido por alguns minutos, até entrarmos em uma das ruas tranquilas que leva para Edgeware Road.

– Você se saiu muito bem, doutor – comentou ele. – Ninguém teria feito melhor. Foi muito bem.

– Você conseguiu a fotografia?

– Já sei onde está.

– E como descobriu?

– Ela me mostrou, como lhe disse que faria.

– Ainda não compreendo.

– Não desejo fazer mistério – respondeu ele, rindo. – Foi perfeitamente simples. Você decerto percebeu que todos na rua foram cúmplices. Contratei-os todos para a ocasião.

– Imaginei.

– Então, quando a confusão começou, eu estava com um pouco de tinta vermelha úmida na mão. Corri adiante, caí, pus a mão no rosto e me tornei um espetáculo miserável. É um velho truque.

– Isso também me ocorreu.

– Depois eles me carregaram para dentro. Ela certamente me aceitaria. Que alternativa teria? E em sua sala de estar, que era precisamente o cômodo do qual eu desconfiava. Era esse ou seu quarto, e eu estava determinado a ver qual seria. Puseram-me em um sofá, gesticulei minha necessidade de ar, eles foram obrigados a abrir a janela, e você teve sua chance.

– Em que isso ajudou?

– Fui crucial. Quando uma mulher acredita que sua casa está pegando fogo, seu instinto imediato será ir até seu objeto de maior valor. É um impulso perfeitamente incontrolável, e em mais de uma ocasião pude tirar proveito disso. Ele me serviu no caso do escândalo de substituição de Darlington, e também na questão do castelo de Arnsworth. Uma mulher casada segura seu bebê; uma solteira vai até a caixa de joias. Já ficou claro para mim que na casa da senhora hoje não havia nada mais importante do que o objeto que buscamos. Ela correria em sua proteção. O alarme de incêndio foi feito com primor. A fumaça e os gritos seriam capazes de abalar nervos de aço. Ela reagiu lindamente. A fotografia está dentro de um esconderijo atrás de um painel deslizante logo acima da corrente direita da sineta. Ela chegou ali em um instante, e tive um breve vislumbre da fotografia quando começou a retirá-la. Quando gritei que era alarme falso, ela voltou a guardá-la, olhou para a bomba de fumaça, saiu da sala às pressas, e não a vi mais. Levantei-me e, justificando-me, escapei da casa. Hesitei quanto a tentar recuperar a fotografia de uma vez; mas o cocheiro havia entrado e, como ele me observava atentamente, achei mais seguro esperar. Um pouco de pressa excessiva poderia pôr tudo a perder.

– E agora? – perguntei.

– Nossa empreitada está quase no fim. Farei uma visita a ela junto com o rei amanhã. E com você, se aceitar nos acompanhar. Seremos conduzidos à sala de estar para aguardar a senhora, mas é provável que, ao chegar, ela não encontre nenhum de nós, nem a fotografia. Talvez sua majestade sinta satisfação em recuperá-la com as próprias mãos.

– E quando você fará sua visita?

– Às oito da manhã. Ela não terá despertado ainda, então a área estará livre para nós. Além do mais, precisamos agir rapidamente, pois esse casamento talvez produza uma completa mudança de vida e hábitos para ela. Devo mandar um telegrama ao rei imediatamente.

Já havíamos chegado à Baker Street e estávamos diante da porta. Ele procurava as chaves no bolso quando algum passante disse:

– Boa noite, Sr. Sherlock Holmes.

Havia diversas pessoas na calçada naquele momento, mas a saudação pareceu ter vindo de um jovem magro de sobretudo que andava a passo rápido.

– Já ouvi essa voz antes – disse Holmes, olhando para a rua pouco iluminada. – Quem raios terá sido?

III

Dormi na Baker Street naquela noite, e estávamos tomando nosso café com torradas na manhã seguinte quando o rei da Boêmia entrou às pressas na sala.

– Você realmente a conseguiu! – gritou ele, pegando Sherlock Holmes pelos ombros e fitando seu rosto com avidez.

– Ainda não.

– Mas tem esperança?

– Tenho esperança.

– Então, vamos. Estou impaciente para irmos logo.

– Precisamos chamar um cabriolé.

– Não, meu *brougham* nos aguarda.

– Isso torna tudo mais simples.

Descemos e partimos novamente para Briony Lodge.

– Irene Adler se casou – observou Holmes.

– Casou? Quando?

– Ontem.

– Mas com quem?

– Com um advogado inglês chamado Norton.

– Mas ela certamente não o ama.

– A minha esperança é que ame.

– E por quê?

– Porque isso poupará vossa majestade de qualquer receio quanto a futuros problemas. Se a senhora ama o marido, ela não ama vossa majestade. Se não ama vossa majestade, não possui motivo para interferir em seu plano.

– É verdade. Entretanto... Ora! Quem me dera ela fosse do mesmo nível que eu! Que rainha teria sido! – O rei mergulhou em um silêncio taciturno e só o interrompeu quando chegamos à Serpentine Avenue.

A porta de Briony Lodge estava aberta, e uma senhora idosa se encontrava nos degraus. Ela nos observou com um olhar sardônico ao sairmos do *brougham*.

– Sr. Sherlock Holmes, suponho? – disse.

– Eu sou o Sr. Holmes – respondeu meu companheiro, olhando-a com uma expressão intrigada e um tanto surpresa.

– De fato! Minha senhora disse que você provavelmente faria uma visita. Ela saiu esta manhã com o marido no trem das cinco e quinze de Charing Cross com destino ao continente.

– O quê? – Sherlock Holmes recuou um passo vacilante, pálido de estarrecimento e surpresa. – Você está dizendo que ela saiu da Inglaterra?

– E nunca mais voltará.

– E os papéis? – perguntou o rei, com voz rouca. – Está tudo perdido.

– Veremos. – Ele afastou a criada e se apressou para dentro da sala de visitas, seguido pelo rei e por mim. Os móveis estavam espalhados em todas as direções, com estantes desmontadas e gavetas abertas, como se a senhora as tivesse esvaziado afobadamente antes de fugir. Holmes correu até a corrente da sineta, puxou o pequeno painel deslizante, enfiou a mão e sacou uma fotografia e uma carta. A fotografia era de Irene

Adler com vestido de gala, e a carta estava endereçada para "Ilmo. Sr. Sherlock Holmes. Entregar quando solicitado". Meu amigo rasgou o envelope, e nós três lemos juntos a carta. Estava com a data de meia-noite do dia anterior e dizia o seguinte:

Meu caro Sr. Sherlock Holmes,

Você realmente se saiu muito bem. Enganou-me completamente. Eu não desconfiava de nada antes do alarme de incêndio. Mas depois, quando descobri que me havia entregado, comecei a pensar. Meses atrás me advertiram sobre você. Disseram-me que, se o rei empregasse algum agente, decerto seria você. E me informaram seu endereço. Apesar de tudo, você conseguiu me fazer revelar o que queria saber. Mesmo depois de desconfiar, foi difícil pensar mal de um velho sacerdote tão querido e gentil. Mas você sabe que também fui treinada como atriz. Disfarces masculinos não me são desconhecidos. Com frequência tiro proveito da liberdade que eles proporcionam. Mandei John, o cocheiro, vigiá-lo, corri escada acima, vesti meus trajes de rua, que é como os chamo, e desci assim que você saiu.

Ora, segui-o até sua porta e assim confirmei que eu era de fato objeto de interesse do grande Sr. Sherlock Holmes. Depois, em um ato um tanto imprudente, desejei-lhe boa-noite e fui à Temple para ver meu marido.

Nós dois concluímos que, sendo perseguida por tão admirável antagonista, a melhor ação seria a fuga; assim, você encontrará o ninho vazio em sua visita amanhã. Quanto à fotografia, seu cliente pode ficar tranquilo. Amo e sou amada por um homem melhor que ele. O rei pode fazer o que desejar sem qualquer objeção daquela a quem maltratou com crueldade. Guardo a fotografia apenas como segurança, e para preservar uma arma que sempre me protegerá de qualquer medida que ele decida tomar no futuro. Deixo uma outra que ele talvez aprecie; e subscrevo-me, caro Sr. Holmes, Sinceramente,

Irene Adler Norton.

– Que mulher... Ah, que mulher! – gritou o rei da Boêmia, quando terminamos de ler a epístola. – Não lhe disse quão astuta e determinada ela era? Não teria sido uma rainha formidável? Uma pena que ela não correspondesse ao meu nível.

– Pelo que vi, a senhora de fato parece pertencer a um nível bastante diferente do seu, majestade – respondeu Holmes, com frieza. – Lamento por não conseguir oferecer a vossa majestade uma conclusão mais satisfatória.

– Pelo contrário, caro senhor – gritou o rei. – Nada me satisfaria mais. Sei que a palavra dela é inviolável. A fotografia agora está tão segura quanto se tivesse sido lançada no fogo.

– Fico feliz de ouvi-lo de vossa majestade.

– Tenho uma dívida imensa para com o senhor. Por favor, diga-me como posso recompensá-lo. Este anel... – Ele retirou um anel de serpente com esmeralda do dedo e o exibiu na palma da mão.

– Vossa majestade possui algo que para mim seria de valor maior ainda – disse Holmes.

– Basta dizer o que é.

– Esta fotografia!

O rei o encarou com espanto.

– A fotografia de Irene! – gritou ele. – Claro, se é o que deseja.

– Obrigado, vossa majestade. Então nada mais resta a fazer no caso. Gostaria de lhe desejar um excelente dia.

Ele fez uma reverência e, sem olhar para a mão que o rei lhe estendera, virou-se e partiu comigo para sua residência.

E foi assim que um grande escândalo ameaçou o reino da Boêmia e que os melhores planos do Sr. Sherlock Holmes foram frustrados pela inteligência de uma mulher. Ele costumava zombar da argúcia das mulheres, mas há tempos não o vejo fazê-lo. E, quando fala de Irene Adler, ou quando comenta sobre a fotografia, é sempre sob o honrado título de *a* mulher.

2

A Liga dos Ruivos

Eu havia aparecido em visita ao meu amigo, o Sr. Sherlock Holmes, em um dia de outono no ano passado, e o encontrara imerso em conversa com um cavalheiro idoso de aparência muito robusta, rosto corado e cabelo de um ruivo flamejante. Pedi desculpas pela intrusão e estava prestes a me retirar quando Holmes me puxou abruptamente para dentro da sala e fechou a porta atrás de mim.

– Você não poderia ter chegado em melhor hora, meu caro Watson – disse ele, cordial.

– Imaginei que você estaria ocupado.

– E estou. Deveras.

– Então posso esperar na outra sala.

– Absolutamente. Este cavalheiro, Sr. Wilson, foi meu companheiro e ajudante em muitos dos meus casos de maior sucesso, e não tenho dúvidas de que será de grande proveito para o seu também.

O cavalheiro robusto se levantou parcialmente da cadeira e fez um ligeiro gesto de cumprimento com a cabeça. Seus olhos pequenos e cercados de gordura lançaram um breve olhar inquisidor.

– Sente-se no canapé – disse Holmes, acomodando-se em sua poltrona e juntando as pontas dos dedos, como era seu hábito nos momentos de reflexão. – Eu sei, meu caro Watson, que você partilha de meu amor por tudo o que é bizarro e externo às convenções e à monótona rotina da vida cotidiana.

Já demonstrou sua apreciação por meio do entusiasmo que o inspirou a narrar e, se me permite dizer, incrementar ligeiramente tantas de minhas pequenas aventuras.

– Seus casos de fato foram de grande interesse para mim – comentei.

– Você deve lembrar que outro dia observei, logo antes de adentrarmos o problema muito simples apresentado pela Srta. Mary Sutherland, que, para partir em busca de efeitos estranhos e combinações extraordinárias, devemos recorrer à própria vida, que sempre é muito mais ousada do que qualquer esforço de imaginação.

– Uma hipótese que tomei a liberdade de questionar.

– Você o fez, doutor, e não obstante precisa aceitar meu ponto de vista, caso contrário seguirei acumulando fato após fato em suas mãos até o momento em que seu raciocínio ruirá sob o peso deles, admitindo que tenho razão. Agora, o Sr. Jabez Wilson aqui fez a gentileza de me prestar uma visita nesta manhã e começar uma narrativa que promete ser uma das mais curiosas que já escutei em bastante tempo. Você já me ouviu dizer que as circunstâncias mais estranhas e peculiares estão vinculadas, com grande frequência, não aos maiores crimes, mas aos menores, e por vezes até há espaço para dúvida quanto à ocorrência de algum crime de fato. Até o ponto que escutei, é impossível determinar se o caso atual é ou não uma situação de crime, mas a sequência de acontecimentos decerto se encontra entre as mais singulares que já ouvi. Sr. Wilson, poderia fazer a grande gentileza de recomeçar sua narrativa? Peço não apenas porque meu amigo, o Dr. Watson, não ouviu a parte inicial, mas também porque a qualidade peculiar da história me deixa ansioso para obter todo e qualquer detalhe de seus lábios. Via de regra, após ouvir uma breve indicação da sequência de acontecimentos, sou capaz de me orientar com base nos milhares de casos semelhantes que ocorrem à minha memória. Na situação presente, sou obrigado a admitir que os fatos são, creio eu, inéditos.

O cliente rotundo encheu o peito aparentando certo orgulho e extraiu um jornal sujo e amassado do bolso interno de seu capote. Enquanto ele descia o olhar pela coluna de anúncios, com a cabeça inclinada para a frente e o papel esticado por cima de seu joelho, dei uma boa olhada no homem e me empenhei, à moda do meu companheiro, em interpretar as indicações que poderiam se revelar em sua vestimenta ou apresentação.

Entretanto, não extraí muito em minha observação. Nosso visitante exibia todos os traços de um típico vendedor britânico mediano, obeso, pomposo e lento. Trajava folgadas calças xadrez cinzentas, um paletó preto não muito limpo, desabotoado na frente, e um colete pardo com uma corrente pesada de latão da qual pendia um pedaço quadrado de metal furado, de enfeite. Uma cartola puída e um sobretudo marrom desbotado com colarinho de veludo amarrotado repousavam em uma cadeira ao seu lado. Por mais que eu olhasse, não havia nada digno de nota no homem, salvo sua cabeleira rubra incandescente e a expressão de extrema mortificação e infelicidade que sua postura exibia.

O olho atento de Sherlock Holmes percebeu meu esforço, e ele balançou a cabeça com um sorriso ao reparar em meus olhares curiosos.

– Além dos fatos óbvios de que ele se ocupou com trabalho manual em algum momento da vida, aspira rapé, é maçom, já foi à China e, recentemente, realizou uma quantidade considerável de escrita, não consigo deduzir mais nada.

O Sr. Jabez Wilson se empertigou de repente na cadeira, com o dedo indicador no jornal, mas os olhos fixos em meu companheiro.

– Como, em nome de tudo que é bom, você sabia tudo isso, Sr. Holmes? – perguntou. – Como sabia, por exemplo, que eu fazia trabalho manual? É a mais pura verdade, pois comecei como carpinteiro em um navio.

– Suas mãos, caro senhor. Sua mão direita é consideravelmente maior que a esquerda. Você trabalhou com ela, e os músculos estão mais desenvolvidos.

– Ora, e o rapé, então, e a maçonaria?

– Não lhe direi como vi isso para não lhe insultar a inteligência, especialmente visto que, contrariando aliás as regras rigorosas de sua ordem, você usa um broche de arco e compasso.

– Ah, claro, esqueci. Mas e a escrita?

– O que mais poderia significar o fato de que a barra de sua manga direita está muito lustrosa por uns doze centímetros, enquanto a esquerda tem uma porção alisada perto do cotovelo, que o senhor apoiou na mesa?

– Bom, mas e a China?

– O peixe tatuado logo acima do pulso direito só poderia ter sido feito na China. Realizei um pequeno estudo de marcas de tatuagem e cheguei até a contribuir para a literatura sobre o tema. Esse truque de tingir as escamas dos peixes com um tom delicado de rosa é bem característico dos chineses. Quando, ademais, vejo uma moeda chinesa pendurada da corrente de seu relógio, a questão se torna ainda mais simples.

O Sr. Jabez Wilson deu uma risada prodigiosa.

– Ora, quem diria! – exclamou. – De início, achei que o senhor tinha feito algo genial, mas estou vendo que não havia nada de mais.

– Começo a crer, Watson – disse Holmes –, que é um erro meu explicar. *Omne ignotum pro magnifico*, e minha pequena reputação, no estado atual, irá a pique se eu for tão direto. Sr. Wilson, não está encontrando o anúncio?

– Sim, achei agora – respondeu ele, com o grosso dedo rubro no meio da coluna. – Aqui está. Foi com isto que tudo começou. Pode ler com seus próprios olhos, senhor.

Peguei o jornal dele e li o seguinte:

À Liga dos Ruivos:

Decorrente dos desejos do falecido Ezekiah Hopkins, de Lebanon, Pensilvânia, Estados Unidos, foi aberta uma vaga para integrar a Liga mediante o salário semanal de 4 libras como remuneração por serviços estritamente nominais.

Todos os homens ruivos, física e mentalmente sãos, acima de 21 anos, podem se candidatar. Inscrições devem ser feitas pessoalmente na segunda-feira, às onze horas, com Duncan Ross, no escritório da Liga, em Pope's Court, Fleet Street, 7.

– Que raios isso significa? – exclamei, após ler duas vezes a convocatória extraordinária.

Holmes deu uma pequena risada e se mexeu na poltrona, como era hábito seu quando estava de bom humor.

– É um pouco fora do cotidiano, não acha? – perguntou ele. – E agora, Sr. Wilson, volte ao início e nos conte sobre o senhor, sua residência, e o efeito que esse anúncio produziu sobre seu destino. Doutor, antes, tome nota do jornal e da data.

– É o *The Morning Chronicle*, de 27 de abril de 1890. Dois meses atrás.

– Muito bem. E agora, Sr. Wilson?

– Bom, é o que eu estava falando, Sr. Sherlock Holmes – disse Jabez Wilson, enxugando a testa. – Eu tenho uma pequena casa de penhor em Coburg Square, perto da City.* Não é um negócio muito grande, e nos últimos anos só tem bastado para prover meu sustento. Antigamente eu podia arcar com dois assistentes, mas agora só tenho um; e seria bem complicado pagá-lo, mas ele está disposto a trabalhar por meio soldo a fim de aprender o ofício.

– Como se chama esse jovem solícito? – perguntou Sherlock Holmes.

– Seu nome é Vincent Spaulding, e ele também não é tão jovem. É difícil determinar sua idade. Eu não poderia desejar assistente mais esperto, Sr. Holmes; e sei muito bem que ele é capaz de arrumar ocupação melhor e ganhar duas vezes o que posso lhe dar. Mas, afinal, se ele está satisfeito, por que eu lhe daria ideias?

– Realmente. Você parece muito afortunado de ter um subordinado que aceite um valor abaixo do praticado pelo

*Tradicional nome do distrito financeiro de Londres. (*N. do T.*)

mercado. Não é uma situação comum entre os empregadores desta época. Não duvido que seu assistente não faça jus à sua propaganda.

– Ah, ele tem seus defeitos também – disse o Sr. Wilson. – Nunca vi ninguém tão fascinado por fotografia. Fica disparando sem parar com uma câmera, em vez de tratar de afinar a mente, e depois mergulha no porão feito um coelho na toca para revelar as imagens. Esse é o maior defeito dele, mas, de maneira geral, é um bom trabalhador. Não possui nenhum vício.

– E suponho que ele ainda esteja com você?

– Sim, senhor. Ele e uma menina de 14, que cozinha um pouco e mantém o lugar em ordem... É só isso que eu tenho na casa, pois sou viúvo e nunca tive família. Nós três levamos uma vida muito tranquila, senhor. E, pelo menos, mantemos o teto sobre nossas cabeças e pagamos nossas contas.

A primeira coisa que nos abalou foi esse anúncio. Há exatas oito semanas, Spaulding veio para o trabalho com este mesmo jornal nas mãos e disse:

– Por Deus, Sr. Wilson, quem me dera ser ruivo.

– E por quê? – perguntei.

– Ora – disse ele –, abriu mais uma vaga na Liga dos Ruivos. Vale uma pequena fortuna para qualquer um que entre, e ouvi falar que existem mais vagas do que candidatos, então os administradores estão rachando a cabeça para descobrir o que fazer com o dinheiro. Ah, se meu cabelo mudasse de cor, eu teria um belo cantinho todo pronto para mim.

– Ora, o que é isso, afinal? – perguntei. Veja bem, Sr. Holmes, eu sou um homem muito caseiro, e, como meu trabalho vinha a mim em vez de eu precisar ir até ele, muitas vezes eu passava semanas a fio sem botar os pés para fora da porta. Portanto, não sabia muito do que acontecia do outro lado e sempre ficava contente de receber notícias.

– O senhor nunca ouviu falar da Liga dos Ruivos? – perguntou ele, com os olhos arregalados.

– Nunca.

– Ora, é curioso, porque o senhor mesmo poderia se candidatar a uma das vagas.

– E o que elas valem? – perguntei.

– Ah, só umas 200 libras por ano, mas o trabalho é tranquilo e não necessariamente interfere em quaisquer outras ocupações que se tenha.

Ora, é fácil ver como isso chamou minha atenção, pois os negócios não andam muito bem há alguns anos, e umas 200 libras a mais teriam sido de grande ajuda.

– Conte-me tudo – falei.

– Bom – disse ele, me mostrando o anúncio –, o senhor mesmo pode ver que a Liga está com uma vaga, e aqui está o endereço para se apresentar e saber mais detalhes. Até onde eu sei, a Liga foi fundada por um milionário norte-americano, Ezekiah Hopkins, que era muito excêntrico. Ele mesmo era ruivo e tinha grande simpatia por todos os homens ruivos; então, quando ele morreu, descobriram que tinha deixado uma fortuna imensa nas mãos de administradores, com a instrução de usar os juros para quebrar o galho de homens de cabelo com essa cor. Pelo que me falaram, o pagamento é excelente, e o trabalho é muito pouco.

– Mas – falei – deve haver milhões de homens ruivos para disputar.

– Não tantos quanto o senhor imagina – respondeu ele. – Veja bem, a coisa está restrita a londrinos e a homens adultos. Esse norte-americano tinha começado em Londres quando era jovem e queria retribuir um pouco à velha cidade. Além do mais, ouvi dizer que não adianta se candidatar se o sujeito tem cabelo ruivo-claro, escuro ou de qualquer outro tom que não vermelho flamejante. Agora, se o senhor se candidatasse, Sr. Wilson, seria aceito na hora; mas talvez não valha a pena passar pela inconveniência só por causa de umas 200 libras.

Ora, cavalheiros, como vocês podem constatar, é fato que meu cabelo tem um tom muito forte e distinto, então me pareceu que, se houvesse qualquer disputa nesse quesito, eu tinha uma chance melhor do que ninguém de conseguir. Vincent

Spaulding parecia saber tanto do assunto que achei que poderia ser útil, então mandei-o fechar a loja pelo resto do dia e me acompanhar imediatamente. Ele estava muito satisfeito por tirar uma folga, então fechamos a loja e seguimos para o endereço informado no anúncio.

Acredito que nunca mais verei um cenário como aquele, Sr. Holmes. Vindo do norte, do sul, do leste e do oeste, todo homem com um fio ruivo na cabeça havia atravessado a cidade em resposta ao anúncio. A Fleet Street estava abarrotada de gente ruiva, e Pope's Court parecia uma barraca de laranjas da feira. Jamais imaginei que haveria tantos ruivos no país até sermos todos reunidos por aquele único anúncio. E havia todos os tons imagináveis... palha, lima, laranja, tijolo, galgo irlandês, fígado, argila; mas, como Spaulding disse, não eram muitos os com uma tonalidade flamejante realmente vívida. Quando vi a quantidade de homens em espera, fiquei desesperado e disposto a desistir; mas Spaulding não quis nem saber. Não imagino como ele conseguiu, mas foi abrindo caminho pela multidão à base de empurrões e cotoveladas, até chegarmos à escada que dava para o escritório. Eram duas filas na escada, uma subindo, em esperança, e outra descendo, frustrada; mas nos enfiamos da melhor forma possível e logo nos vimos dentro do escritório.

– Sua experiência é tremendamente divertida – observou Holmes, enquanto seu cliente parava para refrescar a memória com uma pitada grande de rapé. – Por favor, continue esse relato tão interessante.

Dentro do escritório não havia nada além de um par de cadeiras de madeira e uma mesa simples, e atrás desta estava sentado um homem pequeno com cabelo ainda mais ruivo que o meu. Ele dizia algumas palavras a cada candidato que se aproximava e sempre conseguia achar algum defeito que os desclassificava. Conseguir a vaga não parecia mesmo tão fácil. No entanto, quando chegou a nossa vez, o homenzinho me recebeu de forma muito mais favorável do que aos outros, e fechou a porta depois de entrarmos, para que pudéssemos conversar com privacidade.

– Este é o Sr. Jabez Wilson – disse meu assistente –, e ele está interessado na vaga da Liga.

– E ele é dotado de condições admiráveis para tal – respondeu o sujeito. – Preenche todos os requisitos. Não me lembro de jamais ter visto nada tão esplêndido.

Ele deu um passo para trás, inclinou um pouco a cabeça e ficou olhando para o meu cabelo até me deixar bastante constrangido. E então, de repente, avançou, agarrou minha mão e me felicitou vigorosamente pelo meu sucesso.

– Seria uma injustiça hesitar – disse ele. – No entanto, certamente o senhor me perdoará por tomar uma precaução óbvia. – E então ele me pegou pelo cabelo com as duas mãos e puxou até eu gritar de dor. – Seus olhos estão cheios d'água – disse ele, ao me soltar. – Estou vendo que tudo é como devia ser. Mas precisamos tomar cuidado, pois em duas ocasiões já fomos enganados por perucas, e uma por tintura. Eu poderia lhe contar histórias envolvendo cera que lhe provocariam repulsa pela humanidade.

Ele foi até a janela e gritou a plenos pulmões que a vaga havia sido preenchida. Ouvimos gemidos de decepção, e todos debandaram em várias direções até não haver um único ruivo à vista além de mim e do gestor.

– Meu nome é Sr. Duncan Ross, e sou um dos pensionistas do fundo deixado por nosso nobre benfeitor. O senhor é casado, Sr. Wilson? Tem família?

Respondi que não.

Ele ficou imediatamente arrasado.

– Céus! – disse ele, com seriedade. – Isso é muito grave! É uma pena ouvi-lo dizer isso. O fundo, claro, foi criado para a propagação e disseminação dos ruivos, assim como para seu sustento. É uma infelicidade extraordinária que o senhor seja solteiro.

Fiquei arrasado diante disso, Sr. Holmes, pois pensei que acabaria não conseguindo a vaga. Mas, depois de pensar por alguns minutos, ele disse que não haveria problema.

– Se fosse com outro – disse ele –, a objeção seria definitiva, mas precisamos conceder um desconto em favor de um homem com uma cabeleira tão extraordinária como a sua. Quando você poderá assumir sua nova incumbência?

– Ora, este é um pequeno problema, pois já possuo um negócio – respondi.

– Ah, não se preocupe com isso, Sr. Wilson! – disse Vincent Spaulding. – Posso cuidar disso para o senhor.'

– Qual seria o expediente? – perguntei.

– Das dez às duas.

Ora, a maior parte dos negócios para uma casa de penhor é feita à noite, Sr. Holmes, especialmente às quintas e sextas, logo antes do dia do pagamento. Assim, seria ótimo ganhar algum dinheiro durante a manhã. Além do mais, eu sabia que meu assistente era um homem bom e cuidaria de qualquer situação que aparecesse.

– Isso se encaixaria muito bem para mim – respondi. – E o pagamento?

– São 4 libras por semana.

– E o trabalho?

– Estritamente nominal.

– O que o senhor chama de estritamente nominal?

– Bom, o senhor precisa estar no escritório, ou pelo menos dentro do edifício, por todo o período. Se sair, perderá o direito ao posto permanentemente. O testamento é muito claro nesse aspecto. O senhor não atenderá às condições se sair do escritório nesse período.

– São só quatro horas por dia, e não vou pensar em sair – falei.

– Sob nenhuma justificativa – disse o Sr. Duncan Ross. – Nem doença, nem negócios, nem nada. O senhor precisa permanecer aqui, ou perderá o posto.

– E o trabalho?

– É copiar a Enciclopédia Britânica. O primeiro volume está ali naquela estante. O senhor deve trazer seu próprio conjunto de nanquim, penas e mata-borrão, mas oferecemos mesa e cadeira. Estará pronto para amanhã?

– Com certeza – respondi.

– Então, adeus, Sr. Jabez Wilson, e permita-me parabenizá-lo mais uma vez pela felicidade de conquistar esse posto importante. – Ele me acompanhou para fora da sala, e voltei para casa com meu assistente, sem a menor ideia do que dizer ou fazer, de tão feliz que estava com minha sorte.

Ora, passei o dia inteiro pensando na história, e à noite já estava abatido outra vez; eu havia me convencido de que aquilo tudo devia ser um grande embuste ou golpe, embora não conseguisse vislumbrar qual seria o propósito. Parecia absolutamente inacreditável que alguém redigisse tal testamento, ou que alguém fosse pagar tal quantia pela simples atividade de copiar a Enciclopédia Britânica. Vincent Spaulding fez o que pôde para me animar, mas, após me recolher, eu já havia chegado à conclusão de que nada daquilo era real. Contudo, na manhã seguinte, decidi dar uma olhada de qualquer jeito, então comprei um pequeno pote de nanquim e, com uma pena e sete folhas de papel, segui para Pope's Court.

Ora, para minha surpresa e satisfação, tudo estava perfeitamente de acordo. A mesa estava preparada para mim, e o Sr. Duncan Ross me recebeu para me instalar no trabalho. Ele me indicou que começasse na letra A e me deixou ali; mas, de tempos em tempos, aparecia para ver se estava tudo bem comigo. Às duas da tarde, ele veio se despedir de mim, elogiou o volume que eu havia escrito e trancou a porta do escritório assim que saí.

Isso se estendeu dia após dia, Sr. Holmes, e no sábado o gestor veio e depositou quatro soberanos de ouro pela minha semana de trabalho. Aconteceu o mesmo na semana seguinte, e também na posterior. A cada manhã, eu chegava às dez, e a cada tarde, saía às duas. Aos poucos, o Sr. Duncan Ross passou a vir só uma vez por manhã e, depois de algum tempo, parou de vir de vez. Ainda assim, claro, nunca me atrevi a sair da sala por um instante sequer, pois não sabia quando ele apareceria, e o posto era tão bom, e tão conveniente, que eu não queria correr o risco de perdê-lo.

Foram oito semanas assim, e eu havia escrito sobre Abades, Arco e Flecha, Armadura, Arquitetura, Ática, e tinha esperança de que, se fosse diligente, conseguiria chegar em pouco tempo à letra B. Custou-me um bocado de papel, e eu havia ocupado praticamente uma estante inteira com meus escritos. E então, de repente, tudo se acabou.

– Acabou?

– Sim, senhor. E foi hoje de manhã mesmo. Fui trabalhar como sempre, às dez horas, mas a porta estava fechada e trancada, e um pequeno pedaço de papelão quadrado estava pregado no meio do mural. Aqui está, o senhor mesmo pode ler.

Ele apresentou um pedaço de papelão branco mais ou menos do tamanho de um bloco de notas. Dizia o seguinte:

A LIGA DOS RUIVOS FOI DISSOLVIDA

9 de outubro de 1890.

Sherlock Holmes e eu examinamos o aviso ríspido e o rosto pesaroso atrás dele, até que o aspecto cômico do caso atropelou completamente qualquer outra reflexão, e nós dois desatamos em uma gargalhada estrepitosa.

– Não estou achando nada muito engraçado – lamentou-se nosso cliente, corando até a raiz de sua cabeleira flamejante. – Se os senhores não tiverem nada melhor para fazer além de rir de mim, posso ir a outro lugar.

– Não, não – exclamou Holmes, empurrando-o de volta para a cadeira de onde ele havia começado a se levantar. – Eu realmente não perderia seu caso por nada no mundo. É extraordinariamente incomum e revigorante. Mas, se me permitir, a situação toda é um pouco engraçada. Por favor, diga, que passos o senhor tomou ao encontrar o aviso na porta?

– Fiquei sem ação, senhor. Eu não sabia o que fazer. Então perguntei nas outras salas, mas ninguém parecia saber de nada. Por fim, fui até o senhorio, um contador que morava no térreo, e lhe perguntei se ele poderia me dizer o que havia sido da Liga dos Ruivos. Ele disse que nunca tinha ouvido falar de tal instituição. Então perguntei quem era o Sr. Duncan Ross. Ele me respondeu que desconhecia o nome.

Então falei:

– Ora, o cavalheiro do número quatro.

– Quem, o ruivo?

– Sim.

– Ah, o nome dele era William Morris. Era um advogado e estava usando minha sala como escritório temporário até que suas instalações novas estivessem prontas. Ele se mudou ontem.

– Onde eu posso encontrá-lo?

– Ah, em sua sede nova. Ele me deu o endereço. Sim, King Edward Street, 17, perto da St. Paul's.

– Fui em seguida, Sr. Holmes, mas, quando cheguei ao endereço, era uma fábrica de próteses de joelho, e ninguém lá jamais tinha ouvido falar de um Sr. William Morris ou um Sr. Duncan Ross.

– E o que você fez depois? – perguntou Holmes.

– Voltei para casa em Saxe-Coburg Square e pedi a opinião de meu assistente. Mas ele não conseguiu me prestar nenhuma ajuda. Só disse que eu deveria esperar para receber alguma notícia pelo correio. Mas isso não me adiantava, Sr. Holmes. Eu não queria perder um lugar como aquele sem lutar, então, como tinha ouvido falar que o senhor era bom em auxiliar pessoas sem condições que precisavam de ajuda, vim logo para cá.

– E foi muito sensato da sua parte – disse Holmes. – Seu caso é excepcionalmente impressionante, e ficarei feliz de examiná-lo. Pelo que o senhor me contou, acho possível que ele possua questões mais graves do que poderia parecer à primeira vista.

– Realmente graves! – disse o Sr. Jabez Wilson. – Ora, perdi 4 libras por semana.

– No que diz respeito ao senhor pessoalmente – observou Holmes –, não vejo nenhum dano sofrido por essa liga extraordinária. Pelo contrário, o senhor ficou, a meu ver, cerca de 30 libras mais rico, sem falar no conhecimento detalhado que adquiriu em relação a todos os tópicos iniciados com a letra A. Não perdeu nada para eles.

– Não, senhor. Mas quero saber mais deles, e quem são, e qual foi seu propósito ao aplicar em mim essa pegadinha, se é que foi uma pegadinha. Foi uma brincadeira bem cara para eles, pois lhes custou 32 libras.

– Trataremos de esclarecer esses pontos para o senhor. E, antes, uma ou duas perguntas, Sr. Wilson. Esse assistente seu, que lhe chamou a atenção para o anúncio... Há quanto tempo ele estava com o senhor?

– Cerca de um mês, na época.

– Como ele chegou ao senhor?

– Em resposta a um classificado.

– Ele foi o único candidato?

– Não, tive uma dúzia.

– Por que o escolheu?

– Porque ele era habilidoso e custaria pouco.

– A meio soldo, na realidade.

– Sim.

– E como ele é, esse Vincent Spaulding?

– Pequeno, troncudo, muito ágil, sem pelo no rosto, embora não tenha menos de trinta. Tem uma mancha branca de ácido na testa.

Holmes se empertigou na poltrona com um entusiasmo considerável.

– Foi o que pensei – disse ele. – O senhor chegou a observar se as orelhas dele têm furo de brincos?

– Sim, senhor. Ele me contou que um cigano havia furado suas orelhas quando ele era garoto.

– Hum! – disse Holmes, voltando a se recostar, perdido em pensamentos. – Ele continua com o senhor?

– Ah, sim. Acabei de vê-lo.

– E sua loja permanecia aberta durante sua ausência?

– Não tenho nenhuma reclamação, senhor. Nunca há muito o que fazer durante as manhãs.

– Isso basta, Sr. Wilson. Será um prazer lhe dar uma opinião sobre a questão daqui a um ou dois dias. Hoje é sábado, e espero que até a segunda-feira possamos chegar a uma conclusão.

Depois que nosso visitante nos deixou, Holmes olhou para mim e perguntou:

– Bom, Watson, o que você acha disso tudo?

– Não acho nada – respondi, com franqueza. – É uma situação muito misteriosa.

– Via de regra – disse Holmes –, quanto mais bizarro algo é, menos misterioso é, ao fim. Os crimes comuns e indistintos é que são realmente intrigantes, assim como um rosto comum é o mais difícil de ser identificado. Mas não posso perder tempo com essa questão.

– O que você vai fazer, então? – perguntei.

– Fumar – respondeu ele. – Este é realmente um problema de três cachimbos, e peço que você não fale comigo durante cinquenta minutos.

Ele se encolheu em sua poltrona, recolhendo os joelhos magros até o nariz aquilino, e assim ficou, de olhos fechados e com o cachimbo de barro preto pendurado para fora como o bico de um pássaro estranho. Eu havia chegado à conclusão de que ele tinha adormecido, e também estava quase cochilando, quando de repente ele se levantou de um salto da poltrona com o porte de um homem decidido e depositou o cachimbo na cornija da lareira.

– Sarasate se apresentará no St. James's Hall hoje à tarde – observou ele. – O que você acha, Watson? Seus pacientes poderiam liberá-lo por algumas horas?

– Não tenho nada para fazer hoje. Minha clínica nunca me ocupa muito.

– Então coloque seu chapéu e venha. Vou passar pela City antes, e podemos almoçar no caminho. Reparo que há uma boa quantidade de música alemã no programa, o que vai mais de acordo com meu gosto do que italiana ou francesa. É meditativa, e quero meditar. Vamos!

Pegamos o metropolitano* até Aldersgate; e uma caminhada curta nos levou até Saxe-Coburg Square, cenário da história peculiar que havíamos ouvido durante a manhã. Era um lugar apertado, pequeno, que já viu dias melhores, em que quatro fileiras de sobrados de tijolos encardidos davam para um pequeno refúgio cercado, onde um gramado cheio de ervas daninhas e alguns loureiros mirrados enfrentavam uma difícil batalha contra a hostil atmosfera cheia de fumaça. Três bolas douradas e uma placa marrom na qual se lia "jabez wilson" em letras brancas, em uma casa de esquina, anunciavam o lugar onde nosso cliente ruivo exercia seu ofício. Sherlock Holmes parou na esquina e, com a cabeça inclinada, observou a casa toda. Seus olhos brilhavam atentamente por entre pálpebras entrecerradas. Depois, ele caminhou lentamente pela rua e então voltou até a esquina, sempre examinando atentamente as casas. Por fim, voltou à casa de penhor e, após dar duas ou três estocadas vigorosas no chão com sua bengala, foi até a porta e bateu. Ela foi aberta imediatamente por um jovem barbeado e de aspecto inteligente, que o convidou a entrar.

– Obrigado – disse Holmes –, mas só gostaria de perguntar como faço para chegar daqui à Strand.

– A terceira à direita e a quarta à esquerda – respondeu logo o assistente, e fechou a porta.

– Sujeito esperto, ele – observou Holmes enquanto nos afastávamos da casa. – É, a meu ver, o quarto homem mais esperto de Londres, e eu me atreveria a dizer que não sei se poderia ser o terceiro. Já tive notícias dele antes.

– É evidente que o assistente do Sr. Wilson representa uma porção considerável deste mistério da Liga dos Ruivos – falei. –

---

*O termo "metrô" foi cunhado apenas na primeira metade do século XX e seria, aqui, um anacronismo. Por isso, usamos a forma original "metropolitano". (*N. do T.*)

Decerto você foi pedir orientações apenas na expectativa de ver o sujeito.

– Não ele.

– O quê, então?

– Os joelhos de suas calças.

– E o que você viu?

– O que eu esperava ver.

– Por que você bateu no chão?

– Meu caro doutor, este é um momento para observação, não para conversas. Somos espiões em território inimigo. Sabemos algo de Saxe-Coburg Square. Vamos explorar as partes que se ocultam por trás dela.

A rua em que nos vimos ao contornar a esquina após sairmos da Saxe-Coburg Square apresentou um contraste tão grande em relação a ela quanto uma fotografia apresentaria em relação a seu verso. Era uma das principais artérias que orientavam o trânsito da City para o norte e o oeste. A pista estava bloqueada pelo fluxo imenso de atividade que avançava em uma maré dupla para dentro e para fora, e as calçadas eram pretas, tomadas por um enxame apressado de pedestres. Era difícil conceber que aquela série de lojas finas e empreendimentos elegantes fosse realmente vizinha à praça encardida e estagnada de onde havíamos acabado de sair.

– Deixe-me ver – disse Holmes, parando na esquina e olhando a rua –, eu gostaria apenas de me lembrar da ordem das construções aqui. É um hobby nutrir um conhecimento exato de Londres. Ali está a Mortimer's, a tabacaria, a lojinha do jornaleiro, a sucursal de Coburg do City and Suburban Bank, o restaurante vegetariano, e o armazém da fábrica de carruagens McFarlane's. Isso nos leva até a outra quadra. E agora, doutor, fizemos o nosso trabalho, então é hora de um pouco de diversão. Um sanduíche e uma xícara de café, e depois partimos para a terra dos violinos, onde tudo é doçura e sutileza e harmonia, e onde nenhum cliente ruivo virá nos perturbar com seus enigmas.

Meu amigo era um músico apaixonado, sendo não apenas muito competente como instrumentista, mas também de não pouco mérito como compositor. A tarde inteira ele permaneceu na plateia, imerso na mais perfeita felicidade, balançando suavemente seus dedos finos e longos ao compasso da música, enquanto o sorriso tranquilo e os olhos sonhadores estampavam um rosto completamente distinto de Holmes, o pertinaz, Holmes, o implacável, astuto e ágil homem da lei. Em sua personalidade marcante, essa natureza dupla se alternava, e muitas vezes pensei que sua precisão e astúcia extrema representavam uma reação ao espírito poético e contemplativo que às vezes predominava nele. A oscilação de sua natureza o levava da languidez extrema ao vigor voraz; e, como eu bem sabia, ele jamais era tão formidável como quando passava dias a fio relaxado em sua poltrona, imerso em suas improvisações e seus livros antigos. Era nesses momentos que a ânsia da perseguição o acometia de repente e que seu poder de raciocínio genial se alçava ao nível da intuição, ao ponto de aqueles que não estivessem familiarizados com seus métodos o encararem com desconfiança como se fosse um homem dotado de conhecimentos que não pertenciam a qualquer mortal. Quando o vi naquela tarde tão envolvido pela música no St. James's Hall, fui tomado pela sensação de que a ruína se abateria sobre aqueles que ele estava determinado a caçar.

– Você certamente quer ir para casa, doutor – observou ele, quando saímos.

– Sim, seria bom.

– E tenho alguns negócios a tratar que vão me tomar algumas horas. Essa questão em Coburg Square é séria.

– Por que séria?

– Há um crime considerável em preparação. Tenho motivos para acreditar que há tempo para impedi-lo. Mas o fato de hoje ser sábado complica um pouco a situação. Precisarei de sua ajuda hoje à noite.

– A que horas?

– Pode ser às dez.

– Estarei na Baker Street às dez.

– Excelente. E devo dizer, doutor, que talvez haja um pouco de perigo, então faça a gentileza de trazer no bolso seu revólver do exército.

Ele acenou com a mão, girou nos calcanhares e desapareceu pela multidão em um instante.

Acredito que eu não seja mais néscio que o próximo, mas sempre me senti oprimido por uma sensação de estupidez ao lidar com Sherlock Holmes. Eu havia escutado tudo o que ele escutara e visto tudo o que ele vira, e no entanto suas palavras deixavam evidente que ele sabia não só o que havia acontecido, mas o que estava prestes a acontecer, enquanto para mim a situação toda ainda me parecia uma confusão grotesca. Ao voltar para minha casa em Kensington, pensei em toda a questão, desde a história extraordinária do ruivo copista da enciclopédia até a visita a Saxe-Coburg Square, e também as palavras agourentas que ele me dissera ao se despedir. O que era aquela expedição noturna, e por que eu deveria ir armado? Aonde iríamos, e o que faríamos? Holmes havia indicado que aquele assistente de rosto liso do penhorista era um homem formidável – um homem que talvez estivesse investido em um jogo muito complexo. Tentei decifrar tudo, mas desisti, angustiado, e deixei a questão de lado até que a noite me proporcionasse uma explicação.

Eram nove e quinze quando saí de casa e atravessei o parque, seguindo então pela Oxford Street até a Baker Street. Havia dois cabriolés *hansom* parados diante do prédio, e, quando passei pela porta, ouvi o som de vozes no andar de cima. Ao entrar na sala, vi Holmes em conversa animada com dois homens, um dos quais reconheci como o policial Peter Jones, enquanto o outro era um sujeito alto, magro e de expressão triste, com um chapéu muito lustroso e uma casaca agressivamente respeitável.

– Rá! Nosso grupo está completo – disse Holmes, abotoando o casaco e pegando seu açoite pesado do gancho. – Watson, creio que você já conheça o Sr. Jones, da Scotland Yard? Deixe-me apresentá-lo ao Sr. Merryweather, que nos acompanhará em nossa aventura hoje.

– Vamos caçar em pares de novo, doutor – disse Jones, a seu modo imponente. – Nosso amigo aqui é excelente para iniciar uma perseguição. Ele quer apenas um cachorro velho para ajudá-lo a cansar a presa.

– Espero que nossa perseguição renda frutos – observou o Sr. Merryweather, apático.

– Pode depositar uma confiança considerável no Sr. Holmes – garantiu o policial, cheio de pompa. – Se me permite dizer, ele tem seus próprios métodos, que são um pouco teóricos e fantásticos demais, mas possui as qualidades de um detetive. Não é exagero dizer que, em uma ou duas ocasiões, como no caso do assassinato de Sholto ou do tesouro de Agra, ele esteve mais correto do que a força policial.

– Ah, se o senhor diz, Sr. Jones, então tudo bem – respondeu o desconhecido, com deferência. – Ainda assim, confesso que sinto falta do meu joguinho. Esta é a primeira noite de sábado em 27 anos que não jogo.

– Creio que o senhor verá – disse Sherlock Holmes – que as apostas de hoje serão as mais altas de toda a sua vida, e que o jogo será mais emocionante. Para o Sr. Merryweather, o pote valerá cerca de 30 mil libras; e para você, Jones, será o homem em quem deseja pôr as mãos.

– John Clay, assassino, ladrão, vândalo e falsário. É um homem jovem, Sr. Merryweather, mas está no auge de sua profissão, e eu gostaria de fixar minhas algemas nele mais do que em qualquer outro criminoso de Londres. É um sujeito extraordinário esse jovem John Clay. Seu avô era um duque real, e ele mesmo frequentou Eton e Oxford. Seu cérebro é ágil como seus dedos, e, embora sempre vejamos sinais dele, nunca sabemos onde o homem de fato está. Ele rouba uma casa na Escócia em uma semana e, na seguinte, levanta fundos para construir um orfanato na Cornualha. Estou atrás dele há anos e ainda não consegui vê-lo.

– Espero que possa ter o prazer de apresentá-los hoje à noite. Eu também tive uma ou duas circunstâncias com o Sr. John Clay e concordo que ele esteja no auge de sua profissão. Mas já passa das dez e é hora de começarmos. Se vocês dois puderem pegar o primeiro cabriolé, Watson e eu os seguiremos no segundo.

Sherlock Holmes não foi muito comunicativo durante o trajeto e permaneceu recostado no assento, murmurando as melodias que havia escutado ao longo da tarde. Percorremos um labirinto interminável de ruas iluminadas a gás até sairmos na Farrington Street.

– Já estamos chegando – observou meu amigo. – Esse tal Merryweather é diretor de um banco e tem um interesse pessoal na questão. Achei que seria bom também termos Jones conosco. Ele não é ruim, embora seja um perfeito imbecil em sua profissão. Mas tem uma virtude positiva. É valente como um buldogue e tenaz como uma lagosta se conseguir pôr as garras em alguém. Aqui estamos, e eles estão nos esperando.

Nós havíamos chegado à mesma pista movimentada em que tínhamos estado pela manhã. Nossos cabriolés foram dispensados, e, mediante a orientação do Sr. Merryweather, passamos por uma viela estreita e entramos por uma porta lateral, que ele abriu para nós. Do lado de dentro havia um pequeno corredor, que terminava em um portão de ferro muito pesado. Esse também foi aberto, o que nos levou por um lance de escadas em espiral que dava em outro portão formidável. O Sr. Merryweather parou para acender uma lamparina e, em seguida, nos conduziu por uma passagem escura com cheiro de terra. Ao abrir uma terceira porta, nos levou para dentro de uma adega ou galeria imensa que estava abarrotada de caixotes e volumes enormes.

– Você não é muito vulnerável por cima – comentou Holmes, ao erguer a lamparina e examinar seu entorno.

– Nem por baixo – disse o Sr. Merryweather, batendo a bengala nas placas de pedra que cobriam o piso. – Ora, céus, parece bastante oco! – disse ele, levantando o olhar, surpreso.

– Preciso insistir que o senhor faça um pouco mais de silêncio! – disse Holmes, com firmeza. – Acabou de pôr em risco todo o sucesso de nossa expedição. Poderia fazer a gentileza de se sentar em cima de uma daquelas caixas e não interferir?

O solene Sr. Merryweather se empoleirou em cima de um caixote, com uma expressão muito contrariada, e Holmes se pôs de joelhos no chão e, com a lamparina e uma lupa, começou a examinar cuidadosamente as fendas entre as pedras. Bastaram alguns segundos para satisfazê-lo, e logo ele voltou a se levantar e guardou a lupa no bolso.

– Temos pelo menos uma hora de espera – avisou –, pois eles não podem tomar nenhuma atitude até que o bom penhorista se recolha. Depois, não vão perder um minuto sequer, pois, quanto antes terminarem o trabalho, mais tempo terão para fugir. No momento, doutor, como você certamente já deve ter adivinhado, nós estamos no porão da sucursal da City de um dos principais bancos londrinos. O Sr. Merryweather é o presidente do conselho e lhe explicará que existem motivos para que os criminosos mais audaciosos de Londres tenham um interesse considerável por este porão no momento.

– É o nosso ouro francês – sussurrou o executivo. – Recebemos alguns alertas de que poderia haver uma tentativa de roubo.

– Seu ouro francês?

– Sim. Alguns meses atrás, tivemos necessidade de fortalecer nossos recursos e, para esse fim, pegamos emprestados 30 mil napoleões do Banque de France. Foi revelado que não tivemos oportunidade de desembalar o dinheiro, e que ele continua em nossos porões. A caixa em que estou sentado contém 2 mil napoleões estocados entre laminados de chumbo. Nossa reserva atual de metais preciosos está muito maior do que costuma haver em cada sucursal, e o conselho de diretores está inseguro com a questão.

– O que é um sentimento perfeitamente justificável – observou Holmes. – E agora é hora de organizarmos nossos pequenos planos. Acredito que em até uma hora tudo chegará ao fim. Enquanto isso, Sr. Merryweather, precisamos fechar a tampa dessa lamparina escura.

– E vamos ficar no escuro?

– Receio que sim. Eu trouxe um baralho no bolso e tinha pensado que, como estamos em quatro, o senhor poderia ter seu joguinho, afinal. Mas percebo que os preparativos do inimigo encontram-se tão adiantados que não podemos correr o risco de apresentar luz. E, antes de mais nada, precisamos escolher nossas posições. Esses são homens audaciosos. Ainda que estejam em desvantagem, podem nos ferir se não tomarmos cuidado. Ficarei atrás desta caixa, e vocês, escondam-se atrás daquelas. E então, quando eu lançar a luz sobre eles, avancem rapidamente. Se eles atirarem, Watson, não hesite em abatê-los.

Agachei-me atrás de um caixote de madeira e apoiei meu revólver, posicionado, em cima da tampa. Holmes fechou sua lamparina e nos deixou em meio à escuridão completa – uma escuridão tão absoluta como eu nunca havia visto antes. O cheiro de metal quente persistia para nos garantir que a luz continuava lá, pronta para brilhar imediatamente. Para mim, que estava com os nervos tensos de expectativa, a penumbra súbita, bem como o ar abafado e frio da galeria, tinham algo de deprimente e opressivo.

– Eles têm apenas uma via de fuga – murmurou Holmes –, que é pela casa em Saxe-Coburg Square. Espero que você tenha feito o que pedi, Jones.

– Pus um inspetor e dois guardas de prontidão na porta da frente.

– Então cobrimos todos os buracos. E agora devemos aguardar em silêncio.

E que tempo foi aquele! Mais tarde, após comparar anotações, vi que transcorreu apenas uma hora e quinze. No entanto, para mim, pareceu que a noite quase inteira havia passado e o sol já estava nascendo. Meus músculos estavam cansados e rígidos, pois eu tinha medo de mudar de posição; meus nervos já estavam no nível máximo de tensão, e minha audição era tão apurada que eu ouvia não apenas a respiração suave de meus companheiros, mas também conseguia distinguir entre a aspiração mais profunda e pesada do corpulento Jones e o som fraco e suspirante do executivo do banco. Do meu lugar, eu podia olhar para o chão por cima da caixa. De repente, meus olhos captaram um instante de luz.

A princípio, foi apenas uma fagulha débil no piso de pedra. Depois, ela se alongou até se tornar uma linha amarela e, por fim, sem aviso nem ruído, pareceu se abrir em um corte, e uma mão apareceu; uma mão branca, quase feminina, que apalpou o centro da pequena área luminosa. Durante pelo menos um minuto, os dedos inquietos da mão pareceram brotar do chão. E então ela foi recolhida com a mesma rapidez com que havia surgido, e tudo voltou a ser escuro, salvo pela fagulha débil que indicava uma fresta entre as pedras.

O desaparecimento, contudo, foi apenas momentâneo. Com um som de algo raspando, rasgando, uma das pedras brancas largas foi virada para o lado e deixou um grande buraco quadrado, de onde entrava a luz de uma lamparina. Dali de dentro emergiu um rosto liso e juvenil, que observou atentamente os arredores e depois, com as mãos nos dois lados da abertura, se ergueu até os ombros e a cintura, até que um joelho se apoiou na beirada. No instante seguinte, ele estava de pé ao lado do buraco e puxava um companheiro, leve e pequeno como ele, com rosto claro e uma cabeleira muito ruiva.

– Está limpo – sussurrou. – Trouxe a talhadeira e os sacos? Minha nossa! Pule, Archie, pule, que eu vou atrás!

Sherlock Holmes tinha saltado de seu esconderijo e pegara o intruso pelo colarinho. O outro mergulhou no buraco, e ouvi um barulho de tecido rasgado quando Jones o agarrou pela roupa. A lamparina iluminou o cano de um revólver, mas o açoite de Holmes desceu no pulso do homem, e a arma caiu no chão de pedra.

– Não adianta, John Clay – alertou Holmes, com tranquilidade. – Você não tem a menor chance.

– Percebi – respondeu o outro com a máxima frieza. – Imagino que meu parceiro esteja bem, embora, pelo que estou vendo, vocês tenham pegado o colarinho do casaco dele.

– Três homens o estão esperando na porta – disse Holmes.

– Ah, realmente! Parece que vocês cuidaram de todos os detalhes. Estão de parabéns.

– E você também – rebateu Holmes. – Sua ideia dos ruivos foi muito original e eficaz.

– Você vai ver seu parceiro logo – disse Jones. – Ele é mais rápido do que eu para descer buracos. Deixe-me prender as algemas.

– Por favor, não me toque com essas suas mãos imundas – afirmou nosso prisioneiro, enquanto as algemas eram presas em seus pulsos. – Você talvez não saiba que tenho sangue real correndo nas veias. Faça a bondade também de me chamar sempre por "senhor" e dizer "por favor" ao se dirigir a mim.

– Certo – respondeu Jones, encarando-o com um esgar debochado. – Ora, por favor, senhor, pode subir a escada para que um cabriolé possa levar vossa alteza à delegacia?

– Melhorou – disse John Clay, com serenidade. Ele fez uma mesura profunda para nós três e saiu em silêncio sob a guarda do detetive.

– Francamente, Sr. Holmes – disse o Sr. Merryweather, quando saímos atrás deles. – Não sei como o banco pode lhe agradecer ou recompensar. Não tenho a menor dúvida de que o senhor detectou e derrotou completa e definitivamente uma das tentativas mais elaboradas de assalto a banco que já vi em toda a minha carreira.

– Eu também tinha uma ou duas contas a acertar com o Sr. John Clay – disse Holmes. – Incorri em alguns pequenos gastos com este caso, que gostaria que o banco reembolsasse, mas, fora isso, já é ampla recompensa ter vivido uma experiência peculiar em muitos sentidos e ter ouvido a narrativa extraordinária da Liga dos Ruivos.

Durante a madrugada, quando desfrutávamos um copo de uísque com soda na Baker Street, ele explicou:

– Veja bem, Watson, estava perfeitamente óbvio desde o início que o único propósito possível para essa história um tanto fantástica do anúncio da Liga, e a cópia da Enciclopé-

dia, devia ser manter aquele penhorista não muito inteligente afastado durante algumas horas por dia. Foi um modo curioso de conseguir isso, mas, de fato, seria difícil sugerir opção melhor. A mente engenhosa de Clay certamente tirou inspiração da cor do cabelo de seu cúmplice para o método. As 4 libras semanais eram um atrativo que o interessaria, e o que era essa pequena quantia para eles, que estavam atrás de milhares? Eles publicam o anúncio, um pilantra aluga o escritório temporário, o outro incita o homem a se candidatar, e juntos eles conseguem garantir sua ausência em todas as manhãs da semana. Assim que ouvi que o assistente trabalhava por meio soldo, ficou óbvio para mim que ele tinha alguma motivação forte para assegurar o emprego.

– Mas como você conseguiu adivinhar qual era a motivação?

– Se houvesse mulheres na casa, eu teria desconfiado de alguma intriga banal. Contudo, isso não era uma possibilidade. O empreendimento do homem era pequeno, e não havia nada em sua casa que pudesse justificar preparativos tão elaborados, bem como toda a despesa que eles estavam investindo. Portanto, devia ser algo fora da casa. O que poderia ser? Pensei no gosto do assistente por fotografia, e em seu truque de sumir porão adentro. O porão! Esse foi o fim dessa pista convoluta. Então, fiz algumas perguntas sobre esse assistente misterioso e descobri que estava lidando com um dos criminosos mais frios e audaciosos de Londres. Ele estava fazendo algo no porão, algo que demandava várias horas por dia durante meses a fio. Ora, mais uma vez, o que poderia ser? Não consegui pensar em nada além de que ele devia estar abrindo um túnel até algum outro edifício.

"Eu havia chegado até esse ponto quando fomos visitar o cenário da ação. Você ficou surpreso quando bati minha bengala no chão. Eu estava averiguando se o porão se abria para a frente ou para trás. Não era na frente. Então toquei a campainha, e, como eu esperava, o assistente atendeu. Nós já tivemos alguns confrontos, mas nunca havíamos posto os olhos um no outro. Mal olhei para seu rosto. O que eu queria ver eram os joelhos dele. Você também deve ter observado como estavam desgastados, amarrotados e sujos. Indicavam horas de escavação. A única questão pendente era o objetivo da escavação. Virei a esquina, vi que o City and Suburban Bank ocupava um terreno contíguo ao estabelecimento de nosso amigo e concluí que havia solucionado o problema. Quando você voltou para casa após o concerto, fiz uma visita à Scotland Yard e ao presidente do conselho, e o resultado foi o que você viu."

– E como você sabia que eles tentariam o assalto hoje? – perguntei.

– Ora, o fechamento do escritório da Liga foi um sinal de que eles já não se importavam com a presença do Sr. Jabez Wilson. Em outras palavras, eles haviam terminado o túnel. Mas era essencial usá-lo logo, pois ele poderia ser descoberto, ou o tesouro poderia ser retirado. Sábado seria o ideal para eles, pois lhes daria dois dias para fugir. Por todos esses motivos, imaginei que eles viriam hoje.

– Seu raciocínio foi excelente – exclamei, com admiração genuína. – É uma corrente muito longa, e cada elo é igualmente forte.

– O caso me poupou do fastio – respondeu ele, com um bocejo. – Que infortúnio! Já estou sentindo seus dedos à minha volta. Minha vida é gasta em um esforço constante de escapar da banalidade da existência. Esses probleminhas me ajudam.

– E você é um benfeitor para a humanidade – falei.

Ele encolheu os ombros.

– Ora, talvez seja um pouco útil, afinal de contas. Como Gustave Flaubert escreveu para George Sang, *L'homme c'est rien, l'oeuvre c'est tout.*

3

O ritual Musgrave

Muitas vezes chamou minha atenção uma anomalia na personalidade de meu amigo Sherlock Holmes: embora em termos de raciocínio ele fosse o mais rigoroso e metódico da humanidade, e embora também se trajasse com certo apuro, era um dos homens mais desregrados quanto a jamais perturbar a paz de um companheiro de apartamento. Não que eu mesmo seja lá tão convencional nesse quesito. A refrega no Afeganistão, somada a uma disposição boêmia natural, me tornou um pouco mais desleixado do que seria adequado para um homem de medicina. Mas há limite para mim, e, quando vejo um homem que guarda seus charutos no balde de carvão, o fumo dentro de um sapato persa e a correspondência pendente cravada com uma faca exatamente no centro da cornija de madeira da lareira, começo a me considerar mais virtuoso. Também sempre fui da opinião de que a prática de tiro deveria ser um passatempo reservado exclusivamente a áreas externas. Quando Holmes, em um de seus estados de espírito peculiares, acomodava-se em sua poltrona com a pistola e cem cartuchos Boxer e desatava a adornar a parede à sua frente com um patriótico V.R.* feito de buracos de bala, eu acreditava firmemente que o esforço não aprimorava nem o ambiente nem a aparência da sala.

---

*A sigla se refere a Victoria Regina, mais conhecida como rainha Vitória, que governou o Reino Unido de 1837 até a morte, em 1901. (*N. do T.*)

Nosso apartamento estava sempre cheio de substâncias químicas e relíquias criminosas, que de alguma forma perambulavam até posições improváveis e acabavam aparecendo na manteigueira ou em lugares ainda menos desejáveis. Mas os papéis dele eram meu grande martírio. Ele tinha horror a destruir documentos, especialmente os que possuíam ligação com casos antigos, e no entanto apenas uma ou duas vezes por ano reunia energia para catalogá-los e organizá-los, pois, como já mencionei em algum ponto destas memórias incoerentes, os rompantes de intensa energia com que ele realizava os feitos admiráveis associados ao seu nome eram seguidos por períodos de letargia, em que ele se deixava largado com o violino e os livros e mal se movia, salvo para ir do sofá à mesa. E assim, mês após mês, seus papéis se acumulavam até que cada canto da sala estivesse abarrotado de maços de manuscritos – que em hipótese alguma podiam ser queimados – e que só podiam ser guardados pelo dono.

Em uma noite de inverno, quando estávamos sentados diante da lareira, arrisquei-me a sugerir que, após terminar de colar recortes em seu diário, ele poderia dedicar as duas horas seguintes a tornar nossa sala um pouco mais habitável. Sherlock Holmes foi incapaz de negar a justiça de meu pedido, então, com uma expressão algo pesarosa no rosto, entrou em seu quarto e voltou logo em seguida arrastando atrás de si uma caixa grande de estanho. Colocou-a então no meio do cômodo e, após se sentar em uma banqueta, retirou-lhe a tampa. Vi que um terço da capacidade já estava ocupado por maços de papel amarrados com fita vermelha em embrulhos separados.

– Já tenho bastantes casos aqui, Watson – disse ele, lançando-me um olhar matreiro. – Acho que, se soubesse tudo o que eu tenho nesta caixa, você pediria para eu tirar alguns, em vez de acrescentar outros.

– Estes são os seus arquivos antigos de trabalho? – perguntei. – Muitas vezes pensei que seria bom ter anotações sobre esses casos.

– Sim, meu amigo; estes todos foram feitos de forma prematura, antes que meu biógrafo surgisse para me glorificar. – Ele extraiu maço após maço com gestos gentis, quase ternos.

– Não são todos bem-sucedidos, Watson – disse ele –, mas há alguns belos probleminhas entre eles. Estes são os papéis dos assassinatos de Tarleton e do caso de Vamberry, o comerciante de vinhos, e da aventura da velha russa, e do curioso caso da muleta de alumínio, e há também um registro completo de Ricoletti do pé torto e de sua esposa abominável. E aqui... Ah, veja só! Este aqui é realmente um tanto inusitado.

Ele enfiou o braço até o fundo do baú e extraiu uma pequena caixa de madeira com tampa deslizante, como aquelas caixas para guardar brinquedos de crianças. De dentro, tirou um pedaço de papel amassado, uma chave de latão antiga, um pino de madeira preso a uma bola de barbante e três discos velhos de metal enferrujado.

– Ora, meu amigo, o que você acha disto? – perguntou ele, sorrindo diante da minha expressão.

– É uma coleção curiosa.

– Muito curiosa; e o passado por detrás disso lhe parecerá mais curioso ainda.

– Essas relíquias têm história, então?

– Não só têm, como *são* história.

– O que você quer dizer com isso?

Sherlock Holmes pegou os itens um a um e os depositou ao longo da beira da mesa. Depois, voltou a se sentar em sua poltrona e os observou com um brilho de satisfação nos olhos.

– Eles – disse Holmes – são tudo o que restou para me lembrar do episódio do ritual Musgrave.

Eu já o tinha ouvido mencionar o caso mais de uma vez antes, mas nunca conseguira obter os detalhes.

– Eu adoraria – falei – se você pudesse me contar sobre ele.

– E deixar a bagunça como está? – reclamou ele, com um ar travesso. – Seu espírito ordenado não deve sofrer muito desgaste, afinal, Watson. Mas fico feliz que queira acrescentar este caso aos seus anais, pois há aspectos que o tornam bastante único nos arquivos criminais deste país ou, creio eu, no de qualquer outro. Uma coleção com minhas humildes conquistas certamente seria incompleta se não tivesse qualquer menção a essa circunstância muito singular.

Você talvez recorde que o caso do *Gloria Scott*, e minha conversa com o homem infeliz cujo destino lhe contei, foi o que voltou minha atenção no sentido da profissão que veio a se tornar o trabalho da minha vida. Você me vê hoje, com meu nome tendo alcançado grande peso e reputação, e quando tanto o público quanto a força oficial me reconhecem como um último recurso em casos duvidosos. Até quando fomos apresentados pela primeira vez, na época do caso que você celebrou em *Um estudo em vermelho*, eu já havia estabelecido relações consideráveis, embora não muito lucrativas. Portanto, não deve imaginar a dificuldade que tive no início e o tempo que precisei esperar até conseguir realizar algum progresso.

Quando cheguei a Londres, fixei residência na Montague Street, quase ao lado do British Museum, e lá esperei, ocupando meu tempo livre muito abundante com o estudo de todos os ramos da ciência que poderiam incrementar minha eficiência. De vez em quando alguns casos vinham a mim, principalmente por intermédio da apresentação de antigos colegas de classe, pois durante meus últimos anos na universidade muito se falava de mim e de meus métodos. O terceiro desses casos foi o do ritual Musgrave, e é ao interesse despertado por aquela sequência singular de acontecimentos, e pelo grande risco que se revelou, que atribuo meu primeiro passo rumo à posição que hoje ocupo.

Reginald Musgrave e eu havíamos frequentado a mesma faculdade, e eu o conhecia vagamente. Ele não era amplamente popular entre os alunos, embora eu sempre tivesse a impressão de que o que se apresentava como orgulho, na realidade, era um esforço de disfarçar uma extrema timidez natural. Ele aparentava ser um homem de características excepcionalmente aristocráticas, magro, nariz elevado, olhos grandes, com uma postura lânguida, porém cortês. De fato, era descendente de uma das famílias mais antigas do reino, embora pertencesse a um ramo recente que havia se separado dos Musgrave do norte em algum ponto do século XVI e se estabelecido na parte ocidental de Sussex, onde o solar de Hurlstone talvez seja o edifício habitado mais antigo do condado. O homem parecia ter em si algo de seu lugar de nascimento, e nunca olhei para seu rosto pálido e reto ou para a posição de sua cabeça sem associá-lo a grandes arcos e janelas apaineladas e todos os destroços veneráveis de uma fortificação feudal. De tempos em tempos desatávamos a conversar, e me lembro de vê-lo mais de uma vez demonstrando grande interesse por meus métodos de observação e inferência.

Passei quatro anos sem notícia alguma dele, até que, certa manhã, ele entrou em meu apartamento na Montague Street. Não havia mudado muito, estava vestido à moda da juventude (sempre foi um tanto dândi) e preservava a mesma atitude plácida e tranquila que havia sido característica sua antes.

– Como tem passado, Musgrave? – perguntei, após trocarmos um aperto de mãos cordial.

– Você provavelmente ficou sabendo da morte de meu pobre pai – disse ele. – Ele se foi há uns dois anos. Desde então, claro, fiquei encarregado de administrar a propriedade de Hurlstone, e, como também represento o distrito, minha vida tem estado ocupada. Mas eu soube, Holmes, que você tem aplicado para fins práticos aqueles poderes com que costumava nos impressionar.

– Sim – respondi –, passei a viver da minha astúcia.

– Folgo em saber, pois seu conselho agora seria de valor inestimável para mim. Tivemos algumas circunstâncias muito estranhas em Hurlstone, e a polícia não foi capaz de lançar qualquer luz sobre a questão. É uma situação das mais extraordinárias e inexplicáveis.

Você imagina a ansiedade com que o ouvi, Watson, pois a chance que eu havia almejado por todos aqueles meses de inação parecia estar ao meu alcance. Do fundo do coração, eu acreditava que poderia triunfar onde outros haviam fracassado, e ali estava a oportunidade para me testar.

– Por favor, conte-me os detalhes – pedi.

Reginald Musgrave se sentou à minha frente e acendeu o cigarro que eu lhe havia oferecido.

Você deve saber que, embora eu seja solteiro, mantenho uma criadagem de tamanho considerável em Hurlstone, pois o lugar é velho e enorme e demanda bastante trabalho. Eu o preservo, claro, e nos meses de faisão costumo oferecer uma festa, de modo que não seria conveniente que a casa estivesse desguarnecida. Ao todo, são oito criadas, o cozinheiro, o mordomo, dois valetes e um pajem. O jardim e o estábulo, claro, têm pessoal específico.

Desses empregados, o que tinha mais tempo de serviço conosco era Brunton, o mordomo. Era um jovem tutor desempregado quando foi acolhido por meu pai, mas detinha grande energia e caráter, e em pouco tempo se tornou parte inestimável da residência. Era um homem fornido, belo, com uma testa esplêndida, e apesar de trabalhar para nós há mais de vinte anos não deve ter mais que 40 agora. Com tais qualidades pessoais e talentos extraordinários, pois fala vários idiomas e toca praticamente todos os instrumentos musicais, é maravilhoso que ele se contenha por tanto tempo nesse posto, mas imagino que se sentisse à vontade e carecesse de energia para fazer qualquer mudança. O mordomo de Hurlstone sempre é lembrado por todos aqueles que nos visitam.

Mas esse modelo de virtude tem um defeito. Ele é uma espécie de Don Juan, e dá para imaginar que, para um homem assim, essa vida não é muito difícil em uma tranquila região rural.

Quando ele era casado, estava tudo bem, mas desde que sua esposa faleceu nós temos tido problemas sem fim. Alguns meses atrás, tivemos a esperança de que ele se aquietasse de novo, pois pediu em casamento Rachel Howells, nossa segunda criada, mas depois a abandonou e se envolveu com Janet Tregellis, filha do guarda-caça chefe. Rachel, que é uma moça muito boa, mas de temperamento galês suscetível, sofreu um acesso de febre cerebral e agora circula com olhos encovados pela casa – ou pelo menos até ontem – como uma sombra de si mesma. Esse foi nosso primeiro drama em Hurlstone, mas um segundo logo surgiu para nos distrair dele, e prenunciado pela queda em desgraça e pela demissão do mordomo Brunton.

Eis o que aconteceu. Falei que o homem era inteligente, e foi justamente essa inteligência que o arruinou, pois parece ter resultado em uma curiosidade insaciável a respeito de questões que não lhe diziam respeito. Eu não imaginava o que ele era capaz de fazer em nome disso, até que um acidente dos mais insignificantes me abriu os olhos.

Mencionei que a casa era enorme. Certa noite, na semana passada, na quinta-feira, para ser mais exato, eu estava com dificuldade para dormir, depois de cometer a insensatez de tomar uma xícara de café *noir* forte depois do jantar. Após rodar de um lado para outro na cama até as duas da manhã, senti que não havia mais jeito, então me levantei e acendi a vela na intenção de continuar um romance que eu estava lendo. No entanto, o livro tinha ficado na sala de bilhar, então vesti o roupão e fui buscá-lo.

Para chegar à sala de bilhar, eu precisava descer um lance de escadas e atravessar a extremidade do corredor que dava na biblioteca e na sala de armas. Imagine minha surpresa quando olhei na direção do corredor e vi um fiapo de luz saindo da porta aberta da biblioteca. Eu havia apagado a lâmpada e fechado a porta pessoalmente antes de ir para a cama. Evidentemente, meu primeiro pensamento foi que se tratava de ladrões. Muitas paredes dos corredores de Hurlstone são decoradas com troféus de armas antigas. De um desses, peguei um machado de guerra e, então, deixei minha vela para trás, caminhei na ponta dos pés pelo corredor e dei uma olhada pela porta aberta.

O mordomo Brunton estava na biblioteca, vestido com trajes completos. Estava sentado em uma poltrona e tinha um pedaço de papel, que parecia um mapa, aberto sobre o joelho. Sua testa repousava na mão como se ele estivesse imerso em pensamentos. Chocado, continuei a observá-lo da escuridão. Uma vela solitária na beira da mesa lançava uma luz fraca, que bastou para me revelar que ele estava em trajes completos. De repente, vi-o se levantar da poltrona e caminhar até uma escrivaninha lateral, destrancando-a e abrindo uma gaveta. Ele retirou um papel e, após voltar a se sentar, alisou-o ao lado da vela na beira da mesa e começou a estudá-lo com grande atenção. Minha indignação diante desse estudo calmo dos documentos de nossa família me tomou a tal ponto que dei um passo à frente, e Brunton levantou o rosto e me viu no limiar da porta. Ele se levantou de um salto, o rosto lívido de medo, e segurou junto ao peito o papel que estudara antes, o que parecia um mapa.

– Ora! – falei. – É essa a sua retribuição pela confiança que depositamos em você! A partir de amanhã você será dispensado.

Ele abaixou a cabeça com a expressão de um homem absolutamente devastado e passou por mim sem dizer palavra. A vela continuava na mesa, e à sua luz consegui ver o papel que Brunton havia retirado da escrivaninha. Para minha surpresa, não era nada de importância, apenas uma cópia das perguntas e respostas do antigo costume chamado de ritual Musgrave. É uma espécie de cerimônia peculiar da nossa família, algo que ao longo dos séculos cada Musgrave realizou ao atingir a maioridade. Algo de interesse pessoal, e talvez de alguma importância para arqueólogos, assim como nossos brasões d'armas e símbolos, mas sem qualquer utilidade prática.

– É melhor voltarmos a esse papel depois – falei.

– Se você acha mesmo necessário – respondeu ele, um pouco hesitante. Mas, retomando meu relato, voltei a trancar a escrivaninha, com a chave que Brunton havia deixado, e me virei para ir embora quando, para minha surpresa, o mordomo tinha voltado e estava atrás de mim.

– Sr. Musgrave – pranteou ele, com a voz carregada de emoção, – não suporto cair em desgraça, senhor. Sempre tive orgulho além da minha posição na vida, e ser desgraçado seria a minha morte. Meu sangue estará em suas mãos, senhor, de verdade, se me levar ao desespero. Se o senhor não puder me manter após o que aconteceu, então, pelo amor de Deus, permita-me pedir demissão e ir embora daqui a um mês, como se por livre e espontânea vontade. Eu suportaria isso, Sr. Musgrave, mas não ser expulso na frente de todas as pessoas que conheço tão bem.

– Você não merece muita consideração, Brunton – respondi. – Sua conduta foi das mais infames. Contudo, como você está com a família há muito tempo, não desejo desgraçá-lo publicamente. Porém, um mês é tempo demais. Tome uma semana e justifique sua saída com o motivo que desejar.

– Só uma semana, senhor? – lamentou ele com uma voz angustiada. – Uma quinzena... Deixe pelo menos uma quinzena.

– Uma semana – repeti –, e pode ter certeza de que estou sendo leniente.

Ele foi embora devagar, cabisbaixo, um homem prostrado, enquanto apaguei a luz e voltei para meu quarto.

Durante os dois dias seguintes, Brunton foi perfeitamente assíduo em suas tarefas. Não fiz menção alguma ao ocorrido e esperei com alguma curiosidade para ver como ele disfarçaria sua desgraça. Porém, na manhã do terceiro dia, ele não apareceu após o café, como sempre fazia, para receber minhas instruções diárias. Quando saí da sala de jantar, dei com Rachel Howells, a criada. Comentei que ela havia acabado de se recuperar de uma doença e parecia tão terrivelmente pálida e abatida que a repreendi por estar trabalhando.

– Você devia estar na cama – falei. – Volte para suas tarefas quando estiver mais forte.

Ela olhou para mim com uma expressão tão estranha que comecei a desconfiar de que seu cérebro tivesse sido afetado.

– Eu estou forte para trabalhar, Sr. Musgrave – disse ela.

– Veremos o que o médico fala – respondi. – Você precisa parar de trabalhar agora, e quando descer avise que eu gostaria de ver Brunton.

– O mordomo se foi – disse ela.

– Ele se foi? Para onde?

– Ele se foi. Ninguém o viu. Não está em seu quarto. Ah, sim, se foi... se foi!

Ela então se recostou na parede e emitiu vários rompantes de risadas, ao passo que eu, horrorizado pelo ataque histérico súbito, corri até a sineta para pedir ajuda. A moça foi levada ao seu quarto, ainda gritando e chorando, enquanto eu indagava sobre Brunton. Não havia a menor dúvida de que ele tinha desaparecido. Sua cama não fora usada; ninguém o vira desde que ele se recolhera na noite anterior; e, no entanto, era difícil descobrir como ele teria saído da casa, visto que tanto as janelas quanto as portas amanheceram trancadas. Suas roupas, seu relógio, até seu dinheiro estavam no quarto... mas o terno preto que ele costumava usar havia sumido. Seu chinelo também não estava lá, mas as botas ficaram para trás. Aonde, então, o mordomo Brunton poderia ter ido no meio da noite, e o que poderia ter havido com ele?

Evidentemente, procuramos pela casa e nos anexos, mas não havia nenhum sinal dele. Como eu disse, aquela construção antiga era um labirinto, especialmente a ala original, que hoje está quase deserta, mas vasculhamos cada cômodo e sótão sem descobrir qualquer rastro do homem desaparecido. Achei incrível que ele pudesse ter saído e abandonado todos os seus pertences, mas onde poderia estar? Chamei a polícia local, porém sem sucesso. Havia chovido na noite anterior, e examinamos o gramado e as trilhas em volta da casa, mas em vão. Essas eram as circunstâncias quando um novo fato desviou nossa atenção do mistério original.

Durante dois dias, Rachel Howells tinha estado tão enferma, às vezes delirante, às vezes histérica, que uma enfermeira fora chamada para passar as noites com ela. Na terceira noite após o desaparecimento de Brunton, a enfermeira, ao constatar que sua paciente dormia um sono tranquilo, cochilara na poltrona. Quando acordou, de madrugada, descobriu que a cama estava vazia, a janela, aberta, e nenhum sinal da convalescente. Fui despertado no mesmo instante e parti imediatamente com os dois valetes em busca da moça desaparecida. Não era difícil ver a direção que ela havia seguido, pois, a partir de sua janela, podíamos seguir facilmente suas pegadas pelo gramado até a lagoa, onde os passos desapareciam, perto da trilha de cascalho que levava para fora da propriedade. O lago tem 2,5 metros de profundidade, e você imagina o que sentimos ao ver que a trilha da coitada e desvairada terminava na beira dele.

Evidentemente, trouxemos as dragas de imediato e começamos a procurar os restos mortais, mas não conseguimos encontrar nenhum sinal do corpo. Entretanto, subimos à superfície um objeto dos mais inesperados. Era um saco de linho, que continha uma massa de metal velho enferrujado e descolorido e alguns pedaços opacos de seixos ou vidro. Essa descoberta estranha foi nosso único resultado na lagoa, e, embora tenhamos feito de tudo em nossas buscas e indagações ontem, nada sabemos sobre o destino de Rachel Howells ou de Richard Brunton. A polícia do condado está perdida, e vim até você como um último recurso.

– Imagine, Watson, a disposição com que escutei essa sequência extraordinária de acontecimentos e tratei de juntar todas as peças e conceber algum fio condutor no qual todas elas poderiam se encaixar.

"O mordomo havia sumido. A criada havia sumido. A criada tinha amado o mordomo, mas depois teve motivo para odiá-lo. Era de sangue galês, intensa e emotiva. Ficara tremendamente comovida após o desaparecimento dele. Havia arremessado dentro do lago um saco de conteúdo curioso. Esses todos eram fatores que precisavam ser levados em conta, e no entanto nenhum chegava bem ao cerne da questão. Qual era o ponto de partida dessa sequência de acontecimentos? Aí estava o fim dessa linha emaranhada."

– Preciso ver o papel, Musgrave – falei –, que esse seu mordomo julgou que valeria a pena consultar, mesmo ao risco de perder o posto.

– É uma história um tanto absurda, esse ritual nosso – disse ele –, mas pelo menos possui a distinção da antiguidade como fator de redenção. Tenho uma cópia das perguntas e respostas aqui, se você quiser dar uma olhada.

Ele me entregou este mesmo papel aqui, Watson, e é esse o estranho catecismo a que todo homem Musgrave precisava se submeter ao atingir a condição de maioridade. Vou ler para você as perguntas e respostas listadas aqui:

De quem era?
Daquele que se foi.
De quem será?
Daquele que vier.

Qual era o mês?
*O sexto a partir do primeiro.**
Onde estava o sol?
Acima do carvalho.
Onde estava a sombra?
Sob o olmo.
Como eram as passadas?
Norte por dez e por dez, leste por cinco e por cinco, sul por duas e por duas, oeste por uma e por uma, e assim abaixo.
O que daremos por isso?
Tudo que é nosso.
Por que daremos?
Em nome da confiança.

– O original não está datado, mas foi escrito com a ortografia de meados do século XVII – observou Musgrave. – No entanto, receio que não sirva de muita ajuda para a solução deste mistério.

– Pelo menos – falei –, nos proporciona outro mistério, um ainda mais interessante que o primeiro. Pode ser que a solução de um se mostre a solução do outro. Perdoe-me, Musgrave, mas seu mordomo me parece um homem muito esperto, dotado de uma perspicácia superior à de dez gerações de seus empregadores.

– Não compreendo – disse Musgrave. – O papel me parece não ter nenhuma importância prática.

– Mas, para mim, parece imensamente prático, e imagino que Brunton tenha tido a mesma opinião. Ele provavelmente o havia visto antes daquela noite em que você o flagrou.

---

*Os trechos "Qual era o mês?" e "O sexto a partir do primeiro" não constam de sua primeira publicação, na revista britânica *Strand*, em 1893. Ambos foram acrescentados na coletânea *As memórias de Sherlock Holmes*, em 1894. Apesar de esses trechos especificarem o mês do ano em que a sombra incidiria tal como descrito nas árvores da propriedade, a informação não volta a ser mencionada no conto. (*N. do T.*)

– É muito possível. Nós nunca nos demos ao trabalho de escondê-lo.

– Creio eu que ele desejava apenas refrescar a memória naquela última ocasião. Pelo que entendi, ele tinha consigo uma espécie de mapa ao qual estava comparando o manuscrito, e que ele guardou no bolso quando você apareceu?

– É verdade. Mas o que ele teria a ver com este nosso antigo costume familiar, e o que esse palavreado significa?

– Acho que não deve ser muito difícil determinar isso. Com sua permissão, tomaremos o próximo trem para Sussex e mergulharemos um pouco mais fundo na questão *in loco*.

Naquela mesma tarde fomos para Hurlstone. Talvez você tenha visto imagens e lido descrições da famosa e antiga construção, então limitarei meu relato a dizer que ela tem forma de L, sendo o braço mais longo a parte mais moderna, e o mais curto, o núcleo ancestral a partir de onde o outro se desenvolveu. Acima do lintel pesado da porta baixa, no centro dessa parte velha, está gravado o ano 1607, mas o consenso entre os especialistas é que as vigas e as pedras, na realidade, são muito mais antigas do que isso. As paredes extremamente grossas e as janelas minúsculas dessa parte fizeram com que, no século passado, a família construísse a ala nova, e a antiga agora é usada como depósito e adega, se tanto. Um parque esplêndido, com árvores belas e idosas, envolvia a casa, e o lago, ao qual meu cliente se referiu, ficava perto da residência, a menos de 200 metros da construção.

Eu já estava firmemente convencido, Watson, de que não havia três mistérios distintos, apenas um, e que, se eu conseguisse interpretar corretamente o ritual Musgrave, teria em minhas mãos a pista que me levaria à verdade a respeito tanto do mordomo Brunton quanto da criada Howells. Para esse propósito, portanto, dirigi todos os meus esforços. Por que esse empregado estaria tão ansioso para dominar a antiga fórmula? Evidentemente, porque ele viu algo que havia escapado a todas aquelas gerações de proprietários de terras, e do qual esperava obter alguma vantagem pessoal. O que era, então, e como isso afetara seu destino?

Ao ler o ritual, foi perfeitamente óbvio para mim que as medições deviam se referir a algum lugar ao qual o restante do documento aludia e que, se conseguíssemos identificar o lugar, faríamos grande progresso rumo à revelação do segredo que os Musgrave de outrora haviam julgado necessário preservar de forma tão curiosa. Havia duas referências de onde podíamos começar, um carvalho e um olmo. Quanto ao carvalho, não havia a menor dúvida. Bem na frente da casa, no lado esquerdo da entrada, havia um patriarca dentre os carvalhos, uma das árvores mais magníficas que já vi.

– Aquela árvore estava ali quando o ritual foi concebido? – perguntei, quando passamos pelo carvalho.

– É muito provável que ela tenha visto a Conquista Normanda – respondeu ele. Tem 7 metros de circunferência.

Ali estava um de meus pontos fixos.

– Você tem algum olmo antigo? – perguntei.

– Existia um muito antigo para lá, mas foi atingido por um raio há dez anos, e removemos o tronco.

– Dá para ver onde ele ficava?'

– Ah, sim.

– Não há nenhum outro olmo?

– Nenhum antigo, mas temos muitas faias.

Eu gostaria de ver o local onde ele ficava.

Tínhamos chegado de carroça, e meu cliente me levou no mesmo instante, antes de entrarmos na casa, até a marca no gramado onde o olmo estivera. Era quase no meio da distância entre o carvalho e a casa. Minha investigação parecia estar avançando.

– Por acaso seria impossível descobrir qual era a altura do olmo? – perguntei.

– Posso dizer agora mesmo. Ele tinha 19,5 metros.

– Como é que você sabe? – perguntei, surpreso.

– Quando meu antigo tutor me passava algum exercício de trigonometria, era sempre para medir alturas. Quando eu era garoto, calculei a altura de todas as árvores e construções do terreno.

Esse foi um golpe de sorte inesperado. As informações estavam chegando mais rápido do que eu poderia ter esperado.

– Diga, seu mordomo já lhe fez essa pergunta alguma vez?

Reginald Musgrave me olhou, admirado.

– Agora que você mencionou, Brunton me perguntou, *sim*, a altura da árvore há uns três meses, em relação a alguma discussão pequena que ele estava tendo com o cavalariço.

Isso era uma notícia excelente, Watson, pois me demonstrou que eu estava no caminho certo. Olhei para o sol. Ele estava baixo no firmamento, e calculei que em menos de uma hora ele pairaria bem acima dos galhos mais altos daquele carvalho antigo. Uma condição mencionada no ritual seria atendida. E a sombra do olmo certamente devia se referir à extremidade da sombra, caso contrário o tronco teria sido a opção de referência. Portanto, eu precisava determinar onde a extremidade da sombra cairia quando o sol estivesse logo acima do carvalho.

– Isso deve ter sido difícil, Holmes, já que o olmo não estava mais lá.

– Bom, pelo menos eu sabia que, se Brunton tinha conseguido, eu também conseguiria. Além do mais, não havia nenhuma dificuldade de fato. Acompanhei Musgrave até seu escritório e esculpi para mim este pino, em que amarrei este barbante comprido, com um nó para cada metro. Depois, medi duas vezes uma vara de pesca, que tinha 1,83 metro, e voltei com meu cliente para o lugar onde ficava o olmo. O sol estava praticamente tocando a copa do carvalho. Prendi a vara no chão, marquei a direção da sombra e a medi. Deu 2,74 metros de comprimento.

Claro, o cálculo agora era simples. Se uma vara de 1,83 projetava uma sombra de 2,74 metros, uma árvore de 19,5 metros faria uma sombra de 29,26 metros, e a direção de uma certamente seria a mesma direção da outra. Medi a distância, o que me levou quase à parede da casa, e cravei o pino no chão. Imagine minha empolgação, Watson, quando vi a 5 centímetros do meu pino uma depressão cônica no chão. Eu sabia que era uma marca que Brunton deixara quando fizera suas medições, e que eu continuava em seu rastro.

A partir desse ponto inicial, comecei a dar os passos, depois de identificar os pontos cardeais com minha bússola de bolso. Dez passos com cada pé me levaram paralelamente ao longo da parede da casa, e aí também marquei o chão com o pino. Depois, cuidadosamente, dei mais cinco passos para o leste e dois para o sul. Com isso, fui parar bem no limiar da porta antiga. Com dois passos para o oeste, eu adentraria o corredor com pavimento de pedra, e esse era o lugar indicado pelo ritual.

Nunca senti com tanta intensidade o frio da decepção, Watson. Por um instante, tive a impressão de que eu havia cometido algum erro crasso de cálculo. O sol poente iluminava em cheio o chão do corredor, e vi que as pedras cinzentas gastas e velhas que o revestiam estavam bem cimentadas e decerto não haviam sido movidas por muitos e muitos anos. Brunton não havia trabalhado ali. Bati no chão, mas o som parecia igual em todos os pontos, e não havia qualquer rachadura ou fenda. Mas, felizmente, Musgrave, que havia começado a compreender o sentido de minhas ações e ficara tão entusiasmado quanto eu, pegou o manuscrito para conferir meus cálculos.

– E abaixo – gritou ele. – Você omitiu o "e abaixo".

Eu pensei que ele queria dizer que deveríamos cavar, mas nesse momento, claro, percebi que havia me enganado.

– Existe algum porão aqui embaixo, então? – perguntei.

– Sim, e é tão velho quanto a casa. Por aqui, nesta porta.

Descemos por uma escada sinuosa de pedra, e meu companheiro riscou um fósforo, acendendo uma lamparina grande apoiada em um barril no canto. Imediatamente, ficou óbvio que enfim havíamos chegado ao lugar genuíno, e que não éramos os primeiros a visitá-lo recentemente.

"O local havia servido de depósito de lenha, mas as toras, que nitidamente antes ficavam espalhadas pelo chão, estavam empilhadas nas laterais de modo a deixar um espaço livre no meio. Nesse espaço havia uma placa grande e pesada de pedra, com um aro de ferro enferrujado no meio, ao qual estava preso um cachecol xadrez.

– Pelos céus! – exclamou meu cliente. – Esse é o cachecol de Brunton. Já o vi com ele, juro. O que o canalha estava fazendo aqui?

Por sugestão minha, foi solicitada a presença de dois policiais do condado, e então tratei de puxar o cachecol para erguer a pedra. Só consegui deslocá-la um pouco, e foi com a ajuda de um dos policiais que por fim a afastei para o lado. Um buraco negro se abriu, e todos olhamos para dentro, enquanto Musgrave, ajoelhado na borda, abaixava a lamparina para dentro da escuridão.

Uma pequena câmara quadrada de cerca de 2 metros de profundidade e 1,20 metro de largura se abria abaixo de nós. De um lado, vimos uma caixa de madeira pequena com detalhes de latão. A tampa estava virada para cima, com uma chave curiosa de aspecto antigo espetada na fechadura. Por fora, a caixa estava revestida por uma camada espessa de poeira, e a umidade e as minhocas haviam devorado a madeira a tal ponto que o interior estava cheio de fungos. Alguns discos de metal, aparentemente moedas antigas, como estas aqui, estavam espalhados pelo fundo da caixa, mas ela não continha mais nada.

Entretanto, nesse momento, o velho baú não prendeu nossa atenção, pois nossos olhos se cravaram em algo que estava abaixado ao lado dele. Era a figura de um homem, trajado com um terno preto, agachado com a testa apoiada na beirada da caixa e os braços estendidos dos dois lados. A postura havia feito todo o sangue estagnado se acumular no rosto, e ninguém seria capaz de reconhecer aquela face distorcida e escura; mas a altura, os trajes e o cabelo bastaram para demonstrar ao meu cliente, quando retiramos o corpo dali, que de fato era seu mordomo desaparecido. Fazia alguns dias que ele tinha morrido, mas não havia qualquer ferimento ou hematoma que indicasse as causas de seu terrível fim. Depois que levamos o corpo para fora do porão, vimo-nos diante de um problema quase tão formidável quanto aquele com que havíamos começado.

Confesso que até aquele momento, Watson, eu estava decepcionado com minha investigação. Eu havia estimado que solucionaria a questão assim que encontrasse o local indicado no ritual; mas, tendo encontrado, aparentemente estava mais longe do que nunca de saber o que afinal de contas a família havia ocultado com precauções de tamanha complexidade. Era verdade que eu tinha lançado luz sobre o destino de Brunton, mas agora precisava determinar como esse destino se abatera sobre ele e que papel a mulher desaparecida havia desempenhado. Sentei-me em um barril no canto e repensei cuidadosamente toda a trama.

Você conhece meus métodos nesses casos, Watson: me coloco no lugar do sujeito e, após aferir a inteligência dele, tento imaginar como me portaria nas mesmas circunstâncias. Nesse caso, a questão era bastante simplificada pelo fato de Brunton ser dotado de uma inteligência de primeira ordem, de modo que não era necessário fazer qualquer compensação para aquilo que os astrônomos chamaram de equação pessoal. Ele sabia que ali estava oculto algo de valor. Havia encontrado o lugar. Viu que a pedra que o cobria era pesada demais para que um homem a erguesse sem assistência. O que fez depois? Não podia pedir ajuda de fora, nem se tivesse alguém de confiança, sem abrir portas, e sujeito a um risco considerável de detecção. Era melhor, se possível, providenciar a ajuda de alguém de dentro da casa. Mas a quem ele poderia pedir? A moça havia sido fiel a ele. Um homem sempre tem dificuldade para entender a perda definitiva do amor de uma mulher, por pior que fosse seu tratamento para com ela. Ele tentara oferecer algumas delicadezas para fazer as pazes com a criada Howells e então a recrutara como cúmplice. Juntos, eles vieram ao porão à noite, e a união de suas forças bastaria para erguer a pedra. Eu era capaz de acompanhar seus movimentos até esse ponto como se os tivesse testemunhado.

Mas, para os dois, sendo uma mulher, erguer aquela pedra devia ser muito difícil. Não foi trabalho simples para mim junto a um policial robusto de Sussex. O que eles poderiam fazer? Provavelmente o que eu mesmo devia ter feito. Fiquei de pé e examinei cuidadosamente as toras de lenha espalhadas pelo chão. Logo encontrei o que esperava. Um pedaço, de quase 1 metro de comprimento, tinha uma ranhura em uma das extremidades, e algumas outras estavam achatadas como se tivessem sido comprimidas por um peso considerável. Era evidente que, ao erguer aos poucos a pedra, eles encaixaram os pedaços de lenha na fresta, até que, quando a abertura enfim estava grande o bastante para passar, eles usaram uma tora para segurar a pedra, e assim ela ficou com a extremidade de baixo marcada, visto que o peso integral da pedra a pressionara contra a beira do piso. Até aí eu tinha segurança.

E agora, como eu deveria reconstruir aquele drama da meia-noite? Era nítido que apenas um deles poderia entrar no buraco, e foi Brunton. A moça deve ter esperado em cima. Brunton então destrancou a caixa, supostamente passou o conteúdo para ela, visto que não seriam descobertos, e então... O que aconteceu?

Qual não deve ter sido a chama escaldante de vingança que irrompera de repente na intensa alma celta daquela mulher quando viu em seu poder o homem que a maltratara, talvez muito mais do que nós imaginamos? Foi por acaso que a madeira escorregou e que a pedra prendeu Brunton no que se tornara sua sepultura? Era a moça culpada apenas de guardar silêncio sobre a sina do rapaz? Ou algum golpe súbito de sua mão retirou o suporte e fez a pedra desabar no encaixe? Fosse o que fosse, imaginei a figura da mulher, ainda com as mãos ferradas no tesouro, correndo em desespero pela escada espiral enquanto em seus ouvidos talvez ecoassem os gritos abafados que vinham de trás, e também as batidas que as mãos frenéticas davam na placa de pedra, sufocando a vida de seu amante infiel.

Esse era o segredo por trás do rosto exangue, dos nervos abalados, dos acessos de risada histérica na manhã seguinte. Mas o que havia na caixa? O que ela havia feito com aquilo? Claro, deve ter sido o saco de metais velhos e pedras que meu cliente havia extraído de dentro da lagoa. Ela o arremessara lá na primeira oportunidade, para eliminar o último rastro de seu crime.

Fiquei sentado, imóvel, por vinte minutos, refletindo sobre toda a questão. Musgrave continuou com uma expressão muito pálida, balançando a lamparina e olhando para dentro do buraco.

– Estas são moedas de Carlos I – disse ele, mostrando algumas que tinham ficado na caixa. – Está vendo que nós tínhamos razão ao determinar a data do ritual.

– Pode ser que encontremos mais alguma coisa de Carlos I – exclamei, quando de repente me ocorreu o provável significado das duas primeiras perguntas do ritual. – Deixe-me ver o conteúdo do saco que você retirou da lagoa.

Subimos até seu escritório, e ele dispôs os *débris* diante de mim. Quando olhei, compreendi por que ele achara que eram de pouca importância, pois o metal era quase preto, e as pedras, opacas e sem brilho. Porém, quando esfreguei uma das pedras na minha manga, ela passou a brilhar como uma fagulha na minha palma côncava. O metal era trabalhado em forma de aro duplo, mas estava retorcido e deformado.

– Considere – falei – que os realistas persistiram na Inglaterra até mesmo após a morte do rei e que, quando enfim fugiram, enterraram muitos de seus pertences mais preciosos, com a intenção de voltar para buscá-los em um momento mais pacífico.

– Meu ancestral Sir Ralph Musgrave era um cavaleiro proeminente, e braço direito de Carlos II em suas deambulações – disse meu amigo.

– Ah, de fato! Ora, então acho que isso realmente nos dá o último elo que procurávamos. Devo felicitá-lo por ter encontrado, ainda que de forma trágica, uma relíquia de grande valor intrínseco, mas importância ainda maior como curiosidade histórica.

– O que é? – indagou ele, espantado.

– Não é nada menos que a ancestral coroa dos reis da Inglaterra.

– A coroa!

– Exatamente. Pense no que diz o ritual. Como era? "De quem era?" "Daquele que se foi." Isso se referia à execução de Carlos. E depois: "De quem será?" "Daquele que vier." Era Carlos II, cuja chegada já se conhecia. Creio que não resta dúvida de que, no passado, este diadema amassado e disforme envolveu a cabeça da dinastia Stuart.

– E como é que ela acabou na lagoa?

– Ah, essa é uma questão que vou levar algum tempo para explicar.

Comecei então a relatar toda a extensa sequência de conjeturas e provas que eu havia formulado. O crepúsculo havia descido, e a lua já brilhava luminosa no céu quando enfim terminei minha narrativa.

– E por que, então, Carlos não recuperou sua coroa quando voltou? – perguntou Musgrave, voltando a guardar a relíquia na bolsa de linho.

– Ah, agora você apontou a única questão que provavelmente jamais conseguiremos esclarecer. É possível que o Musgrave que guardava o segredo tenha morrido nesse ínterim e, por algum descuido, deixou essas instruções a seu descendente sem explicar o que significavam. Desde então, até hoje elas foram transmitidas de pai para filho, até enfim chegarem ao alcance de um homem que conseguiu arrancar-lhes o segredo e perder a vida no processo.

E essa é a história do ritual Musgrave, Watson. A coroa repousa em Hurlstone, embora eles tenham tido que enfrentar alguma burocracia e pagar uma quantia considerável para que pudessem mantê-la. Tenho certeza de que, se você mencionar meu nome, eles teriam o maior prazer em lhe mostrar. Da mulher nada mais se soube, e o mais provável é que tenha fugido da Inglaterra e se exilado, junto com a lembrança de seu crime, em alguma terra além-mar.

4

O tratado naval

O mês de julho imediatamente após meu casamento foi memorável graças a três casos interessantes nos quais tive o privilégio de ser associado a Sherlock Holmes e estudar seus métodos. Registrei-os em minhas anotações sob os títulos "A aventura da segunda mancha", "A aventura do tratado naval" e "A aventura do capitão cansado". Contudo, o primeiro desses casos lida com interesses de tal importância e envolve tantas das maiores famílias do reino que levará muitos anos até que seja possível trazê-lo a público. Mas nenhum outro caso que contara com a participação de meu amigo jamais ilustrou tão claramente o valor de seus métodos analíticos ou impressionou tão profundamente as pessoas próximas a Holmes. Ainda preservo um registro quase literal da entrevista em que ele demonstrou os fatos verdadeiros do caso ao Monsieur Dubuque, da polícia de Paris, e a Fritz von Waldbaum, o renomado especialista de Dantzig, que haviam desperdiçado esforços em questões que se revelaram inconsequentes. Contudo, não antes do próximo século será possível contar a história em segurança. Enquanto isso, passo para o segundo da lista, que também prometia, a certa altura, possuir importância nacional e foi marcado por alguns incidentes que lhe conferiram um caráter bastante peculiar.

Durante meus tempos de escola, fui muito próximo de um garoto chamado Percy Phelps, que tinha quase a mesma idade que eu, mas estava duas séries à minha frente. Era um rapaz muito inteligente, que conquistava todos os prêmios oferecidos pela escola. Ele arrematou seu êxito com uma bolsa, que lhe permitiu continuar a carreira triunfante em Cambridge. Ao que me lembro, era extremamente bem relacionado, e até mesmo quando éramos meninos pequenos já sabíamos que o irmão da mãe dele era o lorde Holdhurst, o grande político conservador. Esse relacionamento ostentoso pouco lhe adiantou na escola; pelo contrário, parecia um motivo tentador para o atormentarmos pelo pátio e acertá-lo nas canelas com uma estaca de críquete. Mas tudo foi diferente quando ele saiu para o mundo. Fiquei sabendo vagamente que suas habilidades e a influência que ele exercia lhe haviam conquistado um bom posto no Foreign Office* e depois esqueci-o completamente, até que a carta a seguir me lembrou de sua existência:

Briarbrae, Woking.

Meu caro Watson,

Não tenho a menor dúvida de que você se lembra do "Girino" Phelps, que estava no quinto ano quando você era do terceiro. É possível até que você tenha ouvido falar que, por intermédio da influência de meu tio, obtive uma boa posição no Foreign Office, e que eu me encontrava em uma situação de confiança e honra até que um infortúnio horrível e súbito arruinou minha carreira.

De nada adianta escrever os detalhes daquele incidente terrível. Na eventualidade de você consentir com meu pedido, é provável que eu precise descrevê-los. Acabo de me recuperar de nove semanas de febre cerebral e ainda estou extraordinariamente debilitado. Você acha que poderia trazer seu amigo, o Sr. Holmes, para me visitar? Eu gostaria de ouvir a opinião dele sobre o caso, embora as autoridades já tenham me assegurado que não há mais nada a fazer.

---

*Nos dias atuais, o termo equivaleria ao Ministério das Relações Exteriores. (*N. do E.*)

Tente trazê-lo aqui, e o quanto antes. Cada minuto parece uma hora enquanto vivo neste suspense horrível. Garanto que, se não pedi seus conselhos antes não foi porque não reconhecesse seus talentos, mas porque estive fora de mim desde que o golpe me atingiu. Agora estou com a mente clara novamente, embora não me atreva a pensar muito na questão por receio de sofrer uma recaída. Ainda estou tão debilitado que, para lhe escrever, como você pode ver, precisei ditar. Tente trazê-lo.

Seu velho colega de escola,

Percy Phelps.

Algo me comoveu quando li essa carta, um sentimento de pena diante dos apelos reiterados para que eu levasse Holmes. Fiquei comovido a tal ponto que, ainda que fosse algo difícil, mesmo assim eu teria tentado; mas, claro, eu bem sabia que Holmes tanto amava sua arte que sempre estava tão disposto a prestar auxílio quanto seu cliente poderia estar a recebê-lo. Minha esposa concordou que eu não deveria perder um minuto sequer para apresentar a questão a ele, então, uma hora após o café da manhã, me vi de volta aos antigos cômodos da Baker Street.

Holmes estava sentado à mesinha, vestindo um roupão e trabalhando com afinco em um estudo químico. Um destilador grande e curvo fervia furiosamente sobre a chama azulada de um bico de Bunsen, e as gotas destiladas se condensavam para dentro de um recipiente medidor de 2 litros. Meu amigo mal ergueu o olhar quando entrei, e eu, ao ver que seu estudo devia ser importante, me acomodei em uma poltrona e esperei. Ele inseriu a pipeta de vidro em uma ou outra garrafa, extraindo algumas gotas de cada uma, e por fim trouxe à mesa um tubo de ensaio com uma solução. Na mão direita, tinha um pedaço de papel de tornassol.

– Você chegou no meio de uma crise, Watson – disse ele. – Se este papel continuar azul, está tudo bem. Se ficar vermelho, será a vida de um homem. – Ele inseriu o papel no tubo de ensaio e logo o azul deu lugar a um carmesim escuro e sujo. – Hum, como imaginei! – exclamou ele. – Estarei a seu serviço em um instante, Watson. Você encontrará fumo dentro do sapato persa.

Ele se virou para a escrivaninha e rabiscou alguns telegramas, que foram entregues ao mensageiro. Em seguida, deixou-se cair na cadeira à minha frente e recolheu os joelhos até seus dedos se fecharem em torno das canelas longas e finas.

– Um pequeno assassinato comum – disse ele. – Suponho que você tenha algo melhor. Você é o arauto do crime, Watson. O que foi?

Entreguei-lhe a carta, que ele leu com o máximo de atenção.

– Ela não nos revela muito, não é? – observou, ao me devolver o papel.

– Quase nada.

– Porém, a escrita é interessante.

– Mas a escrita não é dele.

– Exatamente. É de uma mulher.

– Com certeza é de um homem! – exclamei.

– Não, é uma mulher; e uma mulher de raro caráter. Veja bem, ao início de uma investigação, é bom saber que o cliente está em contato próximo com alguém que, para o bem ou para o mal, possui uma natureza excepcional. Já despertou meu interesse pelo caso. Se você estiver pronto, iremos imediatamente a Woking para ver esse diplomata que se encontra em situação tão atroz e a dama para quem ele dita suas cartas.

Tivemos a felicidade de pegar um trem de saída em Waterloo e, em pouco menos de uma hora, nos vimos em meio aos abetos e urzais de Woking. Briarbrae era uma grande casa individual erigida em um terreno amplo a alguns minutos de caminhada da estação. Ao apresentarmos nossos cartões, fomos conduzidos para uma sala de visitas com mobiliário elegante, onde alguns minutos depois fomos cumprimentados por um homem um tanto quanto atarracado, que nos recebeu com muita hospitalidade. Sua idade talvez estivesse mais perto dos 40 do que dos 30, mas suas faces eram tão coradas e os olhos, tão alegres, que o homem ainda transmitia a impressão de um menino rechonchudo e levado.

– Que bom que vocês vieram – disse ele, apertando nossas mãos de forma efusiva. – Percy passou a manhã inteira perguntando por vocês. Ah, pobre coitado, ele se agarra a qualquer esperança. O pai e a mãe dele me pediram para recebê-los, pois a mera sugestão do tema é algo muito doloroso para eles.

– Ainda não temos nenhum detalhe – disse Holmes. – Observo que você mesmo não faz parte da família.

O homem pareceu surpreso, mas deu uma olhada para baixo e começou a rir.

– Claro que você viu o monograma "J.H." em meu medalhão – disse ele. – Por um instante, achei que havia feito algo astuto. Joseph Harrison, esse é o meu nome, e, como Percy se casará com minha irmã Annie, serei ao menos parente por intermédio do matrimônio. Vocês encontrarão minha irmã no quarto dele, pois ela o tem tratado incessantemente nos dois últimos meses. Talvez seja melhor irmos logo, pois sei o quanto ele é impaciente.

O aposento a que fomos levados ficava no mesmo andar da sala de visitas. Sua decoração era parte de antecâmara, parte de dormitório, com flores dispostas delicadamente em cada nicho e canto. Um jovem, muito pálido e abatido, jazia em um sofá perto da janela aberta, por onde entrava o aroma marcante do jardim e do ar agradável do verão. Uma mulher estava sentada a seu lado e se levantou quando entramos.

– Devo sair, Percy? – perguntou.

Ele segurou sua mão para prendê-la.

– Como vai, Watson? – disse ele, com cordialidade. – Eu jamais o reconheceria por trás desse bigode, e arrisco afirmar que você não diria também quem eu sou. Presumo que esse seja seu famoso amigo, o Sr. Sherlock Holmes?

Apresentei-o com algumas palavras, e nós dois nos sentamos. O jovem atarracado havia saído do cômodo, mas sua irmã continuava ali, com a mão na do convalescente. Era uma mulher de aparência marcante, um tanto quanto baixa e robusta, mas de tez com um belo tom oliva, grandes olhos escuros italianos e um cabelo farto muito escuro. Em contraste com seus traços vistosos, o rosto esmaecido de seu companheiro parecia ainda mais arrasado e abatido.

– Não vou fazê-los perder tempo – disse ele, erguendo o corpo no sofá. – Entrarei no assunto sem mais delongas. Eu era um homem feliz e bem-sucedido, Sr. Holmes, e prestes a me casar, quando um infortúnio súbito e terrível arruinou todas as minhas perspectivas para a vida.

Como Watson deve ter mencionado, eu trabalhava no Foreign Office e, por intermédio da influência de meu tio, lorde Holdhurst, ascendi rapidamente a um posto respeitável. Quando meu tio se tornou ministro no governo atual, ele me deu algumas missões de confiança e, como sempre as concluí com sucesso, passou enfim a ter plena confiança em minha capacidade e sensibilidade.

Há quase dez semanas, no dia 23 de maio, para ser mais exato, ele me chamou em seu gabinete particular e, após elogiar o bom trabalho que eu havia feito, me informou que tinha um novo encargo de confiança para mim.

– Este – disse ele, tirando um rolo cinzento de papel de dentro da escrivaninha – é o original daquele tratado secreto entre a Inglaterra e a Itália, sobre o qual, lamentavelmente, alguns boatos já chegaram à imprensa. É de imensa importância que mais nada vaze. As embaixadas da França e da Rússia pagariam uma quantia enorme para descobrir o conteúdo deste documento. Ele jamais sairia de minha escrivaninha, não fosse absolutamente necessário fazer uma cópia. Você tem uma escrivaninha em sua sala?

– Sim, senhor.

– Então pegue o tratado e o tranque dentro da gaveta. Darei instruções para que você fique para trás quando os outros saírem, para que você possa copiá-lo com tranquilidade, sem receios de alguém mais ver. Quando tiver terminado, volte a trancar o original junto com a cópia na escrivaninha e me entregue ambos pessoalmente amanhã de manhã.

Peguei o documento e...

– Desculpe – disse Holmes –, vocês estavam sozinhos durante essa conversa?

– Certamente.

– Em uma sala grande?

– Nove metros de largura.

– No centro?

– Sim, mais ou menos.

– E falavam baixo?

– A voz do meu tio sempre foi incrivelmente baixa. Eu mal falei palavra.

– Obrigado – disse Holmes, fechando os olhos. – Por favor, continue.

Fiz exatamente o que ele havia indicado e esperei até os outros escreventes saírem. Um dos que ficavam em minha sala, Charles Gorot, tinha alguns trabalhos em atraso para finalizar, então deixei-o lá e fui jantar. Quando voltei, ele havia ido embora. Eu estava ansioso para me apressar no trabalho, pois sabia que Joseph, o Sr. Harrison que vocês acabaram de conhecer, estava de visita, e que ele viajaria para Woking no trem das onze, e eu queria encontrá-lo se fosse possível.

Quando comecei a examinar o tratado, imediatamente vi que era de tamanha importância e que meu tio não podia ser acusado de exagero algum. Sem entrar em detalhes, posso dizer que ele definia a posição da Grã-Bretanha na Tríplice Aliança e prenunciava a política que o país adotaria caso a frota francesa adquirisse total preponderância em relação à italiana no Mediterrâneo. As questões tratadas nele eram estritamente navais. No final estavam as assinaturas dos importantes dignitários que o haviam firmado. Passei os olhos pelo tratado novamente e por fim comecei a copiá-lo.

Era um documento longo, escrito em francês, e continha 26 artigos distintos. Copiei-os o mais rápido possível, mas, às nove, vi que só havia concluído nove artigos, e parecia não haver a menor esperança de que eu conseguiria pegar meu trem. Estava me sentindo sonolento e estúpido, em parte por causa do jantar, mas também como resultado de um longo dia de trabalho. Uma xícara de café clarearia minha mente. Como um vigia passava a noite em uma pequena guarita, ao pé da escada, e costumava fazer café com a chama da lamparina para qualquer escrevente que estivesse fazendo hora extra, toquei o sino para chamá-lo.

Para minha surpresa, foi uma mulher que atendeu meu chamado, uma senhora idosa corpulenta e de rosto enrugado, usando um avental. Ela explicou que era a esposa do vigia, que fazia faxina, e lhe pedi então o café.

Escrevi mais dois artigos e depois, mais sonolento do que nunca, me levantei e andei pela sala para esticar as pernas. Meu café ainda não havia chegado, e me perguntei qual seria o motivo da demora. Abri a porta e saí ao corredor para investigar. Era um corredor reto, pouco iluminado, que começava na sala em que eu trabalhava e era a única saída dela. Ele terminava em uma escadaria curva, e a guarita do vigia ficava no corredor ao pé dela. No meio da escadaria, há um pequeno patamar, de onde outro corredor sai em um ângulo reto. Este outro dá em uma segunda escada pequena que leva a uma porta lateral usada por empregados, e que também servia de atalho para os escreventes que entravam pela Charles Street.

Este é um esboço vago do lugar.

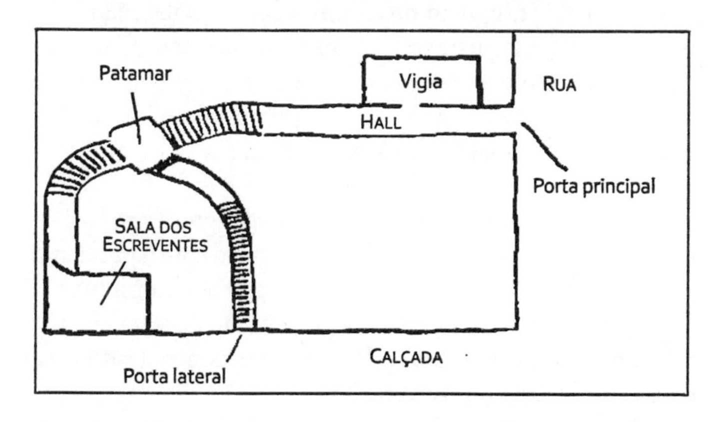

– Obrigado. Acho que estou acompanhando bem – disse Sherlock Holmes.

É de extrema importância que você atente para este ponto. Desci a escadaria até o hall, onde vi o vigia adormecido na guarita, enquanto a chaleira fervia furiosamente em cima da lamparina e despejava água por todo o piso. Eu havia estendido a mão e estava prestes a sacudir o homem, que continuava a dormir profundamente, quando um sino em cima da cabeça dele soou alto e ele acordou, assustado.

– Sr. Phelps! – disse ele, olhando para mim com uma expressão confusa.

– Desci para ver se meu café estava pronto.

– Eu estava fervendo a chaleira quando peguei no sono, senhor.

Ele olhou para mim e em seguida para o sino, que ainda balançava em cima dele, e uma expressão de espanto cada vez maior se formou em seu rosto.

– Se o senhor estava aqui, quem tocou o sino? – perguntou ele.

– O sino! – falei. – Que sino é esse?

– É o sino da sala em que o senhor estava trabalhando.

Senti como se uma mão gélida segurasse meu coração. Havia alguém na sala onde meu precioso tratado estava aberto sobre a mesa. Corri em desespero escada acima e pelo corredor. Não havia ninguém no caminho, Sr. Holmes. Não havia ninguém na sala. Estava tudo exatamente como eu havia deixado, exceto pelo fato de que o documento confiado aos meus cuidados havia sido retirado de minha mesa. A cópia estava lá e o original havia desaparecido.

Holmes se empertigou na cadeira e esfregou as mãos. Percebi que ele estava completamente envolvido com o problema.

– Por favor, diga, o que você fez em seguida? – murmurou.

– Reconheci imediatamente que o ladrão deve ter entrado pela escada da porta lateral. Claro, eu o teria encontrado se ele tivesse vindo pelo outro caminho.

– Você tem certeza de que ele não poderia ter se escondido na sala durante todo esse tempo, ou no corredor que você acabou de descrever como pouco iluminado?

– É definitivamente impossível. Nem um rato conseguiria se esconder na sala ou no corredor. Não há qualquer proteção.

– Obrigado. Por favor, prossiga.

Ao ver pela minha expressão pálida que havia algo preocupante, o vigia tinha me acompanhado escada acima. Os dois nos apressamos a sair pelo corredor e descemos a escada íngreme que levava à Charles Street. A porta ao pé da escada estava fechada, mas não trancada. Abrimos e saímos. Lembro claramente que, nesse momento, soaram três badaladas de uma igreja próxima. Eram quinze para as dez.

– Isso é de extrema importância – disse Holmes, fazendo uma anotação na barra da manga.

A noite estava muito escura, e caía uma chuva fina e quente. A Charles Street estava deserta, mas, como sempre, havia bastante movimento em Whitehall, ao fim dela. Corremos pela calçada, sem nada com que cobrir a cabeça, e na esquina encontramos um policial parado.

– Aconteceu um roubo – exclamei. – Um documento de imenso valor foi roubado do Foreign Office. Alguém passou por aqui?

– Estou aqui há 15 minutos, senhor – disse ele. – Só uma pessoa passou nesse período: uma mulher, alta e idosa, com um xale estampado.

– Ah, essa é só minha esposa! – exclamou o vigia. – Não passou mais ninguém?

– Ninguém.

– Então o ladrão deve ter seguido para o outro lado – disse o sujeito, puxando-me pela manga.

Mas não me dei por satisfeito, e a insistência dele para me atrair aumentaram minhas suspeitas.

– Para que lado a mulher foi? – perguntei.

– Não sei, senhor. Vi quando ela passou, mas não tinha nenhum motivo especial para observá-la. Ela parecia estar com pressa.

– Há quanto tempo foi isso?

– Ah, não foram muitos minutos.

– Menos de cinco?

– Bom, certamente não mais que cinco.

– O senhor está perdendo tempo aqui, e cada minuto agora é crucial! – exclamou o vigia. – Confie em mim, aquela velha não tem nada a ver com isto. Vamos para a outra ponta da rua. Ora, se o senhor não vier, eu vou. – E, com isso, ele saiu correndo na outra direção.

Mas saí atrás dele no mesmo instante e o peguei pela manga.

– Onde você mora? – perguntei.

– Ivy Lane, 16, Brixton – respondeu ele. – Mas não se deixe desviar por uma pista falsa, Sr. Phelps. Vamos à outra ponta da rua tentar ver se conseguimos alguma informação.

Não perderíamos nada em seguir seu conselho. Com o policial, corremos até o outro lado, mas só encontramos a rua movimentada, muitas pessoas indo e vindo, ansiosas para encontrar algum abrigo em uma noite tão molhada. Não havia ninguém ali parado que pudesse nos dizer quem havia passado.

Então voltamos ao escritório e fizemos uma busca na escada e no corredor, sem sucesso. O corredor que levava à sala era revestido com um linóleo creme que ressalta com muita facilidade qualquer impressão feita em sua superfície. Nós o examinamos com todo o cuidado, mas não encontramos nenhum contorno de pegada.

– Havia chovido a noite inteira?

– Desde por volta de sete.

– Como é possível, então, que a mulher que entrou na sala perto das nove não tenha deixado qualquer rastro com as botas enlameadas?

– Que bom que o senhor levantou essa questão. Isso me ocorreu na ocasião. As faxineiras costumam tirar as botas na guarita do vigia e calçar chinelos de pano.

– Isso é muito claro. Então não havia marca alguma, mesmo em uma noite molhada? A sequência de acontecimentos decerto é extraordinariamente interessante. O que você fez depois?

– Nós examinamos a sala também. Não havia a menor possibilidade de haver portas secretas, e as janelas ficam a quase 10 metros do chão. As duas estavam trancadas por dentro. O carpete anula qualquer possibilidade de alçapão, e o teto é daqueles comuns pintados de cal. Juro pela minha vida que quem quer que tenha roubado meus papéis só pode ter entrado pela porta.

– E a lareira?

– Não há. Eles usam uma fornalha. A corda do sino fica pendurada logo à direita da minha mesa. Quem quer que a tenha tocado deve ter chegado até a mesa. Mas por que algum criminoso tocaria o sino? É um mistério dos mais insolúveis.

– Certamente o incidente foi incomum. Quais foram seus atos seguintes? Suponho que tenha examinado a sala para ver se o intruso havia deixado qualquer rastro... alguma ponta de charuto, ou luva esquecida, ou grampo de cabelo, ou outro objeto?

– Não havia nada do tipo.

– Nenhum cheiro?

– Bom, nunca pensamos nisso.

– Ah, um aroma de tabaco teria sido de grande valor para nós em uma investigação dessas.

Eu mesmo nunca fumei, então acho que teria percebido se houvesse algum cheiro de tabaco. Não havia absolutamente nenhuma pista. O único fato tangível era que a esposa do vigia, ela se chamava Sra. Tangey, havia saído às pressas do lugar. Ele não conseguiu oferecer nenhuma explicação além da informação de que a mulher sempre voltava para casa por volta daquela hora. O policial e eu concordamos que o melhor plano seria capturar a mulher antes que ela pudesse se livrar dos papéis, caso os tivesse.

A essa altura, o alarme já havia alcançado a Scotland Yard, e o Sr. Forbes, o detetive, veio imediatamente e assumiu o caso com grande vigor. Chamamos um *hansom* e, em meia hora, chegamos ao endereço fornecido. Fomos recebidos por uma mulher jovem, que se mostrou ser a filha mais velha da Sra. Tangey. Sua mãe ainda não havia voltado, e fomos conduzidos à sala de estar para esperar.

Cerca de dez minutos mais tarde, alguém bateu à porta, e nesse momento cometemos um erro grave do qual assumo a culpa. Em vez de nós mesmos abrirmos a porta, deixamos que a moça o fizesse. Ouvimos quando ela disse: "Mãe, dois homens estão aqui na casa para falar com a senhora", e no instante seguinte escutamos o som de passos apressados pelo corredor. Forbes escancarou a porta, e nós dois corremos até o quarto dos fundos ou a cozinha, mas a mulher havia chegado lá antes. Ela nos encarou com olhar de desafio, e então, ao me reconhecer de repente, seu rosto foi tomado por uma expressão de espanto absoluto.

– Ei, é o Sr. Phelps, do escritório! – exclamou ela.

– Ora, ora, quem você pensou que fosse quando fugiu de nós? – perguntou meu companheiro.

– Achei que vocês fossem os credores – disse ela. – Tivemos alguns problemas com um vendedor.

– Isso não basta – respondeu Forbes. – Temos motivo para crer que você retirou um documento importante do Foreign Office e correu até aqui para se livrar dele. Precisa vir conosco até a Scotland Yard para ser revistada.

Em vão ela protestou e resistiu. Uma carruagem foi chamada, e nós três voltamos nela. Antes, havíamos examinado a cozinha, e especialmente o forno, para ver se ela havia destruído os papéis no instante em que esteve sozinha. No entanto, não havia qualquer sinal de cinzas ou fragmentos. Quando chegamos à Scotland Yard, ela foi entregue imediatamente à policial que a revistaria. Esperei em suspense agonizante até a policial apresentar suas conclusões. Não havia sinal de documentos.

Nesse momento, pela primeira vez, o horror da minha situação se abateu com todas as forças sobre mim. Até então, eu só havia agido, e a ação aplacara o pensamento. Eu tivera tanta certeza de que recuperaria imediatamente o tratado que não me atrevi a pensar em quais seriam as consequências de um fracasso. Mas, quando não havia mais nada a fazer, tive tempo de me dar conta da minha situação. Era horrível! Watson pode lhe dizer que nos tempos de escola eu era um menino nervoso e sensível. Faz parte da minha natureza. Pensei em meu tio e seus colegas no governo, na vergonha que eu havia causado para ele, para mim, para todo mundo associado a mim. E daí que eu havia sido vítima de um acaso extraordinário? Não há concessões para acidentes em situações que envolvem interesses diplomáticos. Eu estava arruinado; vergonhosa e definitivamente arruinado. Não sei o que fiz. Acho que devo ter causado uma cena. Lembro-me vagamente de um grupo de policiais que se reuniu à minha volta para tentar me acalmar. Um deles me acompanhou até Waterloo e me colocou no trem para Woking. Acredito que ele teria feito a viagem toda comigo não fosse pelo Dr. Ferrier, que mora perto de mim e estava no mesmo trem. O doutor fez a gentileza de assumir meus cuidados, e foi bom que tenha assumido, pois tive um ataque na estação, e antes de chegarmos eu havia me tornado praticamente um maníaco ensandecido.

Vocês podem imaginar a situação quando todos foram despertados pelo chamado do doutor e me encontraram nessa condição. A pobre Annie aqui e minha mãe ficaram arrasadas. O Dr. Ferrier tinha ouvido o suficiente do detetive na estação para conseguir dar uma ideia do que acontecera, e sua história não foi nenhum consolo. Ficou evidente para todo mundo que eu adoeceria por muito tempo, então Joseph foi deslocado deste quarto de decoração alegre, para que o cômodo fosse transformado em enfermaria para mim. Aqui permaneci, Sr. Holmes, por mais de nove semanas, inconsciente, acometido de febre cerebral. Não fosse pela Srta. Harrison e pelos cuidados do doutor, eu não estaria aqui para conversar com você. Ela cuidou de mim durante os dias, e uma enfermeira contratada me fez companhia à noite, pois em meus surtos insanos eu era capaz de tudo. Aos poucos, minha mente se estabilizou, mas foi apenas nos últimos três dias que minha memória voltou de fato. Às vezes eu desejo que nunca tivesse voltado. A primeira coisa que fiz foi enviar um telegrama ao Sr. Forbes, que estava encarregado do caso. Ele veio até aqui e me assegurou de que, apesar de terem feito de tudo, jamais se descobriu qualquer rastro ou pista. O vigia e sua esposa foram investigados em todos os aspectos, mas não lançaram qualquer luz sobre a questão. As suspeitas da polícia então se dirigiram para o jovem Gorot, que, lembre-se, havia feito hora extra naquela noite. O fato de que ele permaneceu no escritório e tinha nome francês eram os únicos dois elementos que poderiam sugerir desconfiança; mas, afinal de contas, só comecei o trabalho depois que ele foi embora, e a família dele é de origem huguenote, mas tão inglesa em matéria de compaixão e tradição quanto você e eu. Não se encontrou nada que o comprometesse em sentido algum, e aí foi deixada a questão. Recorro a você, Sr. Holmes, como minha última esperança. Se você fracassar, tanto minha honra quanto minha posição estarão perdidas para sempre.

O convalescente se afundou em meio às almofadas, exausto após a longa exposição, enquanto sua enfermeira lhe servia um copo de algum medicamento estimulante. Holmes permaneceu sentado em silêncio, com a cabeça para trás e os olhos fechados em uma postura que, para um desconhecido, talvez parecesse letárgica, mas que eu sabia indicar o estado mais intenso de absorção.

– Seu relato foi tão explícito – disse ele, enfim – que me deixou com muito poucas dúvidas a esclarecer. No entanto, há uma de extrema importância. Você contou a alguém que teria que realizar essa tarefa especial?

– Ninguém.

– Nem à Srta. Harrison aqui, por exemplo?

– Não. Eu não havia voltado a Woking entre o momento em que recebi a ordem e a execução do trabalho.

– E nenhum familiar seu por acaso o havia visitado?

– Nenhum.

– Algum deles conhecia seu escritório?

– Ah, sim; todos já o haviam visitado.

– Ainda assim, claro, se você não falou nada para ninguém a respeito do tratado, estas perguntas são irrelevantes.

– Não falei nada.

– O que você sabe sobre o vigia?

– Nada além do fato de que ele é um velho soldado.

– De que regimento?

– Ah, já o ouvi falar... O Coldstream Guards.*

– Obrigado. Tenho certeza de que poderei obter detalhes com Forbes. As autoridades são excelentes para compilar fatos, embora nem sempre tirem proveito deles. Como é bela uma flor!

Ele passou pelo sofá e foi até a janela aberta, pela qual segurou o caule flácido de uma onze-horas e observou a combinação delicada de carmesim e verde. Foi uma fase nova de seu caráter para mim, pois eu nunca o havia visto demonstrar um grande interesse por objetos naturais.

– Em nada mais é tão necessária a dedução quanto na religião – disse ele, recostando-se nas venezianas da janela. – Para alguém que raciocina, ela pode ser desenvolvida como uma ciência exata. A meu ver, nossa maior garantia da bondade da Providência reside nas flores. Tudo o mais, nossos poderes, nossos desejos, nossa comida, tudo é fundamentalmente necessário para nossa existência. Mas esta flor é um bônus. Seu aroma e sua cor são um adorno da vida, não uma condição para ela. Só a bondade oferece bônus, então repito que há muito o que se esperar das flores.

Percy Phelps e sua enfermeira olharam para Holmes durante esse rompante com surpresa e uma boa dose de decepção estampada no rosto. Ele havia mergulhado em devaneios, com a flor entre os dedos. Passaram-se alguns minutos até que a jovem senhorita interveio.

– Tem alguma perspectiva de solucionar este mistério, Sr. Holmes? – perguntou ela, com um toque de aspereza na voz.

– Ah, o mistério! – respondeu ele, voltando de repente à realidade da vida. – Bom, seria absurdo negar que o caso é muito obscuro e complicado; mas lhes prometo que examinarei a questão e avisarei de quaisquer pontos que me ocorrerem.

– Percebe alguma pista?

– Você me proporcionou sete, mas, claro, preciso testá-las antes de determinar seu valor.

---

*O Coldstream Guards é o mais antigo regimento do exército britânico. (*N. do T.*)

– Desconfia de alguém?
– Desconfio de mim mesmo...
– O quê?
– Ao formular conclusões prematuras demais.
– Então vá para Londres e teste suas conclusões.
– Seu conselho é excelente, Srta. Harrison – disse Holmes, e se levantou. – Acredito, Watson, que é o melhor que podemos fazer. Não se permita nutrir falsas esperanças, Sr. Phelps. O caso é muito intrincado.
– Padecerei de febre até voltar a vê-lo – lamentou o diplomata.
– Bom, virei no mesmo trem amanhã, embora muito provavelmente meu relatório venha a ser negativo.
– Deus o abençoe por prometer vir – exclamou nosso cliente. – Sinto-me revitalizado por saber que algo está sendo feito. A propósito, recebi uma carta de lorde Holdhurst.
– Rá! O que ele disse?
– Foi frio, mas não cruel. Suponho que tenha sido refreado por minha grave enfermidade. Ele repetiu que a questão era de extrema importância e acrescentou que não seria tomada nenhuma medida quanto ao meu futuro, pelo qual ele se refere, claro, à minha demissão, até que minha saúde se restabelecesse e eu tivesse tido a oportunidade de reparar meu infortúnio.
– Bom, isso foi razoável e atencioso da parte dele – disse Holmes. – Venha, Watson, pois temos um longo dia de trabalho à nossa frente na cidade.
O Sr. Joseph Harrison nos levou até a estação, e logo embarcamos em um trem de Portsmouth. Holmes estava imerso em pensamentos profundos e mal abriu a boca até passarmos de Clapham Junction.
– É muito animador entrar em Londres por qualquer uma dessas linhas que usam trilhos altos e permitem que se vejam as casas assim de cima.
Achei que ele estivesse brincando, pois a vista era bastante sórdida, mas ele logo se explicou.
– Veja aqueles amontoados grandes e isolados de construções que se erguem acima dos telhados, como ilhas de tijolos em um mar cor de chumbo.

– As escolas públicas.

– Faróis, meu caro! Sinais luminosos para o futuro! Cápsulas, cada uma com centenas de pequenas sementes, que vão gerar a Inglaterra melhor e mais sábia do futuro. Será que aquele Phelps não bebe?

– Acho que não.

– Eu também. Mas precisamos levar em conta todas as possibilidades. O pobre coitado certamente mergulhou em um mar de confusão, e é incerto se algum dia conseguiremos trazê-lo de volta à Terra. O que você achou da Srta. Harrison?

– É uma moça de forte caráter.

– Sim, mas ela é do tipo bom, a menos que eu esteja enganado. Ela e o irmão são os únicos filhos de um metalúrgico natural de algum lugar perto de Northumberland. Phelps e ela ficaram noivos quando ele estava em viagem no inverno passado, e ela veio para cá para ser apresentada à família, acompanhada do irmão. E então se sucedeu a crise, e ela permaneceu para cuidar de seu amor, e o irmão Joseph, bastante à vontade, ficou também. Veja bem, tenho feito algumas indagações independentes. Mas hoje precisa ser um dia de indagações.

– Minha clínica... – comecei.

– Ah, se você achar que seus casos são mais interessantes que o meu... – disse Holmes, com alguma rispidez.

– Eu ia falar que minha clínica pode passar muito bem sem mim por um ou dois dias, visto que este é o período de menor movimento do ano.

– Excelente – respondeu ele, recobrando o bom humor. – Então investigaremos esta questão juntos. Acho que precisamos começar com uma visita a Forbes. Ele provavelmente poderá nos dizer todos os detalhes que quisermos, até sabermos que abordagem devemos dar ao caso.

– Você disse que tinha uma pista.

– Bom, temos algumas, mas só podemos testar seu valor com mais indagações. O crime mais difícil de se solucionar é o crime sem propósito. Agora, este não é sem propósito. Quem tem a lucrar com ele? Há o embaixador francês, o russo, alguém interessado em vender para qualquer um deles, e lorde Holdhurst.

– Lorde Holdhurst!

– Bom, não é inconcebível que um estadista venha a se encontrar em posição de não lamentar caso tal documento seja destruído por acidente.

– Não um estadista do calibre honrado de lorde Holdhurst.

– É uma possibilidade, e não podemos nos dar ao luxo de ignorá-la. Veremos o nobre lorde hoje e descobriremos se ele pode nos dizer algo. Enquanto isso, já iniciei uma linha de investigação.

– Já?

– Sim, enviei telegramas da estação de Woking para todos os vespertinos de Londres. Este anúncio vai aparecer em cada um.

Ele me entregou uma folha tirada de um caderno. Nela, estava escrito a lápis:

Recompensa de 10 libras – O número do cabriolé que deixou passageiro em frente ou perto da porta do Foreign Office na Charles Street, às 9h45 de 23 de maio. Apresentar na Baker Street, 221B.

– Você tem certeza de que o ladrão chegou de cabriolé?

– Se não for isso, nada se perde. Mas, se o Sr. Phelps tinha razão ao afirmar que não havia esconderijos na sala ou nos corredores, então a pessoa deve ter vindo de fora. Se veio de fora em uma noite tão úmida, porém sem deixar qualquer rastro no linóleo, que foi examinado alguns minutos depois, então é altamente provável que ele tenha vindo de cabriolé. Sim, acho que é seguro deduzir que foi um cabriolé.

– Parece plausível.

– Essa é uma das pistas de que falei. Pode ser que nos leve a algo. E então, claro, temos o sino... que é o elemento mais notório do caso. Por que o sino tocaria? Será que o ladrão o tocou por arrogância? Ou terá sido alguém que estava com o ladrão e tentou impedir o crime? Ou terá sido um acidente? Ou...? – Ele voltou à condição silenciosa de intensa reflexão de onde havia emergido, mas, acostumado como eu estava a cada estado de espírito seu, tive a impressão de que alguma possibilidade nova lhe havia ocorrido.

Eram três e vinte quando chegamos ao nosso destino, e, depois de um almoço apressado no vagão-restaurante, partimos imediatamente para a Scotland Yard. Holmes já havia enviado um telegrama a Forbes e, quando o encontramos, ele estava à nossa espera: um homem baixo de aspecto astuto, com uma expressão atenta, mas de forma alguma amistosa. Sua postura para conosco estava decididamente frígida, sobretudo quando ele ouviu a missão que nos levara ali.

– Já ouvi falar de seus métodos antes, Sr. Holmes – disse ele, com rispidez. – Sempre disposto a usar todas as informações que a polícia puder lhe proporcionar e depois tentar resolver o caso sozinho e privá-los de todo o crédito.

– Pelo contrário – disse Holmes –, dos meus últimos 53 casos, meu nome só apareceu em quatro, e a polícia ficou com todo o crédito em 49. Não o critico por não saber disso, pois você é jovem e tem pouca experiência; mas, se puder fazer a gentileza de adotar sua nova atribuição, você trabalhará comigo, não contra mim.

– Eu ficaria muito feliz de receber uma ou duas indicações – disse o detetive, mudando de postura. – É certo que não consegui nenhum crédito com o caso até agora.

– Quais foram os passos que você tomou?

– Tangey, o vigia, foi seguido. Ele saiu do exército com uma boa reputação, e não descobrimos nada que depusesse contra ele. Já sua esposa é um problema. Acho que ela sabe mais da situação do que aparenta.

– Vocês a seguiram?

– Pusemos uma das nossas mulheres atrás dela. A Sra. Tangey bebe, e nossa mulher a abordou duas vezes quando ela estava embriagada, mas não conseguiu tirar nenhuma informação.

– É verdade que a casa deles recebeu a visita de credores?

– Sim, mas eles foram pagos.

– De onde veio o dinheiro?

– Foi legítimo. A pensão dele saiu; o casal não demonstrou nenhum sinal de ter economias.

– Como ela explicou o fato de ter atendido ao toque do sino quando o Sr. Phelps pediu café?

– Disse que o marido estava muito cansado e que ela queria ajudá-lo.

– Bom, certamente isso coincide com o fato de que depois ele foi encontrado adormecido na cadeira. Nada pesa contra eles, então, além do caráter da mulher. Vocês perguntaram por que ela saiu às pressas naquela noite? Sua precipitação chamou a atenção do policial.

– Ela estava mais atrasada do que o normal e queria chegar em casa.

– E vocês destacaram o detalhe de que você e o Sr. Phelps, que saíram pelo menos vinte minutos depois, chegaram lá antes dela?

– Ela explicou que foi a diferença entre um ônibus e um *hansom*.

– E ela esclareceu por que, ao chegar em casa, correu para dentro da cozinha nos fundos?

– Porque estava lá o dinheiro com que pagaria os credores.

– Ela pelo menos tem resposta para tudo. Vocês perguntaram se, ao sair, ela passou por alguém ou viu alguma pessoa na Charles Street?

– Não viu ninguém além do policial.

– Bom, parece que vocês a interrogaram com bastante apuro. O que mais fizeram?

– Temos seguido o escrevente, Gorot, por todas essas nove semanas, mas sem resultado. Não temos nada contra ele.

– Mais alguma coisa?

– Bom, não temos mais nenhuma pista... nenhum indício de qualquer espécie.

– Chegaram a formar alguma teoria que explicasse o toque do sino?

– Ora, preciso confessar que não faço ideia. Quem quer que tenha sido, foi muito frio ao dar o alarme daquele jeito.

– Sim, foi um ato muito curioso. Muito obrigado por tudo o que você me contou. Mandarei notícias se puder entregar o sujeito em suas mãos. Vamos, Watson!

– Aonde vamos agora? – perguntei, quando saímos da delegacia.

– Agora vamos entrevistar lorde Holdhurst, o ministro do governo e futuro *premier* da Inglaterra.

POR SORTE, LORDE HOLDHURST continuava em seu gabinete na Downing Street. Holmes apresentou seu cartão, e no mesmo instante fomos conduzidos até ele. O estadista nos recebeu com aquela cortesia antiquada pela qual era conhecido e nos indicou que sentássemos nas duas poltronas luxuosas que cercavam a lareira. De pé no tapete entre nós, com uma silhueta esguia e alta, rosto marcante e pensativo e cabelos cacheados com sinais grisalhos prematuros, ele parecia representar aquele tipo não muito comum de nobreza que é genuinamente nobre.

– Conheço muito bem seu nome, Sr. Holmes – disse ele, sorrindo. – E, claro, não posso fingir ignorância quanto ao propósito de sua visita. Houve apenas uma ocasião em que este gabinete demandou sua atenção. Em interesse de quem o senhor está agindo, se me permite a pergunta?

– No interesse do Sr. Percy Phelps – respondeu Holmes.

– Ah, meu infeliz sobrinho! O senhor compreende que, devido ao nosso parentesco, é ainda mais impossível que eu o proteja de qualquer forma. Receio que o incidente venha a produzir um efeito muito nocivo em sua carreira.

– E se o documento for encontrado?

– Ah, isso, claro, seria diferente.

– Eu gostaria de lhe fazer uma ou duas perguntas, lorde Holdhurst.

– Seria um prazer lhe dar qualquer informação que estiver ao meu alcance.

– Foi neste cômodo que o senhor transmitiu suas instruções quanto à cópia do documento?

– Foi.

– Então não seria possível que alguém mais o tivesse escutado?

– Não há a menor chance.

– O senhor mencionou a alguém sua intenção de solicitar a cópia do tratado?

– Nunca.

– Tem certeza disso?

– Absoluta.

– Bom, como o senhor nunca falou nada, e o Sr. Phelps nunca falou nada, e ninguém mais sabia da situação, então a presença do ladrão na sala foi completamente fortuita. Ele viu a oportunidade e a aproveitou.

O estadista sorriu.

– Isso foge aos meus domínios – disse ele.

Holmes refletiu por um instante.

– Há outra questão muito importante que eu gostaria de tratar com o senhor – disse ele. – É de meu entendimento que o senhor receava a possibilidade de haver resultados muito graves, caso os detalhes desse tratado fossem revelados.

Uma sombra passou pelo rosto expressivo do estadista.

– Resultados muito graves, de fato.

– E eles ocorreram?

– Ainda não.

– Se o tratado tivesse chegado, digamos, ao Foreign Office da França ou da Rússia, o senhor acha que ficaria sabendo?

– Acho que sim – respondeu lorde Holdhurst, com uma expressão séria.

– Como já se passaram quase dez semanas, e nada se soube, é razoável supor que, por algum motivo, o tratado não chegou até eles.

Lorde Holdhurst encolheu os ombros.

– Não podemos presumir, Sr. Holmes, que o ladrão pegou o tratado apenas para enquadrá-lo e pendurá-lo na parede.

– Talvez ele esteja esperando um preço melhor.

– Se esperar um pouco mais, não vai conseguir preço nenhum. O tratado deixará de ser sigiloso daqui a alguns meses.

– Isso é de extrema importância – disse Holmes. – Claro, existe a hipótese de que o ladrão tenha sido acometido de uma doença súbita...

– Como um ataque de febre cerebral, por exemplo? – perguntou o estadista, lançando um breve olhar para ele.

– Não foi o que eu disse – respondeu Holmes, imperturbável. – E agora, lorde Holdhurst, já tomamos muito de seu tempo precioso, então gostaríamos de lhe desejar um bom dia.

– Sucesso para sua investigação, seja quem for o criminoso – desejou o nobre, ao nos cumprimentar e indicar a porta.

– Ele é um grande sujeito – observou Holmes, quando saímos para Whitehall. – Mas precisa se esforçar para manter a posição. Não é nada rico, e tem muitas demandas. Você certamente percebeu que a sola das botas dele foi trocada, certo? Agora, Watson, não vou mais afastá-lo de seu trabalho legítimo. Não farei mais nada hoje, a menos que receba alguma resposta ao meu anúncio sobre o cabriolé. Mas ficaria extremamente grato se você pudesse me acompanhar até Woking amanhã, no mesmo trem que pegamos hoje.

ENCONTREI-O CONFORME O COMBINADO na manhã seguinte, e viajamos a Woking juntos. Sherlock Holmes disse que não havia recebido respostas ao anúncio, e não houvera novas pistas no caso. Quando se dispunha a tanto, ele era capaz da mesma impassibilidade absoluta de um hindu, e não consegui extrair de sua expressão se ele estava ou não satisfeito com o andamento das coisas. Lembro que ele conversou sobre o sistema de medições de Bertillon e expressou uma admiração entusiasmada pelo sábio francês.

Encontramos nosso cliente ainda ao cargo de sua dedicada enfermeira, mas com um aspecto consideravelmente melhor. Ele se levantou do sofá e nos cumprimentou sem dificuldade quando entramos.

– Alguma novidade? – perguntou ele, ansioso.

– Meu relatório, como eu esperava, é negativo – disse Holmes. – Encontrei-me com Forbes, e com seu tio, e dei início a uma ou duas linhas de investigação que podem levar a algo.

– Então não perdeu o ânimo?

– De forma alguma.

– Que Deus o abençoe por dizer isso! – exclamou a Srta. Harrison. – Se mantivermos a coragem e a paciência, a verdade será revelada.

– Nós temos mais a lhe contar do que você a nós – disse Phelps, voltando a se sentar no sofá.

– Eu imaginava que vocês teriam algo.

– Sim, tivemos uma aventura durante a noite, e que poderia ser bastante séria. – Ele assumiu uma expressão grave, e um olhar que remetia a medo surgiu em seu rosto. – Sabem – disse ele – que estou começando a crer que sou o centro insuspeito de alguma conspiração monstruosa, e que tanto minha vida quanto minha honra estão em perigo.

– Ah! – exclamou Holmes.

– Parece inacreditável, pois, até onde eu sei, não tenho inimigo algum no mundo. No entanto, considerando a experiência de ontem à noite, não consigo conceber nenhuma outra conclusão.

– Por favor, conte-me.

– Você precisa saber que ontem foi a primeira noite que passei sem uma enfermeira no quarto. Eu estava me sentindo tão melhor que achei que poderia prescindir dos cuidados de alguém. No entanto, tinha uma lamparina acesa. Bom, por volta das duas da manhã, eu estava mergulhado em um sono leve quando fui despertado por um pequeno ruído. Foi como o som que um rato faz ao roer uma tábua, e tentei escutar por algum tempo com a impressão de que essa devia ser a causa. E então o som ficou mais alto, e de repente veio da janela um clique metálico repentino. Eu me levantei na cama, espantado. Já não havia a menor dúvida do que eram os ruídos. Os barulhos fracos tinham sido provocados por alguém forçando um instrumento pela fresta entre os caixilhos, e o outro, quando a tranca foi empurrada para trás.

"Houve uma pausa de uns dez minutos, como se a pessoa estivesse esperando para ver se o barulho tinha me acordado. Depois, ouvi um rangido baixo quando a janela foi aberta muito devagar. Não consegui aguentar mais, pois meus nervos não são mais os mesmos. Saltei para fora da cama e abri as venezianas. Um homem estava agachado na janela. Não consegui ver muito, pois ele fugiu imediatamente. Estava coberto por algum manto, que lhe ocultava a parte inferior do rosto. Só tenho uma certeza: ele trazia alguma arma na mão. Parecia uma faca comprida. Vi nitidamente o brilho da lâmina quando ele se virou para escapar."

– Isso é muito interessante – disse Holmes. – Por favor, o que o senhor fez em seguida?

– Eu devia tê-lo seguido pela janela aberta, se estivesse mais forte. Mas toquei o sino e despertei a casa. Demorou um pouco, pois o sino toca na cozinha, e todos os criados dormem no andar de cima. Mas gritei, e assim Joseph veio e acordou os demais. Joseph e o cavalariço encontraram marcas no canteiro de flores embaixo da janela, mas o clima tem andado tão seco ultimamente que acharam que seria impossível seguir os rastros pelo gramado. Porém, disseram que um trecho da cerca de madeira que margeia a rua mostra sinais de que alguém teria pulado por cima e quebrado o topo da ripa no processo. Ainda não falei nada para a polícia daqui, pois achei que seria melhor ouvir sua opinião antes.

O relato de nosso cliente pareceu produzir um efeito extraordinário em Sherlock Holmes. Ele se levantou da cadeira e começou a andar pelo quarto com um entusiasmo incontrolável.

– Os infortúnios nunca vêm desacompanhados – disse Phelps, sorrindo, embora fosse nítido que estivesse um tanto abalado pela aventura.

– Você certamente viveu os seus – disse Holmes. – Acha que seria capaz de caminhar comigo em volta da casa?

– Ah, sim, eu gostaria de pegar um pouco de sol. Joseph virá também.

– E eu – disse a Srta. Harrison.

– Receio que não – disse Holmes, balançando a cabeça. – Preciso pedir que você permaneça sentada exatamente onde está.

A moça voltou a se sentar com uma expressão contrariada. Porém, seu irmão se uniu a nós, e saímos os quatro juntos.

Passamos pelo gramado até o lado de fora da janela do jovem diplomata. Como ele dissera, havia marcas no canteiro, mas eram definitivamente fracas e indistintas. Holmes se agachou diante delas por um instante e então se levantou de novo e deu de ombros.

– Acho que ninguém conseguiria muito com isso – disse ele. – Vamos contornar a casa e ver por que o invasor escolheu este cômodo específico. Eu imaginaria que aquelas janelas maiores da sala de visitas e da sala de jantar seriam mais atraentes.

– Elas são mais visíveis da rua – sugeriu o Sr. Joseph Harrison.

– Ah, sim, claro. Aqui tem uma porta que ele poderia ter tentado. Para que serve?

– É a entrada lateral para entregadores. Ela fica trancada à noite, claro.

– Vocês já tiveram algum alarme assim antes?

– Nunca – disse nosso cliente.

– Guarda prataria em casa, ou algo que possa atrair ladrões?

– Nada de valor.

Holmes caminhou em volta da casa com as mãos nos bolsos e um ar de negligência atípico.

– A propósito – disse ele para Joseph Harrison –, ao que consta, você encontrou um lugar na cerca por onde o sujeito pulou. Vamos dar uma olhada nisso.

O jovem rechonchudo nos levou até o ponto em que a parte de cima de uma das ripas de madeira tinha sido quebrada. Um pequeno fragmento da madeira estava pendurado. Holmes o arrancou e examinou atentamente.

– Vocês acham que isto foi feito ontem à noite? Parece um tanto antigo, não?

– Bom, é possível.

– Não há qualquer sinal de que alguém tenha pulado no outro lado. Não, acredito que não conseguiremos nada aqui. Vamos voltar ao quarto e conversar sobre a questão.

Percy Phelps caminhava muito devagar, apoiando-se no braço do futuro cunhado. Holmes atravessou rapidamente o gramado, e chegamos à janela aberta do quarto muito antes dos outros.

– Srta. Harrison – disse Holmes, com um tom de voz muito intenso –, você precisa ficar onde está o dia todo. Não permita que nada a afaste daí. Isso é crucial.

– Claro, se é o que deseja, Sr. Holmes – respondeu a moça, espantada.

– Quando for para a cama, tranque a porta deste quarto por fora e leve a chave consigo. Prometa que fará isso.

– Mas e Percy?

– Ele virá conosco para Londres.

– E eu vou ficar aqui?

– É para o bem dele. Você pode servi-lo! Rápido! Prometa!

Ela consentiu com um gesto da cabeça assim que os outros dois os alcançaram.

– Por que você está amuada aí, Annie? – gritou seu irmão. – Venha tomar um pouco de sol!

– Não, obrigada, Joseph. Estou com um pouco de dor de cabeça, e este quarto está uma delícia de fresco e tranquilo.

– O que você propõe agora, Sr. Holmes? – perguntou nosso cliente.

– Bom, enquanto investigamos esta ocorrência menor, não podemos perder de vista nosso caso principal. Seria de imensa ajuda para mim se o senhor nos acompanhasse até Londres.

– Agora?

– Bom, assim que for possível. Digamos, em uma hora.

– Estou me sentindo bem forte, se puder mesmo ajudar.

– Ajudará muito.

– Por acaso gostaria que eu passasse a noite lá?

– Eu estava a ponto de sugerir isso.

– Assim, se meu amigo da noite vier me visitar outra vez, verá que o pássaro deixou o ninho. Estamos todos em suas mãos, Sr. Holmes, e precisa nos dizer exatamente o que gostaria que fizéssemos. Seria melhor que Joseph viesse conosco, para cuidar de mim?

– Ah, não; meu amigo Watson é um homem da medicina, ele cuidará de você. Almoçaremos aqui, com a sua permissão, e então nós três partiremos para a cidade juntos.

Tudo foi feito conforme as sugestões de Holmes, embora a Srta. Harrison tenha se abstido de sair do quarto, de acordo com o que lhe foi pedido. Eu não conseguia imaginar qual seria o propósito das manobras de meu amigo, salvo talvez manter a moça longe de Phelps, que, regozijante pelo retorno da saúde e pela perspectiva de ação, comeu conosco na sala de jantar. Holmes, no entanto, tinha mais uma grande surpresa para nós, pois, após nos acompanhar até a estação e esperar até entrarmos no vagão, anunciou calmamente que não pretendia sair de Woking.

– Eu gostaria de esclarecer um ou dois pequenos detalhes antes de ir – disse ele. – De certa forma, Sr. Phelps, sua ausência me auxiliará. Watson, quando chegarem a Londres, faça-me o favor de seguir imediatamente para a Baker Street com nosso amigo aqui e ficar com ele até eu os reencontrar. Felizmente, vocês são antigos colegas de escola, então devem ter muito o que conversar. O Sr. Phelps pode passar a noite no quarto desocupado, e estarei com vocês a tempo para o café da manhã, pois há um trem que me deixará em Waterloo às oito.

– Mas e nossa investigação em Londres? – perguntou Phelps, entristecido.

– Podemos fazer isso amanhã. Acho que, no momento, terei mais proveito imediato aqui.

– Pode avisar em Briarbrae que espero estar de volta amanhã à noite – gritou Phelps, quando começamos a nos afastar da plataforma.

– Não pretendo voltar a Briarbrae – respondeu Holmes, acenando alegremente enquanto saíamos da estação.

Conversei com Phelps durante a viagem, mas nenhum de nós foi capaz de conceber uma justificativa satisfatória para o que havia acontecido.

– Acho que ele quer descobrir alguma pista para a tentativa de assalto de ontem, se é que foi assalto. Na minha opinião, não acho que era um ladrão comum.

– Qual é a sua hipótese, então?

– Oh, céus, pode dizer que é por causa dos meus nervos abalados ou não, mas acredito que haja alguma intriga política profunda à minha volta e que, por algum motivo além da minha compreensão, os conspiradores pretendem atentar contra a minha vida. Parece pretensioso e absurdo, mas considere os fatos! Por que um ladrão tentaria invadir uma casa pela janela de um quarto, onde não haveria qualquer butim, e por que ele traria uma faca grande na mão?

– Tem certeza de que não era uma barra para abrir a janela?

– Ah, não; era uma faca. Vi o reflexo da lâmina com bastante clareza.

– Mas por que motivo você seria perseguido com tamanha animosidade?

– Pois bem, eis a questão!

– Bom, se Holmes tiver essa mesma opinião, isso explicaria seu ato, não acha? Partindo do princípio de que sua teoria está correta, se ele conseguir pôr as mãos no homem que o ameaçou ontem à noite, fará um grande progresso rumo à descoberta de quem roubou o tratado naval. É absurdo supor que você tem dois inimigos, um que o rouba enquanto o outro ameaça sua vida.

– Mas o Sr. Holmes disse que não voltaria para Briarbrae.

– Eu o conheço há bastante tempo – falei –, mas nunca o vi fazer algo sem um motivo muito bom. – E nossa conversa então se desviou para outros assuntos.

O dia acabou sendo cansativo para mim. Phelps ainda estava debilitado pelo longo período de doença, e seus infortúnios o deixaram lamuriento e nervoso. Tentei em vão despertar seu interesse pelo Afeganistão, pela Índia, por questões sociais, por qualquer assunto que poderia lhe distrair a mente. Mas ele sempre voltava ao tratado perdido; indagando, imaginando, especulando quanto ao que Holmes estaria fazendo, quanto às medidas que lorde Holdhurst tomaria, quanto às notícias que receberíamos pela manhã. Conforme a noite avançava, sua agitação foi se tornando bastante dolorosa.

– Sua fé em Holmes é implícita? – perguntou ele.

– Já o vi realizar alguns feitos impressionantes.

– Mas ele nunca trouxe luz a nada tão obscuro quanto isto?

– Ah, sim; já o vi solucionar mistérios que apresentavam menos pistas que o seu.

– Mas não em situações em que houvesse interesses tão importantes em jogo?

– Não tenho certeza. Até onde sei, ele já agiu em nome de três das Casas reais da Europa em questões muito cruciais.

– Mas você o conhece bem, Watson. Ele é um sujeito tão inescrutável que nunca sei bem como interpretá-lo. Você acha que ele tem esperanças? Acha que ele espera obter sucesso?

– Ele não falou nada.

– Isso é mau sinal.

– Pelo contrário. Percebi que, quando perde o fio da meada, ele geralmente diz. E quando está seguindo um rastro, e não tem ainda certeza absoluta de que é o certo, ele se porta de forma mais taciturna. Agora, meu caro amigo, não vai ajudar nada se ficarmos nervosos com a situação, então imploro para que você vá dormir, de modo que possamos estar revigorados para o que nos aguarda amanhã.

Enfim consegui persuadir meu companheiro a seguir meu conselho, mas sabia que, por seu aspecto agitado, não havia muita esperança de que ele dormisse. Realmente, seu estado de espírito era contagioso, e também passei metade da noite revirando-me na cama, ponderando sobre esse problema estranho, inventando centenas de teorias, cada uma mais impossível que a anterior. Por que Holmes permanecera em Woking? Por que ele pedira para a Srta. Harrison ficar no quarto o dia inteiro? Por que ele tomara tanto cuidado para não informar às pessoas em Briarbrae que era sua intenção continuar nas proximidades? Açoitei meu cérebro até adormecer com os esforços de descobrir alguma explicação satisfatória para todos esses fatos.

Eram sete horas quando acordei, e no mesmo instante fui até o quarto de Phelps, onde o encontrei em desalinho e esgotado após uma noite insone. A primeira pergunta que ele fez foi se Holmes já havia voltado.

– Ele estará aqui na hora prometida – respondi. – Nem um instante mais cedo ou mais tarde.

E minhas palavras foram verdadeiras, pois, logo após as oito, um *hansom* encostou diante da porta e nosso amigo desembarcou. Da janela, vimos que sua mão esquerda estava envolvida por uma bandagem, e que seu rosto era muito sério e pálido. Ele entrou na casa, mas levou algum tempo até vir para o andar de cima.

– Ele parece um homem derrotado – exclamou Phelps.

Fui obrigado a admitir que ele tinha razão.

– Afinal – falei –, provavelmente a pista para o caso está aqui na cidade.

Phelps soltou um gemido.

– Não sei como – disse ele –, mas eu tinha tantas esperanças para seu retorno. Mas é certo que a mão dele não estava enfaixada daquele jeito ontem. Qual será o problema?

– Você não está ferido, Holmes? – perguntei, quando meu amigo entrou na sala.

– Tsc, isto é só um arranhão, resultado de minha própria falta de jeito – respondeu ele, cumprimentando-nos com um gesto da cabeça. – Esse caso, Sr. Phelps, é certamente um dos mais obscuros que já investiguei.

– Eu temia que você o achasse além de suas habilidades.

– Foi uma experiência das mais extraordinárias.

– Essa bandagem denuncia aventuras – falei. – Não quer nos contar o que aconteceu?

– Depois do café da manhã, meu caro Watson. Lembre que respirei quase 50 quilômetros do ar de Surrey hoje cedo. Suponho que meu anúncio para os cabriolés não tenha tido resposta? Bom, não se pode esperar ganhar todas.

A mesa foi posta e, quando eu estava prestes a chamar, a Sra. Hudson entrou com o chá e o café. Alguns minutos depois, ela trouxe os pratos, e nós todos fomos à mesa, Holmes, faminto; eu, curioso; Phelps, no estado mais sofrido de depressão.

– A Sra. Hudson se superou – disse Holmes, destapando uma bandeja de frango ao curry. – Sua culinária é um pouco limitada, mas ela entende de cafés da manhã tão bem quanto uma escocesa. O que você tem aí, Watson?

– Presunto e ovos – respondi.

– Ótimo! O que você vai comer, Sr. Phelps? Frango ao curry, ovos, ou você mesmo se serve?

– Obrigado, não consigo comer nada – disse Phelps.

– Ora, vamos! Experimente o prato à sua frente.

– Obrigado, mas prefiro não.

– Ora – disse Holmes, com uma piscadela matreira –, então imagino que você não se opõe se eu me servir?

Phelps tirou a tampa e, no mesmo instante, emitiu um berro e ficou imóvel, com o rosto tão branco quanto o prato que encarava. No centro da louça repousava um pequeno cilindro de papel azul-acinzentado. Ele o pegou, devorou-o com os olhos e então desatou a dançar loucamente pelo cômodo, apertando-o junto ao peito e gritando de alegria. Por fim, voltou a cair na poltrona, tão inerte e exausto pelas próprias emoções que foi preciso verter conhaque para dentro de sua boca para que ele não desmaiasse.

– Passou, passou! – disse Holmes, acalmando-o com tapinhas leves no ombro. – Não foi bom surpreendê-lo desse jeito; mas Watson aqui é testemunha de que nunca resisto a um toque dramático.

Phelps pegou a mão dele e a beijou.

– Deus o abençoe! – exclamou ele. – Você salvou minha honra.

– Ora, a minha também estava em jogo – disse Holmes. – Garanto, é tão odioso para mim fracassar em um caso quanto deve ser para você arruinar um encargo.

Phelps enfiou o documento precioso no bolso interno de seu paletó.

– Não tenho coragem de postergar ainda mais seu desjejum, e no entanto estou morrendo de curiosidade para saber como você o conseguiu e onde ele estava.

Sherlock Holmes engoliu uma xícara de café e voltou sua atenção para o presunto com ovos. Depois, levantou-se, acendeu o cachimbo e se acomodou em sua poltrona.

Vou lhe contar primeiro o que fiz, e depois o que me levou a fazê-lo – disse ele. – Após deixá-los na estação, fui dar uma caminhada encantadora pela paisagem admirável de Surrey até um vilarejo adorável chamado Ripley, onde tomei chá em uma pousada e tive o cuidado de encher meu cantil e guardar um saco de sanduíches no bolso. E ali fiquei até o fim da tarde, quando voltei para Woking e cheguei à rua ao lado de Briarbrae logo após o pôr do sol.

Bom, esperei até a rua ficar deserta, e imagino que ela nunca seja muito movimentada, e então pulei a cerca para entrar na propriedade.

– O portão não estava aberto? – deixou escapar Phelps.

Sim, mas tenho um gosto excêntrico nessas situações. Escolhi o lugar onde estão os três abetos e, sob sua proteção, passei para dentro sem que houvesse a menor chance de que alguém na casa me visse. Agachei-me entre os arbustos do outro lado e rastejei de um para outro (vejam o estado lamentável dos joelhos das minhas calças) até chegar aos rododendros logo em frente à janela de seu quarto. Ali me escondi e esperei.

A cortina não estava fechada, e eu conseguia ver a Srta. Harrison sentada lá, lendo à mesa. Eram dez e quinze quando ela guardou o livro, fechou a veneziana e se retirou. Ouvi-a fechar a porta e tive certeza de que ela havia virado a chave na tranca.

– A chave? – soltou Phelps.

Sim, eu havia instruído a Srta. Harrison a trancar a porta por fora e levar a chave consigo quando fosse dormir. Ela executou rigorosamente cada um de meus comandos, e é certo que, sem sua colaboração, eu não teria obtido o documento que está no bolso de seu paletó. Ela então saiu, as luzes se apagaram, e permaneci agachado entre os rododendros.

A noite estava agradável, mas ainda assim foi uma vigília cansativa. Claro, foi a mesma empolgação que um esportista sente enquanto aguarda ao lado do curso d'água até a presa aparecer. Mas demorou muito, quase tanto, Watson, quanto na vez em que você e eu esperamos naquele cômodo letal quando investigamos a situação da "Banda malhada". O relógio de uma igreja em Woking marcava a passagem de cada quinze minutos, e em mais de uma ocasião pensei que ele havia parado. Porém, finalmente, por volta de duas da madrugada, ouvi de repente o som baixo de uma tranca sendo empurrada e o rangido de uma chave. Logo depois, a porta da criadagem se abriu e o Sr. Joseph Harrison saiu sob o luar.

– Joseph! – bradou Phelps.

Ele estava com a cabeça descoberta, mas usava um manto preto sobre os ombros, de modo que fosse possível esconder o rosto a qualquer sinal de alarme. Ele caminhou na ponta dos pés sob a sombra da parede e, quando chegou à janela, enfiou uma faca longa entre os caixilhos e soltou a trava. Depois, abriu a janela, colocou a faca entre as madeiras da veneziana, empurrou a barra para cima e a abriu.

De onde eu estava, tinha uma visão perfeita do interior do quarto e de cada um de seus movimentos. Ele acendeu as duas velas que ficam na cornija da lareira e então começou a enrolar o canto do tapete perto da porta. Em seguida, agachou-se e retirou um pedaço quadrado do assoalho, do tipo que costuma ser reservado como forma de acesso para os encanadores às conexões da tubulação de gás. Aquele, por sinal, cobria a conexão T que ligava ao cano responsável por abastecer a cozinha no andar de baixo. Desse esconderijo ele removeu esse pequeno cilindro de papel, repôs o assoalho, arrumou o tapete, assoprou as velas e saiu diretamente para os meus braços enquanto eu o esperava do lado de fora da janela.

Bom, ele é mais feroz do que eu supunha, aquele Sr. Joseph. Atacou-me com a faca, e tive que derrubá-lo duas vezes, e ainda conseguiu me cortar no punho antes que eu o imobilizasse. Quando terminamos, ele me encarou com uma fúria assassina pelo único olho que ainda enxergava, mas deu ouvidos à razão e entregou o documento. Ao recuperá-lo, soltei o homem, mas enviei um telegrama com todos os detalhes para Forbes hoje cedo. Se ele tiver a presteza de capturar o pássaro fugido, ótimo! Mas, se porventura descobrir que o ninho ficou vazio antes de chegar lá, que é o que muito desconfio que acontecerá, ora, melhor para o governo. Imagino que lorde Holdhurst e o Sr. Percy Phelps sejam dois que prefeririam muito que o caso jamais chegue aos tribunais.

– Meu Deus! – exclamou nosso cliente. – Você está me dizendo que, durante essas dez longas semanas de agonia, o documento roubado estava no mesmíssimo quarto que eu?

– De fato.

– E Joseph! Joseph, vilão, ladrão!

– Sim! Receio que o caráter de Joseph seja mais obscuro e perigoso do que seria de se supor com base em sua aparência. Pelo que ouvi a seu respeito hoje de manhã, entendi que ele sofreu perdas consideráveis em negociações na bolsa e está disposto a qualquer coisa para melhorar suas circunstâncias. Um homem absolutamente egoísta, ele não permitiu que a felicidade da irmã ou a sua reputação o refreassem quando a oportunidade surgiu.

Percy Phelps se afundou na poltrona.

– Minha cabeça está girando – disse ele. – Suas palavras me atordoaram.

– A maior dificuldade em seu caso – comentou Holmes, à sua maneira didática – residia no fato de que havia indícios demais. Os elementos vitais estavam sobrepostos e ocultos pelos irrelevantes. De todos os fatos que nos foram apresentados, tivemos que escolher apenas os que nos pareciam essenciais e, então, organizá-los na ordem certa, para reconstruir essa impressionante sequência de acontecimentos. Eu já havia começado a desconfiar de Joseph, a partir do fato de que você pretendia voltar para casa com ele naquela noite, e que portanto era bastante provável que ele fosse encontrá-lo antes de ir, visto que conhecia bem o Foreign Office. Quando soube que alguém havia tentado entrar no quarto, onde ninguém além de Joseph poderia ter escondido algo, posto que em sua narrativa você nos contou que tirou Joseph do quarto quando chegou com o doutor, todas as minhas suspeitas se transformaram em certezas, especialmente pelo fato de que a tentativa foi feita logo na primeira noite em que a enfermeira não estava presente, o que indicou que o intruso conhecia bem a rotina da casa.

– Como fui cego!

– Os fatos do caso, até onde pude esclarecer, são os seguintes: esse Joseph Harrison entrou no Foreign Office pela porta na Charles Street e, visto que conhecia o caminho, subiu diretamente para sua sala assim que você saiu. Ao ver que não havia ninguém ali, ele logo tocou o sino, e, no mesmo instante, seus olhos perceberam o papel na mesa. Com um olhar ele viu que o acaso pusera ao seu alcance um documento de Estado de imenso valor, então imediatamente guardou-o no bolso e se foi. Passaram-se alguns minutos, como você se lembra, até que o vigia sonolento chamasse sua atenção para o sino, e foi tempo suficiente para que o ladrão escapasse.

"Ele foi para Woking no primeiro trem e, após examinar o butim e confirmar que de fato era algo de imenso valor, ele o escondeu em um lugar que julgou ser muito seguro, com a intenção de voltar a retirá-lo um ou dois dias depois e levá-lo à embaixada francesa ou para onde quer que achasse que conseguiria um bom preço. E então você voltou de repente. Sem aviso, ele foi expulso do quarto, e a partir daquele momento sempre havia pelo menos duas pessoas para impedi-lo de reaver o tesouro. A situação deve lhe ter parecido enlouquecedora. Mas ele enfim acreditou ter visto uma oportunidade. Tentou invadir o quarto, só que foi surpreendido por sua vigília. Você talvez lembre que não tomou sua medicação habitual naquela noite."

– Eu lembro.

– Imagino que ele tenha tomado providências para que esse medicamento fosse eficaz, e que ele tinha grande confiança de que você estaria inconsciente. Claro, imaginei que ele tentaria de novo assim que fosse possível invadir em segurança. Sua ausência do quarto lhe deu a oportunidade que ele queria. Mantive a Srta. Harrison lá dentro o dia inteiro para que ele não pudesse se antecipar a nós. Depois, após lhe passar a impressão de que teria livre acesso, montei guarda tal como descrevi. Eu sempre soube que o documento provavelmente estava dentro do quarto, mas não tinha o menor interesse em arrancar todo o assoalho e acabamento para procurá-lo. Portanto, deixei que ele o retirasse do esconderijo e me poupei uma infinidade de trabalho. Gostaria que eu esclarecesse mais algum detalhe?

– Por que ele tentou a janela na primeira ocasião, quando poderia ter entrado pela porta? – perguntei.

– Para chegar à porta, ele teria que passar por sete quartos. Já o gramado poderia ser acessado com facilidade. Mais alguma coisa?

– Você não acha – perguntou Phelps – que ele tinha alguma intenção assassina, acha? A faca cumpriria apenas a função de ferramenta.

– Talvez – respondeu Holmes, encolhendo os ombros. – A única certeza que posso afirmar é que o Sr. Joseph Harrison é um cavalheiro em cuja compaixão eu não estaria nada inclinado a confiar.

5

O problema final

É com pesar no coração que pego a pena para escrever estas palavras, as últimas com que registrarei os talentos singulares pelos quais se distinguia meu amigo, o Sr. Sherlock Holmes. Empenhei-me, de forma incoerente e, a meu ver, absolutamente insatisfatória, em oferecer algum testemunho de minhas experiências estranhas na sua companhia, desde quando o acaso nos uniu no período do "Estudo em vermelho" até a ocasião de sua intervenção no caso do "Tratado naval" – uma intervenção que produziu inquestionável efeito ao evitar uma grave complicação internacional. Minha intenção era parar ali e nada falar do acontecimento que criou um vazio em minha vida, algo que o transcurso de dois anos pouco fez para preencher. Contudo, as cartas recentes em que o coronel James Moriarty defende a memória do irmão me obrigaram a agir, e não tenho escolha que não dispor ao público os fatos exatamente tal qual se sucederam. Sou o único de posse da verdade absoluta sobre a questão e entendo que chegou o momento em que suprimi-la não mais cumpre bom propósito. Até onde sei, a imprensa trouxe a público apenas três relatos: o *Journal de Genève*, de 6 de maio de 1891, a matéria da Reuter's, publicada nos jornais ingleses em 7 de maio, e, por fim, as cartas recentes que mencionei. Desses, o primeiro e o segundo eram extremamente condensados, enquanto o último é, como demonstrarei agora, uma perversão absoluta dos fatos. Cabe a mim contar pela primeira vez o que realmente aconteceu entre o professor Moriarty e o Sr. Sherlock Holmes.

Convém lembrar que, após meu casamento e o subsequente início na atividade de clínico particular, o relacionamento muito próximo que havia entre mim e Holmes se alterou parcialmente. Ele ainda recorria a mim de tempos em tempos, quando desejava que alguém o acompanhasse em suas investigações, mas essas ocasiões foram se tornando menos e menos frequentes, até que no ano de 1890 constatei que me recordava de apenas três casos. Durante o inverno daquele ano e o começo da primavera de 1891, vi nos jornais que ele havia sido contratado pelo governo francês para tratar de uma questão de suma importância e recebi duas mensagens de Holmes, assinadas de Narbona e Nimes, o que me levou a crer que sua estada na França provavelmente seria longa. Portanto, foi com alguma surpresa que o vi entrar em meu consultório na noite de 24 de abril. Tive a impressão de que ele parecia ainda mais pálido e magro do que o normal.

– Sim, tenho me desgastado com certa dose de descontrole – comentou ele, em resposta mais ao meu olhar do que às minhas palavras. – Tenho estado sob certa pressão ultimamente. Você se oporia a fechar as janelas?

A única luz da sala vinha da lâmpada em minha mesa, onde eu estava lendo. Holmes contornou as paredes cuidadosamente e, ao fechar as venezianas, trancou-as com firmeza.

– Você está com medo de alguma coisa? – perguntei.

– Bom, sim.

– De quê?

– De armas de ar comprimido.

– Meu caro Holmes, do que você está falando?

– Acho que você me conhece bem o bastante, Watson, para entender que não sou, em nenhum aspecto, um homem nervoso. Ao mesmo tempo, é estupidez, não coragem, a recusa a admitir o perigo quando se aproxima. Posso lhe pedir um fósforo?

Ele aspirou a fumaça do cigarro como se estivesse grato pela influência tranquilizante.

– Preciso pedir desculpas por vir tão tarde – disse ele –, e preciso ainda suplicar que você tenha a bondade de permitir que eu saia de sua casa em breve pulando por cima do muro de seu quintal.

– Mas o que é tudo isso? – perguntei.

Ele estendeu a mão, e vi, à luz da lâmpada, que dois nós de seus dedos estavam feridos e sangravam.

– Veja bem, não é um nada imaginário – disse ele, sorrindo. – Pelo contrário, é concreto o bastante para quebrar a mão de um homem. A Sra. Watson está?

– Ela saiu para uma visita.

– Deveras! Você está sozinho?

– Estou.

– Então assim é mais fácil propor que você venha comigo ao continente por uma semana.

– Para onde?

– Ah, qualquer lugar. Não faz diferença para mim.

Havia algo muito estranho na história toda. Não era típico de Holmes sair em um passeio aleatório, e algo em seu rosto pálido e abatido me indicava que seus nervos estavam no limite da tensão. Ele viu a pergunta em meus olhos, então uniu as pontas dos dedos, apoiou os cotovelos nos joelhos e explicou a situação.

– Você provavelmente nunca ouviu falar do professor Moriarty, ouviu? – disse ele.

– Nunca.

– Ora, aí está a genialidade e a maravilha da questão! – exclamou ele. – O homem permeia toda a Londres, e ninguém nunca ouviu falar dele. Isso o coloca no pináculo da história do crime. Falo muito sério, Watson, que, se conseguisse derrotar esse homem, se conseguisse livrar a sociedade de sua existência, eu me sentiria no ápice de minha própria carreira e estaria disposto a me voltar para uma vida mais plácida. Cá entre nós, os casos recentes em que auxiliei a Família Real da Escandinávia e a República da França me deixaram em uma posição tal que eu poderia levar a vida tranquila, que me é mais natural, para então me concentrar em minhas pesquisas químicas. Mas eu não seria capaz de descansar, Watson, não seria capaz de ficar sentado e quieto se achasse que um homem como o professor Moriarty caminha inconteste pelas ruas de Londres.

– E o que ele fez?

Sua carreira tem sido extraordinária. Ele é um homem bem-nascido e de excelente instrução, a quem a natureza dotou de um conhecimento matemático fenomenal. Aos 21 anos de idade, escreveu um tratado sobre o Teorema Binomial, que tem obtido popularidade na Europa. Graças a isso, conquistou o Departamento de Matemática em uma de nossas universidades menores e, aparentemente, estava no início de uma carreira brilhante. Mas o sujeito tinha tendências hereditárias das mais diabólicas. Seu sangue era dotado de vocação para o crime, e seus extraordinários poderes mentais, em vez de alterarem-na, ampliaram-na e a tornaram infinitamente mais perigosa. Começaram a se acumular boatos sinistros a seu respeito na cidade da instituição, e com o tempo ele foi obrigado a vagar o departamento e vir para Londres, onde se estabeleceu como professor do exército. Isso é o que o mundo sabe, mas o que vou lhe dizer agora é algo que descobri pessoalmente.

Como você sabe, Watson, ninguém conhece melhor que eu a esfera superior dos crimes de Londres. Durante anos tive a consciência de que havia algum poder por trás dos malfeitores, alguma força organizadora profunda que persistia em oposição à lei e lançava seu escudo sobre os transgressores. Repetidamente, em casos os mais variados, casos de fraudes, assaltos, assassinatos, senti a presença dessa força, e também deduzi sua ação em muitas daquelas situações não solucionadas em que não fui consultado. Durante anos tratei de romper o véu que a cercava, e por fim chegou o momento em que captei o fio e o segui até que ele me conduziu, após um milhar de meandros astutos, ao ex-professor e celebrado matemático Moriarty.

Ele é o Napoleão do crime, Watson. É o organizador por trás de metade do que há de maligno e por quase tudo que passa despercebido nesta grande cidade. É um gênio, um filósofo, um pensador abstrato. Seu cérebro é de primeira grandeza. Ele permanece imóvel como uma aranha no centro da teia, mas sua teia tem mil irradiações, e ele conhece muito bem todos os tremores de cada uma delas. Pessoalmente, age muito pouco. Só planeja. Mas tem agentes em grande número e esplêndida organização. Se há um crime a ser cometido, um documento a ser subtraído, digamos, uma casa a ser saqueada, um homem a ser eliminado... a informação é repassada ao professor, e a questão é organizada e executada. O agente pode ser capturado. Nesse caso, é apresentado dinheiro para sua fiança ou defesa. Mas o poder central que usa o agente nunca é pego... Jamais se suspeita de sua existência. Foi essa a organização que deduzi, Watson, e à qual dediquei toda a minha energia para expor e desbaratar.

Mas o professor estava cercado por medidas de segurança concebidas com tamanha astúcia que, por mais que eu tentasse, parecia impossível obter provas que pudessem levar a uma condenação no tribunal. Você conhece minhas capacidades, meu caro Watson, e, no entanto, após três meses, fui obrigado a admitir que finalmente havia encontrado um antagonista de intelecto igual ao meu. Meu horror diante de seus crimes estava envolvido por minha admiração ante seu talento. Mas ele finalmente fez uma viagem, só uma pequena viagem, mas o custo disso foi excessivo, pois eu estava muito perto. Tive minha chance e, a partir desse ponto, comecei a tecer minha rede à sua volta até agora, quando ela está prestes a se fechar. Daqui a três dias, ou seja, na próxima segunda-feira, tudo estará pronto, e o professor, junto com os principais integrantes de sua quadrilha, estarão nas mãos da polícia. E então virá o maior julgamento penal do século, o esclarecimento de mais de quarenta mistérios e a forca para todos eles. Mas, veja bem, se agirmos de modo prematuro, eles podem nos escapar por entre os dedos no último segundo.

Agora, se eu pudesse ter feito isso sem o conhecimento do professor Moriarty, tudo estaria bem. Mas ele era ardiloso demais para isso. Viu cada passo meu conforme eu preparava o cerco. Volta e meia ele procurava me despistar, mas com a mesma frequência eu o frustrava. Garanto, meu amigo, que, se fosse possível compor uma descrição detalhada desse confronto silencioso, seria considerada a narrativa de enfrentamento mais genial da história da profissão de detetive. Nunca antes me elevei tanto, e nunca fui tão pressionado por um oponente. Seus golpes eram certeiros, e no entanto eu logo contra-atacava. Hoje pela manhã, os últimos passos foram realizados, e só faltavam três dias para concluir a trama. Eu estava sentado em minha sala, refletindo sobre a questão, quando a porta se abriu e o professor Moriarty se apresentou diante de mim.

Meus nervos são razoavelmente firmes, Watson, mas devo confessar que me assustei ao ver exatamente o homem que tanto havia ocupado meus pensamentos parado ali à minha porta. Sua aparência me era bastante familiar. Ele é extremamente alto e magro, a testa, curva em uma redoma branca, e os olhos, bastante encovados. Ele é barbeado, pálido, com aparência de erudito, e preserva um ar de professor. Os ombros são encurvados pelo estudo, e o rosto se projeta para a frente e mantém uma oscilação lenta e constante de um lado para o outro, de um jeito reptiliano peculiar. Seus olhos pequenos me observaram com grande curiosidade.

– Seu desenvolvimento frontal é menor do que eu esperava – disse ele, enfim. – É um hábito perigoso segurar armas carregadas no bolso do roupão.

O fato é que, no momento de sua entrada, reconheci imediatamente o perigo pessoal extremo que eu corria. Para ele, a única escapatória possível seria me silenciar. Em um instante, eu havia retirado o revólver da gaveta e passado para meu bolso, e estava apontando para ele atrás do tecido. Após seu comentário, tirei a arma e a apoiei na mesa, carregada. Ele ainda sorriu e piscou, mas algo que vi em seus olhos me deixou feliz por tê-la comigo.

– É evidente que você não me conhece – disse ele.

– Pelo contrário – respondi –, acho bastante evidente que conheço. Por favor, sente-se. Posso lhe conceder cinco minutos, se você tem algo a falar.

– Tudo o que eu tenho a falar já passou pela sua cabeça – disse ele.

– Então talvez a minha resposta já tenha passado pela sua – falei.

– Você persiste?

– Definitivamente.

Ele enfiou a mão no bolso, e ergui a pistola da mesa. Mas Moriarty apenas retirou um bloco de anotações, onde havia rabiscado algumas datas.

– Você cruzou meu caminho no dia 4 de janeiro – disse ele. – No dia 23, você me incomodou; em meados de fevereiro, me causou sérios inconvenientes; no final de março, meus planos foram extremamente prejudicados; e agora, ao fim de abril, percebo que sua perseguição me colocou em tal posição que corro verdadeiro risco de perder minha liberdade. A situação está se tornando impossível.

– Você tem alguma sugestão? – perguntei.

– Você precisa recuar, Sr. Holmes – disse ele, balançando o rosto. – Você precisa mesmo, sabe?

– Depois de segunda-feira – respondi.

– Tsc, tsc! – disse ele. – Decerto um homem com sua inteligência é capaz de ver que só há um resultado possível para esta questão. Seu recuo é uma necessidade. Você agiu de tal forma que só nos resta uma opção. Tem sido um grande prazer intelectual ver a maneira como você lidou com a situação, e digo, sinceramente, que eu lamentaria se fosse obrigado a adotar alguma medida extrema. Você sorri, senhor, mas garanto que eu o faria.

– O perigo faz parte do ofício – comentei.

– Não se trata de perigo. A destruição é inevitável. Você se pôs no caminho não apenas de um indivíduo, mas de uma organização poderosa, cuja verdadeira dimensão, apesar de toda a astúcia, você não conseguiu descobrir. Precisa se afastar, Sr. Holmes, ou será atropelado.

– Receio que – falei, ao me levantar –, no prazer desta conversa, negligenciei assuntos importantes que me aguardam em outro lugar.

Ele também se levantou, olhou para mim em silêncio e balançou a cabeça com uma expressão triste.

– Ora, ora – disse ele, enfim. – Parece uma pena, mas fiz o que pude. Estou ciente de todos os seus movimentos no jogo. Você não pode fazer nada antes de segunda-feira. Esse tem sido um duelo entre nós dois, Sr. Holmes. Você pretende me ver no banco dos réus. Eu lhe digo que jamais subirei ao banco dos réus. Você pretende me derrotar. Eu lhe digo que jamais me derrotará. Se é inteligente o bastante para me levar à destruição, tenha certeza de que farei o mesmo com você.

– Você me fez diversos elogios, Sr. Moriarty – falei. – Permita-me retribuir com um ao dizer que, se tivesse garantia da primeira eventualidade, então, no interesse do público, eu aceitaria com satisfação a segunda.

– Posso lhe prometer uma, mas não a outra – retrucou ele, e em seguida me deu as costas e saiu da sala, espiando e piscando.

– Essa foi minha entrevista peculiar com o professor Moriarty. Confesso que ela me causou um efeito incômodo na mente. Seu jeito suave e preciso de falar transmite uma convicção de sinceridade que um mero bravateiro não seria capaz de causar. Claro, você diria: 'Por que não adotar precauções policiais contra ele?' A questão é que estou bastante convencido de que é dos agentes policiais que virá o golpe. Tenho a melhor das provas disso.

– Você já foi atacado?

– Meu caro Watson, o professor Moriarty não é homem de perder tempo. Saí por volta de meio-dia para tratar de certos assuntos na Oxford Street. Quando passei pela esquina da Bentinck Street, no cruzamento com a Welbeck Street, uma carruagem de dois cavalos conduzida com ferocidade se aproximou de repente e veio para cima de mim. Pulei para a calçada e me salvei por uma fração de segundo. A carruagem então virou em Marylebone Lane e desapareceu imediatamente. Depois disso, continuei na calçada, Watson, mas enquanto eu caminhava pela Vere Street um tijolo caiu do teto de uma das casas e se esmigalhou aos meus pés. Chamei a polícia e pedi para examinarem o local. Havia telhas e tijolos empilhados no terraço em preparação para alguma reforma, e tentaram me convencer de que o vento havia derrubado um dos tijolos. É claro que não acreditei, mas não podia provar nada. Peguei então um cabriolé e cheguei ao apartamento de meu irmão em Pall Mall, onde passei o dia. Agora vim até você, e no caminho para cá fui atacado por um rufião com um porrete. Derrubei-o, e a polícia o prendeu; mas posso dizer, com a mais absoluta certeza, que jamais se encontrará qualquer ligação entre o cavalheiro cujos dentes incisivos esfolaram meu punho e o professor aposentado de matemática que, atrevo-me a dizer, deve estar resolvendo problemas em uma lousa a 15 quilômetros de distância. Não estranhe, Watson, que meu primeiro ato ao entrar em sua sala foi fechar suas venezianas, tendo-lhe pedido permissão logo depois para sair de sua casa por um caminho menos explícito do que a porta da rua.

Muitas vezes eu havia admirado a coragem de meu amigo, mas nunca tanto quanto naquele momento, enquanto ele listava tranquilamente uma série de incidentes que, em conjunto, constituíam um dia de horrores.

– Você passará a noite aqui? – perguntei.

– Não, meu amigo, eu seria um hóspede perigoso. Já dispus meus planos, e tudo ficará bem. A situação se encontra já tão adiantada que as partes podem se mover sem minha ajuda no que diz respeito à captura, embora minha presença seja necessária para uma condenação. Portanto, é óbvio que o melhor é me afastar por alguns dias até a polícia estar em liberdade para agir. Seria um grande prazer para mim, portanto, se você pudesse vir comigo ao continente.

– A clínica está tranquila – respondi –, e tenho um vizinho prestativo. Seria um prazer.

– E podemos sair amanhã de manhã?

– Se necessário.

– Ah, sim, é muito necessário. Então aqui estão suas instruções, e suplico, meu caro Watson, que você as siga ao pé da letra, pois agora é meu parceiro em um jogo contra o bandido mais inteligente e a quadrilha criminosa mais poderosa da Europa. Preste atenção! Você usará um mensageiro de confiança para enviar qualquer bagagem que deseje levar, sem identificação de endereço, para Victoria hoje à noite. De manhã, você pedirá um *hansom* e orientará o criado a não escolher nem o primeiro nem o segundo que se apresentarem. Você embarcará nesse *hansom* e irá até a esquina da Lowther Arcade com a Strand, passando o endereço ao condutor em um pedaço de papel, e pedirá que ele não o jogue fora. Tenha o dinheiro em mãos e, assim que o cabriolé parar, corra pela Arcade e tome o cuidado de chegar ao outro lado às nove e quinze. Você encontrará um pequeno *brougham* à sua espera junto ao meio-fio, conduzido por um sujeito que estará usando um manto preto pesado com um detalhe vermelho no colarinho. Você entrará nesse e chegará a Victoria em tempo de pegar o expresso continental.

– Onde encontrarei você?

– Na estação. O segundo vagão de primeira classe a partir da frente estará reservado para nós.

– Nosso ponto de encontro, então, será o vagão?

– Sim.

Foi em vão que pedi para Holmes passar a noite. Era evidente que ele acreditava que poderia trazer problemas para o teto que o abrigava e que esse era o motivo pelo qual sairia. Após algumas palavras apressadas sobre nossos planos para o dia seguinte, ele se levantou e saiu comigo ao quintal, onde escalou o muro que dá para a Mortimer Street e assobiou imediatamente para um *hansom*, que ouvi levá-lo embora.

Na manhã seguinte, obedeci as orientações de Holmes ao pé da letra. Foi solicitado um *hansom* de acordo com precauções que impediriam que fosse o veículo já disponível, e após o café parti imediatamente rumo à Lowther Arcade, que atravessei o mais rápido possível. Um *brougham* me aguardava com um condutor muito grande embrulhado em um manto escuro. No instante em que embarquei, ele atiçou o cavalo e partiu rumo à Victoria Station. Quando desembarquei, virou a carruagem e partiu sem uma olhada sequer em minha direção.

Até esse ponto, tudo havia corrido de forma admirável. Minha bagagem me esperava, e não tive dificuldade para encontrar o vagão que Holmes tinha indicado, especialmente porque era o único no trem marcado como "Reservado". A preocupação que me restava era o não aparecimento de Holmes. O relógio da estação marcava que faltavam apenas sete minutos até o horário previsto para a saída. Em vão procurei a figura esguia de meu amigo por entre os grupos de passageiros e pessoas em despedida na plataforma. Não havia sinal dele. Passei alguns minutos ajudando um padre italiano venerável, que se esforçava para fazer um funcionário entender, com inglês macarrônico, que sua bagagem deveria ser despachada em Paris. Após mais uma olhada, voltei ao vagão, onde constatei que o funcionário, apesar da passagem, me dera meu amigo italiano decrépito como companheiro de viagem. Não adiantava lhe explicar que sua presença seria uma intrusão, pois meu italiano era ainda mais limitado que o inglês dele, então encolhi os ombros, resignado, e continuei procurando ansiosamente meu amigo. Fui tomado por um calafrio quando pensei que sua ausência poderia significar algum golpe realizado durante a noite. As portas todas já estavam fechadas e o apito soava quando...

– Meu caro Watson – disse uma voz –, você não fez a gentileza sequer de dar bom-dia.

Virei o rosto, completamente estupefato. O eclesiástico idoso havia se virado para mim. Por um instante, as rugas se alisaram, o nariz se afastou do queixo, o lábio inferior se recolheu e a boca parou de balbuciar. Seus olhos baços recuperaram a vida, e a silhueta recurvada se ampliou. No instante seguinte, toda a estrutura voltou a ruir, e Holmes desapareceu tão rápido quanto havia surgido.

– Nossa senhora! – exclamei. – Que susto você me deu!

– Ainda é necessário tomar todas as precauções – sussurrou ele. – Tenho motivo para acreditar que eles estão em nosso encalço. Ah, ali está Moriarty em pessoa.

O trem já havia começado a andar quando Holmes falou. Ao olhar para trás, vi um homem alto abrir caminho furiosamente pela multidão e agitar a mão como se desejasse parar o trem. Porém, era tarde demais, pois estávamos ganhando velocidade, e em pouco tempo saímos da estação.

– Apesar de todas as precauções, você percebe que foi por muito pouco – disse Holmes, rindo.

Ele se levantou, tirou a batina preta e o chapéu que haviam composto seu disfarce e os guardou em uma bolsa.

– Você viu o jornal matutino, Watson?

– Não.

– Não viu a história sobre a Baker Street, então?

– Baker Street?

– Atearam fogo ao nosso apartamento ontem à noite. Não houve nenhum dano grave.

– Meu Deus, Holmes! Isso é intolerável.

– Eles devem ter perdido completamente o meu rastro depois que o agressor com o porrete foi preso. Caso contrário, não teriam imaginado que eu havia voltado ao meu apartamento. No entanto, é evidente que tomaram o cuidado de vigiar você, e é por isso que Moriarty veio a Victoria. Será que você cometeu algum deslize durante sua vinda?

– Fiz exatamente o que você sugeriu.

– Encontrou seu *brougham*?

– Sim, estava me esperando.

– Reconheceu o cocheiro?

– Não.

– Era meu irmão, Mycroft. É uma vantagem poder atuar em um caso assim sem precisar confiar em algum mercenário. Mas precisamos planejar o que faremos com Moriarty agora.

– Como este é um expresso e faz conexão com o barco, acho que conseguimos despistá-lo.

– Meu caro Watson, é evidente que você não compreendeu o que eu quis dizer quando falei que podíamos considerar esse homem no mesmo patamar intelectual que eu. Você não imagina que, fosse eu o perseguidor, eu me deixaria abalar por obstáculo tão trivial. Por que, então, pensaria tão pouco dele?

– O que ele vai fazer?

– O que eu faria.

– E o que você faria?

– Pegaria um especial.

– Mas já deve ser tarde.

– De forma alguma. Este trem para em Canterbury; e ali sempre há um atraso de pelo menos quinze minutos na balsa. Ele nos alcançará lá.

– É de se pensar que nós é que somos os criminosos. Deveríamos prendê-lo quando ele chegar.

– Isso arruinaria três meses de trabalho. Nós pegaríamos o peixe grande, mas os menores escapariam da rede por todos os lados. Na segunda-feira, teremos todos. Não, a prisão é inadmissível.

– O quê, então?

– Sairemos em Canterbury.

– E depois?

– Bom, depois faremos uma viagem pelo campo até Newhaven, e dali para Dieppe. Moriarty mais uma vez fará o que eu faria. Ele seguirá rumo a Paris, marcará nossa bagagem e esperará dois dias no depósito. Enquanto isso, adquiriremos bolsas novas, estimularemos a produção local dos países que atravessarmos e viajaremos à vontade até a Suíça, passando por Luxemburgo e Basileia.

Sou um viajante experimentado demais para me permitir um sentimento de agravo muito sério por causa da perda da bagagem, mas confesso que fiquei irritado com a ideia de ser obrigado a fugir e me esconder de um homem cujo histórico era dominado por infâmias impronunciáveis. No entanto, era óbvio que Holmes compreendia a situação melhor do que eu. Em Canterbury, portanto, desembarcamos, e lá descobrimos que teríamos que esperar ainda uma hora até a chegada do trem para Newhaven.

Eu ainda olhava entristecido para a carroça de malas que ia embora rapidamente com minhas roupas quando Holmes me puxou pela manga e apontou para a fila.

– Já vem, está vendo? – perguntou.

Ao longe, em meio à floresta de Kent, emergiu uma coluna fina de fumaça. Um minuto depois, um vagão com locomotiva apareceu na curva aberta que levava à estação. Quase não tivemos tempo para nos esconder atrás de uma pilha de malas quando ele passou, estrondoso, e lançou um sopro de ar quente em nosso rosto.

– Lá vai ele – disse Holmes, quando vimos o vagão passar aos sacolejos pelas chaves de desvio. – Veja bem, há um limite para a inteligência de nosso amigo. Teria sido um *coup-de-maître** se ele tivesse deduzido minhas deduções e agido de acordo.

– E o que teria feito, se tivesse nos encontrado?

– Não há a menor dúvida de que ele teria cometido um ataque assassino contra mim. No entanto, dois podem participar deste jogo. A questão agora é se devemos fazer um almoço prematuro aqui ou correr o risco de passar fome até chegamos ao restaurante em Newhaven.

CHEGAMOS A BRUXELAS naquela noite e passamos dois dias ali, partindo no terceiro até Estrasburgo. Na manhã de segunda-feira, Holmes havia enviado um telegrama à polícia de Londres, e, à noite, encontramos uma resposta à nossa espera no hotel. Holmes abriu o envelope e, com uma praga amargurada, lançou-o na lareira.

– Eu devia ter imaginado – resmungou. – Ele fugiu!

– Moriarty!

– Conseguiram prender toda a quadrilha, exceto ele. Ele lhes passou a perna. Claro, quando saí do país, não havia mais ninguém para enfrentá-lo. Mas realmente achei que havia deixado a questão nas mãos deles. Acho que seria melhor você voltar à Inglaterra, Watson.

– Por quê?

– Porque verá que agora sou um companheiro perigoso. A ocupação do homem desapareceu. Ele estará perdido se voltar a Londres. Se interpretei corretamente seu caráter, ele dedicará todas as suas energias à vingança. Foi o que disse em nossa conversa, e estimo que tenha sido sincero. Certamente eu recomendaria que você voltasse à sua clínica.

---

*Golpe de mestre, em francês. (*N. do E.*)

Mal se tratava de um pedido para perseguir a vitória junto com um velho soldado e também um velho amigo. Ficamos no restaurante da estação de Estrasburgo, discutindo a questão por meia hora, mas na mesma noite retomamos nossa viagem e seguimos para Genebra.

Durante uma semana encantadora, percorremos o vale do Ródano. A partir de Leuk, cruzamos o passo de Gemmi, ainda coberto de neve, e passamos por Interlaken até chegar a Meiringen. Foi uma viagem deliciosa, com o verde delicado da primavera abaixo de nós e o branco virginal do inverno acima; mas estava nítido para mim que nem por um instante sequer Holmes havia esquecido a sombra que pairava sobre ele. Mesmo nos vilarejos aconchegantes dos Alpes ou nas paisagens solitárias das montanhas, eu conseguia perceber, graças a seus olhares ágeis e ao escrutínio atento em todo rosto que cruzava nosso caminho, que ele estava muito convencido de que, aonde quer que fôssemos, jamais escaparíamos do perigo que nos perseguia.

Lembro que, em uma ocasião, quando atravessamos o Gemmi e caminhamos pela borda do melancólico Daubensee, um pedregulho que se desprendera da montanha à nossa direita despencou pela encosta e mergulhou com um estrondo no lago atrás de nós. Em um instante Holmes correu até o ponto de onde o pedregulho havia caído e, de cima de uma elevação, virou o pescoço em todas as direções. Foi em vão que nosso guia lhe garantiu que era comum a queda de pedras naquela área durante a primavera. Ele não falou nada, mas sorriu para mim com o ar de quem vê a realização daquilo que era esperado.

E, no entanto, apesar do estado de vigilância, ele nunca ficou deprimido. Pelo contrário, não me lembro de jamais tê-lo visto com espírito tão exuberante. Repetidas vezes mencionava o fato de que, se pudesse garantir uma sociedade livre do professor Moriarty, encerraria a própria carreira.

– Acho que diria até, Watson, que minha vida não foi em vão – observou ele. – Se minha história se encerrasse hoje à noite, ainda assim eu poderia avaliá-la com equanimidade. O ar de Londres está mais doce graças à minha presença. Em mais de mil casos, acredito que jamais tenha usado meus poderes em favor do lado errado. Ultimamente, tenho me sentido inclinado a examinar os problemas apresentados pela natureza, em vez dos superficiais pelos quais nosso estado artificial de sociedade é responsável. Suas memórias chegarão ao fim, Watson, no dia em que eu coroar minha carreira com a captura ou eliminação do vilão mais perigoso e habilidoso da Europa.

Serei breve, porém preciso, no pouco que me resta contar. Não é um assunto que desejo abordar, e no entanto estou ciente de que é meu dever não omitir qualquer detalhe.

Foi no terceiro dia de maio que chegamos ao pequeno vilarejo de Meiringen, onde nos hospedamos no Englischer Hof, na época mantido pelo idoso Peter Steiler. Nosso anfitrião era um homem inteligente e falava inglês esplendidamente, pois servira durante três anos como garçom no Grosvenor Hotel, em Londres. Por sugestão sua, na tarde do dia 4, saímos juntos com a intenção de atravessar as montanhas e passar a noite no povoado de Rosenlaui. No entanto, foi-nos indicado expressamente que não devíamos, em hipótese alguma, passar pelas cataratas de Reichenbach, que ficam aproximadamente no meio do caminho, sem fazer um pequeno desvio para vê-las.

Era, de fato, um lugar temeroso. A torrente, incrementada pela neve derretida, mergulha em um abismo tremendo, de onde uma nuvem de borrifo se ergue nas alturas como a fumaça de uma casa em chamas. O poço em que o rio se lança é um enorme vazio, revestido de rochas reluzentes e pretas como carvão, e se afunila até formar um fosso borbulhante de profundidade incalculável, que transborda e despeja a corrente pela beirada irregular. Diante da extensa torrente de água verde rugindo rumo às profundezas sem fim e da grossa cortina impermanente de borrifo chiando para as alturas, os nervos de qualquer um se abalam com as convoluções e os clamores constantes. Paramos perto da beirada para olhar o brilho da água que se quebrava nas pedras negras abaixo de nós e ouvir o grito quase humano que ecoava para cima do abismo junto com os borrifos.

A trilha havia sido aberta junto às cataratas para permitir uma vista completa, mas o caminho tinha um fim abrupto, e o viajante era obrigado então a retornar. Nós havíamos nos virado para voltar quando vimos um jovem suíço correndo com uma carta na mão. Trazia o selo do hotel de onde havíamos acabado de sair e estava endereçada a mim pelo proprietário. Aparentemente, poucos minutos após nossa saída, chegara uma senhora inglesa que estava no último estágio da consumpção. Ela havia passado o inverno em Davos Platz e viajava para encontrar os amigos em Lucerna, quando foi acometida por uma hemorragia súbita. Pensava-se que teria apenas mais algumas horas de vida, mas seria um grande consolo se pudesse ver um médico inglês e, se eu pudesse voltar etc. etc. O bom Steiler me garantia em um pós-escrito que minha anuência seria um imenso favor, visto que a senhora se recusava terminantemente a consultar um médico suíço, e ele não podia deixar de pensar que era grande a sua responsabilidade na questão.

O apelo não podia ser ignorado. Era impossível recusar o pedido de uma compatriota em seu leito de morte em uma terra estrangeira. No entanto, eu tinha reservas quanto a deixar Holmes. Contudo, enfim concordamos que ele ficaria com o jovem mensageiro suíço como guia e companheiro enquanto eu voltasse a Meiringen. Meu amigo disse que permaneceria algum tempo na catarata e depois caminharia lentamente pelas montanhas até Rosenlaui, onde eu o reencontraria à noite. Quando me virei, vi Holmes recostado em uma rocha e de braços cruzados, olhando para a turbulência das águas abaixo. Era a última vez que eu estava destinado a vê-lo neste mundo.

Quando estava perto da base da montanha, olhei para trás. Era impossível ver a catarata daquela posição, mas eu enxergava a trilha curva ao longo da encosta que dava acesso às águas. Lembro que um homem caminhava muito rápido por essa trilha. Vi nitidamente o vulto negro em meio ao fundo verde à sua volta. Reparei nele e no vigor com que andava, mas ele voltou a sumir de minha mente quando corri para atender minha demanda.

Devo ter levado pouco mais de uma hora para chegar a Meiringen. O velho Steiler estava parado na varanda de seu hotel.

– Bom – falei, chegando às pressas –, espero que ela não tenha piorado.

Uma expressão de surpresa passou por seu rosto, e no instante que suas sobrancelhas se estremeceram meu coração se transformou em chumbo dentro peito.

– Você não escreveu isto? – perguntei, tirando a carta do bolso. – Não há nenhuma mulher inglesa enferma no hotel?

– Certamente que não – exclamou ele. – Mas tem o selo do hotel aí! Rá! Deve ter sido escrita por aquele inglês alto que chegou depois que vocês saíram. Ele disse...

Mas não esperei as explicações do proprietário. Com um arrepio de medo, eu já estava correndo pela rua do vilarejo em direção à trilha que havia acabado de percorrer. Eu levara uma hora para descê-la. Apesar de todos os esforços, passaram-se mais duas até que me visse de volta à catarata de Reichenbach. Ali estava o cajado de caminhada de Holmes, ainda apoiado na rocha onde eu o havia deixado. Mas não havia sinal de meu amigo, e meus gritos foram em vão. A única resposta que obtive foi o eco de minha própria voz reverberando dos penhascos à minha volta.

Foi a visão do cajado que me deu um sentimento gélido de mal-estar. Então ele não tinha ido para Rosenlaui. Permanecera na trilha de menos de 1 metro de largura, com um paredão alcantilado de um lado e um abismo alcantilado do outro, até que seu inimigo chegasse. O jovem suíço também desaparecera. Provavelmente havia sido pago por Moriarty e deixara os dois juntos. E o que aconteceu depois? Quem poderia dizer o que aconteceu?

Tirei um ou dois minutos para me recompor, pois estava atordoado pelo horror da situação. Por fim, comecei a pensar nos métodos do próprio Holmes e tentei praticá-los para dar sentido àquela tragédia. Infelizmente, era algo muito fácil de fazer! Durante nossa conversa, não havíamos percorrido a trilha até o final, e o cajado marcava o lugar onde tínhamos parado. O solo escuro se mantém macio graças aos borrifos incessantes, e até um pássaro deixaria marcas. Dois conjuntos de pegadas eram nítidos ao longo da margem da trilha, e ambos se afastavam de mim. Nenhum voltava. A alguns metros do fim, a terra estava revirada em um trecho enlameado, e os arbustos e galhos na beira do abismo estavam quebrados e desarranjados. Deitei-me de bruços e olhei para baixo. Os borrifos de água saltavam à minha volta. Já havia escurecido desde que eu descera, e eu via apenas aqui e ali o brilho da umidade nas muralhas pretas, e no distante fundo do poço o branco da arrebentação da água. Gritei; apenas o mesmo grito semi-humano da catarata voltou aos meus ouvidos.

Mas eu estava destinado a receber, afinal, uma última saudação de meu amigo e camarada. Falei que seu cajado de caminhada tinha sido deixado apoiado em uma rocha saliente na trilha. Em cima desse pedregulho, um brilho de algo cintilante chamou minha atenção. Ao erguer a mão, vi que era a cigarreira de prata que ele levava consigo. Quando a peguei, um pequeno papel quadrado deixado embaixo dela caiu ao chão. Desdobrei-o e vi que consistia em três folhas arrancadas de seu caderno e dirigidas a mim. Era típico do meu amigo que as linhas fossem tão precisas, e a escrita, tão firme e clara, como se ele as tivesse redigido em sua sala.

Meu caro Watson, escrevo estas poucas linhas graças à cortesia do Sr. Moriarty, que aguarda minha disponibilidade para que tenhamos a última discussão a respeito daquelas questões que há entre nós. Ele me ofereceu um resumo dos métodos usados para evitar a polícia inglesa e se manter informado de nossos movimentos. Isso certamente confirma a opinião muito elevada que eu havia formado sobre suas habilidades. Agrada-me acreditar que poderei livrar a sociedade de quaisquer efeitos posteriores de sua presença, mas receio que isso virá a um custo que produzirá dor aos meus amigos e especialmente, meu caro Watson, a você. Contudo, já lhe expliquei que minha carreira havia atingido o ápice de qualquer forma e que nenhuma outra conclusão possível me seria mais satisfatória do que esta. De fato, permita-me oferecer uma confissão plena: eu estava convencido de que a carta de Meiringen era um engodo e deixei que você partisse nessa demanda na expectativa de que aconteceria algo assim. Diga ao inspetor Paterson que os documentos necessários para condenar a quadrilha estão no escaninho M, guardados dentro de um envelope azul com a inscrição "Moriarty". Tomei todas as providências relativas às minhas posses antes de sair da Inglaterra e deixei-as em nome de meu irmão, Mycroft. Por favor, transmita minhas lembranças à Sra. Watson e tenha certeza de todo o afeto, meu caro amigo.

Com meus melhores sentimentos,
Sherlock Holmes.

Bastam poucas palavras para contar o que resta. Uma análise conduzida por especialistas deixa poucas dúvidas de que um confronto pessoal entre os dois terminou, como dificilmente deixaria de ser naquela situação, em uma queda de ambos, engalfinhados. Os esforços para recuperar os corpos foram definitivamente inúteis, e lá, nas profundezas daquele caldeirão pavoroso de água turbulenta e espuma inquietante, repousarão para sempre o criminoso mais perigoso e o maior defensor da lei de sua geração. O rapaz suíço nunca mais foi encontrado, e não restam dúvidas de que ele era um dos inúmeros agentes que Moriarty empregava. Quanto à quadrilha, o público para sempre se lembrará de quão definitivas eram as provas reunidas por Holmes contra a organização e do peso da influência do homem morto sobre ela. Daquele líder terrível, poucos detalhes foram revelados durante os julgamentos, e se hoje me vi impelido a fazer uma declaração inequívoca de sua carreira foi devido aos defensores insensatos que trataram de limpar seu nome por meio de ataques àquele que para sempre considerarei o melhor e mais sábio homem que já conheci.

6

A casa vazia

Foi na primavera do ano de 1894 que toda a Londres ficou interessada, e o mundo moderno, chocado, pelo assassinato do excelentíssimo Ronald Adair em circunstâncias as mais incomuns e inexplicáveis. O público já fora informado dos detalhes do crime que a investigação da polícia revelou, mas uma boa parcela se manteve em sigilo na ocasião, pois o caso da promotoria era tão rigorosamente sólido que dispensava a necessidade de se apresentarem todos os fatos. Só agora, passados quase dez anos, tenho a oportunidade de fornecer os elos ausentes que compõem aquela corrente notável. O crime em si já despertava interesse, mas esse interesse não era nada em comparação com a sequência inconcebível, que me proporcionou o máximo de choque e surpresa que já senti em toda a minha vida aventurosa. Mesmo agora, após esse longo intervalo, fico fervilhante de emoção ao pensar na situação e sinto mais uma vez aquele rompante de alegria, espanto e incredulidade que dominou minha mente por completo. Permita-me dizer, ao público que mostrou algum interesse nos fragmentos que ofereci dos pensamentos e atos de um homem muito notável, que não é culpa dessas pessoas o fato de eu não ter partilhado meu conhecimento com elas, pois teria considerado minha obrigação máxima, não tivesse sido impedido por uma proibição explícita proferida pelos lábios do próprio, e que só foi revogada no terceiro dia do mês passado.

Pode-se imaginar que minha grande proximidade com Sherlock Holmes criara em mim um profundo interesse pelo crime e que, depois de seu desaparecimento, nunca deixei de ler cuidadosamente os diversos problemas que se apresentavam à sociedade e até tentei, mais de uma vez e para minha própria satisfação, empregar seus métodos para solucioná-los, embora com escasso sucesso. No entanto, nenhum outro me atraiu tanto quanto essa tragédia de Ronald Adair. Ao ler os indícios do inquérito, que levaram à conclusão de homicídio doloso por um ou mais indivíduos de identidade desconhecida, percebi mais claramente do que nunca a perda que a comunidade havia sofrido com a morte de Sherlock Holmes. Essa questão estranha possuía aspectos que certamente teriam despertado grande interesse nele, e os esforços da polícia teriam sido suplementados, ou mais provavelmente adiantados, pela observação treinada e pela mente alerta do maior agente da lei da Europa. O dia todo, enquanto realizava minhas visitas, revirei o caso na cabeça e não consegui encontrar nenhuma explicação que me parecesse adequada. Ao risco de repetir uma história já conhecida, recapitularei os fatos tal qual foram conhecidos pelo público ao final do inquérito.

O excelentíssimo Ronald Adair era o segundo filho do conde de Maynooth, na época governador de uma das colônias australianas. A mãe de Adair havia voltado da Austrália para se submeter a uma operação de catarata, e ela, o filho Ronald e a filha Hilda moravam juntos no número 427 de Park Lane. O jovem transitava nos melhores círculos e, até onde se sabia, não tinha qualquer inimigo nem vício especial. Ele estivera comprometido com a Srta. Edith Woodley, de Carstairs, mas o noivado fora rompido por mútuo acordo alguns meses antes, e não havia sinal de que deixara qualquer sentimento muito profundo. Quanto ao restante, a vida do homem seguia um trajeto limitado e convencional, pois seus hábitos eram discretos, e sua disposição, tranquila. No entanto, foi a esse jovem e plácido aristocrata que a morte veio de forma muito estranha e inesperada entre os horários de dez e onze e vinte da noite de 30 de março de 1894.

Ronald Adair apreciava o carteado e jogava com frequência, embora nunca fizesse apostas que pudessem prejudicá-lo. Ele era sócio dos clubes de jogos de Baldwin, Cavendish e Bagatelle. Revelou-se que, após o jantar no dia de sua morte, ele havia participado de uma partida de *whist* nesse último clube. Também havia jogado lá durante a tarde. As informações quanto a quem estivera com ele no jogo – Sr. Murray, Sir John Hardy e o coronel Moran – indicaram que o jogo era *whist* e que as mãos eram razoavelmente equilibradas. Adair pode ter perdido 5 libras, mas não mais que isso. Sua fortuna era considerável, e uma perda dessas não o afetaria de forma alguma. Ele havia jogado quase todos os dias em um ou outro clube, mas era cauteloso e normalmente saía vencedor. Foi revelado durante o inquérito que, jogando em parceria com o coronel Moran, ele chegara a ganhar 420 libras em uma partida algumas semanas antes contra Godfrey Milner e lorde Balmoral. Essa foi a história recente de sua vida revelada durante o inquérito.

Na noite do crime, Adair voltou ao clube exatamente às dez horas. A mãe e a irmã haviam saído para ter com um parente. A criada depôs ter ouvido quando ele entrou na sala de estar do terceiro piso, geralmente usada para entreter visitas. Ela havia acendido a lareira e abrira a janela do cômodo para arejar a fumaça. Não se ouviu qualquer ruído até as onze e vinte, a hora em que lady Maynooth e a filha voltaram. Com a intenção de dar boa-noite ao filho, ela tentara entrar na sala. A porta estava trancada por dentro, e os chamados e as batidas passaram sem resposta. Buscaram ajuda, e a porta foi arrombada. O rapaz desafortunado foi encontrado caído perto da mesa. Sua cabeça havia sofrido uma mutilação horrível por um projétil expansivo de revólver, mas não se encontrou qualquer arma no cômodo. Na mesa havia duas notas de 10 libras e mais 17 libras e 10 em prata e ouro – o dinheiro estava organizado em pequenas pilhas de tamanhos variados. Havia também alguns números anotados em uma folha de papel ao lado do nome de alguns amigos dos clubes, o que levou à hipótese de que, antes de morrer, ele tentava calcular as perdas e os ganhos nas cartas.

Uma observação minuciosa das circunstâncias serviu apenas para deixar o caso ainda mais complexo. Em primeiro lugar, não se via qualquer motivo para que o jovem tivesse trancado a porta por dentro. Havia a possibilidade de que o próprio assassino tivesse trancado a porta e depois fugido pela janela. Contudo, ela ficava a pelo menos 6 metros de altura, e havia um canteiro de açafrão em flor logo abaixo. Nem as flores nem a terra exibiam qualquer sinal de perturbação, tampouco havia marca alguma na faixa estreita de grama que separava a casa da rua. Portanto, aparentemente, o próprio jovem trancara a porta. Mas como ele viera a morrer? Ninguém poderia ter escalado até a janela sem deixar rastros. Seria possível que algum homem tivesse atirado pela janela, mas o atirador teria que ser extraordinário para causar ferimento tão mortífero com um revólver. Contudo, Park Lane é uma via movimentada, e há um ponto de cabriolés a menos de 100 metros da casa. Ninguém ouvira o disparo. E, no entanto, lá estava o projétil de revólver, que se abrira, como toda bala de ponta macia, e causara um ferimento que provavelmente provocara morte instantânea. Essas eram as circunstâncias do mistério de Park Lane, que se complicaram ainda mais pela total falta de motivação, visto que, como já mencionei, não se sabia de nenhum inimigo do jovem Adair, e não houve tentativa de se retirar dinheiro ou objetos de valor do cômodo.

O dia todo revirei esses fatos na cabeça, tentando conceber alguma teoria que pudesse conciliá-los e revelar aquele caminho de menor resistência que meu pobre amigo havia declarado ser o ponto de partida de toda investigação. Admito que fiz pouco progresso. À noite, caminhei pela rua e, por volta das seis horas, me vi na esquina da Park Lane com a Oxford Street. Um grupo de pedestres nas calçadas olhava para uma janela específica, o que me indicou a casa que eu fora ver. Um homem alto e magro de óculos coloridos, que eu muito desconfiava que fosse um detetive à paisana, descrevia alguma teoria de sua própria invenção, enquanto os outros se aglomeravam à sua volta para ouvir. Cheguei o mais perto possível, mas suas observações me pareceram absurdas, então recuei com certa repulsa. Nisso, esbarrei em um homem idoso e deformado atrás de mim e derrubei alguns livros que ele carregava. Lembro que, quando os peguei, observei que o título de um deles era *A origem da adoração a árvores* e fiquei com a impressão de que o sujeito devia ser algum pobre bibliófilo, por ofício ou hobby, colecionador de volumes obscuros. Tentei pedir desculpas pelo acidente, mas era evidente que aqueles livros os quais tive a infelicidade de maltratar eram objetos muito preciosos para seu dono. Com uma careta de desdém, ele girou nos calcanhares, e vi suas costas encurvadas e as costeletas grisalhas desaparecerem na multidão.

Minhas observações do número 427 em Park Lane pouco ajudaram a esclarecer o problema que me interessava. Separava a casa da rua um pequeno muro gradeado que não tinha mais de 1,5 metro de altura. Era, portanto, bastante fácil para qualquer um entrar no jardim, mas a janela era totalmente inacessível, pois não havia qualquer cano ou apoio que pudessem servir de ajuda sequer para o homem mais ativo que quisesse escalar até ela. Mais intrigado do que nunca, refiz meu caminho até Kensington. Não fazia cinco minutos desde que eu me acomodara em meu escritório quando a criada entrou para dizer que alguém gostaria de falar comigo. Para meu espanto, não era ninguém menos que o velho e estranho colecionador de livros, com um rosto enrugado e atento cercado por uma moldura de cabelos brancos, e os preciosos volumes, no mínimo uma dúzia, enfiados debaixo do braço direito.

– O senhor está surpreso por me ver – disse ele, com uma voz rouca estranha.

Admiti que estava.

– Bom, senhor, eu tenho consciência e, como vinha mancando atrás do senhor e por acaso o vi entrar nesta casa, pensei comigo mesmo: é melhor entrar lá e ver aquele cavalheiro gentil e lhe dizer que, se meus modos foram um tanto grosseiros, não tive intenção de ofendê-lo, e que sou muito grato por ter pegado meus livros.

– Você dá muita importância a uma bobagem – falei. – Posso perguntar como você sabia quem eu era?

– Ora, senhor, se não for abuso da minha parte, nós somos vizinhos, pois o senhor verá que minha pequena livraria fica na esquina da Church Street, e fico muito feliz de vê-lo, com certeza. Talvez o senhor também seja um colecionador; aqui tenho *Aves britânicas*, e *Catulo*, e *A guerra santa*. Uma pechincha, todos eles. Com cinco volumes, o senhor poderia preencher aquele espaço vazio na segunda prateleira. Ela parece desarrumada, não?

Virei a cabeça para olhar a estante atrás de mim. Quando me virei de novo, Sherlock Holmes sorria para mim do outro lado da escrivaninha. Levantei-me, encarei-o por alguns segundos em absoluto espanto, e então parece que desmaiei pela primeira e última vez na vida. Certamente uma névoa dançou diante dos meus olhos, e quando ela se dissipou vi que meu colarinho estava desabotoado e senti o sabor pungente de conhaque nos lábios. Holmes estava recurvado acima de minha cadeira, com o cantil na mão.

– Meu caro Watson – disse a voz bastante conhecida –, devo-lhe mil desculpas. Eu não fazia ideia de que você ficaria tão abalado.

Segurei-o pelo braço.

– Holmes! – gritei. – É você mesmo? É possível que você esteja vivo? Você foi mesmo capaz de escapar daquele abismo terrível?

– Espere um instante – disse ele. – Tem certeza de que está apto para conversar? Provoquei um choque grave com meu retorno desnecessariamente dramático.

– Estou bem, mas, realmente, Holmes, não consigo acreditar no que estou vendo. Minha nossa, quem diria que você, justo você, estaria em meu escritório! – Mais uma vez segurei-o pela manga e senti o braço magro e musculoso por baixo. – Bom, pelo menos não é um espírito – falei. – Meu caro amigo, é uma imensa felicidade poder vê-lo. Sente-se e me diga como você saiu com vida daquele abismo pavoroso.

Ele se sentou à minha frente e acendeu um cigarro à sua maneira casual. Usava a casaca desalinhada do livreiro, mas o resto daquele indivíduo estava abandonado em um amontoado de cabelos brancos e livros velhos na mesa. Holmes parecia ainda mais magro e alerta do que antes, mas havia um toque de palidez em seu rosto aquilino que indicava que sua vida recente não estava sendo muito saudável.

– Fico feliz de poder me estirar, Watson. Não é brincadeira quando um homem alto precisa se encolher quase meio metro por horas a fio. Agora, meu caro amigo, quanto à nossa questão dessas explicações, se eu puder pedir sua colaboração, teremos uma noite difícil e perigosa de trabalho pela frente. Talvez fosse melhor eu contar toda a situação depois de findo o trabalho.

– Estou cheio de curiosidade. Preferiria muito ouvir agora.

– Você virá comigo hoje à noite?

– Quando e aonde quiser.

– É de fato como antigamente. Teremos tempo para uma bocada antes de sair. Ora, então voltemos àquele abismo. Não tive nenhuma grande dificuldade de sair de lá pelo motivo muito simples de que não caí nele.

– Você não caiu?

Não, Watson, não caí. Minha carta a você era completamente genuína. Eu tinha poucas dúvidas de que minha carreira havia chegado ao fim quando percebi a figura um tanto sinistra do falecido professor Moriarty parada no meio da trilha estreita que conduzia à segurança. Observei um propósito inexorável em seus olhos cinzentos. Trocamos algumas palavras, e ele fez a cortesia de me permitir lhe escrever a breve mensagem que você depois recebeu. Deixei-a junto a minha cigarreira e meu bastão e caminhei pela trilha, com Moriarty ainda no meu encalço. Quando cheguei ao fim, parei, encurralado. Ele não sacou arma alguma, mas avançou contra mim e me envolveu com os braços longos. Sabia que havia sido derrotado e desejava apenas se vingar de mim. Cambaleamos juntos até a beira da catarata. No entanto, conheço um pouco de *baritsu*, o sistema japonês de luta corpo a corpo, que em mais de uma ocasião me foi de grande utilidade. Escapei de seus braços, e ele, com um grito terrível, se debateu loucamente no ar por alguns segundos e tentou se segurar. Mas, apesar de todos os esforços, não conseguiu se equilibrar e caiu. Ao me virar sobre a borda, vi-o despencar de uma grande altura. E então ele atingiu uma pedra, rebateu e afundou na água.

Ouvi admirado a explicação que Holmes ofereceu entre baforadas do cigarro.

– Mas os rastros! – exclamei. – Vi com meus próprios olhos que duas pessoas foram até o fim da trilha, mas ninguém voltou.

E foi o que aconteceu. Assim que o professor Moriarty desapareceu, ocorreu-me a sorte extraordinária que o destino havia me oferecido. Eu sabia que Moriarty não era o único que havia jurado me matar. Pelo menos outros três possuíam desejos de vingança que apenas cresceriam após a morte de seu líder. Eram todos homens muito perigosos. Algum deles certamente conseguiria me atingir. Por outro lado, se o mundo inteiro estivesse convencido da minha morte, esses homens tomariam certas liberdades, se exporiam, e mais cedo ou mais tarde eu poderia destruí-los. E então seria o momento de anunciar que eu permanecia na terra dos vivos. O cérebro funciona com tanta rapidez que acredito que eu tenha pensado em tudo isso antes de o professor Moriarty atingir o fundo das cataratas de Reichenbach.

Levantei-me e examinei a parede rochosa atrás de mim. Em seu relato pitoresco sobre a questão, que li com muito interesse alguns meses mais tarde, você afirma que o paredão era alcantilado. Isso não era totalmente verdadeiro. Havia algumas pequenas saliências e a indicação de um patamar. O penhasco era tão alto que escalá-lo por completo seria obviamente impossível, e era também impossível voltar pela trilha úmida sem deixar rastros. Sim, eu poderia ter invertido minhas botas, como já fiz em ocasiões semelhantes, mas a presença de três conjuntos de pegadas na mesma direção certamente teria sugerido alguma artimanha. No final, então, seria melhor arriscar a escalada. Não foi nada agradável, Watson. A catarata rugia abaixo de mim. Não sou dado a fantasias, mas dou-lhe minha palavra de que tive a impressão de ouvir a voz de Moriarty gritar comigo do abismo. Um erro teria sido fatal. Em mais de uma ocasião, quando pedaços de mato se soltaram em minhas mãos ou meu pé escorregou nas saliências úmidas da rocha, achei que seria meu fim. Mas lutei para continuar, até enfim chegar a um patamar com alguns metros de largura e coberto de musgo verde e macio, onde eu poderia repousar, fora de vista e em absoluto conforto. Ali eu estava deitado quando você, meu caro Watson, e todos os outros conduziram, com perfeita compaixão e ineficiência, suas investigações sobre as circunstâncias de minha morte.

Finalmente, quando todos vocês chegaram à conclusão inevitável e totalmente errônea, você saiu para o hotel e me vi sozinho. Eu tinha imaginado que havia chegado ao fim de minhas aventuras, mas uma ocorrência muito inesperada me mostrou que ainda havia surpresas reservadas para mim. Uma pedra imensa caiu do alto, passou perto de mim, atingiu a trilha e despencou para o abismo. Por um instante, achei que tinha sido um acidente; mas, no instante seguinte, olhei para cima e vi a cabeça de um homem diante do céu que se escurecia, e mais uma pedra atingiu o mesmo patamar em que eu me encontrava, a centímetros da minha cabeça. Claro, o significado era óbvio. Moriarty não estava sozinho. Um comparsa. E até mesmo com um rápido olhar pude ver como era perigoso esse comparsa, que montara guarda enquanto o professor me atacava. De longe, e oculto de mim, ele presenciara a morte de seu amigo e minha fuga. Ficara esperando e então, após subir ao topo do penhasco, tentou obter sucesso onde seu companheiro havia fracassado.

Não pensei por muito tempo, Watson. Mais uma vez vi aquele rosto sinistro acima do penhasco e percebi que prenunciava mais uma pedra. Desci às pressas até a trilha. Acho que não teria conseguido fazer isso com frieza. Foi cem vezes mais difícil do que subir. Mas eu não tinha tempo para pensar no perigo, pois outra pedra passou por mim enquanto eu me pendurava na beira do patamar. No meio do caminho, escorreguei, mas pela graça de Deus caí na trilha, machucado e sangrando. Corri a toda, atravessei 15 quilômetros pelas montanhas no meio da escuridão, e uma semana depois alcancei Florença com a certeza de que ninguém no mundo sabia o que havia sido de mim.

Eu tinha apenas um confidente: meu irmão, Mycroft. Devo-lhe muitas desculpas, meu caro Watson, mas era fundamental que eu fosse considerado morto, e tenho bastante certeza de que você não teria escrito um registro tão convincente de meu fim desafortunado se também não acreditasse que fosse verdade. Em diversas ocasiões ao longo dos últimos três anos peguei a pena para lhe escrever, mas sempre tive medo de que sua afeição por mim pudesse lhe deixar tentado a cometer alguma indiscrição que acabasse por revelar meu segredo. Foi por esse motivo que lhe dei as costas hoje, quando você derrubou meus livros, pois eu corria perigo na ocasião, e qualquer demonstração de surpresa e emoção sua poderia chamar atenção para minha identidade e acarretar resultados deploráveis e irreversíveis. Quanto a Mycroft, tive que confidenciar a ele para obter o dinheiro de que eu precisava. Os acontecimentos em Londres não transcorreram tão bem quanto eu desejava, pois o julgamento da quadrilha de Moriarty deixou em liberdade dois dos integrantes mais perigosos, e meus inimigos mais vingativos. Assim, viajei por dois anos no Tibete e me entretive com uma visita a Lhasa e passei alguns dias com o Lama. Você talvez tenha lido algo sobre as explorações impressionantes de um norueguês chamado Sigerson, mas tenho certeza de que nunca lhe ocorreu que você estava recebendo notícias de seu amigo. Depois, passei pela Pérsia, vi Meca e fiz uma visita breve, porém interessante, ao califa de Cartum, cujos resultados comuniquei ao Foreign Office. De volta à França, dediquei alguns meses a pesquisas em derivativos de carvão e alcatrão, conduzidas em um laboratório de Montpellier, no sul do país. Após concluí-las de modo satisfatório, e ao descobrir que restava apenas um de meus inimigos em Londres, eu estava prestes a voltar quando meus movimentos foram acelerados pela notícia desse notável mistério de Park Lane, que não apenas me interessou por si só, como também parecia oferecer algumas oportunidades pessoais das mais peculiares. Vim de imediato para Londres, fui pessoalmente à Baker Street, causei um violento ataque histérico à Sra. Hudson e descobri que Mycroft havia preservado meu apartamento e meus papéis exatamente como eu os deixara. E foi assim, meu caro Watson, que às duas da tarde de hoje eu estava em minha velha poltrona, em minha velha sala, e com o desejo de poder ver meu velho amigo Watson na cadeira que tantas vezes ele havia adornado.

Tal foi a narrativa impressionante que escutei naquela noite de abril – uma narrativa que me teria soado absolutamente inacreditável não tivesse sido confirmada pela visão concreta da figura alta e esguia e do rosto atento e ansioso que eu havia pensado que jamais voltaria a ver. De alguma forma, ele ficara sabendo de meu estado infeliz de luto, e seus sentimentos ficaram explícitos mais em seu comportamento do que em suas palavras.

– O trabalho é o melhor antídoto para o luto, meu caro Watson – disse ele –, e tenho um pouco de trabalho para nós dois esta noite, o que, se pudermos concluir com sucesso, bastará para justificar a vida de um homem neste planeta.

Em vão lhe pedi que ele me contasse mais.

– Você vai ouvir e ver mais antes do amanhecer – respondeu.

De fato era como antigamente quando, àquela hora, me vi sentado a seu lado em um *hansom*, com meu revólver no bolso e a emoção da aventura no coração. Holmes estava frio, sério e calado. À luz dos postes que incidia em seus traços austeros, vi que ele tinha o cenho franzido em pensamento e os lábios finos comprimidos. Eu não sabia que fera selvagem estávamos prestes a caçar na selva sinistra do mundo do crime de Londres, mas a postura daquele grande caçador me assegurava que a aventura era das mais sérias, enquanto seu sorriso sardônico, que às vezes irrompia em sua gravidade ascética, pouco denunciava quanto ao objeto de nossa demanda.

Eu havia imaginado que nosso destino seria a Baker Street, mas Holmes mandou o condutor parar na esquina da Cavendish Square. Observei que, ao sair, ele lançou olhares inquisitivos à direita e à esquerda, e a partir dali em cada esquina tomava o máximo cuidado para garantir que não estava sendo seguido. Nossa rota decerto foi singular. A familiaridade de Holmes com os meandros de Londres era extraordinária, e nessa ocasião ele passou rapidamente, e com segurança, por uma rede de cortiços e estábulos de cuja existência eu jamais percebera. Saímos enfim em uma rua pequena, cercada de casas antigas e sombrias, que nos levou para a Manchester Street, e dali para a Blandford Street. Ali ele virou rapidamente em uma viela estreita, passou por um portão de madeira que dava para um pátio deserto e usou uma chave para abrir a porta dos fundos de uma casa. Entramos juntos, e ele fechou a porta atrás de nós.

O lugar estava em uma escuridão completa, mas me pareceu evidente que era uma casa vazia. Nossos pés arrancaram rangidos e estalos das tábuas lisas do piso, e com a mão estendida toquei em tiras de papel descoladas da parede. Os dedos magros e frios de Holmes se fecharam em torno do meu pulso e me conduziram adiante por um longo corredor, até que vi na penumbra os contornos indistintos de uma sobreporta. Holmes então se virou de súbito para a direita, e nos vimos dentro de um grande cômodo quadrado vazio, cujos cantos estavam muito escuros, mas onde o centro estava ligeiramente iluminado pelas luzes da rua. Não havia lâmpadas por perto, e a janela estava coberta por uma camada espessa de poeira, de modo que só conseguíamos distinguir a imagem um do outro ali dentro. Meu companheiro pôs a mão em meu ombro e aproximou os lábios de meu ouvido.

– Você sabe onde nós estamos? – sussurrou ele.

– Com certeza aquela é a Baker Street – respondi, olhando pela janela escura.

– Exatamente. Estamos em Camden House, que fica diretamente à frente de nossa antiga morada.

– Mas por que aqui?

– Porque o local oferece uma vista excelente daquele volume pitoresco. Meu caro Watson, posso pedir que você se aproxime um pouco mais da janela, com todo o cuidado para não ser visto, e então que olhe para nossa antiga sala, o ponto de partida de tantas de nossas pequenas aventuras? Veremos se minha ausência por três anos me privou do poder de surpreendê-lo.

Avancei lentamente e olhei para a janela familiar do outro lado da rua. Quando meus olhos a fitaram, arquejei e soltei uma exclamação de espanto. A cortina estava fechada, e uma luz intensa brilhava dentro da sala. A silhueta de um homem sentado em uma cadeira traçava um nítido contorno preto na tela luminosa da janela. Eram inconfundíveis a postura da cabeça, o formato reto dos ombros, a firmeza dos traços. O rosto estava parcialmente virado, e o efeito lembrava uma daquelas silhuetas pretas que nossos avós adoravam enquadrar. Era uma reprodução perfeita de Sherlock Holmes. Fiquei tão admirado que estendi a mão para me assegurar de que o homem estava mesmo ao meu lado. Ele estremecia, tentando conter o riso.

– Bom? – disse ele.

– Minha nossa! – exclamei. – É maravilhoso.

– Acredito que o tempo não seque, nem se gastem com o uso os meus encantos* – disse ele, e reconheci em sua voz a alegria e o orgulho de um artista por sua própria criação. – É bastante parecido comigo, não?

– Eu seria capaz de jurar que era você.

– O crédito pela execução deve ser atribuído ao *monsieur* Oscar Meunier, de Grenoble, que levou alguns dias para criar

---

*Paráfrase de trecho da peça *Antônio e Cleópatra*, de Shakespeare. (*N. do T.*)

o molde. É um busto de cera. O resto eu mesmo organizei em minha visita à Baker Street hoje à tarde.

– Mas por quê?

– Porque, meu caro Watson, eu tinha o motivo mais forte para desejar que certas pessoas achassem que eu estava ali enquanto na realidade eu estivesse em outro lugar.

– E você achou que o apartamento estava sendo vigiado?

– Eu *sabia* que ele estava sendo vigiado.

– Por quem?

– Por meus antigos inimigos, Watson. Pela sociedade encantadora cujo líder jaz nas cataratas de Reichenbach. Você certamente se lembra de que eles sabiam, e apenas eles sabiam, que eu continuava vivo. Eles acreditavam que, mais cedo ou mais tarde, eu voltaria à minha acomodação. Vigiaram-na continuamente e, hoje de manhã, me viram chegar.

– Como você sabe?

– Porque reconheci o vigia quando olhei pela minha janela. É um sujeito relativamente inofensivo, atende pelo nome de Parker, é um estrangulador de profissão e muito habilidoso no toque de um berimbau de boca. Eu não tinha o menor interesse por ele. Mas tinha um interesse considerável na pessoa muito mais formidável que o comandava, o amigo do peito de Moriarty, o homem que atirara as pedras do penhasco, o criminoso mais astuto e perigoso de Londres. É esse o homem que está atrás de mim hoje à noite, Watson, e é esse o homem que não faz ideia de que nós estamos atrás *dele*.

Os planos do meu amigo aos poucos se revelaram. Daquele refúgio conveniente, os vigilantes eram vigiados, os perseguidores, perseguidos. Aquela sombra angular era a isca, e nós éramos os caçadores. Em silêncio, esperamos juntos na escuridão e observamos as figuras apressadas que passavam de um lado a outro à nossa frente. Holmes estava calado e imóvel; mas eu percebia que ele estava extremamente alerta, e que seus olhos estavam fixos no fluxo de transeuntes. A noite era fria e agitada, e o vento uivava pela rua comprida. Muitas pessoas se deslocavam de um lado a outro, a maioria aninhada em seus casacos e cachecóis. Em uma ou duas ocasiões tive a impressão de ver a mesma figura duas vezes, e reparei especialmente em dois homens que pareciam se abrigar do vento no vão da porta de alguma casa mais adiante na rua. Tentei chamar a atenção de meu companheiro para os dois, mas ele deu uma pequena bufada de impaciência e continuou olhando para a rua. Mais de uma vez ele mexeu os pés e tamborilou os dedos na parede. Era evidente que começava a ficar incomodado e que seus planos não saíam exatamente do jeito que ele esperava. Por fim, à medida que se aproximava a meia-noite e a rua se esvaziava gradualmente, ele começou a andar de um lado a outro pelo cômodo, com uma agitação incontrolável. Eu estava a ponto de fazer algum comentário quando virei meus olhos na direção da janela iluminada e mais uma vez tive uma surpresa quase tão grande quanto antes. Peguei no braço de Holmes e apontei para cima.

– A sombra se mexeu! – exclamei.

Realmente, o que estava virado para nós não era mais o perfil, mas as costas.

Três anos certamente não haviam amaciado a aspereza de seu temperamento, ou de sua impaciência, para com uma inteligência menos ativa.

– É claro que ela se mexeu – disse ele. – Eu seria um néscio farsesco capaz de montar um boneco óbvio e imaginar que alguns dos homens mais inteligentes da Europa se deixariam enganar, Watson? Estamos aqui neste cômodo há duas horas, e a Sra. Hudson fez alguma mudança naquela figura oito vezes, ou uma vez a cada quinze minutos. Ela se aproxima pela frente para que sua sombra nunca apareça. Ah!

Ele prendeu a respiração com um gesto súbito e animado. Na penumbra, vi-o projetar a cabeça para a frente, toda a sua postura rígida de atenção. Do lado de fora, a rua estava completamente deserta. Aqueles dois homens talvez ainda estivessem encolhidos no vão da porta, mas eu já não conseguia vê-los. Estava tudo imóvel e escuro, exceto pelo brilho da tela amarelada à nossa frente, com a figura preta delineada no centro. Mais uma vez, em meio ao silêncio absoluto, ouvi o som discreto e sibilante que indicava uma intensa animação reprimida. Logo em seguida, ele me puxou para o canto mais escuro do cômodo, e senti sua mão alerta cobrir meus lábios. Os dedos que me seguravam tremiam. Eu jamais havia visto meu amigo tão agitado, e no entanto a rua escura se estendia, imóvel e solitária, diante de nós.

Mas, de repente, me dei conta daquilo que os sentidos mais aguçados dele já haviam captado. Um som baixo e furtivo tocou meus ouvidos, e não vinha da direção da Baker Street, mas dos fundos da mesma casa em que estávamos escondidos. Uma porta se abriu e se fechou. No instante seguinte, passos avançaram pelo corredor – passos que deviam ser silenciosos, mas que reverberavam intensamente pela casa vazia. Holmes se encolheu contra a parede, e fiz o mesmo, com a mão firme em volta do cabo do meu revólver. Em meio à escuridão, vi o contorno indistinto de um homem, uma sombra mais negra que a negrura da porta aberta. Ele ficou imóvel por um instante e então avançou lentamente, agachado, ameaçador, pela sala. A figura sinistra estava a menos de 3 metros de nós, e eu já estava preparado para enfrentar seu ataque quando me dei conta de que ele não fazia ideia da nossa presença. Passou perto de nós, chegou-se à janela e, com muito cuidado e sem emitir ruído, ergueu-a por alguns centímetros. Quando ele se abaixou para ficar alinhado à abertura, a luz da rua, já não impedida pelo vidro poeirento, atingiu em cheio seu rosto. O homem parecia tomado de entusiasmo. Os olhos brilhavam como estrelas, e seu rosto estava em intensa atividade. Era um homem idoso, com nariz longo e fino, uma testa alta e careca e um imenso bigode grisalho. Uma cartola repousava para trás em sua cabeça, e um fraque lustroso se entrevia por baixo do sobretudo aberto. O rosto era macilento e escurecido, marcado por rugas profundas e ferozes. Ele levava na mão algo que parecia um bastão, mas, quando o colocou no chão, o som emitido foi metálico. Ele então retirou do bolso do sobretudo um objeto volumoso e se ocupou com alguma atividade que terminou em um clique alto e agudo, como se uma mola ou trava tivesse sido encaixada. Ainda ajoelhado no chão, inclinou-se para a frente e, apoiando todo o peso do corpo, forçou uma alavanca que produziu um barulho demorado de algo sendo pressionado e torcido, até acabar com mais um clique forte. O homem então se endireitou, e vi que o que estava em sua mão era uma espécie de arma, com uma coronha de formato estranho. Ele abriu a parte de trás, inseriu algo e voltou a fechar a arma com um estalo. Depois, abaixando-se, apoiou a ponta do cano no peitoril da janela aberta, e vi seu longo bigode repousar no cabo da arma e seu olho brilhar ao fazer mira. Ouvi um pequeno suspiro de satisfação quando ele firmou a coronha no ombro e viu aquele alvo incrível, o homem preto no fundo amarelo, bem destacado ao fim da massa de mira. Por um instante, ficou rígido e imóvel. E então seu dedo apertou o gatilho. Ouviu-se um chiado alto estranho e um tilintar delicado de vidro quebrado. Nesse instante, Holmes saltou como um tigre nas costas do atirador e o derrubou no chão. Ele se levantou em seguida e, com força extraordinária, pegou Holmes pelo pescoço; mas golpeei-o na cabeça com o cabo de meu revólver, e ele voltou a cair no chão. Pus-me sobre ele, e, enquanto eu o guardava, meu companheiro soprou um alerta agudo com um apito. O barulho de passos ecoou pela calçada, e dois policiais uniformizados, junto a um detetive à paisana, entraram às pressas no cômodo, pela porta da rua.

– É você, Lestrade? – perguntou Holmes.

– Sim, Sr. Holmes. Assumi o caso pessoalmente. É bom tê-lo de volta a Londres, senhor.

– Acho que você gostaria de uma pequena ajuda extraoficial. Três assassinatos não descobertos em um ano não servem, Lestrade. Mas você lidou com o mistério de Molesey com menos do que seu habitual... isto é, você se saiu razoavelmente bem.

Todos já estávamos de pé, e nosso prisioneiro respirava com dificuldade, cercado pelos dois policiais firmes. Alguns curiosos já haviam começado a se aglomerar na rua. Holmes foi até a janela, baixou-a e fechou as cortinas. Lestrade havia encontrado duas velas, e os policiais acenderam suas lanternas. Finamente pude dar uma boa olhada em nosso prisioneiro.

Era um rosto extremamente viril e sinistro aquele que nos encarava. Com o cenho de um filósofo acima do maxilar de um sensualista, o homem certamente começara com grande capacidade, tanto para o bem quanto para o mal. Mas era impossível não ver, em seus olhos azuis cruéis e nas pálpebras caídas e cínicas, ou no nariz feroz e agressivo e no cenho ameaçador e enrugado, os sinais de perigo mais evidentes da natureza. Ele não deu qualquer atenção a nós, mas ficou com os olhos fixos no rosto de Holmes, com uma expressão que combinava doses iguais de ódio e diversão.

– Vil! – murmurava ele, sem parar – Vil e tão, tão ardiloso!

– Ah, coronel! – respondeu Holmes, ajeitando a gola amarrotada – "Os dias errantes cessam com o encontro dos amantes",* como dizia a velha peça. Acho que não tive o prazer de vê-lo desde que você me agraciou com aqueles cuidados enquanto eu estava deitado no patamar acima das cataratas de Reichenbach.

O coronel continuava a encarar meu amigo como um homem em transe.

– Tão vil, tão astuto! – era tudo o que ele conseguia dizer.

– Não os apresentei ainda – disse Holmes. – Este, senhores, é o coronel Sebastian Moran, antigo oficial do Exército Indiano de Sua Majestade e o melhor caçador de animais de grande porte jamais produzido por nosso Império Oriental. Creio que seja correto afirmar, coronel, que sua cota de tigres permanece invicta?

O velho feroz não falou nada, mas continuava a fitar meu companheiro; com aquele olhar selvagem e o bigode eriçado, ele mesmo era a imagem maravilhosa de um tigre.

– Acho curioso que meu estratagema muito simples tenha sido capaz de enganar um *shikari* tão velho – disse Holmes. – Deve ter parecido muito familiar para você. Nunca prendeu um garoto pequeno a uma árvore e esperou em cima dela com

---

*Paráfrase de trecho da peça *Noite de reis*, de Shakespeare. (*N. do T.*)

o fuzil até que a isca atraísse seu tigre? Esta casa vazia é minha árvore, e você é meu tigre. Você talvez tivesse consigo outras armas de reserva para o caso de surgir mais de um tigre ou na improvável hipótese de que sua própria arma falhasse. Estas – observou Holmes, apontando para todos os outros – são as minhas outras armas. O paralelo é exato.

O coronel Moran tentou um avanço, com um rugido furioso, mas os policiais o contiveram. A ira no rosto do homem era uma visão terrível.

– Confesso que me fez uma pequena surpresa – disse Holmes. – Não me ocorreu que você mesmo faria uso desta casa vazia e da janela conveniente. Imaginei que você agiria da rua, onde meu amigo Lestrade e seus companheiros o aguardavam. Exceto por isso, tudo correu como eu esperava.

O coronel Moran se virou para o detetive.

– Você pode ou não ter causa para me prender – disse ele –, mas pelo menos não há motivo para que eu me sujeite aos deboches dessa pessoa. Se estou nas mãos da lei, que tudo seja feito de acordo com ela.

– Bom, é um pedido razoável – disse Lestrade. – Tem algo mais a dizer, Sr. Holmes, antes de irmos embora?

Holmes havia pegado a potente arma de ar comprimido do chão e examinava o mecanismo.

– Uma arma admirável e peculiar – disse ele –, silenciosa e tremendamente poderosa. Conheci Von Herder, o mecânico alemão cego que a construiu por ordem do falecido professor Moriarty. Durante anos eu soube da existência dela, embora jamais tenha tido a oportunidade de manuseá-la. Deixo-a especialmente aos seus cuidados, Lestrade, e também as balas que ela utiliza.

– Pode confiar em nós para cuidar dela, Sr. Holmes – disse Lestrade, enquanto o grupo todo seguia para a porta. – Mais alguma coisa?

– Só queria perguntar: qual crime vocês pretendem imputar?

– Qual crime, senhor? Ora, é claro que é a tentativa de assassinato contra o Sr. Sherlock Holmes.

– Não, Lestrade. Não pretendo aparecer em nenhum aspecto do caso. Cabe a você, e apenas a você, o crédito por esta impressionante captura. Sim, Lestrade, eu o felicito! Com sua combinação incomum e afortunada de astúcia e audácia, você o prendeu.

– Prendi! Prendi quem, Sr. Holmes?

– O homem que toda a força policial estava perseguindo em vão: o coronel Sebastian Moran, que assassinou o excelentíssimo Ronald Adair com uma bala expansiva disparada por uma arma de ar comprimido pela janela aberta na frente do terceiro piso do número 427 de Park Lane, no dia 30 último. Esse é o crime, Lestrade. E agora, Watson, se você puder resistir à corrente de ar de uma janela quebrada, acho que meia hora em minha sala para um charuto pode lhe proporcionar algum divertimento proveitoso.

NOSSO VELHO CÔMODO havia permanecido inalterado graças à supervisão de Mycroft Holmes e aos cuidados próximos da Sra. Hudson. Quando entrei, de fato encontrei um estado inusual de ordem, mas todos os antigos marcos estavam em seus devidos lugares. Lá estavam o canto da química e a mesa com tampo de pinho manchada de ácido. Uma estante continha a fileira de cadernos e livros de referência formidáveis que muitos de nossos concidadãos teriam enorme prazer em queimar. Os diagramas, o estojo do violino e o suporte para cachimbos – e até o sapato persa que guardava o fumo –, tudo observei quando passei os olhos pelo local. O cômodo estava ocupado por duas pessoas: a Sra. Hudson, que nos abriu um grande sorriso quando entramos, e o boneco estranho que desempenhara um papel tão importante nas aventuras da noite. Era um modelo cor de cera do meu amigo, feito de forma tão admirável que era uma cópia perfeita. Repousava em um pequeno pedestal sobre uma mesa, com um roupão antigo de Holmes ajustado de tal modo que a ilusão a partir da rua era absolutamente perfeita.

– Espero que você tenha tomado todas as precauções, Sra. Hudson – disse Holmes.

– Cheguei de joelhos, senhor, tal como você me explicou.

– Excelente. Você agiu muito bem. Observou para onde a bala foi?

– Sim, senhor. Receio que tenha estragado seu belo busto, pois ela passou direto pela cabeça e se achatou na parede. Peguei-a no carpete. Aqui está!

Holmes me mostrou.

– Uma bala de revólver de ponta macia, como você pode ver, Watson. Há certa genialidade nisso, pois ninguém esperaria encontrar algo assim disparado por uma arma de ar comprimido. Tudo bem, Sra. Hudson, sou muito grato por sua assistência. E agora, Watson, deixe-me vê-lo mais uma vez em seu velho assento, pois eu gostaria de tratar algumas questões com você.

Ele havia tirado a casaca desalinhada e voltara a ser o Holmes de antigamente com o roupão cinzento recuperado de sua efígie.

– Os nervos do velho *shikari* não perderam a firmeza, nem os olhos a precisão – disse ele, rindo, ao examinar a testa destruída do busto. – Bem no meio da parte de trás da cabeça, e passando direto pelo cérebro. Ele era o melhor atirador da Índia, e imagino que haja poucos melhores em Londres. Você já ouviu falar do nome?

– Não, nunca.

– Ora, ora, tal é a fama! Mas, se bem me lembro, você também não tinha ouvido falar do professor Moriarty, dono de um dos cérebros mais extraordinários do século. Passe meu índice de biografias da estante.

Ele folheou as páginas com displicência, recostando-se em sua poltrona e soprando grandes nuvens do charuto.

– Minha coleção de Ms é excelente – disse ele. – O próprio Moriarty bastaria para que qualquer letra fosse ilustre, e aqui está Morgan, o envenenador, e o abominável Merridew, e Mathews, que arrebentou meu canino esquerdo na sala de espera de Charing Cross, e, por fim, nosso amigo desta noite.

Ele me entregou o livro, e li:

Moran, Sebastian, coronel. Desempregado. Integrou o 1st Bengalore Pioneers. Nascido em Londres, 1840. Filho de Sir Augustus Moran, C.B., ex-ministro britânico na Pérsia. Formado em Eton e Oxford. Serviu na Campanha de Jowaki, na Campanha Afegã, em Charasiab (ajudante de ordens), Sherpur e Cabul. Autor de Animais de grande porte na região ocidental do Himalaia, 1881, Três meses na selva, 1884. Endereço: Conduit Street. Clubes: Anglo-Indian, Tankerville, Bagatelle Card Club.

Na margem, estava escrito, com a letra precisa de Holmes: *O segundo homem mais perigoso de Londres.*

– Isto é incrível – falei, ao devolver o volume. – O homem tem a carreira de um soldado honrado.

– É verdade – respondeu Holmes. – Até certo ponto, ele se saiu bem. Sempre foi um sujeito com nervos de aço, e ainda se conta na Índia a história de quando ele rastejou por um escoadouro para perseguir um tigre assassino. Algumas árvores, Watson, crescem até certa altura e então de repente desenvolvem alguma excentricidade oculta. É comum ver isso em seres humanos. Tenho uma teoria de que o indivíduo representa em seu desenvolvimento toda a procissão de seus antepassados, e que uma virada súbita para o bem ou para o mal é resultado de alguma influência forte inserida em sua linhagem. A pessoa se torna, afinal, a epítome da história de sua própria família.

– Isso é bastante fantasioso.

– Bom, não insisto na ideia. Qualquer que seja a razão, o coronel Moran começou a se desviar. Mesmo sem nenhum escândalo explícito, a Índia acabou por se tornar um lugar quente demais para ele. Aposentou-se, veio a Londres e mais uma vez adquiriu uma reputação sórdida. Foi então que ele foi abordado pelo professor Moriarty, a quem por um tempo serviu como chefe de Estado-maior. Moriarty lhe abastecia com quantias liberais de dinheiro e o usava em apenas um ou outro serviço de alto nível que nenhum criminoso comum poderia realizar. Você talvez se lembre da morte da Sra. Stewart, de Lauder, em 1887. Não? Bom, tenho certeza de que Moran estava por trás disso; mas não foi possível provar nada. O coronel estava disfarçado com tanta astúcia que, mesmo quando a quadrilha de Moriarty foi desmantelada, não fomos capazes de incriminá-lo. Você se lembra daquele dia, quando fui visitá-lo e fechei as venezianas com medo de armas de ar comprimido? Com certeza você me achou excêntrico. Eu sabia exatamente o que estava fazendo, pois conhecia a existência dessa arma impressionante e também estava ciente de que um dos melhores atiradores do mundo estaria com uma. Quando estávamos na Suíça, ele nos seguiu com Moriarty, e sem dúvida foi ele o responsável por aqueles cinco minutos infernais no patamar em Reichenbach.

"Você deve imaginar que acompanhei os jornais com alguma atenção durante minha temporada na França, em busca de qualquer oportunidade para capturá-lo. Enquanto ele estivesse livre em Londres, minha vida não seria de fato digna de ser vivida. Dia e noite a sombra pairaria acima de mim, e mais cedo ou mais tarde ele conseguiria sua chance. O que eu podia fazer? Não podia atirar nele assim que o visse, ou eu mesmo iria ao banco dos réus. De nada adiantava recorrer a um magistrado. Eles não podem interferir com base no que lhes pareceria uma desconfiança aleatória. Então não havia nada que eu pudesse fazer. Mas acompanhei as notícias policiais, certo de que mais cedo ou mais tarde eu conseguiria pegá-lo. E então veio a morte de Ronald Adair. Finalmente vi minha oportunidade! Diante do que eu sabia, não era certo que o coronel Moran fora o responsável? Ele havia jogado cartas com o jovem; seguira-o do clube até a casa; atirara pela janela aberta. Não havia a menor dúvida quanto a isso. Só as balas já bastam para colocar a corda em seu pescoço. Voltei imediatamente. Fui visto pelo vigia, que eu sabia que atrairia a atenção do coronel para a minha presença. Ele não deixaria de associar minha chegada súbita ao crime, o que certamente o tomou por uma preocupação tremenda. Tenho certeza de que ele tentaria me eliminar *imediatamente* e usaria sua arma mortífera para tanto. Deixei-lhe um alvo excelente na janela e, após alertar a polícia de que eles talvez fossem necessários (a propósito, Watson, você percebeu a presença deles naquele vão de porta com precisão certeira), assumi o que me parecia um ponto de observação prudente, sem jamais imaginar que ele escolheria o mesmo lugar para realizar o ataque. Agora, meu caro Watson, falta eu explicar alguma coisa?"

– Sim – falei. – Você não deixou claro o motivo que levou o coronel Moran a assassinar o excelentíssimo Ronald Adair.

– Ah, meu caro Watson! Aqui chegamos ao domínio das conjecturas onde até a mente mais lógica pode cometer erros. Todo mundo pode formar sua própria hipótese a partir das informações existentes, e a sua tem tantas chances de estar tão correta quanto a minha.

– Então você formou alguma?

– Acho que não é difícil explicar os fatos. Foi revelado que o coronel Moran e o jovem Adair haviam ganhado uma quantia considerável. Agora, não há dúvidas de que Moran tenha jogado de forma ilícita. Isso há muito eu já sabia. Acredito que, no dia do assassinato, Adair havia descoberto que Moran estava trapaceando. É muito provável que ele o tenha abordado em particular e ameaçara denunciá-lo a menos que ele cancelasse sua inscrição no clube e prometesse nunca mais jogar cartas. É improvável que um jovem como Adair desejasse causar um escândalo imediato e denunciar um homem de boa reputação e muito mais velho. Ele provavelmente agiu assim. A exclusão dos clubes seria a ruína para Moran, que se sustentava com os ganhos ilícitos dos jogos. Portanto, ele assassinou Adair, que na ocasião tentava calcular quanto dinheiro precisaria devolver, pois não podia lucrar com a desonestidade do parceiro. Ele trancou a porta para que as senhoras não o surpreendessem e insistissem em saber o que fazia com aqueles nomes e o dinheiro. Será que basta?

– Não tenho a menor dúvida de que você acertou em cheio a verdade.

– Ela será confirmada ou refutada no tribunal. Enquanto isso, haja o que houver, o coronel Moran não nos incomodará mais, a famosa arma de ar comprimido adornará o Museu da Scotland Yard e, mais uma vez, o Sr. Sherlock Holmes está livre para dedicar a vida a examinar aqueles probleminhas interessantes que a complexa vida londrina apresenta com tamanha abundância.

7

Os seis Napoleões

Não era muito incomum que o Sr. Lestrade, da Scotland Yard, fosse nos ver à noite, e suas visitas agradavam Sherlock Holmes, pois lhe permitiam acompanhar tudo o que acontecia na sede da polícia. Em troca das novidades que Lestrade trazia, Holmes sempre estava disposto a ouvir atentamente os detalhes de qualquer caso em que o detetive estivesse envolvido e às vezes podia, sem intervir ativamente, oferecer alguma pista ou sugestão extraída de seu vasto estoque de conhecimentos e experiências.

Naquela noite em particular, Lestrade havia falado do clima e dos jornais. Depois, calou-se, dando baforadas no charuto com uma expressão pensativa. Holmes o observou com interesse.

– Tem lidado com algo digno de nota? – perguntou ele.

– Ah, não, Sr. Holmes... nada muito especial.

– Então me conte.

Lestrade riu.

– Ora, Sr. Holmes, não adianta negar que estou pensando em algo. E, no entanto, é um assunto tão absurdo que hesitei quanto a incomodá-lo com isso. Por outro lado, ainda que trivial, sem dúvida é uma questão curiosa, e sei que o senhor aprecia tudo o que foge ao comum. Mas, na minha opinião, o assunto está mais dentro da área do Dr. Watson do que da sua.

– Doença? – perguntei.

– Loucura, pelo menos. E uma loucura bem curiosa. Quem diria que hoje em dia existiria alguém tomado por um ódio tão profundo de Napoleão I, a ponto de destruir qualquer imagem que visse do imperador.

Holmes se afundou na poltrona.

– Isso não é assunto meu – disse.

– Exatamente. Foi o que eu falei. Mas, quando o homem comete invasões a fim de quebrar imagens que não lhe pertencem, a questão sai da alçada do médico e vem para a do policial.

Holmes se empertigou de novo.

– Invasões! Isso é mais interessante. Conte os detalhes.

Lestrade sacou o bloco de anotações e folheou as páginas para refrescar a memória.

O primeiro caso informado aconteceu há quatro dias. Foi na loja de Morse Hudson, que vende quadros e estátuas em um estabelecimento na Kennington Road. O assistente havia saído para os fundos da loja por um instante quando ouviu um estrondo e, ao retornar às pressas, viu um busto de gesso de Napoleão, que estava junto de outras obras de arte em cima do balcão, todo despedaçado. Ele correu até a rua, mas, embora vários transeuntes declarassem ter visto um homem fugir da loja, não conseguiu vê-lo nem descobrir alguma forma de identificar o pulha. Parecia um daqueles atos despropositados de vandalismo que acontecem de tempos em tempos, e assim foi declarado ao policial de patrulha.

No entanto, o segundo caso foi mais sério, e também mais peculiar. Aconteceu ontem à noite.

Em Kennington Road, a algumas centenas de metros da loja de Morse Hudson, mora um médico conhecido, chamado Dr. Barnicot, que possui uma das maiores clínicas ao sul do Tâmisa. Sua residência e seu principal consultório ficam na Kennington Road, mas ele tem uma clínica e um ambulatório em Lower Brixton Road, a 3 quilômetros de distância. Esse Dr. Barnicot é um grande admirador de Napoleão, e sua casa é cheia de livros, retratos e relíquias do imperador francês. Algum tempo atrás, ele adquiriu de Morse Hudson duas duplicatas de gesso do famoso busto de Napoleão feitas pelo escultor francês Devine. Uma dessas foi colocada no hall da casa na Kennington Road, e a outra, na cornija da lareira da clínica em Lower Brixton. Bom, quando o Dr. Barnicot se levantou hoje cedo, ficou chocado ao descobrir que sua casa havia sido invadida durante a noite, mas nada fora roubado além do busto de gesso do hall. Ele havia sido levado para fora da casa e destruído furiosamente no muro do jardim, onde foram encontrados os fragmentos despedaçados.

Holmes esfregou as mãos.

– Isso certamente é muito inusitado – disse.

– Achei que poderia agradá-lo. Mas ainda não terminei. O Dr. Barnicot tinha que estar na clínica ao meio-dia, e imagine seu espanto quando, ao chegar, viu que a janela tinha sido aberta à noite e que os pedaços do segundo busto estavam espalhados por todo o recinto. A peça havia sido desintegrada ali mesmo. Em nenhum dos casos havia qualquer sinal que pudesse nos dar alguma pista da identidade do criminoso ou lunático que cometera o ato. Agora, Sr. Holmes, você tem os fatos.

– Eles são singulares, para não dizer grotescos – respondeu Holmes. – Posso perguntar se os dois bustos quebrados nas propriedades do Dr. Barnicot eram duplicatas exatas daquele destruído na loja de Morse Hudson?

– Foram feitos com o mesmo molde.

– Tal fato deve refutar a teoria de que o homem que os quebra está sob a influência de um ódio generalizado por Napoleão. Levando em consideração as centenas de estátuas do grande imperador que devem existir em Londres, é exagero presumir a coincidência de que um iconoclasta tão promíscuo começaria por acaso com três espécimes do mesmo busto.

– Bom, também pensei assim – disse Lestrade. – Por outro lado, esse Morse Hudson é o único vendedor de bustos naquela região de Londres, e esses três eram os únicos que a loja tivera por anos. Então, como o senhor diz, embora existam centenas de estátuas em Londres, é muito provável que essas três fossem as únicas naquele distrito. Portanto, um fanático local começaria por elas. O que você acha, Dr. Watson?

– Não há limites para as possibilidades da monomania – respondi. – Existe uma condição que os franceses chamam de *idée fixe*, que pode parecer frívola e vir acompanhada de perfeita sanidade em todos os outros aspectos. Um homem que tivesse estudado profundamente Napoleão, ou que talvez tivesse sofrido alguma injúria familiar hereditária resultante da grande guerra, poderia formar uma *idée fixe* e, influenciado por ela, seria capaz de qualquer rompante fantástico.

– Isso não serve, meu caro Watson – disse Holmes, balançando a cabeça –, pois nenhuma *idée fixe* capacitaria seu interessante monomaníaco a descobrir onde estavam situados esses bustos.

– Bom, como *você* explica?

– Não tento explicar. Eu só faria a observação de que há certo método nas ações excêntricas desse cavalheiro. Por exemplo, no hall do Dr. Barnicot, onde um ruído poderia despertar a família, o busto foi levado para fora antes de ser quebrado, ao passo que na clínica, onde era menor o risco de alarme, foi destruído no ponto em que estava. O caso parece absurdamente leviano, e no entanto não me atrevo a classificar nada como trivial quando reflito que alguns de meus casos mais clássicos tiveram pontos de partida menos promissores. Você se lembra, Watson, de como a história terrível da família Abernetty chegou a mim devido à profundidade que a salsa havia afundado na manteiga durante um dia quente. Portanto, não posso me dar ao luxo de sorrir diante de seus três bustos quebrados, Lestrade, e ficaria muito grato se você pudesse me avisar de qualquer novidade nessa sequência de acontecimentos tão singular.

A NOVIDADE QUE MEU AMIGO havia pedido chegou mais rápido e de forma infinitamente mais trágica do que ele poderia imaginar. Eu ainda estava me vestindo no quarto na manhã seguinte quando ouvi uma batida à porta, e Holmes entrou, com um telegrama na mão. Ele o leu em voz alta:

Venha imediatamente, Pitt Street, 131, Kensington. Lestrade.

- O que foi? - perguntei.

- Não sei... pode ser qualquer coisa. Mas desconfio que seja a continuação da história das estátuas. Nesse caso, nosso amigo destruidor de imagens começou suas atividades em outra região de Londres. Há café servido na mesa, Watson, e tenho um cabriolé à porta.

Em meia hora, chegamos à Pitt Street, um pequeno refúgio tranquilo bem ao lado de uma das torrentes mais agitadas da vida londrina. O número 131 ficava em uma fileira de residências respeitáveis de fachada simples e aspecto nada romântico. Conforme nos aproximávamos, vimos a grade diante da casa cercada por uma multidão de curiosos. Holmes assobiou.

- Por George!* Foi uma tentativa de assassinato, no mínimo. Nada menos que isso prenderia um mensageiro londrino. Os ombros curvos e o pescoço estirado daquele sujeito sugerem um ato de violência. O que é aquilo, Watson? Os degraus de cima encharcados, e os outros, secos. De qualquer jeito, muitos passos! Ora, ora, ali está Lestrade na janela da frente, e em breve saberemos da história toda.

O policial nos recebeu com um rosto muito sério e nos levou a uma sala de estar, onde um senhor de idade extraordinariamente desgrenhado e agitado, vestido em um roupão de flanela, caminhava de um lado a outro. Ele nos foi apresentado como o dono da casa, Sr. Horace Harker, do Central Press Syndicate.**

---

*Referência ao santo padroeiro da Inglaterra. (*N. do T.*)

**Sindicato Central da Imprensa, em tradução livre. (*N. do E.*)

– É aquela história dos bustos de Napoleão outra vez – disse Lestrade. – Você me pareceu interessado ontem à noite, Sr. Holmes, então pensei que talvez fosse gostar de estar presente agora que o caso assumiu uma direção muito mais séria.

– Que direção foi essa?

– Assassinato. Sr. Harker, pode contar a estes cavalheiros exatamente o que aconteceu?

O homem de roupão se virou para nós com uma expressão de absoluta melancolia.

– É extraordinário – disse ele – que eu tenha passado a vida inteira reunindo notícias sobre outras pessoas e, agora que uma notícia de verdade se inseriu na minha própria realidade, estou tão confuso e perturbado que sou incapaz de formar uma frase. Se eu tivesse vindo para cá na condição de jornalista, teria entrevistado a mim mesmo e publicado duas colunas em todos os jornais vespertinos. Mas agora estou perdendo um furo precioso contando a história várias vezes para inúmeras pessoas diferentes, e eu mesmo não posso tirar proveito. Entretanto, ouvi seu nome, Sr. Sherlock Holmes, e, se você puder me explicar essa situação curiosa, serei compensado por lhe contar a história.

Holmes se sentou e ouviu.

Parece que tudo gira em torno daquele busto de Napoleão que comprei para esta mesma sala há cerca de quatro meses. Encontrei-o com bom preço na Harding Brothers, a duas casas da High Street Station. Grande parte do meu trabalho jornalístico é feita à noite, e é comum que eu fique escrevendo até a madrugada. O mesmo ocorreu hoje. Eu estava sentado em meu escritório, que fica na parte de trás no andar de cima, quando tive certeza de escutar, por volta das três horas, alguns barulhos no andar de baixo. Fiquei prestando atenção, mas os sons não se repetiram, e concluí que tinham vindo do lado de fora. E então, de repente, uns cinco minutos depois, escutei um grito horrível, o som mais pavoroso que eu já ouvi, Sr. Holmes. Ele vai ecoar nos meus ouvidos pelo resto da minha vida. Fiquei paralisado de terror por um ou dois minutos. Então peguei meu atiçador e desci. Quando entrei nesta sala, vi a janela escancarada e na mesma hora percebi que o busto tinha desaparecido da cornija. Não consigo entender por que um ladrão levaria algo do tipo, pois era apenas um busto de gesso e não tinha grande valor.

Como você pode ver, qualquer um que saísse por aquela janela aberta conseguiria chegar à porta com um passo largo. Nitidamente, era o que o ladrão tinha feito, então fui até a porta e a abri. Quando saí na escuridão, quase tropecei em um homem morto, que estava caído no chão. Voltei correndo para buscar alguma luz, e lá estava o coitado, um rasgo enorme na garganta e nadando em sangue. Ele estava caído de costas, com os joelhos para cima, a boca aberta de um jeito horrível. Ele vai assombrar meus sonhos. Só tive tempo de assoprar meu apito da polícia, e depois devo ter desmaiado, porque só me lembro de ver o policial parado acima de mim no hall.

– Ora, e quem foi o homem assassinado? – perguntou Holmes.

– Não há nada que indique quem ele era – disse Lestrade. – Vocês verão o corpo no necrotério, mas ainda não conseguimos concluir nada. É um homem alto, bronzeado, muito forte, no máximo 30 anos. Está malvestido, e no entanto não parece ser um trabalhador. Havia uma faca retrátil com cabo de chifre em uma poça de sangue ao lado do corpo. Não sei se foi a arma do crime ou se pertencia ao falecido. Suas roupas não tinham nome, e em seus bolsos nada havia além de uma maçã, barbante, um mapa de Londres e uma fotografia. Aqui está.

A foto evidentemente tinha sido tirada com uma câmera pequena. Representava um homem simiesco alerta de traços marcantes, com sobrancelhas grossas e uma projeção muito peculiar da porção inferior do rosto, como a cara de um babuíno.

– E o que houve com o busto? – perguntou Holmes, após estudar cuidadosamente a fotografia.

– Tivemos notícia dele pouco antes de vocês chegarem. Ele foi encontrado no jardim de uma casa vazia em Campden House Road. Estava estilhaçado. Vou até lá para vê-lo. Vocês me acompanham?

– Certamente. Só preciso dar uma olhada por aqui. – Sherlock Holmes examinou o carpete e a janela. – Ou o sujeito tinha pernas muito compridas, ou era muito ativo – disse ele. – Com uma área por baixo, não foi fácil chegar ao peitoril e abrir a janela. Já a volta era relativamente simples. Virá conosco para ver os restos de seu busto, Sr. Harker?

O inconsolável jornalista havia se sentado à escrivaninha.

– Preciso tentar tirar algo disto – disse ele –, embora não tenha dúvida de que as primeiras edições dos vespertinos já saíram com todos os detalhes. É típico da minha sorte! Vocês lembram quando caiu uma arquibancada em Doncaster? Bom, eu era o único jornalista nela, e meu jornal foi o único a não apresentar qualquer registro sobre o fato, porque eu estava abalado demais para escrever. E agora vou chegar atrasado à história de um assassinato cometido na porta da minha própria casa.

Quando saímos do cômodo, ouvimos a pena dele correr fervorosamente pelo papel.

O lugar onde os fragmentos do busto foram encontrados ficava a algumas centenas de metros da casa. Pela primeira vez nossos olhos observaram a representação do grande imperador, que parecia despertar um extraordinário impulso de ódio destrutivo na mente de um desconhecido. Ele estava espalhado em pedaços na grama. Holmes pegou alguns e os examinou cuidadosamente. Sua expressão concentrada e sua postura determinada me convenceram de que ele finalmente encontrara uma pista.

– Bem? – perguntou Lestrade.

Holmes encolheu os ombros.

– Temos ainda um longo caminho pela frente – disse ele. – E no entanto... e no entanto... Bom, sim, temos alguns fatos sugestivos que podem nos orientar. A posse deste busto barato valia mais aos olhos desse criminoso estranho do que a vida de um ser humano. Esse é um aspecto. E há também o fato curioso de que ele não o quebrou na casa, nem em um ponto bem próximo a ela, se é que a destruição do busto era seu único propósito.

– Ele estava abalado e afoito após encontrar aquele outro sujeito. Não tinha ideia do que estava fazendo.

– Bom, isso é relativamente provável. Mas quero chamar sua atenção sobretudo para a posição desta casa em cujo jardim o busto foi destruído.

Lestrade olhou à sua volta.

– É uma casa vazia, então ele sabia que não seria incomodado no jardim.

– Sim, mas ele passou por outra casa vazia na rua antes de chegar a esta. Por que não quebrou o busto lá, visto que, nitidamente, a cada metro que ele avançava era maior o risco de alguém o vir?

– Desisto – disse Lestrade.

Holmes apontou para o poste de luz acima de nós.

– Ele podia ver o que estava fazendo aqui, e lá, não. Foi esse o motivo.

– Pelos céus! É verdade – disse o detetive. – Pensando bem, o busto do Dr. Barnicot estava quebrado não muito longe da lâmpada vermelha dele. Bom, Sr. Holmes, o que podemos fazer com esse fato?

– Lembrá-lo, arquivá-lo. Mais tarde podemos encontrar algo que lhe produza algum efeito. Que passos você propõe que tomemos agora, Lestrade?

– Na minha opinião, o caminho mais prático é identificar o homem morto. Não deve ser difícil. Quando descobrirmos quem ele é e quem são seus conhecidos, teremos dado um bom passo para determinar o que ele fazia na Pitt Street ontem à noite e quem foi que o encontrou e o matou na porta do Sr. Horace Harker. Não acha?

– Sem dúvida. Porém, não é bem a forma como eu trataria o caso.

– O que você faria, então?

– Ah, não permita que eu o influencie de forma alguma! Sugiro que você siga sua linha, e eu, a minha. Podemos comparar observações mais tarde, e um complementará o outro.

– Muito bem – disse Lestrade.

– Se você voltar à Pitt Street, poderia ver o Sr. Horace Harker. Diga-lhe que estou bastante decidido e que tenho certeza de que um lunático homicida perigoso com delírios napoleônicos apareceu na casa dele ontem à noite. Isso o ajudará em sua matéria.

Lestrade o encarou.

– Você não acredita nisso, acredita?

Holmes sorriu.

– Não? Bom, talvez não. Mas certamente vai interessar o Sr. Horace Harker e os assinantes do Sindicato Central da Imprensa. Agora, Watson, acho que teremos à nossa frente um dia de trabalho bastante longo e complexo. Eu ficaria feliz, Lestrade, se você pudesse se dispor a nos encontrar na Baker Street às seis da tarde de hoje. Até lá, eu gostaria de ficar com a fotografia que foi encontrada no bolso do homem morto. É possível que eu precise solicitar sua companhia e assistência em uma pequena expedição a ser realizada hoje à noite, se minha linha de raciocínio se mostrar correta. Até lá, adeus e boa sorte!

Sherlock Holmes e eu andamos juntos até a High Street e fizemos uma parada na Harding Brothers, onde o busto havia sido adquirido. Um jovem assistente nos explicou que o Sr. Harding só voltaria após o meio-dia e que ele mesmo era novo no emprego, por isso não poderia nos dar nenhuma informação. O rosto de Holmes demonstrou desapontamento e irritação.

– Ora, ora, não podemos esperar que tudo vá de acordo com nossos desejos, Watson – disse ele, enfim. – Precisamos voltar aqui à tarde, se o Sr. Harding não estará disponível antes disso. Como você certamente já concluiu, pretendo identificar a origem desses bustos, a fim de descobrir se há algo peculiar que possa explicar o destino impressionante que tiveram. Vamos visitar o Sr. Morse Hudson, da Kennington Road, e ver se ele pode lançar alguma luz sobre o problema.

Em uma hora um cabriolé nos levou ao estabelecimento do vendedor de obras de arte. Ele era um homem pequeno e atarracado, com rosto rubro e modos ríspidos.

– Sim, senhor. Em meu próprio balcão, senhor – disse ele. – Não sei por que pagamos impostos e taxas, quando qualquer rufião pode entrar aqui e quebrar nossos produtos. Sim, senhor, fui eu que vendi as duas estátuas ao Dr. Barnicot. Uma desgraça, senhor! Uma trama niilista, é o que eu acho. Apenas um anarquista sairia por aí quebrando estátuas. Republicanos vermelhos, é assim que eu chamo. De quem obtive as estátuas? Não sei o que isso tem a ver com a história. Ora, se o senhor quer mesmo saber, obtive-as da Gelder and Co., na Church Street, Stepney. São um estabelecimento conhecido do ramo e atuam nisso há vinte anos. Quantos eu tinha? Três... dois e um são três... dois com o Dr. Barnicot, e um destruído em plena luz do dia em meu próprio balcão. Se eu reconheço essa fotografia? Não. Bom, sim, reconheço. Ora, é Beppo. Era um italiano que produzia peças avulsas e ajudava na loja. Ele sabia esculpir um pouco, e banhar a ouro e trabalhar com molduras, e fazia serviços variados. O sujeito foi embora semana passada, e nunca mais tive notícias. Não, não sei de onde ele veio nem para onde foi. Não tenho nada contra ele no tempo que ele ficou aqui. Foi embora dois dias antes de quebrarem o busto.

– Bom, suponho que não podemos esperar obter mais nada de Morse Hudson – disse Holmes quando saímos da loja. – Temos esse Beppo como fator em comum, tanto em Kennington quanto em Kensington, então vale uma corrida de 15 quilômetros. Agora, Watson, vamos seguir para Gelder and Co., em Stepney, a fonte e origem dos bustos. Ficarei admirado se não conseguirmos ajuda por lá.

Em rápida sucessão, passamos pela margem da Londres elegante, da Londres hoteleira, da Londres teatral, da Londres literária, da Londres comercial e, por fim, da Londres marítima, até chegarmos a uma cidade ribeirinha de 100 mil almas, onde os edifícios de apartamentos pululam e fedem com o refugo da sociedade europeia. Ali, em uma estrada ampla, que já foi o lar de mercadores abastados da City, encontramos as esculturas que procurávamos. A área externa era um pátio considerável cheio de obras monumentais. A parte interna era um salão onde cinquenta trabalhadores esculpiam gravuras ou moldes. O gerente, um alemão grande e louro, nos recebeu com civilidade e deu respostas claras a todas as perguntas de Holmes. Uma consulta aos livros demonstrou que centenas de bustos haviam sido produzidas a partir de uma cópia de mármore da cabeça de Napoleão feita por Devine, mas que os três enviados a Morse Hudson cerca de um ano antes eram metade de um lote de seis, e que os outros três foram para a Harding Brothers, de Kensington. Não havia nenhum motivo para que esses seis fossem diferentes dos outros. Ele não soube sugerir qualquer causa para que alguém desejasse destruí-los. Na verdade, achou a ideia engraçada. O preço por atacado era de seis xelins, mas o revendedor podia pedir 12 ou mais. O busto foi feito a partir de dois moldes, um de cada lado do rosto, e então esses dois perfis de gesso de Paris foram unidos para formar uma cabeça completa. O trabalho costumava ser feito por italianos na sala em que estávamos. Após terminados, os bustos eram colocados em uma mesa no corredor para secarem, e depois eram armazenados. Ele só pôde nos dizer isso.

Mas a exibição da fotografia tivera um efeito impressionante no gerente. Seu rosto enrubesceu de raiva, e as sobrancelhas se uniram acima daqueles olhos teutônicos azuis.

– Ah, o pulha! – exclamou ele. – Sim, claro, conheço-o muito bem. Este estabelecimento sempre foi respeitável, e a única vez em que a polícia esteve aqui foi justamente por causa desse sujeito. Já faz mais de um ano. Ele esfaqueou outro italiano na rua e depois veio para a oficina com a polícia no encalço e aqui o pegaram. Beppo, era assim que ele se chamava... Eu nunca soube seu sobrenome. Bem feito para mim por ter contratado um homem com aquela cara. Mas ele trabalhava bem, era um dos melhores.

– O que houve com ele?

– O homem sobreviveu e foi condenado a um ano. Não tenho a menor dúvida de que a esta altura já foi solto; mas ele não se atreveu a dar as caras por aqui. Temos um primo seu aqui, e suponho que ele saberia lhe dizer onde o sujeito está.

– Não, não – exclamou Holmes –, nem uma palavra ao primo. Nem uma palavra, por favor. O assunto é muito importante, e quanto mais eu avanço nele, mais importante parece que fica. Quando você consultou em seu livro-caixa a venda dos bustos, observei que a data foi 3 de junho do ano passado. Poderia me dizer a data em que Beppo foi preso?

– Eu saberia a data aproximada, com base na folha de pagamento – respondeu o gerente. – Sim – continuou ele, após virar algumas páginas –, o último pagamento dele foi em 20 de maio.

– Obrigado – disse Holmes. – Acho que não precisarei tomar mais de seu tempo e sua paciência. – Com uma última advertência de que ele não deveria comentar nada sobre nossas perguntas, voltamos a nos dirigir para o oeste.

A tarde já ia avançada quando conseguimos parar para um almoço apressado em um restaurante. Um letreiro de jornal na entrada anunciava *Ultraje em Kensington. Assassinato por um louco*, e o conteúdo da publicação demonstrava que o Sr. Horace Harker afinal de contas conseguira publicar seu relato. Duas colunas estavam preenchidas com uma descrição bastante sensacionalista e floreada do incidente todo. Holmes apoiou o jornal no galheteiro e leu enquanto comia. Uma ou duas vezes, deu risada.

– Isto é ótimo, Watson – disse ele. – Ouça só:

Traz satisfação o conhecimento de que não há diferença de opinião neste caso, visto que o Sr. Lestrade, um dos membros mais experientes da força policial, e o Sr. Sherlock Holmes, conhecido especialista e consultor, chegaram à mesma conclusão de que a série grotesca de incidentes, que culminaram de forma tão trágica, derivam antes de alucinações que de intenções criminosas deliberadas. Não há explicação salvo aberração mental que atenda aos fatos.

A imprensa, Watson, é uma instituição das mais valiosas quando se sabe usá-la. E agora, se você já terminou, voltaremos a Kensington para ver o que o gerente da Harding Brothers pode nos dizer sobre o assunto.

O fundador daquele grande empório se mostrou um sujeitinho enérgico e rápido, muito elegante e presto, de raciocínio claro e língua ágil.

– Sim, senhor, já li a notícia nos vespertinos. O Sr. Horace Harker é um cliente nosso. Nós lhe fornecemos o busto há alguns meses. Encomendamos três daquele da Gelder and Co., de Stepney. Já foram todos vendidos. Para quem? Ah, com uma consulta ao nosso livro de vendas, é muito fácil confirmar. Sim, aqui estão os registros. Um para o Sr. Harker, veja bem, e um para o Sr. Josiah Brown, de Laburnum Lodge, em Laburnum Vale, Chiswick, e um para o Sr. Sandeford, de Lower Grove Road, Reading. Não, nunca vi esse rosto da fotografia. Seria difícil esquecê-lo, não acha, senhor? Poucas vezes vi alguém tão feio. Se temos algum italiano trabalhando aqui? Sim, senhor, temos alguns entre o pessoal da oficina e da limpeza. Acredito que eles conseguiriam dar uma olhada no livro de vendas, se quisessem. Não existe nenhum motivo especial para vigiar este livro. Ora, ora, é tudo muito esquisito, e espero que o senhor me avise se sua investigação tiver resultado.

Holmes havia tomado nota de algumas coisas durante a entrevista com o Sr. Harding, e observei que ele estava plenamente satisfeito com o rumo que tudo tomava. No entanto, o único comentário que fez foi que devíamos nos apressar, para não nos atrasarmos para nosso encontro com Lestrade. E de fato, quando chegamos à Baker Street, o detetive já estava lá. Vimos que ele caminhava de um lado a outro em fervorosa impaciência. A expressão grave em seu rosto indicava que os esforços do dia não haviam sido em vão.

– Bom? – perguntou ele. – Que sorte, Sr. Holmes?

– Tivemos um dia bastante atarefado, e nada perdido – explicou meu amigo. – Já vimos os dois revendedores, e também o fabricante do lote. Posso localizar o destino de todos os bustos agora.

– Os bustos! – exclamou Lestrade. – Ora, ora, você tem seus métodos, Sr. Sherlock Holmes, e não me cabe dizer nada contra eles, mas acho que meu dia foi mais produtivo que o seu. Consegui identificar o homem morto.

– Não me diga!

– E descobri o motivo do crime.

– Esplêndido!

– Temos um inspetor especializado em Saffron Hill e no bairro italiano. Bom, o sujeito assassinado tinha um símbolo católico pendurado no pescoço, e, considerando isso e a cor da pele dele, me ocorreu que era do sul. O inspetor Hill o reconheceu assim que o viu. O homem se chama Pietro Venucci, de Nápoles, e é um dos maiores matadores de Londres. É associado à Máfia, que, como o senhor sabe, é uma sociedade política secreta que impõe suas decisões por meio de assassinatos. Agora veja que o caso começa a ser esclarecido. O outro sujeito provavelmente é outro italiano e membro da Máfia. Ele infringiu as regras de algum jeito. Pietro começou a procurá-lo. Provavelmente a fotografia que encontramos no bolso dele é do próprio homem, para que ele não esfaqueasse a pessoa errada. Ele perseguiu o sujeito, viu-o entrar em uma casa, esperou do lado de fora e, na briga, recebeu o ferimento letal. Que tal, Sr. Sherlock Holmes?

Holmes juntou as mãos, satisfeito.

– Excelente, Lestrade, excelente! – exclamou ele. – Mas não compreendi muito bem sua explicação para os bustos destruídos.

– Os bustos! Não consegue tirar esses bustos da cabeça, Holmes. Afinal, não é nada; um simples furto, seis meses, no máximo. É o assassinato que estamos investigando de fato, e garanto que estou reunindo todos os fios da trama em minhas mãos.

– E a próxima etapa?

– É muito simples. Irei com Hill até o bairro italiano, encontrarei o homem da fotografia e o prenderei sob a acusação de assassinato. O senhor virá conosco?

– Acho que não. Acredito que podemos cumprir nosso objetivo de forma mais simples. Não posso dar certeza, pois tudo depende... Bom, tudo depende de um fator completamente alheio ao nosso controle. Mas tenho grandes esperanças, exatamente uma chance em três, de que, se o senhor vier conosco hoje à noite, conseguirei ajudá-lo a prendê-lo.

– No bairro italiano?

– Não; acho que Chiswick é um endereço em que teremos mais chance de encontrá-lo. Se o senhor vier comigo a Chiswick esta noite, Lestrade, prometo que irei ao bairro italiano amanhã, e o atraso não fará mal algum. E agora acredito que umas horas de sono fariam bem a todos nós, pois não pretendo sair antes das onze, e é muito pouco provável que voltemos antes do amanhecer. O senhor jantará conosco, Lestrade, e depois poderá ficar à vontade no sofá até a hora de começarmos. Enquanto isso, Watson, eu ficaria grato se você pudesse chamar um mensageiro expresso, pois preciso enviar uma carta, e é importante que ela saia imediatamente.

Holmes passou a noite revirando os arquivos dos jornais antigos que entulhavam uma de nossas salas de depósito. Quando enfim desceu, ele tinha um olhar de triunfo, mas não nos contou nada sobre o resultado de suas pesquisas. Quanto a mim, acompanhei cada passo dos métodos que ele usara para percorrer os meandros daquele caso complexo e, embora não conseguisse ainda distinguir a meta que alcançaríamos, entendi claramente que Holmes esperava que aquele criminoso grotesco fizesse alguma tentativa nos dois bustos que restavam, um dos quais eu lembrava que estava em Chiswick. Sem dúvida, o objeto de nossa expedição seria capturá-lo em flagrante, e não pude conter minha admiração pela astúcia com que meu amigo inserira uma pista errônea no vespertino, de modo a passar ao sujeito a ideia de que ele poderia continuar seus planos impunemente. Não fiquei surpreso quando Holmes sugeriu que eu levasse meu revólver. Ele mesmo já havia pegado o açoite pesado que era sua arma preferida.

Uma carruagem nos recebeu à porta às onze, e fomos até um local do outro lado da Hammersmith Bridge. Ali, o condutor foi instruído a esperar. Uma breve caminhada nos levou a uma rua escondida margeada por casas agradáveis, cada uma situada em seu próprio terreno. À luz de um poste na rua, lemos *Laburnum Villa* no portal de uma das casas. Era evidente que os ocupantes já haviam se recolhido para dormir, pois tudo estava escuro, exceto a sobreporta no hall, que lançava um círculo desfocado no caminho que atravessava o jardim. A cerca de madeira que separava o terreno da rua projetava uma densa sombra preta na área interna, e foi ali que nos escondemos.

– Receio que vocês terão que esperar bastante tempo – sussurrou. – Podemos nos considerar afortunados por não estar chovendo. Acredito que não podemos nem fumar para passar o tempo. Porém, há uma chance em três de que conseguiremos algo em recompensa pelo incômodo.

Contudo, nossa vigília não foi tão longa quanto Holmes nos levara a crer, e acabou de forma muito súbita e curiosa. Em um instante, sem um ruído sequer que nos alertasse da aproximação, o portão da cerca se abriu e uma figura leve e escura, rápida e ágil como um macaco, atravessou o jardim às pressas. Nós a vimos passar velozmente pela luz que caía de cima da porta para logo desaparecer na sombra negra da casa. Houve uma pausa demorada, e prendemos nossa respiração até que ouvimos um rangido muito suave. A janela estava sendo aberta. O barulho cessou, e mais uma vez houve um longo silêncio. O sujeito estava entrando na casa. Vimos o brilho repentino de uma lanterna escura dentro do cômodo. Era evidente que o que ele buscava não estava lá, pois voltamos a ver o brilho em outra janela, e depois em outra.

– Vamos até a janela aberta. Nós o pegaremos assim que ele sair – sussurrou Lestrade.

Mas, antes que pudéssemos nos mexer, o homem saiu de novo. Quando ele apareceu na porção iluminada, vimos que carregava alguma coisa branca debaixo do braço, lançando olhares furtivos para os lados. O silêncio da rua deserta o tranquilizou. Ele nos deu as costas e depositou o saque no chão, e logo depois ouvimos um som brusco de batida, seguido pelo tilintar de estilhaços. O homem estava tão concentrado no que fazia que não escutou nossos passos quando cruzamos o jardim. Como um tigre, Holmes saltou para as costas dele, e em um instante Lestrade e eu o seguramos pelos pulsos e prendemos as algemas. Quando o viramos, um rosto horrível e amarelado, com uma expressão retorcida e furiosa, nos encarou, e vi que de fato havíamos capturado o homem da fotografia.

Mas não era em nosso prisioneiro que Holmes prestava atenção. Agachado diante da porta, ele examinava com extrema cautela aquilo que o homem havia retirado da casa. Era um busto de Napoleão, como o que havíamos visto pela manhã, e também tinha sido quebrado de forma semelhante. Cuidadosamente, Holmes ergueu cada um dos pedaços diante da luz, mas em nenhum aspecto se distinguiam de outros pedaços de gesso quebrado. Ele havia acabado de completar o exame quando as luzes do hall se acenderam e a porta se abriu. O dono da casa, uma figura rotunda e jovial de camisa e calças, se apresentou.

– Sr. Joseph Brown, suponho? – disse Holmes.

– Sim; e o senhor, sem dúvida, é o Sr. Sherlock Holmes? Recebi a carta que enviou pelo mensageiro expresso e fiz exatamente como pediu. Trancamos todas as portas dentro da casa e esperamos os acontecimentos. Bom, fico muito feliz de ver que o pulha foi capturado. Espero, senhores, que aceitem entrar e tomar algo.

Entretanto, Lestrade estava ansioso para levar o homem à detenção, então alguns minutos depois estávamos os quatro em nossa carruagem, de volta a Londres. Nosso prisioneiro se recusou a falar uma palavra sequer; mas nos lançava um olhar furioso de trás da sombra de seu cabelo sujo, e uma vez, quando minha mão pareceu chegar ao seu alcance, ele tentou me atacar como se fosse um lobo faminto. Ficamos bastante tempo na delegacia para descobrir que uma revista de suas roupas revelou apenas alguns xelins e uma longa faca com bainha, cujo cabo exibia sangue recente e em abundância.

– Ótimo – disse Lestrade, quando nos despedimos. – Hill conhece essa gente toda e vai conseguir identificá-lo. Vocês vão ver que minha teoria da Máfia vai encaixar. Mas é certo que sou extremamente grato a você, Sr. Holmes, pela habilidade com que o capturou. Não consegui entender tudo ainda.

– Receio que seja tarde demais para explicações – disse Holmes. – Além do mais, ainda falta concluir um ou outro detalhe, e este caso é um daqueles que vale a pena levar até o fim. Se o senhor puder vir nos visitar mais uma vez às seis da tarde amanhã, acho que poderei lhe mostrar que nem mesmo agora o senhor conseguiu compreender tudo o que está por trás deste caso, que possui algumas características totalmente originais na história do crime. Se eu lhe permitir que continue o registro de meus probleminhas, Watson, estimo que você enriquecerá suas páginas com a curiosa aventura dos bustos napoleônicos.

QUANDO VOLTAMOS A NOS ENCONTRAR na noite seguinte, Lestrade trazia muitas informações sobre nosso prisioneiro. Aparentemente, seu nome era Beppo, sobrenome desconhecido. Era um vagabundo bastante conhecido da colônia italiana. Já fora um escultor habilidoso e tivera uma vida honesta, mas se desviara por caminhos escusos e por duas vezes esteve na cadeia – uma por roubo e outra, como já sabíamos, por esfaquear um compatriota. Ele falava inglês perfeitamente. Os motivos da destruição dos bustos ainda eram desconhecidos, e ele se recusava a responder qualquer pergunta sobre o assunto. Mas a polícia descobrira que era muito provável que aqueles bustos tivessem sido feitos por suas próprias mãos, visto que ele realizava esse tipo de trabalho na Gelder and Co. Essas informações, muitas das quais já sabíamos, Holmes ouviu com educada atenção. Porém, como eu o conhecia tão bem, percebi que seus pensamentos estavam em outro lugar e detectei uma mistura entrelaçada de inquietação e expectativa por trás daquela máscara que ele costumava adotar. Finalmente, ele se empertigou na poltrona e um brilho surgiu em seus olhos.

Alguém havia tocado a sineta da porta. Um minuto depois, ouvimos passos na escada, e um homem idoso de rosto ruborizado com costeletas grisalhas entrou. Na mão direita, ele trazia uma bolsa estampada antiquada, que foi depositada na mesa.

– O Sr. Sherlock Holmes se encontra?

Meu amigo abaixou a cabeça e sorriu.

– Sr. Sandeford, de Reading? – disse ele.

– Sim, senhor. Lamento ter me atrasado um pouco; mas os trens estavam complicados. Você me escreveu a respeito de um busto que eu tenho.

– Exatamente.

– Estou com sua carta aqui. Você disse:

Desejo possuir uma cópia do Napoleão de Devine e estou disposto a pagar 10 libras pela que o senhor tem.

– É isso mesmo?

– Certamente.

– Fiquei muito surpreso com sua carta, pois nem imagino como você sabia que eu tinha uma dessas.

– É claro que o senhor deve ter ficado surpreso, mas a explicação é muito simples. O Sr. Harding, da Harding Brothers, disse que lhe vendeu a última cópia, e ele me deu seu endereço.

– Ah, foi isso? Ele lhe contou quanto paguei?

– Não, não contou.

– Bom, sou um homem honesto, embora não muito rico. Dei apenas 15 xelins pelo busto, e acho que o senhor precisava saber disso antes de me dar 10 libras.

– Tenho certeza de seus escrúpulos, Sr. Sandeford. Mas declarei o preço, então pretendo honrá-lo.

– Bom, é muita bondade sua, Sr. Holmes. Trouxe o busto, como o senhor pediu. Aqui está!

Ele abriu a bolsa, e finalmente vimos em nossa mesa um espécime completo daquele busto que em mais de uma ocasião havíamos visto em fragmentos.

Holmes tirou um papel do bolso e depositou uma nota de 10 libras na mesa.

– Peço que faça a gentileza de assinar este papel, Sr. Sandeford, na presença destas testemunhas. É apenas para declarar que o senhor transfere para mim qualquer direito seu ao busto. Veja bem, sou um homem metódico, e nunca se sabe que acontecimentos o futuro pode guardar. Obrigado, Sr. Sandeford. Aqui está seu dinheiro, e que o senhor tenha uma excelente noite.

Depois que nosso visitante se foi, os movimentos de Sherlock Holmes despertaram nossa atenção. Ele começou retirando um pano branco e limpo de uma gaveta e estendendo-o na mesa. E, então, colocou o busto recém-adquirido no centro do pano. Por fim, pegou o açoite e desferiu um golpe forte no alto da cabeça de Napoleão. A figura se despedaçou, e Holmes se encurvou ansiosamente por cima dos destroços. No instante seguinte, com um grande brado de triunfo, ele ergueu um estilhaço, no qual um objeto redondo e escuro estava preso como uma ameixa em um pudim.

– Senhores – exclamou ele –, permitam-me lhes apresentar a famosa pérola negra dos Bórgia.

Lestrade e eu ficamos em silêncio por um instante, e em seguida, com um impulso espontâneo, desatamos a bater palmas como se estivéssemos diante da conclusão do conflito elaborado de uma peça. Uma onda de cor brotou nas faces pálidas de Holmes, e ele fez uma reverência para nós como o grande dramaturgo celebrado por sua plateia. Era nesses momentos que ele deixava de ser uma máquina de raciocínio e entregava seu amor humano por admiração e aplausos. A mesma natureza reservada de orgulho peculiar e que desdenhava do renome popular era capaz de se comover profundamente pelo fascínio e o elogio espontâneo de um amigo.

– Sim, senhores – disse ele –, esta é a pérola mais famosa que existe no mundo, e fui afortunado, mediante uma sequência concatenada de raciocínio e indução, de rastreá-la desde o quarto do príncipe de Colonna ao Dacre Hotel, onde ela se perdeu, até chegar ao interior deste busto de Napoleão, o último dos seis que foram produzidos pela Gelder and Co., de Stepney. Você deve lembrar, Lestrade, da comoção provocada pelo desaparecimento desta joia valiosa e os esforços em vão da polícia de Londres para recuperá-la. Eu mesmo fui consultado durante o caso, mas não consegui lançar luz sobre a questão. As suspeitas recaíram sobre a camareira da princesa, que era italiana, e foi provado que essa mulher tinha um irmão em Londres, mas não fomos capazes de estabelecer nenhuma ligação entre os dois. O nome da camareira era Lucretia Venucci, e não tenho a menor dúvida de que esse Pietro que foi assassinado há duas noites era o irmão dela. Eu estava consultando as datas nos arquivos antigos do jornal e percebi que o desaparecimento da pérola aconteceu precisamente dois dias antes da prisão de Beppo por algum crime violento, o que ocorreu na fábrica da Gelder and Co., no exato momento em que os bustos eram feitos. Agora vocês veem claramente a sequência de acontecimentos, mas, é evidente, estão vendo na ordem inversa com que ela se apresentou a mim. Beppo estava de posse da pérola. Ele talvez a tenha roubado de Pietro, talvez tenha sido seu comparsa, talvez tenha sido o intermediário entre Pietro e a irmã. Qualquer que seja a solução correta, não importa.

"O fato principal é que ele *tinha* a pérola e que, naquele momento, quando estava de posse dela, foi perseguido pela polícia. Ele foi até a fábrica em que trabalhava e sabia que teria apenas alguns minutos para esconder o prêmio de imenso valor, caso contrário a polícia encontraria ao revistá-lo. Havia seis bustos de gesso de Napoleão secando no corredor. Um ainda estava mole. Em um instante, Beppo, escultor habilidoso, fez um pequeno buraco no gesso úmido, depositou a pérola e, com alguns retoques, voltou a cobrir a abertura. Era um esconderijo admirável. Ninguém jamais a encontraria. Mas Beppo foi condenado a um ano de prisão, e, enquanto isso, os seis bustos se espalharam por Londres. Ele não tinha como saber qual deles continha seu tesouro. Só poderia ver se os quebrasse. Nem com sacudidas seria possível saber, pois, como o gesso estava úmido, provavelmente a pérola se colara nele, como foi o que aconteceu, de fato. Beppo não se desesperou e conduziu a busca com engenhosidade e persistência consideráveis. Um primo que trabalha na Gelder lhe informou as lojas que haviam comprado os bustos. Ele conseguiu emprego com Morse Hudson e, assim, encontrou três das peças. A pérola não estava em nenhuma. Então, com a ajuda de algum *employé* italiano, conseguiu localizar o destino dos outros três bustos. O primeiro estava na casa de Harker. Ali Beppo foi perseguido pelo comparsa, que o responsabilizou pela perda da pérola, e na briga que se sucedeu ele o esfaqueou."

– Se os dois eram comparsas, para que levar a fotografia? – perguntei.

– Para localizá-lo caso desejasse perguntar dele a terceiros. Esse era o motivo óbvio. Bom, depois do assassinato, calculei que Beppo provavelmente preferiria adiantar suas ações, não postergá-las. Ele ficaria com receio de que a polícia tivesse descoberto seu segredo, então se apressaria antes que as autoridades se adiantassem. Claro, eu não tinha como saber se ele havia encontrado a pérola no busto de Harker. Ainda não havia nem concluído com certeza que se tratava da pérola. Mas estava evidente para mim que ele procurava algo, visto que passou com o busto direto por outras casas até quebrá-lo naquele jardim iluminado pelo poste. Como o busto de Harker era um de três, a probabilidade era aquela que eu lhes disse: uma chance em três de que a pérola estivesse nele. Faltavam dois bustos, e era óbvio que ele tentaria o de Londres primeiro. Alertei os residentes da casa, para evitar uma segunda tragédia, e seguimos para lá e tivemos o melhor resultado possível. Àquela altura, claro, eu tinha certeza de que estávamos atrás da pérola dos Bórgia. O nome do homem assassinado ligou os dois casos. Só restava um único busto, o de Reading, e a pérola devia estar nele. Comprei-o do proprietário diante de vocês, e aqui está.

Ficamos em silêncio por um instante.

– Bom – disse Lestrade –, já o vi lidar com muitos casos, Sr. Holmes, mas não sei se já presenciei algo tão habilidoso. Não temos nenhuma inveja do senhor na Scotland Yard. Não, temos muito orgulho, e se o senhor passar lá amanhã não há uma só pessoa, do inspetor mais experiente ao guarda mais jovem, que não ficaria feliz ao lhe apertar a mão.

– Obrigado! – respondeu Holmes. – Obrigado! – Ele se virou, e tive a impressão de vê-lo mais afetado do que nunca pelas emoções humanas mais delicadas. No instante seguinte, voltou a ser o pensador frio e prático. – Guarde a pérola no cofre, Watson – disse ele – e pegue os papéis do caso de fraude de Conk-Singleton. Adeus, Lestrade. Se surgir algum probleminha, será um prazer dar um ou outro palpite quanto à solução, se eu puder.

8

O pincenê dourado

Quando observo os três volumes manuscritos imensos que contêm o trabalho que realizamos no ano de 1894, confesso achar muito difícil, a partir de tamanha riqueza de material, selecionar os casos que sejam ao mesmo tempo mais interessantes por si próprios e também exemplos mais adequados daqueles poderes peculiares pelos quais meu amigo era famoso. Conforme viro as páginas, vejo minhas anotações na história repulsiva da sanguessuga vermelha e da morte terrível do banqueiro Crosby. Aqui também encontro um registro da tragédia de Addleton e do curioso conteúdo da tumba britânica ancestral. O notório caso da sucessão Smith-Mortimer também ocorreu no mesmo período, assim como a perseguição e captura de Huret, o assassino do boulevard* – aventura que rendeu a Holmes uma carta de gratidão escrita de próprio punho pelo presidente francês e a Ordem da Legião de Honra. Cada um desses proporcionaria uma narrativa, mas, de maneira geral, creio que nenhuma reúne tantos pontos interessantes e peculiares quanto o episódio de Yoxley Old Place, que inclui não apenas a lamentável morte do jovem Willoughby Smith como também os acontecimentos posteriores que lançaram uma luz por demais curiosa sobre as causas do crime.

---

*O assassino do boulevard é uma das histórias nunca contadas de Sherlock Holmes, referência a um caso ocorrido na França. (*N. do T.*)

Era uma noite turbulenta e tempestuosa do final de novembro. Holmes e eu tínhamos passado horas sentados em silêncio – ele com uma lupa potente e concentrado na análise do que restava da inscrição original em um palimpsesto, e eu, imerso em um tratado recente sobre cirurgia. Do lado de fora, o vento uivava pela Baker Street, enquanto a chuva se debatia furiosamente nas janelas. Era estranho que ali, nas entranhas da cidade, cercados em um raio de 15 quilômetros cheios de obras do engenho humano, pudéssemos sentir a mão de ferro da natureza e ter consciência de que, para a imensidão das forças dos elementos, Londres toda não passava de um conjunto de formigueiros espalhados pelos campos. Os postes de luz ocasionais brilhavam ao longo da rua suja e da calçada reluzente. Um cabriolé solitário espalhava água em seu caminho vindo da esquina com a Oxford Street.

– Ora, Watson, que bom que não precisamos sair hoje à noite – disse Holmes, baixando a lupa e enrolando o palimpsesto. – Já fiz o bastante por hoje. É um trabalho duro para os olhos. Pelo que pude ver, não é nada mais interessante que a contabilidade de uma abadia datada da segunda metade do século XV. Alô! Alô! Alô! O que é isso?

Do meio da ladainha dos ventos veio o estampido dos cascos de um cavalo e o som estendido de uma roda raspando no meio-fio. O cabriolé que eu tinha visto estava parado à nossa porta.

– O que será que ele quer? – exclamei, quando um homem saiu do veículo.

– Quer! Ele nos quer. E nós, meu pobre Watson, queremos sobretudos e cachecóis e galochas e todos os instrumentos já inventados pela humanidade para combater as intempéries. Mas espere um pouco! Lá se foi o cabriolé de novo! Ainda há esperanças. Ele o teria mantido se quisesse que o acompanhássemos. Corra lá para baixo, meu caro, e abra a porta, pois todo mundo que é de bem já foi para a cama há muito tempo.

Quando a luz da lâmpada no hall atingiu nosso visitante da meia-noite, não tive dificuldade para reconhecê-lo. Era o jovem Stanley Hopkins, um detetive promissor em cuja carreira Sherlock Holmes demonstrara um interesse muito prático em mais de uma ocasião.

– Ele está? – perguntou o jovem, ansioso.

– Suba, meu caro – disse a voz de Holmes do alto da escada. – Espero que você não tenha planos para nós em uma noite como esta.

O detetive galgou a escada, e nossa lâmpada iluminou sua capa de chuva resplandecente. Ajudei-o a tirá-la enquanto Holmes arrancava mais chamas da lenha na lareira.

– Agora, meu caro Hopkins, achegue-se mais e venha esquentar os pés – disse ele. – Pegue um charuto. O doutor recomenda um pouco de água quente com limão como um bom remédio para uma noite destas. Para trazê-lo aqui no meio de tamanha tormenta, deve ser algo importante.

– De fato é, Sr. Holmes. Minha tarde hoje foi movimentada, garanto. Viu algo sobre o caso Yoxley nos últimos vespertinos?

– Hoje não vi nada posterior ao século XV.

– Bom, era só um parágrafo, e tudo estava errado, então você não perdeu nada. Não fiquei parado um instante sequer. É em Kent, a 11 quilômetros de Chatham e a 5 da estrada de ferro. Recebi um telegrama às três e quinze, cheguei a Yoxley Old Place às cinco, conduzi minha investigação, vim no último trem de volta a Charing Cross e peguei um cabriolé direto para cá.

– O que significa, creio eu, que você não tem muita certeza quanto ao caso?

– Significa que estou completamente perdido. Pelo que pude ver, nunca encontrei emaranhado mais complexo, embora a princípio parecesse tão simples que não tinha como errar. Não há nenhum motivo, Sr. Holmes. É isso que me incomoda... Não consigo definir um motivo. Um homem está morto, sem dúvida, mas, pelo que pude ver, não há nada no mundo que explique por que alguém desejaria feri-lo.

Holmes acendeu o charuto e se recostou na poltrona.

– Conte-nos o caso – pediu.

– Os fatos me parecem bastante claros – disse Stanley Hopkins. – A única coisa que eu quero saber é o que tudo significa. A história, até onde entendi, é a seguinte. Há alguns anos, essa casa de campo, Yoxley Old Place, foi adquirida por um homem idoso, que se apresentou como professor Coram. Ele era um inválido, passava metade do tempo na cama, e a outra metade, mancando pela casa com uma bengala ou sendo empurrado pela propriedade em uma cadeira de rodas pelo jardineiro. Os poucos vizinhos que lhe faziam visitas o apreciavam, e ele tinha uma reputação de ser muito culto. Sua residência abrigava uma governanta idosa, a Sra. Marker, e uma criada, Susan Tarlton. Elas o acompanham desde a chegada dele e parecem mulheres de excelente caráter. O professor está escrevendo um livro sério e deu por necessário contratar um secretário há um ano. Os dois primeiros que tentou não tiveram sucesso, mas o terceiro, Sr. Willoughby Smith, um rapaz muito jovem recém-saído da universidade, parece ser exatamente o que seu patrão desejava. O trabalho consistia em passar a manhã toda escrevendo o que o professor lhe ditava, e normalmente os fins de tarde eram dedicados a caçar referências e citações que dissessem respeito ao trabalho do dia seguinte. Não há nada que deponha contra esse Willoughby Smith, tanto na infância em Uppingham quanto na juventude em Cambridge. Vi suas referências, e todas o descreviam como um sujeito decente, discreto e trabalhador, sem um ponto fraco sequer. E, no entanto, esse é o rapaz que faleceu hoje de manhã no escritório do professor em circunstâncias que só podem indicar assassinato.

O vento uivava e berrava nas janelas. Holmes e eu nos aproximamos do fogo enquanto o jovem inspetor desenvolvia, lenta e meticulosamente, sua narrativa peculiar.

Mesmo se procurássemos em toda a Inglaterra – disse ele –, seria impossível encontrar uma residência mais isolada ou livre de influências externas. Passavam-se semanas sem que qualquer um deles saísse pelo portão do jardim. O professor estava mergulhado em seu trabalho e não existia para mais nada. O jovem Smith não conhecia ninguém na vizinhança e levava uma vida muito semelhante à do patrão. As duas mulheres não tinham motivos para sair da casa. Mortimer, o jardineiro, que empurra a cadeira de rodas, é pensionista do exército, um velho da Crimeia dotado de excelente caráter. Ele não mora na casa, mas em uma cabana de três cômodos do outro lado do jardim. Essas são as únicas pessoas que poderiam estar no terreno de Yoxley Old Place. Entretanto, o portão do jardim fica a menos de 100 metros da principal estrada que liga Chatham a Londres. Ele é fechado com um trinco, e não há nada para impedir a entrada de alguém.

Agora vou descrever o relato de Susan Tarlton, a única pessoa que é capaz de dizer qualquer coisa de substância sobre a questão. Foi no final da manhã, entre as onze horas e o meio-dia. Ela estava ocupada pendurando umas cortinas no quarto dianteiro do andar de cima. O professor Coram continuava na cama, pois, em dias de tempo ruim, ele raramente se levanta durante a manhã. A governanta estava atarefada com alguma atividade nos fundos da casa. Willoughby Smith se encontrava no quarto dele, que é usado como sala de estar; mas naquele momento a criada o escutou passar pelo corredor e descer até o escritório logo abaixo. Ela não o viu, mas disse que não tinha como confundir o passo rápido e firme do rapaz. Não escutou a porta do escritório se fechar, mas cerca de um minuto depois veio um grito terrível do cômodo abaixo. Foi um berro descontrolado e rouco, tão estranho e bizarro que talvez não pertencesse nem a um homem nem a uma mulher. Na mesma hora, um baque pesado sacudiu a casa antiga, e então tudo ficou em silêncio. A criada ficou petrificada por um instante e então, ao recuperar um pouco da coragem, correu escada abaixo. A porta do escritório estava fechada, e ela a abriu. Lá dentro, o jovem Sr. Willoughby Smith estava estatelado no chão. A princípio, ela não percebeu nenhum ferimento, mas, quando tentou erguê-lo, viu que jorrava sangue da parte de baixo do pescoço. Ele havia sido perfurado; tinha um ferimento muito pequeno, porém muito profundo, que cortara a artéria carótida. O instrumento usado para infligir a ferida repousava no carpete ao lado do rapaz. Era um daqueles abridores de carta pequenos que são comuns em escrivaninhas antiquadas, com cabo de marfim e lâmina dura. Fazia parte dos equipamentos da mesa do professor.

No início, a criada pensou que o jovem Smith já estava morto, mas, ao derramar um pouco d'água da jarra na testa dele, o rapaz abriu os olhos por um instante e murmurou: "O professor... Era ela." A criada estava disposta a jurar que foram exatamente essas palavras. Ele tentou desesperadamente dizer algo mais e levantou a mão direita no ar. E então desfaleceu, morto.

Nesse meio-tempo, a governanta também chegara ao cômodo, mas foi tarde demais para ouvir as últimas palavras do jovem. A mulher deixou Susan com o corpo e correu até o quarto do professor. Ele estava se sentando na cama em um estado terrível de agitação, pois o que havia escutado o convencera de que tinha acontecido algo horrendo. A Sra. Marker está disposta a jurar que o professor ainda usava os trajes de dormir, e, de fato, para ele era impossível se vestir sem a ajuda de Mortimer, que fora instruído a chegar ao meio-dia. O professor declarou que ouviu o grito distante, mas que não sabe de mais nada. Não é capaz de explicar as últimas palavras do jovem, "O professor... Era ela", mas imagina que fossem resultado de algum delírio. Ele acredita que Willoughby Smith não possuía inimigo algum e não sabe de qualquer motivo para o crime. Seu primeiro ato foi mandar o jardineiro Mortimer buscar a polícia local. Pouco depois, o chefe de polícia me chamou. Nada foi tocado antes de eu chegar, e foi expressamente proibido que todos andassem pelas trilhas que levavam à casa. Era uma oportunidade esplêndida para pôr em uso suas teorias, Sr. Sherlock Holmes. Não falta nada.

– Exceto o Sr. Sherlock Holmes – disse meu companheiro, com um sorriso um tanto amargurado. – Bom, vejamos. A que conclusão o senhor chegou?

- Antes, Sr. Holmes, preciso pedir que o senhor dê uma olhada neste esboço de mapa, que lhe dará uma ideia geral da posição do escritório do professor e dos diversos aspectos do caso. Isso o ajudará a acompanhar minha investigação.

Ele desdobrou um mapa grosseiro, que reproduzo a seguir, e o apoiou sobre os joelhos de Holmes. Fiquei de pé, fui para trás de Holmes e examinei o traçado por cima de seu ombro.

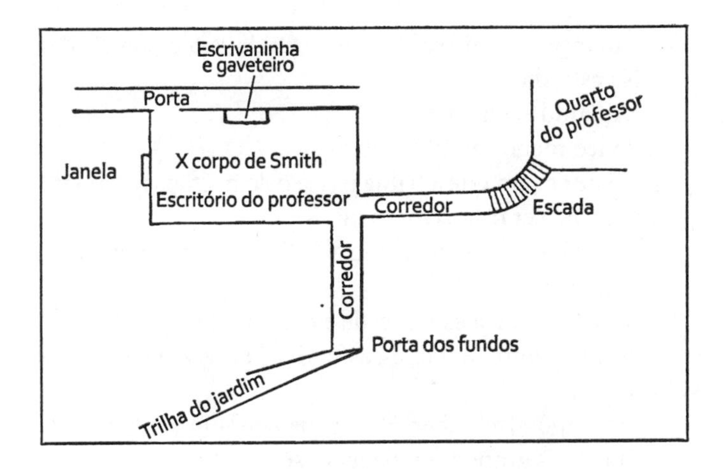

- É muito grosseiro, claro, e só inclui os pontos que me parecem essenciais. O resto você poderá ver pessoalmente. Agora, antes de mais nada, partindo do princípio de que o assassino, ou a assassina, tenha entrado na casa, como ele ou ela entrou? Sem dúvida foi pela trilha do jardim e pela porta dos fundos, que permitem acesso direto ao escritório. Qualquer outro caminho teria sido extremamente complicado. A fuga também deve ter acontecido nessas linhas, pois, das duas outras saídas possíveis do cômodo, uma estava bloqueada por Susan, visto que ela desceu a escada correndo, e a outra leva diretamente ao quarto do professor. Portanto, voltei minha atenção imediatamente à trilha do jardim, que estava saturada da chuva recente e certamente revelaria qualquer pegada.

Minha observação demonstrou que eu estava lidando com uma pessoa cautelosa e experiente no crime. Não havia qualquer pegada na trilha. Entretanto, não havia dúvidas de que alguém passara pelo gramado que margeia a trilha, e de que o fizera com o intuito de não deixar rastros. Não encontrei nada que pudesse ser uma impressão distinta, mas o gramado estava pisoteado, e certamente alguém havia passado por aquele local. Só podia ter sido o homicida, pois ninguém mais passara ali de manhã e a chuva só começara à noite.

– Um instante – disse Holmes. – Onde essa trilha vai dar?

– Na estrada.

– E quanto ela mede?

– Pouco menos de 100 metros.

– No ponto em que a trilha passa pelo portão, certamente seria possível ver os rastros, não?

– Infelizmente, nesse trecho a trilha era pavimentada.

– Bom, e na estrada?

– Não. Ela estava esburacada e enlameada.

– Tsc, tsc! Bom, então essas marcas no gramado iam ou voltavam?

– Era impossível saber. Não havia nenhum contorno.

– Eram pés grandes ou pequenos?

– Não dava para distinguir.

Holmes soltou uma exclamação de impaciência.

– Desde então, chove a cântaros e venta como um furacão – disse ele. – Agora vai ser mais difícil ler a cena do que aquele palimpsesto. Ora, ora, não adianta reclamar. O que você fez, Hopkins, depois de ter certeza de que não tinha certeza de nada?

Acho que tive certeza de bastante coisa, Sr. Holmes. Eu sabia que alguém havia entrado na casa com cuidado. Em seguida, examinei o corredor. O carpete é feito de fibra de coco e não apresentava qualquer marca. Isso me levou ao escritório propriamente dito. É um cômodo com decoração modesta. O principal móvel é uma escrivaninha grande com gaveteiro embutido. Esse gaveteiro consiste em duas colunas de gavetas e um pequeno armário central. As gavetas estavam abertas, e o armário, trancado. Aparentemente, as gavetas ficavam sempre abertas e não guardavam nada de valor. Havia alguns documentos importantes dentro do armário, mas não observei nenhum sinal de que ele tivesse sido violado, e o professor me garantiu que não deu falta de nada. É certo que não houve roubo algum.

Vamos então ao corpo do jovem. Ele estava perto da escrivaninha, logo à esquerda do móvel, tal como indiquei no mapa. O ferimento se encontrava no lado direito do pescoço, de trás para a frente, de modo que seria quase impossível que ele mesmo o tivesse feito.

– A menos que ele tivesse caído no abridor de carta – disse Holmes.

– Exato. A ideia me ocorreu. Mas encontramos o abridor a alguns metros do corpo, então isso me parece impossível. E também, claro, havia as palavras ditas pelo moribundo. E, por fim, encontramos uma pista muito importante presa na mão direita fechada do morto.

Stanley Hopkins tirou do bolso um pequeno embrulho de papel. Ele o desdobrou e revelou um pincenê dourado, com duas pontas de um fio de seda preta presas em uma das extremidades.

– Willoughby Smith tinha excelente visão – acrescentou ele. – Não há dúvida de que isto foi arrancado do rosto ou do corpo da pessoa que o matou.

Sherlock Holmes pegou os óculos e os examinou com o máximo de atenção e interesse. Apoiou-os no nariz e tentou ler com eles, foi à janela para olhar a rua, observou-os minuciosamente sob a luz da lâmpada e, por fim, deu uma risada, sentou-se à mesa e escreveu algumas linhas em uma folha de papel, que então empurrou para Stanley Hopkins.

– Isto é o melhor que posso fazer por você – disse ele. – Pode se revelar um pouco útil.

O detetive espantado leu o papel em voz alta:

– *Procura-se: mulher de porte elegante, vestida como aristocrata. Possui um nariz de largura considerável entre olhos bastante próximos. Sua fronte é enrugada, o rosto tem uma expressão observadora, e seus ombros provavelmente são encurvados. Há indícios de que ela tenha recorrido a um oculista pelo menos duas vezes nos últimos meses. Como seus óculos possuem resistência considerável e não existem muitos oculistas, não deve ser difícil encontrá-la.*

Holmes sorriu diante do espanto de Hopkins, que deve ter se refletido na minha expressão.

– Decerto minhas deduções são de uma simplicidade absoluta – disse ele. – Seria difícil pensar em qualquer item que pudesse proporcionar uma gama mais apurada de inferências do que um par de óculos, especialmente um par tão notável quanto este. O fato de que pertencem a uma mulher eu estimo a partir da delicadeza, e também, claro, com base nas últimas palavras do moribundo. Quanto ao refinamento e à qualidade de seus trajes, repare que esta elegante armação é feita de ouro maciço. É inconcebível que a pessoa que usa estes óculos pudesse ser desleixada em outros aspectos. Repare que a presilha é aberta demais para seu nariz, o que indica que a base do nariz da dama era muito larga. Esse tipo de nariz normalmente é curto e grosseiro, mas existe uma quantidade suficiente de exceções para me impedir de ser dogmático ou insistir nesse elemento da descrição. Meu rosto mesmo é estreito, e no entanto não sou capaz de deixar meus olhos no centro, ou perto do centro, destes óculos. Portanto, os olhos da dama são muito próximos das laterais do nariz. Repare, Watson, que os óculos são côncavos e de resistência incomum. Uma senhora que durante a vida inteira teve a visão tão extremamente limitada decerto apresentaria características físicas correspondentes a tal limitação, que se refletiriam na fronte, nas pálpebras e nos ombros.

– Sim, compreendo cada um dos argumentos – respondi. Porém, confesso que não consigo entender como você chegou às duas consultas ao oculista.

Holmes segurou os óculos.

– Perceba – disse ele – que a presilha está revestida de pequenas tiras de cortiça para aliviar a pressão no nariz. Uma delas está descolorida e ligeiramente gasta, mas a outra é nova. Evidentemente, uma caiu e foi substituída. Suponho que a mais antiga não deva ter mais do que alguns meses. As duas são idênticas, então acredito que a senhora tenha voltado ao mesmo estabelecimento para buscar a segunda.

– Por George, que maravilha! – exclamou Hopkins, tomado de admiração. – E pensar que eu não fazia ideia de que tudo isso estava em minhas mãos! Mas eu pretendia fazer uma visita aos oculistas de Londres.

– É claro que você iria. Enquanto isso, tem algo mais a me contar sobre o caso?

– Nada, Sr. Holmes. Acho que o senhor já sabe tanto quanto eu agora... provavelmente mais. Tratamos de averiguar se algum estranho foi visto nas estradas da região ou na ferroviária. Não tivemos nenhuma informação. O que me confunde é a absoluta falta de propósito no crime. Ninguém consegue sugerir sequer uma sombra de motivo.

– Ah! Quanto a isto, não estou em condições de ajudá-lo. Mas imagino que o senhor queira que nós o acompanhemos amanhã?

– Se não for pedir muito, Sr. Holmes. Um trem sai de Charing Cross para Chatham às seis da manhã, e devemos chegar a Yoxley Old Place entre oito e nove horas.

– Então nós o pegaremos. Seu caso certamente possui algumas características muito interessantes, e será um prazer examiná-lo. Bom, já é quase uma hora, e é melhor dormirmos um pouco. Suponho que o senhor possa ficar confortável no sofá diante da lareira. Acenderei minha lamparina e lhe darei uma xícara de café antes de começarmos.

A VENTANIA HAVIA ARREFECIDO no dia seguinte, mas começamos nossa viagem em uma manhã dura. Vimos o sol frio do inverno se erguer acima dos charcos melancólicos do Tâmisa e do longo e desolado curso do rio, uma imagem que para sempre associarei à nossa busca pelo andamanês no começo de nossa carreira. Após uma jornada extensa e cansativa, chegamos a uma pequena estação a alguns quilômetros de Chatham. Enquanto alguém atrelava um cavalo a uma carroça na hospedaria local, fizemos um desjejum às pressas, para que estivéssemos prontos para o trabalho quando enfim chegássemos a Yoxley Old Place. Um policial nos recebeu no portão do jardim.

– E então, Wilson, alguma novidade?

– Não, senhor, nada.

– Ninguém relatou ter visto algum desconhecido?

– Não, senhor. Lá na estação todo mundo tem certeza de que nenhum estranho chegou ou saiu ontem.

– Você perguntou nas estalagens e hospedarias?

– Sim, senhor; não havia ninguém não identificado.

– Bom, é uma caminhada curta até Chatham. Qualquer um poderia ficar lá ou pegar um trem sem ser visto. Esta é a trilha de que falei, Sr. Holmes. Dou-lhe minha palavra de que não havia qualquer marca aqui ontem.

– As marcas estavam de que lado do gramado?

– Deste, senhor. Nesta margem estreita de grama, entre a trilha e o canteiro de flores. Não consigo ver os rastros agora, mas estavam claros para mim na hora.

– Sim, sim; alguém passou por aqui – constatou Holmes, agachando-se acima da faixa de grama. – Nossa dama deve ter dado passos cuidadosos, caso contrário, teria deixado rastros se percorresse a trilha ou marcas ainda mais visíveis no canteiro macio.

– Sim, senhor, ela deve ter tido muita frieza.

Percebi uma expressão intensa passar pelo rosto de Holmes.

– Você disse que ela deve ter voltado por aqui?

– Sim, senhor; não há outra opção.

– Por esta faixa de grama?

– Certamente, Sr. Holmes.

– Hum! Foi um desempenho muito notável... muito notável. Bom, acho que esgotamos a trilha. Vamos adiante. Suponho que esta porta para o jardim seja mantida aberta, certo? Então bastaria que essa visitante entrasse. Ela não estava pensando em assassinato, senão teria trazido alguma arma, em vez de se ver obrigada a pegar aquele abridor de carta da escrivaninha. Depois avançou por este corredor, sem deixar rastros no carpete de fibra de coco. E então se viu dentro deste escritório. Quanto tempo ficou aqui? Não temos como determinar.

– Apenas alguns minutos, no máximo, senhor. Esqueci-me de lhe dizer que a Sra. Marker, a governanta, estava arrumando o cômodo pouco antes... Segundo ela, cerca de 15 minutos.

– Bom, isso nos dá um limite. Nossa dama entra neste cômodo e faz o quê? Vai até a escrivaninha. Para quê? Não vai pegar nada nas gavetas. Se tivesse algo de valor, certamente estaria guardado a chave. Não; era algo no armário de madeira. Alô! O que é este arranhão na superfície? Acenda um fósforo, Watson. Por que você não me falou disto, Hopkins?

A marca que ele examinava começava no adorno de latão do lado direito da fechadura e media cerca de 10 centímetros, chegando a arranhar o verniz da superfície.

– Eu já tinha visto, Holmes. Mas é comum encontrar arranhões em volta de fechaduras.

– Este é recente, muito recente. Está vendo o brilho do latão no ponto onde foi riscado? Um arranhão antigo teria a mesma cor da superfície. Olhe com a minha lupa. Tem verniz também, como terra em volta de um sulco no chão. A Sra. Marker está?

Uma senhora de idade com expressão de tristeza entrou na sala.

– Você espanou este armário ontem de manhã?

– Sim, senhor.

– Chegou a reparar neste risco?

– Não, senhor, não reparei.

– Tenho certeza de que não reparou, pois um espanador teria removido esses restos de verniz. Quem tem a chave deste armário?

– Ela fica guardada na corrente do relógio do professor.

– É uma chave simples?

– Não, senhor. É uma fechadura à prova de arrombamento.

– Excelente. Sra. Marker, pode se retirar. Agora estamos fazendo um pouco de progresso. Nossa dama entra no cômodo, vai até o armário e o abre, ou tenta abri-lo. Enquanto ela está distraída com isso, o jovem Willoughby Smith chega. Na pressa de puxar a chave, ela deixa este arranhão na porta. Ele a segura, e ela, pegando o objeto mais próximo, que por acaso é esse abridor de carta, ataca-o para se livrar de suas mãos. O golpe é fatal. Ele cai e ela foge, com ou sem o objeto que tinha vindo buscar. A criada Susan está? Alguém poderia ter saído por aquela porta depois que você escutou o grito, Susan?

– Não, senhor, é impossível. Antes de descer a escada, eu teria visto qualquer um que passasse pelo corredor. Além do mais, a porta não foi aberta, pois eu teria escutado.

– Isso resolve a saída. Sem dúvida, a dama escapou pelo mesmo caminho por onde entrou. Este outro corredor leva apenas ao quarto do professor, certo? Não há nenhuma saída por lá?

– Não, senhor.

– Vamos percorrê-lo e conhecer o professor. Alô, Hopkins! Isto é muito importante, muito importante mesmo. O corredor do professor também possui carpete de fibra de coco.

– Ora, senhor, e o que isso tem a ver?

– Não vê nenhuma relação com o caso? Ora, ora, não vou insistir. Com certeza estou enganado. E, no entanto, acho sugestivo. Venha comigo e me apresente.

Passamos pelo corredor, que tinha o mesmo comprimento do que levava ao jardim. No final, um pequeno lance de escadas terminava em uma porta. Nosso guia bateu na porta e então nos fez entrar no quarto do professor.

Era uma alcova muito grande, forrada por uma quantidade incontável de livros, que haviam transbordado das estantes e se acumulavam em pilhas nos cantos ou ficavam aglomerados por todos os lados em volta dos móveis. A cama ficava no centro do cômodo, e em cima dela, recostado em alguns travesseiros, estava o dono da casa. Foram poucas as vezes em que vi uma pessoa de aspecto mais impactante. O rosto que se virou para nós era emaciado e aquilino, e os penetrantes olhos escuros espreitavam das profundezas embaixo de sobrancelhas hirsutas e caídas. O cabelo e a barba eram brancos, sendo que esta tinha uma curiosa mancha amarelada em volta da boca. Um cigarro brilhava em meio ao emaranhado de cabelos brancos, e o ar dentro do quarto fedia a fumaça velha de tabaco. Quando ele estendeu a mão para Holmes, percebi que ela também estava amarelada por causa da nicotina.

– Fumante, Sr. Holmes? – disse ele, falando de forma requintada com um ligeiro sotaque curiosamente afetado. – Rogo que aceite um cigarro. E o senhor? Eu os recomendo, pois são uma produção exclusiva de Ionides, de Alexandria. Ele me envia mil unidades por vez, e lamento dizer que preciso encomendar uma remessa nova a cada quinzena. Ruim, senhor, muito ruim, mas um velho tem poucos prazeres. O fumo e meu trabalho: só isso me resta.

Holmes havia acendido um cigarro e lançava diversos olhares ligeiros pelo quarto.

– O fumo e meu trabalho, mas agora só o fumo. Lamentável! – exclamou o velho. – Que interrupção fatal! Quem poderia imaginar uma catástrofe tão terrível? Um rapaz tão estimado! Garanto que, depois de poucos meses de treinamento, ele se tornou um assistente admirável. O que acha da questão, Sr. Holmes?

– Ainda não me decidi.

– Ficarei em grande dívida se o senhor conseguir lançar luz onde para nós é pura escuridão. Para um pobre estudioso e inválido como eu, um golpe desses é paralisante. Parece que perdi a capacidade de raciocínio. Mas o senhor é um homem de ação. É um profissional. Faz parte da sua rotina cotidiana. Somos deveras afortunados por tê-lo ao nosso lado.

Holmes caminhava de um lado a outro por uma parte do quarto enquanto o velho professor falava. Observei que ele fumava com rapidez extraordinária. Era evidente que partilhava da opinião de nosso anfitrião quanto aos cigarros frescos de Alexandria.

– Sim, senhor, é um golpe devastador – disse o velho. – Aquela é minha *magnum opus*: a pilha de papéis naquela mesa lateral. É minha análise dos documentos encontrados nos monastérios coptas da Síria e do Egito, uma obra que mergulhará a fundo nas próprias bases da religião revelada. Com minha saúde debilitada, não sei se algum dia poderei concluí-la, agora que meu assistente foi levado. Ora, Sr. Holmes, o senhor é um fumante mais ávido ainda do que eu.

Holmes sorriu.

– Sou um *connoisseur* – disse ele, tirando outro cigarro da caixa, o quarto, e acendendo-o com a ponta do que havia acabado de terminar. – Não vou incomodá-lo com um interrogatório prolongado, professor Coram, visto que fui informado de que o senhor estava na cama no momento do crime e não teria como saber de nada. Farei apenas uma pergunta: o que senhor imagina que o pobre coitado quis dizer com suas últimas palavras, "O professor... era ela"?

O professor balançou a cabeça.

– Susan é uma moça do campo – disse ele –, e o senhor sabe como essa classe é dotada de uma estupidez incrível. Acredito que o pobre coitado delirante tenha murmurado algumas palavras incoerentes e que ela as tenha distorcido para formar essa mensagem sem sentido.

– Entendo. O senhor concebe alguma explicação para esta tragédia?

– É possível que tenha sido um acidente; é possível, e só avento a hipótese cá entre nós, que seja suicídio. Homens jovens costumam ter problemas ocultos, talvez alguma questão do coração, que jamais descobriremos. É uma suposição mais provável do que assassinato.

– Mas e os óculos?

– Ah, sou apenas um estudante, um homem de sonhos! Não sou capaz de explicar os aspectos práticos da vida. Mas, ainda assim, meu amigo, nós sabemos que prendas de amor podem vir em formatos estranhos. Fique à vontade, pegue outro cigarro. É um prazer ver alguém apreciá-los tanto quanto eu. Um leque, uma luva, óculos... Quem sabe que artigo um homem pode ter consigo como símbolo ou objeto de estima quando dá fim à própria vida? Esse cavalheiro fala de pegadas na grama, porém, é fácil se enganar a esse respeito. Quanto ao abridor, pode ser que o desafortunado rapaz o tenha arremessado enquanto caía. É possível que eu esteja falando como uma criança, mas parece-me que a vida de Willoughby Smith foi tirada por sua própria mão.

Holmes pareceu intrigado pela teoria apresentada e continuou a caminhar de um lado para outro por algum tempo, perdido em pensamentos e consumindo cigarro atrás de cigarro.

– Diga-me, professor Coram – começou ele, enfim –, o que fica guardado naquele armário do gaveteiro?

– Nada que pudesse servir a um ladrão. Documentos de família, cartas de minha pobre esposa, diplomas agraciados por universidades. Aqui está a chave. Pode ver com seus próprios olhos.

Holmes pegou a chave e a observou por um instante. E então a devolveu.

– Não. Duvido que possa me ajudar – disse ele. – Prefiro descer tranquilamente até seu jardim e ponderar sobre toda a situação. A teoria de suicídio que o senhor ofereceu tem seu valor. Nossas desculpas pela intromissão, professor Coram, e prometo que não o perturbaremos novamente antes do almoço. Às duas da tarde, voltaremos com notícias de qualquer coisa que venha a ocorrer nesse intervalo.

Holmes estava curiosamente distraído, e caminhamos pela trilha do jardim por algum tempo em silêncio.

– Você tem alguma pista? – perguntei, enfim.

– Depende daqueles cigarros que fumei – disse ele. – É possível que eu esteja completamente enganado. Os cigarros vão me mostrar.

– Meu caro Holmes – exclamei –, como é que...

– Ora, ora, você poderá ver pessoalmente. Se não, mal não terá feito. Claro, sempre poderemos voltar à pista do oculista, mas sigo por atalhos sempre que posso. Ah, aqui está a boa Sra. Marker! Vamos apreciar cinco minutos de conversa informativa com ela.

É possível que eu já tenha comentado em algum momento que Holmes, quando queria, se portava de forma peculiarmente carismática diante de mulheres, e que ele não demorava a estabelecer com elas um vínculo de confiança. Na metade do tempo declarado, ele conseguira conquistar a simpatia da governanta e conversava com ela como se os dois se conhecessem há anos.

– Sim, Sr. Holmes, é como o senhor diz. Ele fuma como uma chaminé. O dia todo, e às vezes a noite toda, senhor. Já vi aquele quarto pela manhã, e, bom, o senhor pensaria na neblina de Londres. Coitado do jovem Sr. Smith, ele também fumava, mas não tanto quanto o professor. A saúde dele... Bom, não sei se o fumo todo ajudou ou piorou.

– Ah – disse Holmes –, mas corta o apetite!

– Bom, quanto a isso, não sei, senhor.

– Imagino que o professor não coma quase nada, não?

– Bom, varia. Isso eu posso dizer.

– Aposto que ele não tomou café hoje de manhã e não vai conseguir encarar o almoço depois de todos aqueles cigarros que o vi consumir.

– Ora, é aí que o senhor se engana, pois ele tomou um café da manhã enorme hoje cedo. Não me lembro de tê-lo visto comer mais, mas ele pediu uma bela porção de escalope para o almoço. É uma surpresa para mim também, pois eu mesma não suporto nem olhar para comida desde que entrei naquela sala ontem e vi o jovem Sr. Smith caído no chão. Bom, tem todo tipo de gente no mundo, e o professor não deixou que aquilo lhe tirasse o apetite.

Passamos o resto da manhã fazendo hora no jardim. Stanley Hopkins foi ao vilarejo para investigar boatos de que umas crianças haviam visto uma mulher estranha na estrada para Chatham na manhã anterior. Quanto ao meu amigo, ele parecia ter perdido todas as energias. Eu nunca o vira atuar em um caso de forma tão apática. Nem mesmo a volta de Hopkins do vilarejo com a notícia de que havia encontrado as crianças, e que elas sem dúvida viram uma mulher que correspondia exatamente à descrição de Holmes e com óculos, despertou qualquer sinal de interesse. Ele foi mais atencioso quando Susan, que nos serviu o almoço, disse-nos que acreditava que o Sr. Smith havia saído para caminhar na manhã do dia anterior e só voltara meia hora antes da tragédia. Eu mesmo não via qual podia ser a relevância desse fato, mas percebi claramente que Holmes o incluíra na trama geral que tecia em sua mente. De repente, ele se levantou de um salto da cadeira e olhou o relógio.

– Duas horas, senhores – disse. – Precisamos subir e resolver a questão com nosso amigo professor.

O velho havia acabado de terminar o almoço, e definitivamente o prato vazio confirmava o grande apetite que a governanta lhe atribuíra. Ele era de fato uma figura peculiar, virando a juba branca e aqueles olhos cintilantes em nossa direção. O cigarro constante ardia em sua boca. Ele fora vestido e estava sentado em uma poltrona perto da lareira.

– E então, Sr. Holmes, já conseguiu solucionar o mistério?

Ele empurrou a cigarreira grande de metal, que estava em uma mesa ao seu lado, na direção do meu companheiro. Holmes estendeu a mão no mesmo instante, e os dois acabaram derrubando a caixa no chão. Durante um ou dois minutos, todos nós ficamos de joelhos para recuperar cigarros perdidos em lugares absurdos. Quando voltamos a nos levantar, observei um brilho nos olhos de Holmes e um rubor em sua face. Só em momentos de crise eu vira esses sinais de deleite.

– Sim – disse ele –, consegui.

Stanley Hopkins e eu o encaramos, espantados. As feições emaciadas do professor estremeceram com algo que parecia um deboche.

– Realmente! No jardim?

– Não, aqui.

– Aqui! Quando?

– Neste instante.

– Certamente é uma brincadeira, Sr. Sherlock Holmes. Sinto-me obrigado a dizer que o assunto é grave demais para ser tratado dessa forma.

– Forjei e testei cada elo da minha corrente, professor Coram, e tenho certeza de que ela é forte. Ainda não sou capaz de afirmar quais são seus motivos ou que papel exatamente o senhor desempenha nesse estranho assunto. Provavelmente ouvirei de seus próprios lábios nos próximos minutos. Enquanto isso, farei uma reconstituição do que se passou para que o senhor saiba que informação ainda me falta.

"Ontem, uma dama entrou em seu escritório. Ela veio com a intenção de se apropriar de certos documentos que estavam guardados em seu armário. Ela também tinha uma chave. Tive a oportunidade de examinar a sua, e não observei a ligeira descoloração que teria sido produzida pelo arranhão no verniz. Portanto, o senhor não foi cúmplice, e ela veio roubá-lo, pelo que concluo a partir dos indícios, sem seu conhecimento."

Os lábios do professor soltaram uma nuvem.

– Isso é deveras interessante e informativo – disse ele. – Não tem mais nada a acrescentar? Tendo identificado a presença dessa dama, certamente o senhor saberá dizer também o que aconteceu com ela.

– Tentarei fazê-lo. No primeiro cômodo, ela foi apreendida por seu secretário e o apunhalou para escapar. Estou inclinado a crer que essa catástrofe foi um acidente infeliz, pois estou convencido de que a dama não tinha intenção de causar um ferimento tão sério. Assassinos não chegam desarmados. Horrorizada pelo que havia feito, ela saiu correndo da cena da tragédia. Infelizmente, perdeu os óculos na briga e, como era extremamente míope, ficou impotente sem eles. Ela escapou por um corredor, que imaginou ser o mesmo por onde havia entrado, visto que ambos eram forrados por um carpete de fibra de coco, e tarde demais percebeu que tinha escolhido o corredor errado e que o outro agora estava fora do seu alcance.

O que ela devia fazer? Não poderia voltar. Não poderia ficar parada. Precisaria seguir em frente. Ela seguiu em frente. Subiu uma escada, abriu uma porta e se viu em seu quarto.

O velho ficou boquiaberto e encarou Holmes em choque. Seu rosto expressivo estava marcado de espanto e medo. E então, com esforço, ele encolheu os ombros e deu uma risada falsa.

– Excelente, Sr. Holmes. Mas sua teoria esplêndida tem um pequeno problema. Eu estava em meu quarto e não saí durante o dia.

– Estou ciente, professor Coram.

– E o senhor então quer dizer que seria possível estar deitado naquela cama e não perceber a entrada de uma mulher no quarto?

– Nunca falei isso. O senhor *percebeu*. Falou com ela. Reconheceu-a. Ajudou-a a fugir.

Mais uma vez o professor irrompeu em uma risada aguda. Ele ficara de pé, e seus olhos ardiam como brasas.

– O senhor enlouqueceu! – gritou ele. – Está falando insanidades. Eu a ajudei a fugir? E onde ela está agora?

– Está ali – disse Holmes, apontando para uma estante de livros alta no canto do quarto.

Vi o velho erguer os braços e uma convulsão terrível cruzar seu rosto sério, e ele se deixou cair de volta na poltrona. Na mesma hora, a estante que Holmes havia indicado girou em uma dobradiça e uma mulher surgiu de repente no quarto.

– Você tem razão! – gritou ela, com um estranho sotaque estrangeiro. – Você tem razão! Estou aqui.

Ela estava coberta de poeira e teias de aranha das paredes em seu esconderijo. O rosto também estava sujo, e ela jamais poderia ser considerada bela, pois tinha exatamente os traços físicos que Holmes havia deduzido, além de um queixo longo e obstinado. Por causa da cegueira natural à passagem da escuridão para a luz, ela ficou atordoada, piscando para tentar ver onde estava e quem éramos. Contudo, apesar de todas as desvantagens, seu porte possuía algo de nobreza, uma elegância no queixo orgulhoso e na cabeça erguida, que inspirava certo respeito e admiração. Stanley Hopkins pusera a mão no braço dela e a deteve. A mulher o afastou com delicadeza, porém com uma dignidade dominante que inspirava obediência. O velho se recostou na poltrona, o rosto em convulsões, e a encarou com um olhar pesaroso.

– Sim, senhor, sou sua prisioneira – disse ela. – Escutei tudo de onde eu estava e sei que vocês descobriram a verdade. Confesso tudo. Fui eu que matei o rapaz. Mas o senhor tem razão, o senhor que falou que foi um acidente. Eu nem sabia que tinha nas mãos um abridor de cartas, pois, no desespero, peguei o primeiro objeto que encontrei de cima da mesa e o golpeei para me libertar. É verdade isso que digo.

– Madame – disse Holmes –, tenho certeza de que é verdade. Receio que a senhora não esteja nada bem.

A mulher empalideceu terrivelmente, um aspecto ainda mais mórbido sob as manchas escuras de poeira em seu rosto. Ela se sentou na lateral da cama e, então, continuou:

– Tenho pouco tempo – disse ela –, mas gostaria que vocês soubessem toda a verdade. Eu sou a esposa desse homem. Ele não é inglês. É russo. Seu nome, não direi.

Pela primeira vez o velho se mexeu.

– Deus a abençoe, Anna! – exclamou ele. – Deus a abençoe!

Ela lançou um olhar de profundo desprezo na direção dele.

– Por que você se aferrou tanto a essa sua vida terrível, Sergius? – questionou ela. – Você fez mal a muitas pessoas e bem a ninguém, nem a si mesmo. No entanto, não cabe a mim romper o fio frágil antes do momento determinado por Deus. Já impus o bastante à minha alma desde que entrei nesta casa maldita. Mas preciso falar antes que seja tarde demais.

"Como eu disse, senhores, sou a esposa desse homem. Ele tinha 50 anos, e eu era uma moça ingênua de 20 quando nos casamos. Foi em uma cidade na Rússia, em uma universidade... Não direi o nome."

– Deus a abençoe, Anna! – murmurou novamente o velho.

– Éramos reformistas, revolucionários, niilistas, vejam bem! Ele e eu e muitos outros. E então houve problemas, um policial foi morto, muitos foram presos, buscaram provas, e para se salvar e receber uma grande recompensa meu marido traiu a própria esposa e os companheiros. Sim, fomos todos presos graças à confissão dele. Alguns de nós foram conduzidos ao cadafalso, e outros, à Sibéria. Eu estava entre estes, mas minha sentença não foi perpétua. Meu marido veio para a Inglaterra com seu prêmio sórdido e tem levado uma vida discreta desde então, sabendo muito bem que, se a Irmandade descobrisse seu paradeiro, não demoraria nem uma semana até que a justiça fosse feita.

O velho estendeu a mão trêmula e pegou um cigarro.

– Estou em suas mãos, Anna – disse ele. – Você sempre foi boa para mim.

– Ainda não lhes contei o cúmulo da maldade dele – disse a mulher. – Entre nossos camaradas da Ordem havia um que era meu grande amigo. Era um homem nobre, generoso, amável... tudo o que meu marido não era. Ele detestava violência. Nós todos tínhamos culpa, se é que se pode chamar de culpa, mas ele, não. Ele nos escreveu constantemente para nos dissuadir daquele caminho. Aquelas cartas o teriam salvado. E também meu diário, em que todos os dias eu havia anotado tanto o que eu sentia por ele quanto nossas diferenças de opinião. Meu marido encontrou e guardou o diário e as cartas. Ele os escondeu e se esforçou muito para fazer o jovem ser condenado à morte. Nisso ele não teve sucesso, mas Alexis foi enviado para cumprir pena na Sibéria, onde hoje trabalha em uma mina de sal. Pense nisso, seu vilão, seu vilão... Agora, neste mesmo instante, Alexis, um homem cujo nome você não tem o direito de pronunciar, trabalha e vive como um escravo, e no entanto você está com a vida nas minhas mãos e eu o deixo escapar.

– Você sempre foi uma mulher nobre, Anna – retrucou o velho, soltando uma baforada do cigarro.

Ela havia se levantado, mas voltou a cair, com um pequeno lamento de dor.

– Preciso terminar – disse. – Quando cumpri minha sentença, saí em busca do diário e das cartas, que, se recebidos pelo governo da Rússia, garantiriam a libertação de meu amigo. Eu sabia que meu marido tinha vindo para a Inglaterra. Depois de meses, descobri onde ele estava. Sabia que ele ainda mantinha o diário, pois, quando estava na Sibéria, recebi uma carta dele com suas censuras e citações de alguns trechos daquelas páginas. No entanto, eu sabia que, por sua natureza vingativa, ele jamais me deixaria recuperá-lo de livre e espontânea vontade. Eu precisaria fazer isso sozinha. Para esse propósito, contratei um detetive particular, que entrou na casa de meu marido como secretário... Foi o seu segundo secretário, Sergius, o que saiu com tanta pressa. Ele descobriu que os documentos ficavam guardados no armário e fez uma impressão da chave. Não quis ir além disso. Deu-me um mapa da casa e me disse que antes do meio-dia o escritório sempre ficava vazio, visto que o secretário trabalhava aqui em cima. Então eu finalmente criei coragem e vim buscar os documentos pessoalmente. Consegui, mas a que custo!

"Eu havia acabado de pegar os documentos e trancava o armário quando o jovem me flagrou. Eu já o havia visto de manhã. Nós tínhamos nos encontrado na estrada, e perguntei onde o professor Coram morava, sem saber que o rapaz era seu funcionário."

– Exato! Exato! – disse Holmes. – O secretário voltou e contou para o patrão sobre a mulher que havia encontrado. E então, com seu último suspiro, ele tentou informar que era ela, aquela de quem ele havia acabado de falar.

– Você precisa me deixar falar – disse a mulher, com tom categórico, e seu rosto se contraiu de dor. – Quando ele caiu, saí correndo do escritório, escolhi a porta errada e me vi dentro do quarto de meu marido. Ele disse que me denunciaria. Deixei claro que, se ele o fizesse, sua vida estaria em minhas mãos. Se ele me entregasse para a polícia, eu o entregaria para a Irmandade. Não foi para preservar minha própria vida, mas para tentar cumprir meu propósito. Ele sabia que eu levaria a cabo minha ameaça, que sua própria vida estaria ligada à minha. Foi somente por esse motivo que me protegeu. Enfiou-me naquele esconderijo escuro, uma relíquia de outros tempos, que só ele conhecia. Ele recebia as refeições no quarto, então pôde me dar parte da comida. Acertamos que, quando a polícia saísse da casa, eu escapuliria à noite e nunca mais voltaria. Mas, de alguma forma, você descobriu nossos planos. – Ela arrancou do busto do vestido um pequeno embrulho. – Estas são as minhas últimas palavras – disse ela. – Aqui está o embrulho que salvará Alexis. Confio-o à sua honra e ao seu amor pela justiça. Pegue-o! Você o entregará na embaixada russa. Agora cumpri meu dever, e...

– Impeça-a! – gritou Holmes. Ele havia corrido pelo quarto e arrancado um pequeno frasco da mão dela.

– Tarde demais! – anunciou ela, caindo na cama. – Tarde demais! Tomei o veneno antes de sair do esconderijo. Minha cabeça está girando! Eu me vou! Peço, senhor, que se lembre do embrulho.

– Um caso simples, mas que em alguns aspectos foi educativo – comentou Holmes, enquanto voltávamos à cidade. – Desde o início, ele girou em torno do pincenê. Não fosse o feliz acaso de que o homem o pegara à beira da morte, não sei se teríamos sido capazes de chegar à solução. Pela espessura das lentes, estava claro que a pessoa que o usava era bastante cega e impotente sem ele. Lembre que, quando você me pediu para acreditar que ela havia caminhado por uma faixa estreita de grama sem dar um passo em falso, comentei que era um desempenho notável. Pessoalmente, eu havia estimado que seria um desempenho impossível, exceto no caso improvável de que ela tivesse um segundo par de óculos. Portanto, fui obrigado a considerar seriamente a hipótese de que ela continuava dentro da casa. Ao perceber a semelhança entre os dois corredores, ficou nítido que teria sido muito fácil que ela se enganasse, e nesse caso era evidente que devia ter entrado no quarto do professor. Assim, eu estava extremamente alerta em busca de qualquer indício que corroborasse essa suposição, por isso examinei com cuidado o quarto em busca de qualquer espaço que pudesse servir de esconderijo. O carpete parecia inteiro e bem preso, então descartei a ideia de um alçapão. Talvez houvesse um nicho atrás dos livros. Como vocês sabem, esse tipo de recurso é comum em bibliotecas antigas. Observei que os livros estavam empilhados por todos os lados no quarto, menos diante daquela estante. Não vi nenhuma marca que pudesse me indicar, mas o carpete tinha um tom pardo, o que facilita muito a análise. Portanto, fumei uma grande quantidade daqueles cigarros excelentes e soltei as cinzas por todo o espaço na frente da estante suspeita. Foi um truque simples, mas extremamente eficaz. Depois, desci para o andar de baixo e confirmei, diante de seus olhos, Watson, sem que você chegasse a perceber o sentido de meus comentários, que o professor Coram havia passado a comer mais, como seria de se esperar caso ele estivesse sustentando uma segunda pessoa. E então voltamos ao quarto e, quando derrubei a cigarreira, tive uma vista excelente do chão e pude constatar com bastante clareza que, pelos rastros nas cinzas, a prisioneira havia saído do refúgio durante nossa ausência. Bom, Hopkins, cá estamos em Charing Cross, e dou-lhe os parabéns por ter chegado a uma conclusão para o caso. Certamente você irá à sede da polícia. Watson, acredito que você e eu iremos juntos à embaixada russa.

9

O cliente ilustre

– Agora não fará mal.

Essa foi a resposta do Sr. Sherlock Holmes quando, pela décima vez em muitos anos, pedi sua permissão para revelar a narrativa a seguir. E assim finalmente fui autorizado a documentar o que foi, em alguns aspectos, o momento supremo da carreira de meu amigo.

Tanto Holmes quanto eu tínhamos um fraco pelo banho turco. Era apreciando um fumo na lassidão agradável da sala de secagem que ele me parecia menos reticente e mais humano do que nunca. No andar de cima do estabelecimento na Northumberland Avenue, há um canto isolado com dois sofás lado a lado, e estávamos repousando neles ao dia 3 de setembro de 1902, data do início de minha narrativa. Eu tinha lhe perguntado se havia alguma novidade, e sua resposta foi sacar o braço longo, fino e nervoso de baixo dos lençóis que o envolviam, retirando um envelope do bolso interno do casaco pendurado atrás dele.

– Pode ser algum tolo inquieto e prepotente ou pode ser uma questão de vida ou morte – anunciou, ao me entregar o bilhete. – Não sei nada além do que esta carta me diz.

Era do Carlton Club, datada da noite anterior. Eis o que li:

Sir James Damery oferece seus cumprimentos ao Sr. Sherlock Holmes e lhe fará uma visita amanhã, às quatro e meia. Sir James pede para informar que o assunto sobre o qual deseja consultar o Sr. Holmes é muito delicado, e também muito importante. Sendo assim, confia que o Sr. Holmes fará todos os esforços para conceder essa entrevista e a confirmará pelo telefone do Carlton Club.

– Não preciso dizer que a confirmei, Watson – disse Holmes, quando lhe devolvi o papel. – Você sabe algo sobre esse tal Damery?

– Só que seu nome é conhecido na alta sociedade.

– Bom, posso lhe dizer que é um pouco mais do que isso. Ele tem certa reputação por providenciar questões delicadas que devem ficar fora dos jornais. Você talvez se lembre das negociações com Sir George Lewis no caso do Testamento de Hammerford. Ele é um homem do mundo, com talento natural para a diplomacia. Portanto, tenho a esperança de que não seja alarme falso e que ele de fato precise de nosso auxílio.

– Nosso?

– Bom, se você puder fazer a gentileza, Watson.

– Será uma honra.

– Então você já tem o horário: quatro e meia. Até lá, podemos manter a questão longe de nossos pensamentos.

NA ÉPOCA, EU MORAVA em meu próprio apartamento na Queen Anne Street, mas cheguei à Baker Street antes da hora marcada. Pontualmente às quatro e meia, o coronel Sir James Damery foi anunciado. É praticamente desnecessário descrevê-lo, pois muitos devem se lembrar daquela personalidade expansiva, forte e sincera, daquele rosto largo e barbeado, e, acima de tudo, daquela voz suave e agradável. A franqueza brilhava em seus cinzentos olhos irlandeses, e o bom humor dançava em volta dos lábios sorridentes e ágeis. A cartola luminosa, a casaca escura, de fato, cada detalhe, desde o broche de pérola no lenço preto de seda do pescoço até as polainas de lavanda sobre os sapatos polidos, denunciava a meticulosidade de vestimenta pela qual ele era famoso. O grande e imponente aristocrata dominava a pequena sala.

– Claro, eu estava preparado para encontrar o Dr. Watson – observou ele, com uma mesura cortês. – Sua colaboração talvez venha a ser muito necessária, pois nesta ocasião, Sr. Holmes, estamos lidando com um homem familiarizado com violência que, literalmente, não se deixará deter por nada. Eu diria que não existe homem mais perigoso na Europa.

– Já tive diversos oponentes que foram agraciados com esse termo lisonjeiro – disse Holmes. – O senhor não fuma? Então, com sua licença, vou acender meu cachimbo. Se o seu homem é mais perigoso que o falecido professor Moriarty ou que o vivo coronel Sebastian Moran, então de fato vale a pena conhecê-lo. Posso perguntar o nome?

– Já ouviu falar do barão Gruner?

– O senhor se refere ao assassino austríaco?

O coronel Damery levantou as mãos gentis e riu.

– Nada passa por você, Sr. Holmes! Que maravilha! Então já determinou que ele é um assassino?

– É minha obrigação acompanhar os detalhes do crime no continente. Como seria possível ler sobre o que aconteceu em Praga e ter qualquer dúvida quanto à culpa do homem? Ele foi salvo puramente por um detalhe jurídico técnico e pela morte suspeita de uma testemunha! Tenho tanta certeza de que ele matou a esposa no suposto "acidente" no passo Splügen que é como se o tivesse visto pessoalmente. Eu também soube que ele viera para a Inglaterra e tive um pressentimento de que, mais cedo ou mais tarde, arrumaria algum trabalho. Bom, o que o barão Gruner anda fazendo? Imagino que não seja de novo essa antiga tragédia?

– Não, é mais sério do que isso. Vingar um crime é importante, mas evitá-lo é ainda mais. É terrível, Sr. Holmes, ver um acontecimento pavoroso, uma situação atroz, evoluir diante dos nossos olhos, compreender claramente o rumo que a coisa vai levando e, no entanto, ser completamente incapaz de impedir. Seria possível para um ser humano se encontrar em posição mais angustiante?

– Talvez não.

– Então o senhor deve compreender o cliente para quem estou agindo.

– Não imaginei que o senhor seria meramente um intermediário. Quem é a pessoa responsável?

– Sr. Holmes, suplico que não insista na questão. É importante que eu possa garantir a ele que seu respeitado nome não seja arrastado para a questão em hipótese alguma. Seus motivos são extremamente honrados e nobres, mas ele prefere permanecer anônimo. Não preciso dizer que seu valor será coberto e que o senhor terá plena liberdade de ação. Decerto o nome verdadeiro de seu cliente é irrelevante, não?

– Sinto muito – disse Holmes. – Estou acostumado a lidar com mistérios em uma das extremidades dos meus casos, mas mistério em ambas torna tudo confuso demais. Receio, Sir James, que precise recusar a proposta.

Nosso visitante ficou profundamente abalado. O rosto grande e sensível se obscureceu de comoção e desapontamento.

– O senhor não compreende o efeito de sua própria ação, Sr. Holmes – disse ele. – Está me impondo um dilema extremamente sério, pois tenho plena certeza de que aceitaria o caso com satisfação se eu pudesse lhe dar os fatos, e no entanto uma promessa me impede de revelar todos. Posso ao menos lhe apresentar tudo o que puder?

– Fique à vontade, desde que estejamos entendidos de que não me comprometo com nada.

– Estamos entendidos. Em primeiro lugar, certamente o senhor já ouviu falar do general De Merville.

– De Merville do Khyber? Sim, já ouvi falar.

– Ele tem uma filha, Violet de Merville, jovem, rica, bonita, bem-sucedida, uma mulher-maravilha em todos os sentidos. É essa filha, essa moça adorável e inocente, que desejamos salvar das garras de um vilão.

– O barão Gruner tem alguma influência sobre ela, então?

– A influência mais poderosa de todas as que podem afetar uma mulher: a influência do amor. Como o senhor talvez saiba, o sujeito é de uma beleza extraordinária, com presença fascinante, uma voz gentil e aquele ar de romance e mistério que as mulheres tanto apreciam. Dizem que todo o sexo feminino está à sua mercê, e que ele tira grande proveito do fato.

– Mas como um homem desses chegou a conhecer uma dama da estatura da Srta. Violet de Merville?

– Foi em uma viagem de iate pelo Mediterrâneo. A empresa, embora exclusiva, pagou pela passagem deles. Sem dúvida os organizadores só perceberam o verdadeiro caráter do barão quando era tarde demais. O vilão se juntou à dama, e o efeito foi tal que ele conseguiu conquistar completa e absolutamente seu coração. Dizer que ela o ama mal dá conta da situação. A Srta. De Merville o idolatra, está obcecada. Não há nada mais no mundo além dele. Ela não quer ouvir nem uma palavra ruim contra ele. Já se fez de tudo para curá-la dessa loucura, mas sem sucesso. Resumindo, ela pretende se casar com o sujeito no mês que vem. Como é maior de idade e extremamente determinada, é difícil imaginar um jeito de impedi-la.

– Ela está ciente do episódio na Áustria?

– O diabo ardiloso lhe contou cada escândalo público detestável de sua vida pregressa, mas sempre de modo a se fazer parecer um mártir inocente. Ela aceita definitivamente suas versões e se recusa a ouvir qualquer outra.

– Oh, céus! Mas, sem perceber, o senhor deixou escapar o nome de seu cliente, não? Sem dúvida é o general De Merville.

Nosso visitante se mexeu na cadeira.

– Eu poderia enganá-lo e dizer que sim, Sr. Holmes, mas não seria verdade. De Merville é um homem derrotado. O forte soldado foi completamente desmoralizado por esse incidente. Ele perdeu a fibra que nunca o abandonara no campo de batalha e se tornou um velho fraco e vacilante, absolutamente incapaz de fazer frente a um pulha brilhante e competente como esse austríaco. Por outro lado, meu cliente é um velho amigo, que conhece intimamente o general há muitos anos e nutre um sentimento paterno para com a jovem desde que ela era pequena. Ele não pode ver essa tragédia se consumar sem ao menos tentar impedi-la. Não há nada que a Scotland Yard possa fazer. Foi dele a sugestão de que o senhor fosse acionado, mas, como eu disse, sob a condição explícita de que ele não fosse envolvido pessoalmente na questão. Não tenho dúvidas, Sr. Holmes, de que seus grandes poderes serão capazes de identificar facilmente meu cliente a partir de mim, mas lhe rogo, por honra, que não o faça e não infrinja seu anonimato.

Holmes deu um sorriso bem-humorado.

– Acho que posso prometer isso com segurança – disse ele. – E posso acrescentar que seu problema me interessa, e que estou disposto a examiná-lo. Como farei para entrar em contato com o senhor?

– O Carlton Club me encontrará. Mas, em caso de emergência, use um número de telefone particular, "xx 31".

Holmes anotou o número e se sentou, ainda sorridente, com o caderno aberto sobre o joelho.

– O endereço atual do barão, por favor?

– Vernon Lodge, perto de Kingston. É uma casa grande. Ele teve sorte com algumas especulações um tanto suspeitas e é um homem rico, o que naturalmente faz dele um antagonista mais perigoso.

– Ele está em casa neste momento?

– Sim.

– O senhor pode me dar mais informações sobre o homem, além de tudo o que já me contou?

– Ele tem gostos caros. Aprecia cavalos. Durante um breve período, jogou polo no Hurlingham, mas o caso de Praga acabou se espalhando e ele teve que sair. Coleciona livros e quadros. É um homem dotado de um lado artístico considerável. Creio que seja uma autoridade reconhecida em porcelana chinesa e já escreveu um livro sobre o tema.

– Uma mente complexa – constatou Holmes. – Todos os grandes criminosos a têm. Meu velho amigo Charlie Peace era um virtuoso do violino. Wainwright não era medíocre como artista. Posso citar muitos outros. Bom, Sir James, informe seu cliente de que dirigirei minha mente ao barão Gruner.

Não posso dizer mais nada. Tenho minhas próprias fontes de informação e acredito que poderemos encontrar algum modo de resolver a questão.

DEPOIS QUE NOSSO visitante foi embora, Holmes ficou sentado, perdido em pensamentos, e pareceu se esquecer da minha presença. Entretanto, ele enfim voltou à Terra.

– Bom, Watson, alguma opinião? – perguntou.

– Imagino que seja melhor que você vá visitar a moça.

– Meu caro Watson, se o pobre e arrasado pai não é capaz de comovê-la, como é que eu, um desconhecido, conseguirei? No entanto, a sugestão tem algum valor como último recurso. Mas acho que precisamos começar por um ângulo diferente. Tenho a impressão de que Shinwell Johnson poderá nos ajudar.

Não tive oportunidade de mencionar Shinwell Johnson nestas memórias porque raramente extraí meus casos dos últimos estágios da carreira de meu amigo. Durante os primeiros anos do século, ele se mostrou um assistente valioso. Lamento dizer que Johnson, a princípio, se tornou notório como um vilão perigoso e cumpriu pena duas vezes em Parkhurst. Por fim, ele se regenerou e se aliou a Holmes, atuando como seu agente no vasto submundo do crime de Londres e obtendo informações que em muitas ocasiões se mostraram vitais. Se fosse um "alcaguete" da polícia, Johnson logo teria sido exposto, mas, como ele lidava com casos que nunca entravam em contato direto com os tribunais, suas atividades jamais foram descobertas por seus companheiros. Graças ao glamour de suas duas condenações, ele tinha acesso a toda casa noturna, a todo cortiço, a toda casa de apostas da cidade, e sua perspicácia e sua agilidade de pensamento o tornavam um agente ideal para a coleta de informações. Era a ele que Sherlock Holmes pretendia recorrer.

Eu não poderia acompanhar os passos iniciais de meu amigo, pois tinha meus próprios compromissos profissionais, mas acertamos de nos encontrar naquela noite no Simpson's, onde, sentado a uma mesa pequena junto à vitrine, com vista para a torrente de vida da Strand, ele me contou parte do que havia acontecido.

– Johnson está à espreita – disse. – Pode ser que ele consiga algum lixo nos recônditos mais sombrios do submundo, pois é ali, em meio às raízes sórdidas do crime, que precisamos caçar os segredos desse homem.

– Mas se a dama se recusa a aceitar o que já se sabe, por que alguma descoberta nova a faria mudar de ideia?

– Quem sabe, Watson? O coração e a mente de uma mulher são mistérios insondáveis para o homem. Assassinatos podem ser perdoados ou justificados, e no entanto alguma ofensa menor talvez cause repulsa. O barão Gruner me falou...

– Ele falou com você?

– Ah, claro, não lhe contei meus planos! Bom, Watson, adoro lidar de perto com meu alvo. Gosto de encontrá-lo cara a cara e ver pessoalmente de que ele é feito. Depois de passar minhas instruções a Johnson, peguei um cabriolé para Kingston e fui recebido por um barão muito afável.

– Ele o reconheceu?

– Não houve dificuldade alguma nisso, pois lhe enviei meu cartão. Ele é um antagonista excelente, frio como gelo, de voz sedosa e tranquilizante como um de seus especialistas distintos, e venenoso como uma cobra. Ele tem *pedigree*, um verdadeiro aristocrata do crime, com uma sugestão superficial de chá da tarde por cima de toda camada de dureza da sepultura. Sim, me agrada que o barão Adelbert Gruner tenha sido trazido à minha atenção.

– Você o achou afável?

Um gato ronronante que observa possíveis ratos. A afabilidade de certas pessoas é mais letal que a violência de almas mais brutas. Sua saudação foi característica.

– Imaginei que o veria mais cedo ou mais tarde, Sr. Holmes – disse ele. – O senhor certamente foi contratado pelo general De Merville a fim de tentar impedir meu casamento com a filha dele, Violet. É isso, não?

Assenti.

– Meu caro – disse ele –, o senhor apenas arruinará sua merecida reputação. Neste caso, não há a menor esperança de sucesso. Seus esforços serão improdutivos, sem falar que estarão sujeitos a certo perigo. Permita-me aconselhá-lo firmemente a recuar de imediato.

– Curioso – respondi –, mas era exatamente esse mesmo conselho que eu pretendia lhe dar. Tenho respeito por seu cérebro, barão, e o pouco que vi de sua personalidade não o diminuiu. Permita-me dizer, de homem para homem, que ninguém deseja escavar seu passado e provocar nenhum incômodo indevido. Acabou-se, e o senhor agora navega por mares tranquilos, mas, se persistir nesse casamento, atiçará um enxame de inimigos poderosos que jamais o deixarão em paz, até o ponto em que a Inglaterra lhe será intolerável. O jogo vale a pena? Certamente seria mais sensato deixar a senhorita. Não seria agradável para o senhor se esses fatos de seu passado fossem apresentados a ela.

O barão tem pequenas pontas sebáceas de cabelo debaixo do nariz, como as anteninhas de um inseto. Elas estremeceram com prazer conforme ele ouvia, e por fim o homem irrompeu em uma risada suave.

– Peço desculpas pelo meu divertimento, Sr. Holmes – disse ele –, mas é muito engraçado vê-lo tentar jogar com uma mão sem cartas. Acho que ninguém seria capaz de fazer melhor, mas, ainda assim, é um tanto patético. Não há sequer uma carta de valor aqui, Sr. Holmes, apenas as mais insignificantes.

– É o que o senhor pensa.

– É o que eu sei. Permita-me deixar a situação bem clara, pois minha mão é tão forte que posso mostrá-la. Tive a felicidade de conquistar plenamente o carinho dessa senhorita. Recebi-o apesar do fato de ter lhe contado abertamente todos os incidentes infelizes de meu passado. Também lhe falei que algumas pessoas cheias de malícias e ardis, e espero que o senhor se reconheça entre elas, viriam contar essas histórias a ela, e a alertei quanto ao tratamento que devia dar a essas pessoas.

Já ouviu falar de sugestão pós-hipnótica, Sr. Holmes? Bom, verá como isso funciona, pois um homem de personalidade pode usar o hipnotismo sem recorrer a truques e artimanhas vulgares. Então ela está pronta para o senhor e, sem dúvida, aceitaria recebê-lo, pois é bastante afeita às vontades do pai, salvo por esse pequeno detalhe.

Bom, Watson, aparentemente não havia mais nada a ser dito, então me despedi com o máximo de dignidade fria que pude reunir, mas, quando minha mão pegou a maçaneta, ele me parou.

– A propósito, Sr. Holmes, o senhor conhecia Le Brun, o agente francês?

– Sim – respondi.

– Sabe o que lhe aconteceu?

– Ouvi falar que ele foi espancado por alguns bandidos no distrito de Montmartre e ficou aleijado para sempre.

– É verdade, Sr. Holmes. Curiosamente, por coincidência, uma semana antes ele andara indagando sobre meus assuntos. Não faça isso, Sr. Holmes; não é um ato afortunado. Outras pessoas já chegaram a essa conclusão. Meu último conselho para o senhor é: siga seu próprio caminho e me deixe seguir o meu. Adeus!

E é isso, Watson. Agora você está por dentro de tudo.

– O sujeito parece perigoso.

– Muito perigoso. Eu ignoro bravateadores, mas esse homem é daqueles que falam menos do que fazem.

– Você precisa mesmo intervir? Será que é um problema ele se casar com a moça?

– Considerando que ele certamente matou sua última esposa, eu diria que é um grande problema. Além do mais, o cliente! Ora, ora, não precisamos falar disso. Quando você terminar seu café, é melhor vir comigo para casa, pois o despretensioso Shinwell estará nos esperando com suas conclusões.

De fato, lá estava ele, um homem enorme, bruto, corado e escorbútico, com olhos pretos vívidos que eram o único sinal exterior de que por dentro havia uma mente muito astuta.

Aparentemente, ele havia mergulhado em seu reino peculiar, e a seu lado, no canapé, um estandarte que ele havia trazido na forma de uma mulher jovem, magra e incandescente com rosto pálido e intenso, uma pessoa jovial, porém tão consumida pelo pecado e pelo pesar que se via nela a marca corrosiva deixada pelos anos terríveis.

– Esta é a Srta. Kitty Winter – disse Shinwell Johnson, apresentando-a com um gesto da mão gorda. – O que ela *num* sabe... Bom, ela mesma pode falar. Eu botei a mão nela, Sr. Holmes, uma hora depois de receber a sua mensagem.

– Eu sou fácil de achar – disse a jovem. – Raios, Londres, ela sempre me pega. Mesmo endereço para Porky Shinwell. Nós somos velhos camaradas, Porky, você e eu. Mas que diacho! Se o mundo é justo e se existe alguém que merece se afundar num inferno pior que o meu, é esse homem que o senhor está perseguindo, Sr. Holmes!

Holmes sorriu.

– Imagino que possamos contar com sua boa vontade, Srta. Winter.

– Se eu puder ajudar a mandar o sujeito para onde ele merece, estou com você até o fim – disse nossa visitante, com grande vigor. Seu rosto pálido e determinado e os olhos flamejantes denunciavam um ódio de tamanha intensidade que era pouco comum nas mulheres e impossível para um homem. – Não precisa entrar no meu passado, Sr. Holmes. Ele não importa. Mas Adelbert Gruner me tornou o que eu sou hoje. Quem me dera se eu pudesse derrubar esse homem! – Ela agarrou, movendo as mãos freneticamente no ar. – Ah, quem me dera poder puxá-lo para dentro do poço em que ele jogou tanta gente!

– Você sabe qual é a situação?

– Porky Shinwell me contou. Ele está atrás de mais uma coitada ingênua e agora quer se casar com ela. O senhor quer impedir. Bom, com certeza o senhor sabe o bastante desse demônio para impedir que qualquer moça decente com a cabeça no lugar tenha vontade de ficar na mesma paróquia que ele.

– Ela não está com a cabeça no lugar. Está perdidamente apaixonada. Já está sabendo de tudo sobre ele. Não se importa com nada.

– Falaram do assassinato?

– Sim.

– Meu Deus, ela deve ter coragem!

– Ela considera tudo calúnia.

– Você não poderia apresentar provas para os olhos insensatos dela?

– Bom, você pode nos ajudar com isso?

– Eu mesma não sirvo de prova? Se eu fosse até ela e dissesse como ele me usou...

– Você faria isso?

– Se eu faria? Como não!

– Bom, talvez valha a pena tentar. Mas ele já lhe contou a maioria de seus pecados, e ela o perdoou. Acredito que ela não deseje trazer a questão de volta à tona.

– Aposto que não contou tudo – disse a Srta. Winter. – Eu cheguei a ver insinuações de um ou dois assassinatos além daquele que causou tanto alarde. Ele falava de alguém daquele jeito macio, e então virava para mim com um olhar fixo e dizia: "Ele morreu um mês depois." E não era só garganta. Mas não dei muita atenção... Veja bem, eu também o amava na época. Ele fez comigo as mesmas coisas que está fazendo com essa coitada! Foi só uma coisa que me abalou. É, diacho! Se não fosse aquela língua cheia de veneno e mentiras, que explica e tranquiliza, eu teria ido embora naquela mesma noite. É um livro que ele tem, um livro com capa de couro marrom e fechadura, e com o brasão dele gravado em ouro na frente. Ele devia estar um pouco bêbado naquela noite, senão acho que não teria me mostrado.

– E o que era?

– Vou dizer, Sr. Holmes, que esse homem coleciona mulheres e tem tanto orgulho disso quanto alguns homens têm de colecionar mariposas ou borboletas. Ele tinha tudo dentro daquele livro. Fotografias, nomes, detalhes, tudo sobre elas.

Era um livro pavoroso, um livro que nem um homem saído da sarjeta seria capaz de montar. Mas era o livro de Adelbert Gruner. *Almas que já arruinei.* Ele podia ter colocado isso na capa, se quisesse. Mas não tem importância, porque o livro não ajudaria, e, se ajudasse, você não conseguiria pegar.

– Onde ele está?

– Como é que eu vou saber onde ele está agora? Faz mais de um ano desde que eu o deixei. Sei onde ele guardava na época. É um homem muito metódico e preciso em muitos aspectos, então talvez ainda esteja no escaninho do velho aparador no escritório interno. Você conhece a casa?

– Já entrei no escritório – disse Holmes.

– Já, é? Você não dorme no ponto, se começou a trabalhar hoje de manhã. Talvez agora o querido Adelbert tenha encontrado alguém à sua altura. O escritório externo é o que tem porcelanas chinesas, uma cristaleira grande entre as janelas. E atrás da escrivaninha tem uma porta que dá no escritório interno, um cômodo pequeno onde ele guarda documentos e outras coisas.

– Ele não tem medo de ladrões?

– Adelbert não é nenhum covarde. Nem seu pior inimigo poderia acusá-lo disso. Ele consegue cuidar de si mesmo. Tem um alarme contra roubos à noite. Além do mais, o que alguém poderia roubar? Só se levassem toda aquela porcelana fina.

– Não adianta – disse Shinwell Johnson, com o tom decidido de um especialista. – Nenhum intrujão quer coisa que não dá para derreter ou vender.

– De fato – respondeu Holmes. – Bom, Srta. Winter, se puder voltar aqui amanhã às cinco da tarde, até lá ponderarei quanto à possibilidade de executar sua sugestão de ver a moça pessoalmente. Sou-lhe extremamente grato por sua colaboração. É desnecessário dizer que meus clientes considerarão generosamente...

– De jeito nenhum Sr. Holmes – exclamou a jovem. – Não quero dinheiro. Se eu puder ver esse homem na lama, já vai ser compensação por todo o meu trabalho. Na lama, e com meu pé em cima daquele rosto maldito. Meu preço é esse. Vou vir aqui amanhã ou em qualquer outro dia enquanto o senhor estiver atrás dele. Porky aqui pode lhe dizer sempre onde me encontrar.

SÓ VOLTEI A VER HOLMES na noite seguinte, quando jantamos novamente em nosso restaurante na Strand. Ele encolheu os ombros quando perguntei como tinha sido a entrevista. Depois, me contou a história que vou repetir aqui. A declaração árida e ríspida precisa de um pouco de edição para ser amaciada e traduzida para a vida real.

– Não houve nenhuma dificuldade quanto à conversa – disse Holmes –, pois a moça se delicia em demonstrar uma abjeta obediência filial em todos os aspectos secundários para compensar a desobediência flagrante em razão do noivado. O general telefonou para avisar que estava tudo acertado, e a intensa Srta. W. chegou na hora marcada, então às cinco e meia um cabriolé nos deixou diante do número 104 em Berkeley Square, onde o velho soldado mora... Um daqueles castelos cinzentos horríveis de Londres que fariam uma igreja parecer frívola. Um criado nos conduziu para uma sala de visitas grande com cortinas amarelas, e ali a dama nos esperava, recatada, pálida, discreta, inflexível e distante como o pico nevado de uma montanha.

Não sei bem como formar uma imagem clara dela para você, Watson. Talvez você ainda a encontre antes de terminarmos, e aí poderá usar seu próprio talento para as palavras. Ela é bonita, mas é aquela beleza etérea e estranha de gente fanática que só pensa em virtude. Já vi rostos parecidos nos quadros dos antigos mestres da Idade Média. Acho inconcebível que um homem monstruoso tenha conseguido pôr as patas imundas em uma criatura dessas. Você talvez tenha ouvido falar de extremos que se atraem, o espiritual e o animal, o troglodita e o anjo. Nunca houve caso pior que este.

Ela sabia o motivo de nossa visita, claro. Aquele vilão não havia perdido tempo e logo envenenara sua mente contra nós. Acho que a presença da Srta. Winter a impressionou um pouco, mas ela nos indicou nossas respectivas cadeiras como uma madre superiora que recebia dois mendigos leprosos. Se sua cabeça tende a se fartar, meu caro Watson, evite a Srta. Violet de Merville.

– Pois bem, senhor – disse ela, com uma voz que parecia o vento de um iceberg –, seu nome me é conhecido. O senhor veio, a meu ver, para difamar meu noivo, o barão Gruner. Foi somente a pedido do meu pai que aceitei recebê-lo, e desde já aviso que nada do que o senhor disser terá qualquer efeito em minha mente.

Senti pena dela, Watson. Naquele momento, pensei nela como se fosse minha própria filha. Não costumo ser eloquente. Uso a cabeça, não o coração. Mas realmente apelei a ela com todas as palavras de compaixão que pude encontrar. Descrevi a posição horrível da mulher que só desperta para o caráter de um homem após se tornar sua esposa, uma mulher que precisa se sujeitar às carícias de mãos sangrentas e lábios lascivos. Não omiti nada: a vergonha, o medo, a agonia, o desespero. Minhas palavras inflamadas não foram capazes de levar uma gota de cor àquele rosto de mármore, nem uma fagulha de emoção a seus olhos insensíveis. Pensei no que aquele pulha tinha falado sobre influência pós-hipnótica. Dava mesmo para acreditar que ela estava pairando acima da Terra em uma espécie de sonho extático. No entanto, suas respostas não tinham nada de vago.

– Ouvi-o com paciência – disse ela. – O efeito é exatamente o que eu previ. Estou ciente de que Adelbert, meu noivo, teve uma vida atribulada em que inspirou ódios malignos e maledicências as mais injustas. O senhor é apenas o último de uma série de caluniadores. Talvez suas intenções sejam boas, embora eu saiba que o senhor é um agente pago que estaria igualmente disposto a trabalhar para o barão, se não estivesse contra. Mas, de qualquer forma, gostaria que compreendesse de uma vez por todas que o amo, e que ele me ama, e que a opinião do mundo inteiro para mim tem o mesmo peso do piar daqueles pássaros do lado de fora da janela. Se a natureza nobre dele já caiu, ainda que por um instante, pode ser que eu tenha sido enviada especialmente para reerguê-la ao legítimo patamar elevado. Não sei bem – disse ela, então, virando os olhos para minha acompanhante – quem é essa jovem.

Eu estava prestes a responder quando a moça estourou como um furacão. Se algum dia já houve confronto entre fogo e gelo, foi com aquelas duas mulheres.

– Vou falar quem eu sou – gritou ela, saltando da cadeira, a boca toda distorcida de emoção –, sou a última amante dele. Sou uma de cem que ele já tentou e usou e arruinou e descartou no lixo, como também vai acontecer com você. O *seu* lixo provavelmente será um túmulo, e talvez seja melhor para você. Estou avisando, mulher idiota, se você se casar com esse homem, ele vai matar você. Ele pode dilacerar seu coração, ou seu pescoço, mas vai acabar com você de um jeito ou de outro. Não falo isso por amor a você. Não dou a mínima para o que acontece com você. É por ódio dele e para arruiná-lo e para dar o troco por tudo o que ele fez comigo. Mas dá no mesmo, e você não precisa me olhar assim, bela senhora, porque talvez acabe pior que eu quando ele terminar.

– Eu preferiria não tratar dessa questão – disse a Srta. De Merville, com frieza. – Permitam-me avisar, de uma vez por todas, que estou ciente de três ocorrências na vida de meu noivo em que ele se envolveu com mulheres maliciosas e tenho certeza de que ele se arrepende de qualquer mal que possa ter causado.

– Três ocorrências! – berrou minha acompanhante. – Sua idiota! Sua idiota sem tamanho!

– Sr. Holmes, faça-me o favor de encerrar esta entrevista – disse a voz gélida. – Atendi ao pedido de meu pai para recebê-lo, mas não sou obrigada a escutar os impropérios desta pessoa.

A Srta. Winter soltou um palavrão e avançou e, se eu não tivesse segurado seu pulso, ela teria agarrado os cabelos daquela mulher perturbadora. Arrastei-a para a porta e, felizmente, consegui levá-la de volta para o cabriolé sem escândalos, pois ela estava louca de raiva. De certa forma fria, eu também estava bastante furioso, Watson, pois a indiferença plácida e a docilidade suprema da mulher que estávamos tentando salvar são indescritivelmente irritantes. Então agora, mais uma vez, você sabe exatamente em que pé estamos, e está nítido que preciso planejar uma nova abertura, pois esta jogada não vai funcionar. Vou lhe mandar notícias, Watson, pois é muito provável que você terá parte nisto, mas é bem possível que o próximo lance virá deles, não de nós.

E foi o que aconteceu. Veio o golpe deles – ou melhor, o dele, pois eu jamais acreditaria que a senhorita estivesse ciente. Acho que seria capaz de apontar exatamente a pedra que eu estava pisando no calçamento da rua quando meus olhos deram com o letreiro e uma fisgada de horror me atravessou a alma. Foi entre o Grand Hotel e a Charing Cross Station, onde um jornaleiro perneta anunciava seus vespertinos. A data era de meros dois dias após nossa conversa. Ali, preta no amarelo, estava a manchete terrível:

ATAQUE HOMICIDA CONTRA SHERLOCK HOLMES

Acho que fiquei atordoado por alguns instantes. Depois disso, lembro-me vagamente de pegar um jornal, de ouvir o homem reclamar, pois eu não havia pagado, e, por fim, de parar na porta de uma farmácia enquanto lia o parágrafo fatídico. Eis o que dizia:

> *Lamentavelmente, fomos informados de que o Sr. Sherlock Holmes, o renomado detetive particular, foi vítima nesta manhã de um ataque homicida que o deixou em estado precário. Não há maiores detalhes disponíveis, mas o fato parece ter ocorrido por volta do meio-dia na Regent Street, diante do Café Royal. O ataque foi realizado por dois homens armados com bastões, e o Sr. Holmes foi atingido na*

cabeça e no corpo, tendo sofrido ferimentos extremamente graves segundo os médicos. Ele foi carregado até o Hospital Charing Cross e, depois, insistiu em ser levado de volta a seu apartamento na Baker Street. Os malfeitores que o atacaram aparentavam ser homens respeitáveis e bem-vestidos e escaparam do local ao atravessar o Café Royal até a Glasshouse Street. Certamente eles deviam pertencer àquela fraternidade criminosa que em muitas ocasiões foi obrigada a lamentar a atividade e a astúcia do homem ferido.

Não preciso dizer que não levou um instante entre meus olhos correrem pelo parágrafo e eu pular para dentro de um *hansom* e ir para a Baker Street. Encontrei Sir Leslie Oakshott, o famoso médico, no hall. Seu *brougham* o aguardava na calçada.

– Não há perigo imediato – anunciou ele. – Dois ferimentos lacerados na cabeça e alguns hematomas sérios. Houve necessidade de dar alguns pontos. Aplicou-se morfina, e repouso é essencial, mas alguns minutos de conversa não seriam uma restrição absoluta.

Com essa concessão, adentrei o quarto escuro. O convalescente estava desperto, e ouvi meu nome ser dito em um sussurro rouco. As venezianas cobriam três quartos da janela, mas um raio de luz solar se esgueirava para o quarto e atingia a cabeça enfaixada do homem ferido. Uma mancha escarlate havia brotado na compressa branca de linho. Sentei-me ao seu lado e abaixei a cabeça.

– Tudo bem, Watson. Não fique tão assustado – murmurou ele com uma voz muito debilitada. – Não é tão ruim quanto parece.

– Graças a Deus!

– Como você sabe, tenho certa habilidade com bastões. Bloqueei a maioria dos golpes. Só que o segundo homem foi demais para mim.

– O que posso fazer, Holmes? É claro que foi aquele maldito que deu a ordem. Se você quiser, posso ir lá arrancar o couro dele.

– Meu querido Watson! Não, não podemos fazer nada lá, a menos que a polícia consiga pôr as mãos nos homens. Mas a fuga foi bem preparada. Podemos ter certeza. Espere um pouco. Tenho meus planos. O primeiro a fazer é aumentar meus ferimentos. As pessoas vão pedir notícias de você. Capriche, Watson. Vai ser uma sorte se eu aguentar uma semana... Concussão, delírio, o que você quiser! Mas não exagere.

– Mas e Sir Leslie Oakshott?

– Ah, nenhum problema. Ele verá meu pior lado. Vou cuidar disso.

– Algo mais?

– Sim. Diga para Shinwell Johnson esconder aquela moça. Aqueles simpáticos vão sair atrás dela agora. É claro que sabem que ela estava comigo no caso. Se ousaram me atacar, é pouco provável que a ignorem. Isto é urgente. Faça hoje à noite.

– Vou agora. Algo mais?

– Ponha meu cachimbo na mesa, e o sapato do fumo. Certo! Venha todo dia de manhã para planejarmos nossa campanha.

Naquela noite, combinei que Johnson levaria a Srta. Winter a um bairro tranquilo distante da cidade e tomaria cuidado para que ela ficasse fora do caminho até o perigo passar.

Durante seis dias, o público teve a impressão de que Holmes estava à beira da morte. Os boletins eram muito graves, e os jornais traziam textos sinistros. Minhas visitas constantes me garantiram que ele não estava tão ruim. Sua firme constituição e sua poderosa força de vontade faziam maravilhas. A recuperação progredia rapidamente, e às vezes eu desconfiava que ele na verdade estava melhorando mais do que deixava transparecer, até para mim. O homem tinha um pendor curioso para segredos, o que produzia muitos efeitos dramáticos, embora deixasse até seus amigos mais próximos no escuro quanto à exatidão de seus planos. Ele levava até o extremo o axioma de que a melhor forma de se guardar um segredo era não contá-lo. Eu era a pessoa mais próxima dele, mas estava sempre ciente de que havia uma lacuna entre nós.

No sétimo dia, os pontos foram tirados, mas os vespertinos noticiaram um caso de erisipela. Os mesmos vespertinos traziam um anúncio que me vi obrigado a levar ao meu amigo, para bem ou para mal. Dizia simplesmente que, entre os passageiros do navio *Ruritania* da Cunard, que sairia de Liverpool na sexta-feira, encontrava-se o barão Adelbert Gruner, que precisava cuidar de importantes assuntos financeiros nos Estados Unidos antes do casamento iminente com a Srta. Violet de Merville, filha única etc. etc. Holmes ouviu a notícia com um olhar frio e concentrado no rosto pálido, indicativo de que foi um golpe para ele.

– Sexta-feira! – exclamou. – Só três dias de margem. Acredito que o pulha queira se afastar do perigo. Mas ele não conseguirá, Watson! Com mil demônios, ele não conseguirá! Agora, Watson, quero que você faça algo para mim.

– Estou aqui a seu dispor, Holmes.

– Bom, então dedique as próximas 24 horas a um estudo aprofundado sobre porcelana chinesa.

Ele não ofereceu explicações, e não pedi nenhuma. Minha longa experiência havia me ensinado a sabedoria da obediência. Porém, após deixar o apartamento, segui pela Baker Street revirando na cabeça algum jeito de cumprir aquela ordem muito estranha. Decidi ir para a London Library, em St. James's Square, e lá apresentei a questão ao meu amigo Lomax, o sub-bibliotecário, e voltei para casa com um volume de tamanho considerável debaixo do braço.

Dizem que o advogado que se esforça para decorar um caso com o objetivo de examinar uma testemunha especialista na segunda-feira já esqueceu todo o conhecimento memorizado antes de chegar o sábado. Eu certamente não gostaria de me apresentar hoje como autoridade em porcelana. Contudo, durante toda aquela tarde e noite, com um breve intervalo de descanso, e depois durante a manhã, absorvi conhecimentos e memorizei nomes. Aprendi sobre as marcas dos grandes decoradores artistas, sobre os mistérios das datas cíclicas, sobre as marcas de Hung-wu e as belezas de Yung-lo, sobre os escritos de Tang-ying e sobre as glórias do período primitivo de Sung e Yuan. Estava carregado com todas essas informações quando voltei a ver Holmes na noite seguinte. Ele já estava fora da cama, mas ninguém o diria ao ler os jornais, e se acomodara em sua poltrona preferida, com a cabeça muito enfaixada apoiada na mão.

– Ora, Holmes – falei –, a julgar pelos jornais você devia estar morrendo.

– Essa – disse ele – é exatamente a impressão que eu pretendia passar. E agora, Watson, aprendeu com os estudos?

– Pelo menos tentei.

– Ótimo. Seria capaz de sustentar uma conversa inteligente sobre o assunto?

– Acredito que sim.

– Então me passe aquela caixinha em cima da lareira.

Ele abriu a tampa e retirou um objeto pequeno cuidadosamente embrulhado em fina seda oriental. Em seguida desdobrou o tecido e revelou um pequeno e delicado pires pintado com uma linda cor azul-escura.

– É preciso manusear com cuidado, Watson. Isto é porcelana casca de ovo genuína da dinastia Ming. É a peça mais preciosa a já passar pela Christie's. Um conjunto completo valeria uma fortuna. Na realidade, duvido que exista algum conjunto completo fora do palácio imperial de Pequim. Um *connoisseur* de verdade ficaria louco ao ver isto.

– O que faço com isto?

Holmes me entregou um cartão em que estava escrito:

Dr. Hill Barton, Half Moon Street, 369.

– Este é o seu nome para hoje à noite, Watson. Você fará uma visita ao barão Gruner. Conheço um pouco seus hábitos, e às oito e meia provavelmente ele não terá nenhum compromisso. Uma mensagem o informará de que você está para chegar, e você dirá que está levando para ele um espécime de um conjunto absolutamente único de porcelana da dinastia Ming. Banque o médico, já que é um papel que você pode desempenhar sem falsidade. Você é um colecionador, este conjunto chegou às suas mãos, você ouviu falar no interesse do barão pelo tema, e não se opõe a vender o item.

– Por quanto?

– Boa pergunta, Watson. Certamente cairia mal se você não soubesse o valor de seus próprios artigos. Este pires me foi entregue por Sir James e, creio, pertence à coleção de seu cliente. Não seria exagero dizer que provavelmente não há igual no mundo.

– Eu talvez possa sugerir que o conjunto seja avaliado por um especialista.

– Excelente, Watson! Você está deslumbrante hoje. Sugira Christie ou Sotheby. Sua prudência o impede de declarar seu próprio preço.

– Mas e se ele não quiser me receber?

– Ah, sim, ele vai recebê-lo. Ele sofre da mania do colecionador no mais alto grau, e especialmente nesse tópico, no qual ele é tido como autoridade. Sente-se, Watson, que vou ditar a carta. Não precisa de resposta. Você dirá apenas que está a caminho e por quê.

Foi um documento admirável, breve, cortês e instigante para a curiosidade de um *connoisseur*. Um mensageiro foi despachado imediatamente com a correspondência. Na mesma noite, com o pires precioso nas mãos e o cartão do Dr. Hill Barton no bolso, parti em minha aventura.

A BELA CASA E O TERRENO indicavam que o barão Gruner era, como Sir James dissera, um homem de fortuna considerável. Uma pista longa e sinuosa, cercada de lindos arbustos dos dois lados, se abria para um grande pátio de cascalho decorado com estátuas. O lugar tinha sido construído por um magnata sul-africano do ouro nos tempos do grande *boom*, e a casa comprida e baixa com torreões nos cantos, embora fosse um pesadelo arquitetônico, era imponente pelo tamanho e pela robustez. Um mordomo que poderia adornar um banco de bispos me fez entrar e me repassou a um criado com uniforme elegante, que me conduziu para a presença do barão.

Ele estava parado diante da cristaleira aberta que ficava entre as janelas, e que continha parte de sua coleção chinesa. Virou-se quando entrei, segurando um pequeno vaso marrom.

– Sente-se, doutor, por favor – disse ele. – Eu estava observando minha própria seleção de tesouros e pensando aqui se poderia mesmo aumentá-la. O senhor provavelmente vai se interessar por este pequeno item da dinastia Tang, datado do século VII. Sem dúvida nunca viu trabalho mais apurado ou verniz mais delicado. Trouxe aquele pires da dinastia Ming de que sua carta falava?

Desembrulhei-o cuidadosamente e o entreguei. Ele se sentou à escrivaninha, aproximou a lâmpada, visto que estava escurecendo, e começou a examiná-lo. Enquanto isso, a luz amarela banhou seu próprio rosto, e pude observá-lo à vontade.

Ele certamente era um homem de beleza extraordinária. A reputação de beleza que tinha na Europa era perfeitamente merecida. Seu corpo era de estatura mediana, mas com traços graciosos e firmes. O rosto era bronzeado, quase oriental, com olhos grandes, escuros e lânguidos que teriam muita facilidade para conquistar o fascínio irresistível das mulheres. O cabelo e o bigode eram negros e lustrosos, sendo que este último era curto, pontudo e cuidadosamente encerado. Seus traços eram regulares e agradáveis, salvo pelos lábios finos e retos. Nunca vi melhor exemplo de boca de assassino – um rasgo cruel e duro no rosto, comprimido, inexorável, terrível. Não era aconselhável impedir que o bigode a cobrisse, pois era o sinal de alerta da natureza, uma advertência para suas vítimas. Sua voz era cativante, e os modos, perfeitos. Quanto à idade, eu lhe daria pouco mais de 30, embora mais tarde sua ficha revelasse que ele tinha 42.

– Muito bom... muito bom mesmo! – disse ele, enfim. – E o senhor diz que tem um conjunto correspondente de seis peças. O que me intriga é que eu nunca ouvi falar destes exemplares magníficos. Só sei de um na Inglaterra que seja comparável a este, e sem dúvida é pouco provável que ele esteja no mercado. Seria indiscreto da minha parte, Dr. Hill Barton, se eu lhe perguntasse como o senhor o obteve?

– Faz mesmo diferença? – perguntei, com o máximo possível de descontração. – O senhor pode ver que o artigo é genuíno, e, quanto ao valor, contento-me com a avaliação de um especialista.

– Muito misterioso – disse ele, e um ligeiro toque de desconfiança correu por seus olhos escuros. – Ao lidar com objetos valiosos assim, naturalmente se espera conhecer tudo sobre a transação. É fato que a peça é genuína. Não tenho a menor dúvida quanto a isso. Mas preciso considerar todas as possibilidades, e digamos que mais tarde se revele que o senhor não tinha direito de vendê-la?

– Garanto que não há o menor risco de nada assim.

– Isso, claro, traria em questão o valor de sua garantia.

– Meus banqueiros poderiam lhe responder quanto a isso.

– Muito bem. E, no entanto, esta transação toda me soa um pouco incomum.

– O senhor pode negociar ou não – falei, com indiferença. – Decidi lhe permitir a primeira oferta pois sabia que o senhor era um *connoisseur*, mas não terei nenhuma dificuldade em tratar com outros.

– Quem lhe disse que eu era um *connoisseur*?

– Sei que o senhor escreveu um livro sobre o tema.

– E você leu o livro?

– Não.

– Minha nossa, estou achando cada vez mais difícil entender! Você é um *connoisseur* e colecionador, dono de uma peça muito valiosa, e no entanto nunca se deu ao trabalho de consultar o único livro que poderia ter-lhe dito o verdadeiro significado e valor de sua posse. Como explica isso?

– Sou um homem muito ocupado. Sou médico praticante.

– Isso não é resposta. Se um homem tem algum hobby, ele investe nisso, quaisquer que sejam seus outros interesses. O senhor disse em sua carta que era um *connoisseur*.

– E sou.

– Posso lhe fazer algumas perguntas para testá-lo? Preciso lhe dizer, doutor, se é que é mesmo um médico, que este incidente está se tornando mais e mais suspeito. Eu gostaria de perguntar o que o senhor sabe sobre o imperador Shomu e que relação se estabelece entre ele e o Shoso-in perto de Nara. Nossa, isso o confunde? Conte-me um pouco sobre a dinastia Wei do Norte e sua posição na história da porcelana.

Levantei-me da cadeira de repente, fingindo raiva.

– Isto é intolerável, senhor – falei. – Vim aqui para lhe fazer um favor, não para ser avaliado como um menino na escola. Meu conhecimento sobre esse tema pode ser menor apenas que o seu, mas eu me recuso terminantemente a responder a perguntas apresentadas de forma tão ofensiva.

Ele me encarou com um olhar firme. A languidez havia desaparecido de seus olhos. Eles ficaram rígidos de repente. Um vislumbre dos dentes apareceu por trás daqueles lábios cruéis.

– Que brincadeira é esta? O senhor está aqui para me espionar. É um emissário de Holmes. Está aplicando um truque em mim. Pelo que ouvi dizer, o sujeito está morrendo, então ele mandou um capanga para me vigiar. O senhor entrou aqui sem permissão e Deus sabe que não vai sair com tanta facilidade.

Ele havia se levantado, e dei um passo para trás, preparando-me para um ataque, pois o homem estava enlouquecido de raiva. Ele talvez tivesse desconfiado de mim desde o início; sem dúvida o interrogatório confirmara a verdade. Mas estava evidente que eu não seria capaz de enganá-lo. Ele enfiou a mão em uma gaveta lateral e remexeu furiosamente dentro dela. E então algum som chamou sua atenção, pois ele parou para tentar escutar.

– Ah! – gritou ele. – Ah! E correu para o cômodo atrás de si.

Em dois passos, cheguei à porta aberta, e para sempre minha mente guardará um retrato nítido da cena. A janela do jardim estava aberta. Ao lado dela, como se fosse um fantasma terrível, com a cabeça envolvida por faixas ensanguentadas, o rosto emaciado e pálido, estava Sherlock Holmes. Em um instante ele pulou para fora, e ouvi o barulho de seu corpo em meio aos loureiros no jardim. Com um berro furioso, o dono da casa correu atrás dele até a janela aberta.

E então, tudo aconteceu em um instante! Ainda assim pude ver claramente. Um braço – de mulher – surgiu do meio das folhas. Na mesma hora, o barão soltou um grito horrível – um berro que eternamente ecoará em minha memória. Ele levou as mãos ao rosto e correu pelo cômodo, batendo a cabeça com violência nas paredes. Por fim, caiu no carpete, rolando e se contorcendo, enquanto gritos e gritos ressoavam pela casa.

– Água! Pelo amor de Deus, água! – gritava ele.

Peguei uma jarra em uma mesa lateral e corri para socorrê-lo. Na mesma hora, o mordomo e alguns criados vieram correndo do hall. Lembro que um deles desmaiou quando me ajoelhei ao lado do homem ferido e virei aquele rosto terrível para a luz da lâmpada. O vitríolo corroía tudo e escorria das orelhas e do queixo. Um olho já estava branco e leitoso. O outro estava vermelho e inflamado. Os traços que eu havia admirado poucos minutos antes agora pareciam um belo quadro em que o artista havia passado uma esponja úmida e imunda. Estavam borrados, descoloridos, desumanos, terríveis.

Com poucas palavras, expliquei exatamente o que havia acontecido, no que dizia respeito ao ataque com vitríolo. Alguns pularam pela janela, e outros correram para o gramado, mas estava escuro e havia começado a chover. Entre gritos, a vítima bradava e amaldiçoava a vingadora.

– Foi aquele demônio, Kitty Winter! – gritou ele. – Ah, maldita! Ela vai pagar! Ela vai pagar! Ah, Deus do céu, a dor é insuportável!

Lavei seu rosto com óleo, apliquei gaze nas superfícies em carne viva e apliquei uma injeção de morfina. Todas as suspeitas dele a meu respeito haviam desaparecido diante daquele choque, e o homem se agarrou às minhas mãos como se eu tivesse o poder de limpar aqueles olhos vidrados que me encaravam. Eu poderia ter chorado diante daquela ruína, se não tivesse me lembrado com perfeita clareza da vida maligna que havia conduzido até aquela transformação monstruosa. O aperto daquelas mãos ardentes provocava uma sensação repugnante, e fiquei aliviado quando o médico familiar dele, e logo em seguida um especialista, chegaram para me substituir. Um inspetor da polícia também havia chegado, e para ele entreguei meu cartão de verdade. Teria sido inútil e insensato agir de outro modo, pois eu era quase tão bem-conhecido de vista na Scotland Yard quanto o próprio Sherlock Holmes. Por fim, saí daquela casa de tristeza e pavores. Em uma hora, já me encontrava de volta na Baker Street.

Holmes estava sentado na poltrona de sempre, com um aspecto muito pálido e exausto. Sem contar os ferimentos, até mesmo seus nervos de aço foram abalados pelos acontecimentos da noite, e ele ouviu horrorizado quando relatei a transformação do barão.

– O salário do pecado, Watson, o salário do pecado! – disse ele. – Mais cedo ou mais tarde, ele sempre chega. E Deus sabe que houve pecados suficientes – acrescentou ele, pegando um livro marrom de cima da mesa. – Este é o livro de que a mulher falou. Se isto não romper o noivado, mais nada conseguirá. Mas ele romperá, Watson. Precisa romper. Nenhuma mulher com amor-próprio suportaria isto.

– É o diário amoroso dele?

– Está mais para diário lascivo. Chame como quiser. Assim que a mulher nos falou dele, percebi que seria uma arma tremenda, se conseguíssemos pôr as mãos nele. Na hora, não falei nada para não entregar meus pensamentos, pois a mulher poderia estragar. Mas fiquei ponderando. E então o ataque contra mim me deu a chance de fazer o barão achar que não seria preciso tomar nenhuma precaução a meu respeito. Isso foi ótimo. Eu preferia ter esperado um pouco mais, mas sua visita aos Estados Unidos me obrigou a agir. Ele jamais deixaria um documento tão comprometedor para trás. Portanto, tivemos que agir imediatamente. Invadir a casa à noite seria impossível. Ele toma precauções. Mas haveria uma oportunidade à noite se eu pudesse mantê-lo distraído. Foi aí que você e o pires azul entraram. Eu só precisava confirmar a localização do livro, embora soubesse que só teria alguns minutos, pois meu tempo estava limitado pelo seu conhecimento de porcelana chinesa. Assim, busquei a moça no último minuto. Como eu poderia adivinhar o que era aquele pacote pequeno que ela levou com tanto cuidado debaixo do manto? Imaginei que ela havia me acompanhado apenas para me ajudar, mas parece que tinha seus próprios objetivos.

– Ele percebeu que eu tinha ido em seu nome.

– Esse era o meu medo. Mas você o manteve ocupado pelo tempo necessário até que eu encontrasse o livro, ainda que não a ponto de me permitir escapar sem ser visto. Ah, Sir James, estou muito feliz de vê-lo aqui!

Nosso amigo cortês havia aparecido em resposta a um chamado anterior. Ele ouviu em absoluta atenção o relato de Holmes.

– Você fez maravilhas. Maravilhas! – exclamou ele, após ouvir a narrativa. – Mas, se esses ferimentos são tão terríveis quanto a descrição do Dr. Watson, certamente nosso propósito de impedir o casamento já seria conquistado sem o uso deste livro horrível.

Holmes balançou a cabeça.

– Mulheres da estirpe dos De Merville não funcionam assim. Ela o amaria ainda mais como um mártir desfigurado. Não, não. É o lado moral dele, não o físico, que precisamos destruir. Este livro a trará de volta à Terra, e não consigo pensar em mais nada capaz disso. Está escrito com a própria letra dele. Ela não poderá ignorá-lo.

Sir James levou embora tanto o diário quanto o precioso pires. Como eu também estava atrasado, desci com ele até a rua. Um *brougham* o aguardava. Ele entrou, deu uma ordem apressada ao condutor uniformizado e foi embora rapidamente. Deixou parte do sobretudo pendurado para fora da janela para cobrir o brasão na lateral, mas ainda assim consegui vê-lo à luz de nossa sobreporta. Soltei uma exclamação de surpresa. E então dei meia-volta e subi a escada até o apartamento de Holmes.

– Descobri quem é nosso cliente – gritei, muito empolgado com minha grande novidade. – Ora, Holmes, é...

– É um amigo leal e um cavalheiro honrado – disse Holmes, erguendo a mão para me conter. – Que isso nos baste por agora e para sempre.

Não sei como o livro comprometedor foi usado. Sir James talvez tenha conseguido. Ou é mais provável que a tarefa delicada tenha sido confiada ao pai da jovem. De qualquer forma, o efeito foi o desejado. Três dias depois, *The Morning Post* publicou uma nota para informar que o casamento do barão Adelbert Gruner com a Srta. Violet de Merville havia sido cancelado. O mesmo jornal apresentava as primeiras informações policiais sobre o caso contra a Srta. Kitty Winter e a grave acusação de ataque por vitríolo. O julgamento revelou tantas circunstâncias atenuantes que a sentença ficará para sempre registrada como a mais branda possível para tal crime. Sherlock Holmes foi ameaçado com um processo por violação de domicílio, mas, quando o propósito é bom e o cliente é ilustre o bastante, até mesmo a rígida legislação britânica se torna humana e elástica. Meu amigo permanece longe do banco dos réus.

10

O vampiro de Sussex

Holmes havia lido cuidadosamente uma mensagem que recebera na última correspondência. Depois, com o som seco que era o mais perto que ele chegava de uma risada, jogou-a para mim.

– Para uma mistura do moderno com o medieval, do prático com o absurdamente fantástico, acho que este é de fato o limite – disse ele. – O que acha, Watson?

Li o seguinte:

Old Jewry, 46
19 de novembro

Vampiros

Senhor – Nosso cliente, o Sr. Robert Ferguson, da Ferguson & Muirhead, importadores de chá, de Mincing Lane, se comunicou conosco no dia de hoje a fim de indagar a respeito de vampiros. Como nossa firma se especializa exclusivamente na avaliação de maquinário, o assunto não se enquadra em nossa área de atuação, e, portanto, recomendamos que o Sr. Ferguson lhe fizesse uma visita e apresentasse a questão. Não esquecemos seu sucesso no caso de Matilda Briggs.

Cordialmente,

Morrison, Morrison & Dodd
Por E.J.C.

– *Matilda Briggs* não era o nome de uma moça, Watson – disse Holmes, com um tom de reminiscência. – Era um navio associado ao rato gigante de Sumatra, uma história para a qual o mundo ainda não está preparado. Mas o que sabemos de vampiros? Será que se enquadra em nossa área de atuação? Qualquer coisa é melhor do que estagnação, mas de fato parece que entramos em um conto de fadas dos irmãos Grimm. Estire o braço, Watson, e veja o que a letra v tem a dizer.

Inclinei-me para trás e peguei o grande livro-índice ao qual ele se referia. Holmes o apoiou no joelho, e seus olhos se deslocaram de forma lenta e amorosa pelo registro de casos antigos, misturados com as informações acumuladas durante toda uma vida.

– Viagem do *Gloria Scott* – leu ele. – Esse foi um caso sério. Lembro vagamente que você o registrou, Watson, embora eu não tenha tido oportunidade de felicitá-lo pelo resultado. Victor Lynch, falsário. Veneno do monstro-de-gila, lagarto. Caso memorável esse! Vittoria, a bela circense. Vanderbilt e o Ladrão. Víboras, Vigor, a maravilha de Hammersmith. Ora! Ora! O bom e velho índice. É insuperável. Ouça isto, Watson. Vampirismo na Hungria. E de novo, Vampiros na Transilvânia.

Ele virou as páginas com entusiasmo, mas, depois de uma breve e intensa análise, jogou o livro volumoso no chão com uma bufada de decepção.

– Porcaria, Watson, porcaria! O que nós temos a ver com cadáveres ambulantes que só podem ser mantidos na sepultura se tiverem uma estaca cravada no coração? É pura insanidade.

– Mas certamente – falei – o vampiro não era necessariamente um homem morto, não? Uma pessoa vivente poderia ter o hábito. Já li, por exemplo, sobre velhos que sugavam o sangue de jovens para preservar a juventude.

– Tem razão, Watson. A lenda é mencionada em uma dessas referências. Mas devemos dar atenção de fato a tais coisas? Esta agência repousa com os pés plantados no chão, e assim ela deve permanecer. O mundo é grande o bastante para nós.

Não é necessário incluir fantasmas. Receio que não possamos levar o Sr. Robert Ferguson muito a sério. Talvez esta carta seja dele e possa lançar alguma luz sobre o que o inquieta.

Ele pegou uma segunda carta que havia passado despercebida na mesa enquanto se ocupara com a primeira. Essa ele começou a ler com um sorriso divertido no rosto, que aos poucos se converteu em uma intensa expressão de interesse e concentração. Ao terminar de ler, ele permaneceu sentado e perdido em pensamentos por algum tempo, com a carta pendurada nos dedos. Por fim, encarou-me e despertou dos devaneios.

– Cheeseman's, Lamberley. Onde fica Lamberley, Watson?

– Em Sussex, ao sul de Horsham.

– Não muito longe, hein? E Cheeseman's?

– Eu conheço aquela região, Holmes. É cheia de casas antigas que receberam o nome dos homens que as construíram séculos atrás. Tem Odley's e Harvey's e Carriton's... As pessoas foram esquecidas, mas os nomes sobreviveram nas casas.

– Precisamente – disse Holmes, com frieza. Uma das peculiaridades de sua natureza orgulhosa e isolada era que, embora ele registrasse com grande rapidez e apuro no cérebro qualquer informação nova, a origem da informação raramente recebia qualquer reconhecimento. – Estimo que saberemos muito mais sobre Cheeseman's, Lamberley, até o fim desta história. Como eu esperava, a carta é de Robert Ferguson. A propósito, ele afirma ser um conhecido seu.

– Meu!

– É melhor você ler.

Ele me passou a carta. O cabeçalho trazia o endereço mencionado.

Caro Sr. Holmes – O senhor me foi recomendado por meus advogados, mas o assunto é de fato tão delicado que é extremamente difícil abordá-lo. Diz respeito a um amigo em cujo nome estou agindo. Esse cavalheiro se casou há uns cinco anos com uma senhorita peruana, filha de um comerciante peruano, que ele havia conhecido durante uma negociação pela importação de nitratos. A moça era muito bonita, mas sua origem estrangeira e sua religião diferente sempre provocaram uma separação de interesses e sentimentos entre marido e mulher, de modo que depois de um tempo o amor dele por ela talvez tenha arrefecido, e ele, talvez, tenha passado a considerar que a união foi um erro. Ele acredita que o caráter de sua esposa possui aspectos que jamais seria capaz de explorar ou compreender. Isso se tornava ainda mais doloroso pelo fato de que homem algum poderia desejar mulher mais amorosa – aparentemente, sua dedicação era absoluta.

E agora à questão que deixarei mais clara quando nos encontrarmos. De fato, esta carta pretende apenas lhe transmitir uma ideia geral da situação e determinar se o senhor se interessaria pelo caso. A senhora começou a exibir algumas características peculiares bastante alheias à sua habitual disposição delicada e gentil. O cavalheiro já fora casado antes e tinha um filho da primeira esposa. O rapaz já se encontrava com 15 anos, um jovem muito simpático e afetuoso, mas lamentavelmente ferido por ocasião de um acidente na infância. Duas vezes a esposa foi flagrada em atos de agressão contra o coitado do garoto, sem a mais ínfima provocação. Em uma, ela o acertou com um pedaço de pau e lhe causou um grande hematoma no braço.

Isso, no entanto, era pouco em comparação com sua conduta para com o próprio filho, um menino doce de menos de 1 ano de idade. Em uma ocasião, há cerca de um mês, a babá deixara essa criança sozinha por alguns minutos. Um grito alto do bebê, como se fosse de dor, fez a babá voltar. Quando ela correu para dentro do quarto, viu a senhora, sua patroa, inclinada por cima do bebê e, aparentemente, mordendo-lhe o pescoço. Havia um pequeno ferimento no local, de onde saía um fio de sangue. A babá ficou tão horrorizada que quis chamar o marido, mas a senhora implorou para que ela não o chamasse e chegou até a lhe dar 5 libras para comprar seu silêncio. Não foi dada explicação alguma, e a questão foi deixada de lado naquele momento.

Porém, a babá ficou com uma impressão terrível na mente, e a partir de então começou a vigiar a patroa de perto e prestar mais atenção no bebê, que ela amava com ternura. A babá acreditava que, enquanto vigiava a mãe, a mãe também a vigiava, e sempre que ela se via obrigada a deixar o bebê sozinho a mãe estava à espera. Dia e noite a babá protegia a criança, e dia e noite a mãe silenciosa e vigilante parecia espreitá-la como um lobo à espreita de uma ovelha. Isso deve lhe parecer incrível, mas rogo que leve esta carta a sério, pois a vida de uma criança e a sanidade de um homem estão em jogo.

Por fim chegou o dia fatídico em que os fatos não puderam mais ser omitidos do marido. Os nervos da babá haviam cedido; ela não suportava mais a tensão e confessou tudo ao homem. Para o patrão foi uma história tão bizarra quanto deve estar parecendo para o senhor agora. Ele sabia que a mulher era amorosa como esposa e, salvo os ataques ao enteado, como mãe. Por que, então, ela machucaria seu próprio bebê? Ele respondeu que a babá estava sonhando, que aquela suspeita era típica de lunáticos, e que ele não toleraria tais difamações de sua esposa. Durante a conversa, eles ouviram um grito súbito de dor. Babá e patrão correram juntos ao berçário. Imagine o que ele sentiu, Sr. Holmes, ao ver sua esposa, até então ajoelhada ao lado do berço, se levantar, enquanto havia sangue no pescoço descoberto do bebê e no lençol. Com um grito horrorizado, ele virou o rosto da esposa para a luz e viu sangue em volta de seus lábios. Não havia a menor dúvida de que ela bebera o sangue do pobre bebê.

Essas são as circunstâncias. Ela agora se encontra confinada ao quarto. Não houve qualquer explicação. O marido está semienlouquecido. Tanto ele quanto eu conhecemos pouco de vampirismo além do termo. Havíamos pensado que fosse alguma história folclórica de regiões estrangeiras. Contudo, aqui no coração inglês de Sussex – bom, tudo isso pode ser tratado com o senhor pela manhã. O senhor me receberá? Usará seus grandes poderes para auxiliar um homem abalado? Em caso

afirmativo, faça a gentileza de enviar um telegrama a Ferguson, Cheeseman's, Lamberley, e estarei em seu endereço às dez horas.
Cordialmente,

Robert Ferguson

P.S. Creio que seu amigo, Watson, jogou rúgbi pelo Blackheath quando eu era três-quartos no Richmond. É a única referência pessoal que posso oferecer.*

– Claro que me lembro dele – falei, quando abaixei a carta. – Grande Bob Ferguson, o melhor três-quartos que Richmond já teve. Sempre foi um sujeito simpático. É típico dele ficar tão preocupado com um amigo.

Holmes me observou de forma pensativa e balançou a cabeça.

– Nunca entendo seus limites, Watson – disse ele. – Você acumula possibilidades inexploradas. Faça a bondade de enviar um telegrama. *Será um prazer examinar seu caso.*

– *Seu* caso!

– Não podemos permitir que ele pense que esta agência abriga mentes fracas. Envie esse telegrama e deixe o assunto para amanhã de manhã.

PONTUALMENTE ÀS DEZ da manhã seguinte, Ferguson entrou em nosso apartamento. Eu me lembrava dele como um homem esguio e esbelto com membros ágeis e de grande velocidade, o que o ajudara a superar muitos defensores adversários. Certamente nada na vida é mais doloroso do que encontrar a ruína de um grande atleta que antes fora visto em seu auge. Seu grande porte havia cedido, a cabeleira loura rareara, e os ombros estavam encurvados. Receio que tenha despertado emoções semelhantes nele.

---

*"Três-quartos" é o antigo nome da posição, que, no rúgbi moderno, equivaleria a uma espécie de ala. (*N. do T.*)

– Olá, Watson – disse ele, e sua voz ainda era grave e calorosa. – Você não se parece com o homem que eu joguei por cima das cordas da torcida no Old Deer Park. Acredito que eu também tenha mudado um pouco. Mas foram os dois últimos dias que me envelheceram. Por seu telegrama, Sr. Holmes, percebo que não adianta fingir que estou agindo em nome de ninguém.

– É mais simples tratarmos diretamente – respondeu Holmes.

– Claro que sim. Mas o senhor pode imaginar a dificuldade de falar a respeito da mulher que me comprometi a proteger e ajudar. O que posso fazer? Como posso ir à polícia com tal história? No entanto, as crianças precisam ser protegidas. É loucura, Sr. Holmes? É algo no sangue? Em sua experiência, já viu algum caso semelhante? Pelo amor de Deus, preciso de seus conselhos, pois estou completamente perdido.

– Certamente, Sr. Ferguson. Agora, sente-se aqui, acalme-se e me dê algumas respostas claras. Asseguro-lhe de que não estou nada perdido e que tenho certeza de que encontraremos alguma solução. Antes de mais nada, diga-me que medidas você adotou. Sua esposa continua perto das crianças?

– Foi uma cena terrível. Ela é uma mulher extremamente amorosa, Sr. Holmes. Se algum dia houve mulher que amou um homem com todo o coração e toda a alma, é ela comigo. Seu coração ficou devastado quando descobri esse segredo horrível, inacreditável. Ela foi incapaz até de falar. Não deu qualquer resposta às minhas censuras, apenas me encarou, com uma expressão louca de desespero no olhar. Depois, correu para o quarto e se trancou lá dentro. Desde então, ela se recusa a me ver. Tem uma dama de companhia que a atendia antes do casamento, chamada Dolores, mais para amiga que criada. Ela lhe leva comida.

– Então o bebê não está em perigo imediato?

– A babá, Sra. Mason, jurou que ficará com ele dia e noite. Tenho confiança absoluta nela. Fico mais preocupado com o pequeno Jack, coitado, pois, como lhe disse na carta, ele já foi agredido duas vezes por ela.

– Mas nunca ferido?

– Não; ela o golpeou com violência. É ainda mais terrível porque ele é um aleijado inofensivo. – Os traços esquálidos de Ferguson se atenuaram ao falar do menino. – Seria de se pensar que a condição do pobre rapaz fosse abrandar qualquer coração. Uma queda na infância e a coluna torcida, Sr. Holmes. Mas, por dentro, é o coração mais doce e amoroso.

Holmes havia pegado a carta do dia anterior e a relia.

– Quem mais reside em sua casa, Sr. Ferguson?

– Dois criados que estão conosco há não muito tempo. Um cavalariço, Michael, que dorme na casa. Minha esposa, eu, meu garoto Jack, o bebê, Dolores e a Sra. Mason. Só isso.

– Entendo que o senhor não conhecia muito bem sua esposa na ocasião do casamento?

– Nós nos conhecemos só algumas semanas antes.

– Há quanto tempo essa Dolores trabalha para ela?

– Alguns anos.

– Então Dolores conhece melhor o caráter de sua esposa do que o senhor?

– Sim, pode-se dizer que sim.

Holmes fez uma anotação.

– Acredito – disse ele – que serei mais útil em Lamberley do que aqui. O caso distintamente demanda uma investigação pessoal. Se a senhora permanece em seu quarto, nossa presença não deverá ser um estorvo ou inconveniente. Claro, ficaremos hospedados na estalagem.

Ferguson fez um gesto aliviado.

– Era essa minha esperança, Sr. Holmes. Há um trem excelente às duas horas na Victoria, se o senhor puder vir.

– Claro que podemos ir. No momento, estamos em uma calmaria. Posso lhe oferecer todas as minhas energias. Watson, claro, virá conosco. Mas eu gostaria de esclarecer perfeitamente um ou dois detalhes antes de começar. A meu ver, essa senhora infeliz pareceu agredir as duas crianças, o próprio bebê dela e seu filho?

– Correto.

– Mas os resultados foram diferentes, não? Ela bateu no seu filho.

– Uma vez com um pedaço de pau, e outra, violenta, com as próprias mãos.

– Ela não ofereceu nenhuma explicação para as agressões?

– Nenhuma, exceto para dizer que o odiava. Ela disse isso em mais de uma ocasião.

– Bom, não é algo inédito com madrastas. Digamos que seja ciúme póstumo. A senhora é de natureza ciumenta?

– Sim, é muito ciumenta. Ciumenta com todas as forças de seu amor tropical incandescente.

– Mas o menino... entendo que ele tenha 15 anos e provavelmente uma mente muito desenvolvida, visto que seu corpo possui ação limitada. Ele ofereceu alguma explicação para essas agressões?

– Não. Declarou que não teve nenhum motivo.

– Eles foram amigos em outros momentos?

– Não, nunca houve amor entre os dois.

– Mas o senhor diz que ele é afetuoso?

– Seria impossível desejar filho mais dedicado. Minha vida é a dele. Ele é fiel a tudo o que falo ou faço.

Mais uma vez, Holmes fez uma anotação. Em seguida, passou algum tempo sentado, perdido em pensamentos.

– Certamente o senhor e o rapaz eram grandes amigos antes deste segundo casamento. Eram muito próximos, não?

– Muito.

– E o menino, de natureza tão afetuosa, era fiel, decerto, à memória da mãe?

– Muito fiel.

– Ele certamente me parece um rapaz muito interessante. Há um detalhe a respeito dessas agressões. Os ataques estranhos contra o bebê e as agressões a seu filho ocorreram no mesmo período?

– Na primeira vez, sim. Foi como se ela fosse tomada por algum frenesi, e sua fúria caiu sobre ambos. Na segunda, apenas Jack sofreu. A Sra. Mason não tinha nada a reclamar quanto ao bebê.

– Isso certamente complica a situação.

– Não sei se o compreendo, Sr. Holmes.

– Talvez não. Costumam-se formar teorias provisórias e esperar que o tempo ou informações mais completas as desenvolvam. Um hábito ruim, Sr. Ferguson, mas a natureza humana é fraca. Receio que seu velho amigo aqui tenha passado uma impressão exagerada de meus métodos científicos. Porém, neste momento, direi apenas que seu problema não me parece insolúvel, e que pode nos aguardar na Victoria às duas.

ERA FIM DE TARDE em um dia frio e nublado de novembro quando, após deixarmos nossa bagagem no Chequers de Lamberley, percorremos uma longa estrada sinuosa do condado de Sussex até enfim chegar ao antigo casarão isolado em que Ferguson residia. Era uma construção grande e larga, muito antiga no centro, muito nova nas laterais, com altas chaminés estilo Tudor e telhado íngreme de placas de arenito de Horsham com manchas de líquen. Os degraus diante da porta estavam gastos, e as placas antigas que revestiam o pórtico eram marcadas pelo rébus de um queijo e um homem, em referência ao construtor original. Por dentro, o teto era corrugado com pesadas vigas de carvalho, e o piso desbalanceado exibia curvas acentuadas. Um odor de idade e decomposição se fazia sentir por toda a construção decadente.

Havia um salão central muito grande, por onde Ferguson nos conduziu. Ali, em uma fogueira imensa de estilo antiquado, atrás de uma tela de ferro datada de 1670, ardia e crepitava uma esplêndida chama de lenha.

O salão me pareceu uma mistura muito singular de datas e locais. Os painéis de meia parede muito provavelmente pertenciam ao fazendeiro original do século XVII. Entretanto, a parte de baixo era ornada por uma ótima seleção de aquarelas modernas, enquanto do alto, onde o carvalho dava lugar a gesso amarelo, pendia um belo conjunto de utensílios e armamentos sul-americanos, que certamente haviam sido trazidos pela senhora peruana que se encontrava no pavimento superior. Holmes ficou de pé, com aquela curiosidade rápida que emergia de sua mente ativa, e os examinou com alguma atenção. Por fim, voltou com uma expressão pensativa nos olhos.

– Alô! – exclamou ele. – Alô!

Um *spaniel* se levantou de um cesto no canto, onde estivera deitado. O animal se aproximou lentamente do dono, andando com dificuldade. As patas traseiras tinham um movimento irregular, e a cauda estava abaixada. Ele lambeu a mão de Ferguson.

– O que foi, Sr. Holmes?

– O cachorro. Qual é o problema dele?

– O veterinário achou estranho. Uma espécie de paralisia. Ele acredita que seja meningite da coluna. Mas já está passando. Ele logo vai ficar bom, não é, Carlo?

A cauda caída trepidou em afirmação. Os olhos pesarosos do cachorro nos fitaram um a um. Ele sabia que estávamos conversando sobre seu caso.

– Isso o acometeu de repente?

– Em uma noite.

– Há quanto tempo?

– Deve ter sido há uns quatro meses.

– Muito impressionante. Muito sugestivo.

– O que o senhor enxerga nisso, Sr. Holmes?

– Uma confirmação do que eu já pensava.

– Pelo amor de Deus, em que está pensando, Sr. Holmes? Pode ser um mero exercício de raciocínio para o senhor, mas é uma questão de vida ou morte para mim! Minha esposa, pretensa assassina, meu filho, em perigo constante! Não brinque comigo, Sr. Holmes. É grave demais.

O grande três-quartos do rúgbi tremia dos pés à cabeça. Holmes apoiou a mão reconfortante em seu braço.

– Sr. Ferguson, qualquer que seja a solução, receio que lhe trará sofrimento – disse ele. – Pretendo poupá-lo o máximo possível. Não posso falar mais neste momento, mas, antes de deixar esta casa, espero ter algo concreto.

– Que Deus permita! Se me dão licença, senhores, irei ao quarto de minha esposa e verei se houve alguma alteração.

Ele se ausentou por alguns minutos e, nesse tempo, Holmes voltou a observar as curiosidades na parede. Quando nosso anfitrião retornou, seu rosto abatido deixava claro que não houvera progresso. Ele trazia consigo uma menina alta e magra, de rosto moreno.

– O chá está pronto, Dolores – disse Ferguson. – Providencie para que a senhora tenha tudo o que desejar.

– Ela *muy* doente – exclamou a menina, lançando um olhar indignado ao patrão. – Ela não pede comida. Ela *muy* doente. Ela precisa de médico. Eu tenho medo de ficar sozinha com ela sem médico.

Ferguson se virou para mim com uma pergunta nos olhos.

– Seria um prazer poder oferecer meus serviços.

– A senhora receberia o Dr. Watson?

– Eu levo. Não precisa licença. Ela precisa de médico.

– Então irei com você imediatamente.

Segui a menina, que tremia com grande inquietação, escadaria acima e por um corredor muito antiquado. Ao final, havia uma porta imensa com tranca de ferro. Ao vê-la, reparei que, se Ferguson tentasse abrir caminho à força até sua esposa, teria grande dificuldade. A menina tirou uma chave do bolso, e as pesadas tábuas de carvalho rangeram nas dobradiças velhas. Entrei no cômodo e ela se apressou a me seguir, fechando a porta atrás de si.

Na cama jazia uma mulher que nitidamente padecia de febre alta. Ela estava semi-inconsciente, mas, quando entrei, ergueu um par de olhos belos e assustados e me encarou com apreensão. Pareceu aliviada ao ver alguém desconhecido e voltou a se afundar com um suspiro no travesseiro. Aproximei-me, dizendo algumas palavras para reconfortá-la, e ela permaneceu imóvel enquanto lhe tomei a pulsação e a temperatura. Ambas estavam altas, mas tive a impressão de que a condição se tratava mais de agitação mental e nervosa do que de alguma aflição física.

– Ela deitada assim um dia, dois dias. Me dá medo dela morrer – disse a menina.

A mulher virou o bonito rosto corado para mim.

– Onde está meu marido?

– Ele está lá embaixo e gostaria de vê-la.

– Não quero vê-lo. Não quero vê-lo. – Ela pareceu se perder em delírios. – Um vilão! Um vilão! Ai, o que eu faço com este demônio?

– Posso ajudá-la de alguma forma?

– Não. Ninguém pode ajudar. Já se acabou. Tudo foi destruído. O que quer que eu faça, tudo foi destruído.

A mulher devia padecer de alguma ilusão estranha. Eu era incapaz de ver no honesto Bob Ferguson a figura de um vilão ou demônio.

– Madame – falei –, seu marido a ama muito. Ele lamenta profundamente que isto esteja acontecendo.

Mais uma vez ela me dirigiu aqueles olhos gloriosos.

– Ele me ama, sim. Mas e eu não o amo? Eu não o amo a ponto de preferir me sacrificar a partir seu belo coração? Esse é meu amor por ele. E mesmo assim ele pôde pensar de mim... ele pôde falar comigo daquela forma.

– Ele está sofrendo, mas não consegue entender.

– Não, ele não consegue entender. Mas devia confiar.

– Você não quer vê-lo? – sugeri.

– Não, não. Não posso esquecer aquelas palavras terríveis nem olhar para o rosto dele. Não quero vê-lo. Vá embora. Você não pode fazer nada por mim. Diga apenas uma coisa a ele. Quero meu filho. Tenho direito ao meu filho. Essa é a única mensagem que posso enviou a ele. – Ela virou o rosto para a parede e não quis falar mais nada.

Voltei ao salão do andar de baixo, onde Ferguson e Holmes continuavam sentados junto à lareira. Ferguson escutou meu relato da conversa com um ar melancólico.

– Como posso enviar a criança para ela? – questionou ele. – Como posso saber se ela não será acometida de algum impulso estranho? Como posso me esquecer de quando ela se levantou ao lado dele com sangue nos lábios? – Ele estremeceu com a lembrança. – O bebê está em segurança com a Sra. Mason e continuará com ela.

Uma criada ágil, a única coisa moderna que tínhamos visto dentro daquela casa, havia trazido o chá. Enquanto ela servia, a porta se abriu e um jovem entrou na sala. Era um garoto excepcional, de rosto pálido e cabelos claros, e seus olhos azul-claros irrequietos exibiram um rompante súbito de emoção e alegria quando deram com o pai. Ele se aproximou rapidamente e lançou os braços em volta do pescoço dele com a abnegação de uma menina afetuosa.

– Ai, papai – exclamou ele –, eu não sabia que você voltaria tão cedo. Devia estar aqui para recebê-lo. Ai, como estou feliz de vê-lo!

Ferguson se libertou delicadamente do abraço com uma expressão ligeiramente constrangida.

– Querido garoto – disse ele, acariciando a cabeça loura com uma das mãos, cheio de ternura. – Voltei cedo porque meus amigos, o Sr. Holmes e o Dr. Watson, aceitaram vir passar a noite aqui conosco.

– Esse é o Sr. Holmes, o detetive?

– Sim.

O jovem nos observou com um olhar muito penetrante e, a meu ver, pouco amistoso.

– E seu outro filho, Sr. Ferguson? – perguntou Holmes. – Podemos conhecer o bebê?

– Peça para a Sra. Mason descer com o bebê – disse Ferguson.

O menino saiu com um curioso trejeito irregular que indicou aos meus olhos clínicos que ele padecia de coluna frágil. Depois retornou seguido por uma mulher alta e magra que trazia nos braços uma criança muito bonita, olhos escuros e cabelo dourado, uma mistura maravilhosa de saxão com latina. Ferguson evidentemente adorava o bebê, pois o aninhou nos braços com muita ternura.

– Quem pode imaginar que alguém teria coragem de machucá-lo? – murmurou ele, ao olhar para a pequena ferida vermelha no pescoço do anjinho.

Foi nesse momento que lancei um olhar a Holmes e vi nele uma expressão de intensa concentração. Seu rosto estava firme como se fosse esculpido em marfim antigo, e os olhos, que por um instante haviam fitado o pai e o bebê, agora observavam fixamente com grande curiosidade algo que estava do outro lado do salão. Acompanhei o olhar e só pude concluir que ele observava o jardim molhado e melancólico além da janela. É verdade que uma veneziana havia se fechado parcialmente do lado de fora, obstruindo a vista, mas certamente era na janela que Holmes estava concentrando sua atenção. Ele então sorriu, e seus olhos voltaram ao bebê. O pescoço rechonchudo exibia uma pequena marca de penetração. Sem falar nada, Holmes examinou o ferimento cuidadosamente. Por fim, sacudiu um dos punhos cheio de dobrinhas que balançavam à sua frente.

– Adeus, homenzinho. Você teve um começo estranho na vida. Babá, eu gostaria de trocar uma palavra com a senhora em particular.

Ele se afastou com ela e falou com um tom sério durante alguns minutos. Só escutei as últimas palavras, que foram: "Acredito que sua preocupação logo será sanada." A mulher, que parecia uma criatura soturna e calada, levou a criança embora.

– Como é a Sra. Mason? – perguntou Holmes.

– Não muito cativante por fora, como o senhor pode ver, mas tem um coração de ouro e é dedicada à criança.

– Você gosta dela, Jack? – Holmes se virou de repente para o rapaz. O rosto expressivo e ágil dele se fechou, e ele balançou a cabeça.

– Jacky sente afeto e desafeto com muita intensidade – explicou Ferguson, envolvendo o garoto com o braço. – Felizmente, sou um dos afetos dele.

O garoto arrulhou e aninhou a cabeça no peito do pai. Ferguson o afastou com delicadeza.

– Pode ir, Jacky querido – disse ele, e ficou observando o filho com um olhar amoroso até o rapaz sair do salão. – Agora, Sr. Holmes – continuou, depois que o menino foi embora. – Realmente acho que lhe trouxe um caso perdido, pois o que mais o senhor pode oferecer além de sua compaixão? Imagino que o senhor considere a situação extraordinariamente delicada e complexa.

– Certamente é delicada – respondeu meu amigo, com um sorriso divertido –, mas até agora não aparentou nenhuma complexidade. Era um caso de dedução intelectual, mas, quando cada ponto dessa dedução intelectual é confirmado por numerosos elementos independentes, o subjetivo dá lugar ao objetivo, e logo podemos dizer que atingimos nossa meta. Na realidade, eu já a havia atingido antes de sairmos da Baker Street, e o restante foi apenas observação e confirmação.

Ferguson levou a mão grande à testa enrugada.

– Em nome de Deus, Holmes – disse ele, com a voz fraca –, se o senhor enxerga a verdade por trás da questão, não faça mistério. Qual é a minha situação? O que devo fazer? Não me importa como o senhor chegou aos seus fatos, apenas que os tenha.

– Claro que lhe devo uma explicação, e você a terá. Mas pode me permitir que eu lide com a situação à minha maneira? A senhora é capaz de nos receber, Watson?

– Ela está debilitada, mas perfeitamente lúcida.

– Ótimo. Só em sua presença poderemos esclarecer toda a situação. Vamos subir até ela.

– Ela não quer me receber – exclamou Ferguson.

– Ah, sim, ela o receberá – disse Holmes. Ele rabiscou algumas palavras em um pedaço de papel. – Você pelo menos terá a *entrée*, Watson. Pode fazer a gentileza de entregar à senhora este bilhete?

Subi novamente e entreguei o bilhete a Dolores, que abriu a porta cuidadosamente. Um minuto depois, ouvi um grito lá dentro, um grito que parecia combinar alegria e surpresa. Dolores pôs a cabeça para fora.

– Ela vai recebê-los. Vai *escuchar* – disse.

Ferguson e Holmes subiram quando os chamei. Quando entramos no quarto, Ferguson deu um ou dois passos em direção à mulher, que havia se erguido na cama, mas ela estendeu a mão para afastá-lo. Ele se deixou cair em uma poltrona, e

Holmes se sentou ao seu lado após cumprimentar a senhora, que o observava com uma expressão fascinada.

– Acredito que Dolores não seja necessária aqui – disse Holmes. – Ah, muito bem, madame, se a senhora deseja que ela fique, não vejo por que não. Agora, Sr. Ferguson, sou um homem muito atarefado, com muitos compromissos, e meus métodos precisam ser breves e diretos. A cirurgia mais rápida é a menos dolorosa. Primeiro, permita-me dizer algo para tranquilizá-lo. Sua esposa é uma mulher muito boa, muito amorosa e muito maltratada.

Ferguson se endireitou na poltrona com um grito de felicidade.

– Prove isso, Sr. Holmes, e para sempre estarei em dívida com o senhor.

– Provarei, mas para isso serei obrigado a lhe causar outro ferimento profundo.

– Não me importo com nada, desde que o senhor inocente minha esposa. Nada mais no mundo importa.

– Então me permita expor a linha de raciocínio que minha mente percorreu na Baker Street. A ideia de um vampiro me pareceu absurda. Esse tipo de coisa não ocorre no mundo do crime da Inglaterra. Contudo, sua observação foi precisa. O senhor havia visto sua esposa se levantar ao lado do berço da criança com sangue nos lábios.

– Certo.

– Não lhe ocorreu que uma ferida com sangue poderia ser sugada por outro motivo que não para se extrair o sangue? Na história da Inglaterra, não houve uma rainha que teve um ferimento semelhante sugado para se extrair veneno?

– Veneno!

– Uma criada sul-americana. Meu instinto sentiu a presença daquelas armas na parede antes que meus olhos as vissem. Poderia ter sido algum outro veneno, mas foi isso que me ocorreu. Quando vi aquela pequena aljava vazia ao lado do arco de caçar pássaros, foi exatamente o que eu esperava. Se uma daquelas flechas espetasse o bebê depois de ter sido mergulhada em curare ou alguma outra substância diabólica, a morte seria certa se o veneno não fosse sugado.

"E o cachorro! Se a intenção fosse usar tal veneno, não se faria antes um experimento para verificar se ele continuava potente? Não deduzi a existência do cachorro, mas pelo menos o compreendo, e ele se encaixa em minha reconstrução.

"Agora o senhor entende? Sua esposa temia tal ataque. Ela o testemunhou e salvou a vida da criança, porém hesitou em lhe contar toda a verdade, pois sabia de seu amor pelo rapaz e receava que seu coração seria devastado."

– Jacky!

– Eu o observei enquanto o senhor acarinhava o bebê há pouco. O reflexo do rosto dele aparecia nitidamente no vidro da janela coberta por trás pela veneziana. Poucas vezes vi um rosto humano exibir tamanho ciúme, tamanho ódio cruel.

– Meu Jacky!

– O senhor precisa aceitar, Sr. Ferguson. É mais doloroso ainda, porque a ação foi motivada por um amor distorcido, um amor exagerado e maníaco pelo senhor, e possivelmente pela mãe falecida. Sua alma está consumida por ódio contra esta criança esplêndida, cuja saúde e beleza se opõem à debilidade dele.

– Meu Deus! É inacreditável!

– Falei a verdade, madame?

A mulher soluçava, com o rosto enterrado nos travesseiros. Ela enfim se virou para o marido.

– Como é que eu podia contar, Bob? Eu sabia que seria um golpe para você. Era melhor esperar e deixar que a verdade fosse revelada por outros lábios. Fiquei feliz quando esse senhor, que parece dotado de poderes mágicos, escreveu que sabia de tudo.

– Acho que eu recomendaria um ano ao mar para o mestre Jacky – disse Holmes, levantando-se da cadeira em que estava. – Só resta um detalhe a esclarecer, madame. Seus ataques ao mestre Jacky são perfeitamente compreensíveis. Paciência de mãe tem limite. Mas como a senhora teve coragem de deixar o bebê nos últimos dois dias?

– Eu havia contado para a Sra. Mason. Ela sabia.

– Exatamente. Foi o que imaginei.

Ferguson estava de pé ao lado da cama, arquejante, trêmulo, com mãos estendidas.

– Acredito que seja hora de sairmos, Watson – disse Holmes, com um sussurro. – Se você puder segurar a fidelíssima Dolores por um dos cotovelos, eu a segurarei pelo outro. Pronto, agora – acrescentou ele, ao fechar a porta atrás de si –, acho que podemos deixá-los resolver o restante entre eles.

TENHO APENAS MAIS uma observação a acrescentar a este caso. É a carta que Holmes escreveu em resposta àquela que iniciou esta narrativa. Dizia o seguinte:

Baker Street
21 de novembro

Vampiros

Senhor – A respeito de sua carta do dia 19, aviso que examinei a questão de seu cliente, o Sr. Robert Ferguson, da Ferguson & Muirhead, importadores de chá, de Mincing Lane, e que a questão chegou a uma conclusão satisfatória. Grato pela recomendação,

Cordialmente,

Sherlock Holmes

11

A ponte de Thor

Em algum lugar nos cofres do banco Cox and Co., em Charing Cross, encontra-se uma caixa de metal velha e desgastada com meu nome – Dr. John H. Watson, Antigo Exército Indiano – pintado na tampa. Ela está abarrotada de papéis, e quase todos são arquivos de casos que ilustram os problemas curiosos que o Sr. Sherlock Holmes precisou examinar em ocasiões diversas. Alguns, nem um pouco interessantes, eram completos fracassos e, como tais, não merecem ser narrados, visto que não haverá explicação final. Um problema sem solução pode interessar a um estudante, mas certamente trará irritação a um leitor casual. Um desses contos não concluídos é o do Sr. James Phillimore, que, ao voltar para casa em busca de um guarda-chuva, nunca mais foi visto. Não menos notável é o caso do veleiro *Alicia*, que em uma manhã de primavera navegou para dentro de uma pequena área de neblina e para sempre desapareceu, e nada se soube da embarcação ou de seus tripulantes. Um terceiro caso digno de nota é o de Isadora Persano, o renomado jornalista e duelista, que foi encontrado completamente louco diante de uma caixa de fósforos que continha uma minhoca peculiar supostamente desconhecida da ciência. Além desses casos irresolutos, há alguns que envolvem segredos de famílias particulares a tal ponto que muitos indivíduos de elevada estatura seriam tomados de consternação com a possibilidade de que os papéis fossem divulgados. Não preciso dizer que tamanha quebra de confiança é inconcebível, e que esses documentos serão separados e destruídos agora que meu amigo tem tempo para dedicar suas energias à questão. Resta um volume considerável de casos de maior ou menor interesse que eu poderia ter editado antes, não fosse meu receio de causar uma saturação no público e afetar a reputação do homem que eu admirava acima de qualquer outro. Tomei parte em alguns e posso fornecer testemunho ocular, ao passo que em outros não estive presente ou desempenhei papel tão pequeno que eles só poderiam ser descritos na terceira pessoa. A narrativa a seguir foi extraída de minha própria experiência.

Era uma dura manhã de outubro, e, enquanto me vestia, observei o vento arrancar as últimas folhas do plátano solitário que decora o quintal atrás de nossa casa. Quando desci para tomar o café, estava preparado para encontrar meu amigo em estado de depressão, pois, como todo grande artista, ele era muito suscetível ao seu entorno. Pelo contrário, contudo, ele praticamente havia acabado de comer e estava contente e bem-humorado, com aquela alegria sinistra característica de seus momentos mais relaxados.

– Tem algum caso, Holmes? – perguntei.

– A capacidade de dedução certamente é contagiosa, Watson – respondeu ele. – Ela permitiu que você descobrisse meu segredo. Sim, tenho um caso. Depois de um mês de trivialidades e estagnação, as rodas voltaram a girar.

– Você pode me contar?

– Há pouco a contar, mas podemos conversar sobre ele assim que você consumir os dois ovos cozidos com que nossa nova cozinheira nos presenteou. A condição deles talvez não seja indiferente ao exemplar do *Family Herald* que observei ontem na mesa do hall. Até mesmo o ato banal de cozinhar um ovo demanda uma atenção ciente da passagem do tempo, incompatível com o romance contido naquele excelente periódico.

Quinze minutos mais tarde, a mesa foi arrumada, e me vi diante de Sherlock Holmes. Ele havia retirado uma carta do bolso.

– Já ouviu falar de Neil Gibson, o Rei do Ouro? – perguntou.

– Você se refere ao senador norte-americano?

– Bom, ele já foi senador de algum estado do oeste, mas é mais conhecido como o maior magnata do garimpo de ouro do mundo.

– Sim, sei quem é. Acredito que ele já resida na Inglaterra há algum tempo. Seu nome me é muito familiar.

– Sim, ele adquiriu uma propriedade de tamanho considerável em Hampshire há cerca de cinco anos. Talvez você já tenha ouvido falar do fim trágico da esposa dele?

– Claro. Agora me lembro. Era por isso que o nome me soava familiar. Mas não sei de nenhum detalhe.

Holmes gesticulou com as mãos na direção de alguns documentos em cima de uma cadeira.

– Eu não fazia a menor ideia de que este caso estava prestes a chegar, senão teria preparado meus arquivos – disse ele. – O fato é que o problema, ainda que por demais sensacional, parecia não apresentar qualquer dificuldade. A personalidade interessante da acusada não obscurece a claridade dos indícios. Esse foi o ponto de vista do investigador forense e também do processo jurídico. O caso agora foi encaminhado ao tribunal de Winchester. Receio que seja uma questão ingrata. Posso descobrir fatos, Watson, mas não posso alterá-los. A menos que alguns fatos totalmente novos e inesperados venham à luz, não consigo ver o que meu cliente espera obter.

– Seu cliente?

– Ah, esqueci que não havia lhe contado. Estou pegando seu hábito sutil, Watson, de contar uma história de trás para a frente. É melhor você ler isto antes.

A carta que ele me entregou, escrita com uma letra primorosa e firme, dizia o seguinte:

Claridge's Hotel
3 de outubro

Caro Sr. Sherlock Holmes – Não posso permitir que a melhor mulher jamais criada por Deus encontre sua morte sem fazer todo o possível para salvá-la. Não posso explicar a situação. Não consigo sequer tentar explicar, mas sei, acima de qualquer sombra de dúvida, que a Srta. Dunbar é inocente. O senhor conhece os fatos. Quem não conhece? Foi assunto de fofoca no país inteiro. E nenhuma voz sequer se ergueu em sua defesa! É a maldita injustiça de toda a situação que me enlouquece. O coração daquela mulher jamais lhe permitiria matar uma mosca. Bom, chegarei às onze horas amanhã e verei se o senhor é capaz de lançar algum raio de luz na escuridão. Talvez eu tenha alguma pista sem saber. De qualquer forma, tudo o que sei, tudo o que tenho e tudo o que sou estão à sua disposição, se o senhor puder salvá-la. Se em algum momento já demonstrou seus poderes, faça uso deles neste caso.

Atenciosamente,

J. Neil Gibson

– Aí está – disse Sherlock Holmes, esvaziando as cinzas de seu cachimbo pós-desjejum e enchendo-o de novo lentamente. – É esse cavalheiro que estou esperando. Quanto à história, você não teve tempo para se familiarizar com todos estes papéis, então preciso resumi-la para nutrir seu interesse intelectual pelo caso. Esse homem é a maior potência financeira do mundo, e entendo que seja um homem de caráter violento e formidável. Ele se casou com uma mulher, a vítima dessa tragédia, de quem nada sei além do fato de que ela já não estava mais na flor da vida, uma infelicidade agravada pela presença de uma preceptora muito formosa, que era responsável pela educação de duas crianças pequenas. Essas eram as três pessoas envolvidas, e o cenário é uma grande mansão, no centro de uma antiga herdade inglesa. Vamos então à tragédia. A esposa foi encontrada a cerca de 800 metros da casa, tarde da noite, trajada em seu vestido formal, com um xale sobre os ombros e uma bala de revólver no cérebro. Não havia nenhuma arma perto dela, e no local não se encontrou qualquer pista do assassinato. Nenhuma arma perto dela, Watson. Lembre-se disso! O crime parece ter sido cometido tarde da noite, e o corpo foi encontrado por um guarda-caça por volta de onze horas da noite, quando então foi examinado pela polícia e por um médico antes de ser carregado até a casa. Está condensado demais, ou você consegue acompanhar bem?

– Está tudo bastante claro. Mas por que desconfiar da preceptora?

– Bom, em primeiro lugar, há um indício muito direto. Um revólver com um cartucho vazio de calibre correspondente à bala foi encontrado no fundo do armário dela. – Ele me encarou fixamente e repetiu cada palavra. – No. Fundo. Do. Armário. Dela. – Em seguida, Holmes se calou, e vi o início de uma linha de raciocínio que seria insensatez minha interromper. De repente, com um solavanco, ele voltou à vida ativa. – Sim, Watson, foi encontrado. Bastante incriminador, não? Foi o que os dois investigadores imaginaram. E junto à mulher morta havia um bilhete com uma mensagem marcando um encontro naquele mesmo lugar, assinado pela preceptora. Que tal? E, por fim, a motivação. O senador Gibson é um sujeito atraente. Se sua esposa morrer, quem teria mais chances de tomar seu lugar que a jovem, notoriamente já alvo de grande atenção de seu empregador? Amor, fortuna, poder, tudo condicionado a uma vida de meia-idade. Feio, Watson... muito feio!

– Sim, Holmes, realmente.

– E ela tampouco pôde oferecer um álibi. Pelo contrário, foi obrigada a admitir que estava perto da ponte de Thor, que é o local da tragédia, mais ou menos naquele horário. Ela não podia negar, pois alguém do povoado passara por ali e a vira.

– Parece mesmo definitivo.

– Contudo, Watson... contudo! Essa ponte, um único bloco largo de pedra com balaústres nas laterais, atravessava a parte mais estreita de um lençol d'água extenso, profundo e cheio de juncos chamado lago de Thor. Era na entrada da ponte que estava o corpo da mulher. Esses são os fatos principais. Mas aqui, se não me engano, está nosso cliente, consideravelmente antes da hora.

Billy abrira a porta, mas anunciou um nome inesperado. Tanto eu quanto Holmes desconhecíamos o Sr. Barlow Bates.

Ele era um fiapo de homem, magro e nervoso, com olhos assustados e um jeito hesitante e carregado de tiques; um homem que meu olho treinado diria se encontrar à beira de um colapso nervoso absoluto.

– O senhor parece agitado, Sr. Bates – disse Holmes. – Por favor, sente-se. Receio que não possa lhe oferecer muito tempo, pois tenho um compromisso às onze horas.

– Eu sei – retrucou nosso visitante, disparando frases curtas como se estivesse sem fôlego. – O Sr. Gibson está vindo. O Sr. Gibson é meu patrão. Sou o administrador de sua herdade. Sr. Holmes, ele é um vilão... um vilão infernal.

– Palavras fortes, Sr. Bates.

– Preciso ser enfático, Sr. Holmes, pois o tempo é muito curto. Não quero que ele me veja aqui em hipótese alguma. Já está quase chegando. Mas não tive condições de vir mais cedo. O secretário dele, Sr. Ferguson, só me contou hoje cedo que ele tinha hora marcada com o senhor.

– O senhor é administrador dele?

– Pedi demissão. Daqui a algumas semanas, estarei livre de sua maldita escravidão. Um homem duro, Sr. Holmes, duro com todos à sua volta. Aqueles atos públicos de caridade são uma fachada para encobrir suas injustiças particulares. Mas a esposa dele era a maior vítima. Ele era brutal com ela... Sim, senhor, brutal! Não sei como ela veio a falecer, mas tenho certeza de que graças a ele sua vida era insuportável. O senhor deve saber que era uma criatura dos trópicos, brasileira de nascimento, não?

– Não. Eu não tinha conhecimento.

– Nascimento tropical, e natureza tropical. Filha do sol e da paixão. Ela o amara tanto quanto qualquer mulher poderia amar alguém, mas, quando seus encantos físicos se desvaneceram... disseram-me que já foram grandiosos... nada mais havia para prendê-lo. Todos nós gostávamos dela e nos compadecíamos e o odiávamos pela forma como ele a tratava. Mas o homem é astuto e ardiloso. É só isso o que tenho para lhe dizer. Há mais por trás. Agora me vou. Não, não, não me detenha! Ele está quase chegando.

Com um olhar de medo na direção do relógio, nosso estranho visitante literalmente correu até a porta e desapareceu.

– Ora, ora! – disse Holmes, após um intervalo em silêncio. – O Sr. Gibson parece cercado de empregados leais. Mas o alerta é útil, e agora só podemos esperar até o próprio homem aparecer.

Às onze em ponto, ouvimos um passo pesado na escada, e o famoso milionário foi conduzido para dentro da sala. Quando o observei, compreendi não apenas o medo e a antipatia do administrador, como também as pragas que muitos de seus concorrentes lhe haviam rogado. Se eu fosse um escultor e desejasse criar o ideal de homem de negócios bem-sucedido, com nervos de aço e consciência dura, escolheria o Sr. Gibson como modelo. A silhueta alta, esguia e angulosa transmitia uma impressão de avidez e ambição. Um Abraham Lincoln dedicado a aspirações mundanas, em vez de elevadas, passaria uma ideia de como era o homem. Seu rosto bem podia ter sido esculpido em granito, firme, anguloso, desprovido de remorso, com rugas profundas, marcas de muitas crises. Os olhos cinzentos e frios nos observavam atentamente sob um par de grossas sobrancelhas. Ele me cumprimentou com um gesto indiferente quando Holmes mencionou meu nome, e então, com uma postura primorosa de prepotência, arrastou uma cadeira até meu amigo e se sentou com os joelhos magros quase encostados nos dele.

– Vou lhe dizer logo, Sr. Holmes – começou ele –, que dinheiro não é nada para mim neste caso. Pode queimá-lo à vontade se for ajudar a trazer a verdade à luz. Essa mulher é inocente e seu nome precisa ser limpo, e cabe ao senhor fazer isso. Diga seu preço!

– Meus honorários profissionais são tabelados – disse Holmes, com frieza. – Não posso alterá-los, salvo quando decido abrir mão deles.

– Bom, se dólares não fazem diferença para o senhor, pense na sua reputação. Se conseguir, todos os jornais da Inglaterra e da América irão exaltá-lo. O senhor será assunto em dois continentes.

– Obrigado, Sr. Gibson, mas não creio que eu necessite de qualquer exaltação. O senhor pode achar surpreendente, mas prefiro trabalhar em anonimato, e é o problema propriamente dito que me atrai. Mas estamos perdendo tempo. Vamos aos fatos.

– Acho que o senhor encontrará todos os mais importantes nas reportagens da imprensa. Não sei se posso acrescentar algo útil. Mas, se houver algo que deseje esclarecer... bom, estou aqui para isso.

– Bom, há apenas um detalhe.

– Qual é?

– Qual é exatamente a natureza de sua relação com a Srta. Dunbar?

O Rei do Ouro se agitou com violência e se levantou parcialmente da cadeira, para logo depois recuperar a calma extraordinária.

– Suponho que seja direito seu, e talvez sua obrigação, fazer essa pergunta, Sr. Holmes.

– Podemos supor isso – disse Holmes.

– Então posso garantir que nossa relação era e sempre fora a de um empregador para com uma jovem com quem nunca conversava, nem se encontrava, salvo quando ela estava em companhia de seus filhos.

Holmes se levantou da poltrona.

– Sou um homem muito ocupado, Sr. Gibson – disse ele –, e não tenho tempo nem interesse em conversas despropositadas. Tenha um bom dia.

Nosso visitante também se levantara, e sua grande silhueta recurvada se elevava acima de Holmes. Um lampejo de raiva brilhava debaixo daquelas sobrancelhas grossas, e um toque de cor se espalhou pelas faces macilentas.

– Que diabos o senhor quer dizer com isso, Sr. Holmes? Está dispensando meu caso?

– Bom, Sr. Gibson, estou dispensando pelo menos o senhor. Imaginei que minhas palavras tivessem sido claras.

– Bastante claras, mas o que está por trás delas? Aumentar o preço, medo de aceitar, o quê? Tenho direito a uma resposta franca.

– Bom, talvez o senhor tenha – respondeu Holmes. – E lhe darei uma. Este caso já é complicado o bastante por si só, sem a dificuldade adicional de informações falsas.

– Ou seja, eu menti.

– Bom, eu estava tentando me expressar da forma mais delicada possível, mas, se o senhor insiste nessa palavra, não vou contradizê-lo.

Fiquei de pé imediatamente, pois a expressão no rosto do milionário era de uma intensidade feroz, e ele havia erguido um grande punho fechado. Holmes deu um sorriso lânguido e estendeu a mão na direção do cachimbo.

– Não seja ruidoso, Sr. Gibson. Após o café da manhã, até a menor discussão me parece incômoda. Sugiro que uma caminhada ao ar matinal e um pouco de pensamento em silêncio lhe trarão grande benefício.

Com esforço, o Rei do Ouro conseguiu dominar a fúria. Não pude deixar de admirá-lo, pois foi graças a um autocontrole supremo que em um minuto ele transformou uma brasa candente de raiva em indiferença frígida e desdenhosa.

– Bom, a escolha é sua. Imagino que o senhor saiba administrar seu próprio negócio. Não posso obrigá-lo a atuar no caso contra a sua vontade. O senhor não se ajudou nesta manhã, Sr. Holmes, pois já derrubei homens mais fortes. Ninguém jamais me contrariou e se beneficiou.

– Muitos já disseram isso, e no entanto cá estou – respondeu Holmes, com um sorriso. – Muito bem, tenha um bom dia, Sr. Gibson. O senhor ainda tem muito a aprender.

Nosso visitante foi embora de forma ruidosa, mas Holmes fumou em silêncio imperturbável, fitando o teto com olhos sonhadores.

– Alguma opinião, Watson? – perguntou ele, enfim.

– Bom, Holmes, preciso confessar que, quando pondero que aquele é um homem que certamente removeria qualquer obstáculo de seu caminho, e quando me lembro de que sua esposa talvez tenha sido um obstáculo e pouco apreciada, como aquele tal Bates nos disse explicitamente, parece-me que...

– Exato. A mim também.

– Mas qual era a natureza da relação entre ele e a preceptora, e como você descobriu?

– Blefe, Watson, blefe! Quando ponderei sobre o tom emocional, atípico, nada profissional da carta dele e o contrastei com o rigor de sua postura e aparência, ficou bastante claro que havia alguma emoção profunda dirigida mais à mulher acusada do que à vítima. Precisamos entender exatamente qual era a relação entre essas três pessoas para chegar à verdade. Você viu meu ataque frontal contra ele e a forma imperturbável como ele o recebeu. Depois blefei ao passar a impressão de que eu tinha certeza absoluta, quando na realidade era só uma suspeita.

– Será que ele voltará?

– É certo que sim. Ele precisa voltar. Não pode deixar do jeito que está. Rá! Não foi o toque da sineta? Sim, aí está o som dos passos dele. Bom, Sr. Gibson, eu estava dizendo agora mesmo ao Dr. Watson que o senhor estava um pouco atrasado.

O Rei do Ouro havia entrado de novo na sala com uma atitude mais humilde do que quando saíra. Seus olhos ressentidos ainda demonstravam um orgulho ferido, mas o bom senso lhe mostrara que ele precisaria ceder se quisesse atingir seu objetivo.

– Repensei a questão, Sr. Holmes, e sinto que agi de forma prematura ao dispensar suas considerações. É justo que o senhor busque os fatos, quaisquer que sejam, e respeito-o por isso. No entanto, garanto que minha relação com a Srta. Dunbar não chega a concernir a este caso.

– Isso cabe a mim decidir, não?

– Sim, acho que sim. O senhor é como um médico que quer saber de todos os sintomas antes de oferecer um diagnóstico.

– Exato. Isso expressa bem. E apenas um paciente interessado em enganar o médico omitiria os fatos de seu caso.

– Pode ser, mas o senhor há de admitir, Sr. Holmes, que muitos homens hesitariam um pouco ao serem confrontados diretamente com uma pergunta sobre suas relações com uma mulher, se é que de fato há alguma relevância séria para o caso. Acho que a maioria dos homens possui uma pequena área reservada em algum canto da própria alma onde intrusos não são bem-vindos. E o senhor a invadiu de repente. Mas o objetivo o justifica, visto que é para tentar salvá-la. Pois bem, as barreiras foram baixadas e a área reservada se abriu, e agora o senhor pode explorar à vontade. O que quer?

– A verdade.

O Rei do Ouro hesitou por um instante, como se procurasse organizar seus pensamentos. Seu rosto grave e enrugado havia se tornado mais triste e soturno.

– Posso oferecê-la em muito poucas palavras, Sr. Holmes – disse ele, enfim. – Há certas informações que são ao mesmo tempo dolorosas e difíceis de revelar, então não irei além do necessário. Conheci minha esposa quando buscava ouro no Brasil. Maria Pinto era filha de um funcionário do governo de Manaus, e era muito bonita. Eu era jovem e apaixonado naqueles tempos, mas, mesmo hoje, quando penso em retrospecto com o sangue mais frio e um olhar mais crítico, percebo que sua beleza era rara e maravilhosa. Sua natureza era também profundamente intensa, emocional, sincera, tropical, descompensada, muito diferente das mulheres americanas que eu conhecera até então. Bom, resumindo a história, amei-a e a desposei. Foi só quando o romance se acabou, e passaram-se anos para isso, que me dei conta de que não tínhamos nada, absolutamente nada, em comum. Meu amor se esgotou. Poderia ter sido mais fácil se o dela também tivesse se esgotado. Mas o senhor conhece a mente maravilhosa das mulheres! Por mais que eu tentasse, nada conseguia afastá-la de mim. Se alguma vez fui ríspido com ela, há quem diga que até brutal, foi porque eu sabia que, se conseguisse matar seu amor, ou se o transformasse em ódio, seria mais fácil para nós dois. Mas nada a mudou. Ela me adorava naqueles bosques ingleses assim como quando me adorara vinte anos antes, às margens do Amazonas. Por mais que eu tentasse, ela permanecia dedicada como nunca.

"E então surgiu a Srta. Grace Dunbar. Ela respondeu ao nosso anúncio e se tornou preceptora de nossos dois filhos. Talvez o senhor tenha visto seu retrato nos jornais. O mundo inteiro proclamou que ela também é uma mulher muito bonita. Veja bem, não pretendo fingir que sou mais moral que o próximo, e admito que não consegui dormir sob o mesmo teto que uma mulher como ela e manter contato diário sem sentir grande afeição. O senhor me condena, Sr. Holmes?"

– Não o condeno por seus sentimentos. Eu o condenaria se o senhor os expressasse, visto que essa jovem se encontrava, em certo sentido, sob sua proteção.

– Bom, talvez seja o caso – disse o milionário, ainda que por um instante a censura tivesse trazido o mesmo lampejo de raiva aos seus olhos. – Não vou fingir mais virtude do que tenho. Acho que em minha vida inteira fui um homem que podia estender a mão e pegar tudo o que desejava, e nunca desejei nada tanto quanto amar e possuir aquela mulher. Falei isso a ela.

– Ah, o senhor falou, foi?

Holmes era capaz de parecer muito formidável quando lhe convinha.

– Falei que me casaria com ela, se pudesse, mas que estava além do meu alcance. Falei que dinheiro não era problema e que faria tudo o que fosse possível para que ela tivesse uma vida feliz e confortável.

– Muito generoso, com certeza – respondeu Holmes, com um tom irônico.

– Veja bem, Sr. Holmes. Vim até aqui com uma questão de provas, não de moral. Não pedi sua crítica.

– É única e exclusivamente pelo bem da moça que tocarei no caso – disse Holmes, com firmeza. – Não sei se a acusação que ela enfrenta é de fato pior do que o que o senhor mesmo admitiu, a sua tentativa de arruinar uma jovem indefesa que se encontrava sob seu teto. Alguns homens ricos como o senhor precisam aprender que o mundo não pode ser subornado para perdoar suas ofensas.

Para minha surpresa, o Rei do Ouro recebeu a censura com equanimidade.

– É assim que me sinto agora. Dou graças a Deus porque meus planos não funcionaram como eu pretendia. Ela não aceitou e quis sair da casa no mesmo instante.

– E por que não saiu?

– Bom, em primeiro lugar, outras pessoas dependiam dela, e não era uma questão simples traí-las e sacrificar seu sustento. Quando eu jurasse, e foi o que fiz, que jamais a importunaria, ela aceitaria ficar. Mas havia outro motivo. Ela sabia que exercia influência sobre mim, e que não havia influência mais forte no mundo inteiro. Ela queria usá-la para o bem.

– Como?

– Bom, ela tinha informações sobre meus negócios. Eles são vastos, Sr. Holmes, muito além da imaginação de qualquer homem comum. Posso criar e destruir, e geralmente destruo. Não apenas indivíduos. Comunidades, cidades, até mesmo nações. O mundo dos negócios é um jogo duro, e os fracos vão para o paredão. Entrei no jogo com tudo. Nunca hesitei e nunca me importei se o adversário hesitava. Mas ela pensava diferente. Acho que tinha razão. Ela acreditava e dizia que se a fortuna de um homem era mais do que ele precisava não devia ser criada ao custo de 10 mil homens arruinados que foram privados dos meios de se sustentar. Era assim que ela pensava, e acho que era capaz de enxergar além dos dólares e ver algo mais duradouro. Ela percebeu que eu lhe dava ouvidos, e acreditava que estava ajudando o mundo ao influenciar minhas ações. Então ficou... E depois isso aconteceu.

– Você pode lançar alguma luz sobre o ocorrido?

O Rei do Ouro hesitou por um minuto, com a cabeça caída entre as mãos, perdido em pensamentos.

– É muito ruim para ela. Não posso negar. E as mulheres levam uma vida introspectiva e talvez suas ações estejam além da compreensão dos homens. A princípio, fiquei tão abalado e chocado que estava disposto a pensar que, de alguma forma extraordinária, ela havia sido desviada de sua natureza normal. Uma explicação me ocorreu, e a ofereço ao senhor, por via das dúvidas. É fato que minha esposa era extremamente ciumenta. Existe um ciúme espiritual que pode ser tão dramático quanto qualquer ciúme físico, e, embora minha esposa não tivesse qualquer motivo para o segundo tipo, e creio que ela tivesse ciência disso, ela sabia que a moça inglesa exercia uma influência em minha mente e minhas ações que ela mesma nunca tivera. Era uma influência para o bem, mas isso não sanava a questão. Ela nutria um ódio insano, e o calor do Amazonas nunca deixara seu sangue. Ela pode ter pretendido assassinar a Srta. Dunbar, ou digamos que apenas quisesse ameaçá-la com uma arma e espantá-la da casa. E então pode ter acontecido uma briga, e a arma disparou e atingiu a mulher que a empunhava.

– Essa possibilidade já havia me ocorrido – disse Holmes. – De fato, é a única alternativa óbvia ao assassinato intencional.

-- Mas ela o nega totalmente.

– Bom, isso não é definitivo, correto? É compreensível que uma mulher, diante de uma situação tão terrível, tenha corrido de volta para casa ainda abalada e com o revólver em mãos. Ela poderia até jogá-lo no chão entre suas roupas, mal sabendo o que fazia, e ao ser encontrada a arma ela poderia tentar mentir em completa negação, visto que qualquer explicação seria impossível. O que refuta essa hipótese?

– A própria Srta. Dunbar.

– Bom, talvez.

Holmes olhou para o relógio.

– Não tenho a menor dúvida de que podemos obter as permissões necessárias hoje de manhã e chegar a Winchester no trem do fim do dia. Quando eu vir essa jovem, é muito possível que lhe possa ser mais útil no caso, mas não prometo que minhas conclusões serão as que o senhor deseja.

Houve algum atraso na aprovação das autoridades, e em vez de chegarmos a Winchester naquele dia fomos a Thor Place, a propriedade do Sr. Gibson em Hampshire. Ele não nos acompanhou, mas tínhamos o endereço do sargento Coventry, da polícia local, que fora o primeiro a examinar o caso. Era um homem alto, magro, cadavérico, com um comportamento misterioso e discreto que passava a ideia de que ele sabia ou desconfiava de muito mais do que se atrevia a dizer. Ele também tinha um cacoete de abaixar a voz de repente até um mero sussurro, como se tivesse encontrado algo de suma importância, embora geralmente a informação fosse bastante rotineira. Por trás desses cacoetes, ele logo se mostrou um sujeito decente e honesto que não estava muito feliz de admitir que o caso ia além das suas capacidades e que apreciaria qualquer ajuda.

– De qualquer forma, prefiro o senhor à Scotland Yard, Sr. Holmes – disse ele. – Quando a Yard entra na jogada, a força local perde todo o crédito em caso de sucesso e pode levar toda a culpa em caso de fracasso. E, pelo que me contaram, o senhor joga limpo.

– Não preciso aparecer em nenhum aspecto do caso – disse Holmes, para evidente alívio de nosso interlocutor melancólico. – Se eu puder esclarecer a situação, não peço qualquer menção ao meu nome.

– Bom, é muito elegante de sua parte, com certeza. E seu amigo, o Dr. Watson, é de confiança, já sei. Agora, Sr. Holmes, antes de irmos até o lugar, há algo que eu gostaria de lhe perguntar. Eu jamais insinuaria isso para mais ninguém. – Ele olhou para os lados como se mal se atrevesse a pronunciar as palavras. – O senhor acha que pode haver alguma suspeita contra o próprio Sr. Neil Gibson?

– Tenho considerado isso.

– O senhor não viu a Srta. Dunbar. Ela é uma mulher extraordinária em todos os aspectos. É bem possível que ele tenha tirado a esposa do caminho. E esses americanos são mais habilidosos com pistolas do que nosso pessoal daqui. A pistola era *dele*, sabia?

– Isso foi comprovado?

– Sim, senhor. Fazia parte de um conjunto de duas pistolas que ele tinha.

– Parte de um conjunto? E onde está a outra?

– Bom, o cavalheiro tem muitas armas de fogo de vários tipos. Nunca chegamos a encontrar essa pistola específica... Mas o estojo tinha sido feito para duas.

– Se ela faz parte de um jogo, certamente deve ser possível encontrá-la.

– Bom, todas as armas estão reunidas na casa, se o senhor quiser examiná-la.

– Talvez mais tarde. Acho que agora podemos ir até lá juntos e dar uma olhada no local da tragédia.

A conversa tinha acontecido em uma saleta de visitas no humilde chalé do sargento Coventry, que servia de delegacia local. Após uma caminhada de pouco menos de 1 quilômetro através de uma campina em que o vento balançava as samambaias secas em meio aos tons de ouro e bronze, chegamos a um portão lateral que conduzia ao terreno de Thor Place. Uma trilha nos guiou pela agradável propriedade até uma clareira, de onde vimos a imponente casa, feita em parte de madeira, parte ao estilo Tudor, parte georgiana, no topo da colina. Ao nosso lado, um lago comprido e cheio de juncos tinha uma estrangulação no centro, onde a pista principal para carruagens cruzava uma ponte de pedra, e era largo nas duas extremidades, formando pequenas lagoas de cada lado. Nosso guia parou na entrada dessa ponte e apontou para o chão.

– Era ali que estava o corpo da Sra. Gibson. Marquei o local com aquela pedra.

– Ao que consta, o senhor chegou aqui antes que o corpo fosse removido?

– Sim. Mandaram me buscar imediatamente.

– Quem?

– O próprio Sr. Gibson. Assim que foi dado o alarme e ele veio correndo com os outros da casa, o Sr. Gibson insistiu que nada deveria ser tocado até a polícia chegar.

– Isso foi sensato. Pelo que li em uma reportagem, o tiro foi disparado de perto.

– Sim, senhor, muito perto.

– Próximo à têmpora direita?

– Logo atrás, senhor.

– Em que posição o corpo estava?

– De costas, senhor. Nenhum sinal de luta. Nenhuma marca. Nenhuma arma. O bilhete breve da Srta. Dunbar estava agarrado na mão esquerda dela.

– Agarrado, é?

– Sim, senhor. Mal conseguimos abrir os dedos.

– Isso é de grande importância. Elimina a hipótese de que alguém poderia ter plantado o bilhete após a morte para fornecer uma pista falsa. Minha nossa! Pelo que me lembro, o bilhete era muito breve. *Estarei na Ponte de Thor às nove horas – G. Dunbar.* Era isso, não?

– Sim, senhor.

– A Srta. Dunbar admitiu ter escrito isso?

– Sim, senhor.

– Que explicação ela deu?

– Ela reservou a defesa para o tribunal. Não quis dizer nada.

– O problema certamente é muito interessante. O propósito da carta é muito obscuro, não acha?

– Bom, senhor – disse o guia –, eu me atreveria a dizer que ela parecia o único aspecto realmente claro do caso.

Holmes balançou a cabeça.

– Levando em consideração que a carta seja genuína e tenha sido escrita de fato, certamente foi recebida algum tempo antes... Digamos, uma ou duas horas. Por que, então, a senhora ainda a segurava na mão esquerda? Por que a levaria consigo com tanto cuidado? Ela não precisava consultá-la durante o encontro. Isso não parece peculiar?

– Ora, senhor, dito dessa forma, talvez sim.

– Acho que eu gostaria de me sentar por um instante e pensar em silêncio.

Ele se acomodou na beirada de pedra da ponte, e observei que seus astutos olhos cinzentos dirigiam suas perguntas para todos os lados. De repente, ele se levantou de novo e correu até o outro parapeito, sacou a lupa do bolso e começou a examinar a construção de pedra.

– Isto é curioso – disse ele.

– Sim, senhor. Nós vimos a lasca na beirada. Imagino que tenha sido feita por algum passante.

A pedra era cinzenta, mas naquele ponto havia um espaço branco do tamanho de uma moeda pequena. Ao observá-la de perto, era possível ver que a superfície fora lascada por algum golpe forte.

– Foi preciso violência para fazer isto – disse Holmes, pensativo. Com a bengala, ele bateu algumas vezes do parapeito, mas não deixou qualquer sinal. – Sim, foi um golpe duro. E em um lugar curioso, também. Não foi por cima, mas por baixo, pois podemos ver que está na parte inferior do parapeito.

– Mas está a pelo menos 4 metros do corpo.

– Sim, está a 4 metros do corpo. Pode não ter nada a ver com o assunto, mas é um detalhe digno de nota. Acho que não há nada para observarmos aqui. O senhor disse que não havia pegadas?

– O chão estava muito duro, senhor. Não havia rastro algum.

– Então podemos ir embora. Vamos até a casa primeiro dar uma olhada naquelas armas de que você falou. Depois, seguiremos para Winchester, pois eu gostaria de me encontrar com a Srta. Dunbar antes de prosseguirmos.

O Sr. Neil Gibson não havia voltado da cidade, mas encontramos na casa o neurótico Sr. Bates, que havia nos visitado naquela manhã. Ele nos apresentou com um deleite sinistro a formidável coleção de armas de fogo dos mais variados formatos e tamanhos que seu patrão havia acumulado ao longo de uma vida de aventuras.

– O Sr. Gibson tem inimigos, como seria de esperar para qualquer um que conhecesse o homem e seus métodos – disse ele. – Ele dorme com um revólver carregado na gaveta ao lado da cama. É um homem violento, senhor, e há momentos em que nós todos o tememos. Tenho certeza de que a pobre senhora falecida vivia apavorada.

– Você já o observou cometer algum ato de violência física contra ela?

– Não, nunca observei. Mas já escutei palavras que eram quase tão ruins quanto isso, palavras de desprezo frio e cruel, até mesmo diante dos criados.

– Nosso milionário não parece luminoso em sua vida privada – comentou Holmes, enquanto voltávamos para a estação. – Bom, Watson, obtivemos uma grande quantidade de fatos, alguns novos, e no entanto parece que estou longe da conclusão. Apesar da muito evidente repulsa que o Sr. Bates sente pelo patrão, ele me informou que, no momento do alarme, sem dúvida o Sr. Gibson se encontrava na biblioteca. O jantar acabou às oito e meia, e até então tudo estava normal. É verdade que o alarme foi dado tarde da noite, mas com certeza a tragédia ocorreu por volta do horário mencionado no bilhete. Não há nenhum sinal de que o Sr. Gibson tenha saído da casa após chegar da cidade, às cinco horas. Por outro lado, entendo que a Srta. Dunbar admita ter combinado de encontrar a Sra. Gibson na ponte. Ela se recusa a dizer mais que isso, visto que seu advogado a aconselhou a reservar sua defesa. Temos muitas perguntas cruciais a fazer a essa jovem, e minha mente não ficará tranquila enquanto não a virmos. Preciso confessar que o caso me pareceria estar gravemente contra ela, não fosse por um detalhe.

– E qual é, Holmes?

– A descoberta da pistola em seu armário.

– Minha nossa, Holmes! – exclamei. – Esse parecia o elemento mais incriminador de todos!

– Não, Watson. Em minha primeira observação superficial, isso me pareceu muito estranho. E, agora que estou mais familiarizado com o caso, é minha única fonte sólida de esperança. Precisamos procurar consistência. Onde faltar, devemos desconfiar de algum ardil.

– Não consigo compreender.

– Ora, Watson, suponha por um instante que imaginemos você no lugar de uma mulher que, de forma fria e premeditada, esteja prestes a se livrar de uma rival. Você planejou. Um bilhete foi escrito. A vítima chegou. Você está com sua arma. O crime foi cometido. Foi tudo feito com habilidade e apuro. Vai me dizer que, após cometer um crime tão elaborado, você arruinaria sua reputação como criminoso ao se esquecer de lançar sua arma naquele leito cheio de juncos, onde ela jamais seria encontrada, mas faria questão de levá-la cuidadosamente de volta para casa e guardá-la em seu próprio armário, o primeiro lugar a ser investigado? Seus melhores amigos jamais o chamariam de maquinador, Watson, mas não consigo imaginar que você faria algo tão displicente.

– No calor do momento...

– Não, não, Watson, não admito isso como possibilidade. Quando um crime é premeditado com frieza, o método para encobri-lo também é premeditado com frieza. Espero, portanto, que estejamos diante de um sério engano.

– Mas há muito a explicar.

– Bom, trataremos de encontrar as explicações. Quando seu ponto de vista muda, justo aquilo que parecia muito incriminador se torna uma pista da verdade. Por exemplo, lá está o revólver. A Srta. Dunbar nega ter qualquer conhecimento dele. De acordo com nossa nova teoria, ela tem sido honesta ao dizer isso. Portanto, a arma foi colocada em seu armário. Quem a colocou ali? Alguém que desejava incriminá-la. Essa pessoa não seria a verdadeira criminosa? Percebe que assim adentramos uma linha de investigação muito mais frutífera?

Fomos obrigados a passar a noite em Winchester, pois as formalidades ainda não haviam sido concluídas, mas, na manhã seguinte, em companhia do Sr. Joyce Cummings, o promissor advogado a cargo da defesa, fomos autorizados a ver a jovem em sua cela. Por tudo o que havíamos ouvido, eu esperava encontrar uma bela mulher, mas jamais me esquecerei do efeito que a Srta. Dunbar produziu em mim. Não era de admirar que até o milionário dominador tivesse identificado nela algo mais poderoso do que ele próprio – algo capaz de controlá-lo e direcioná-lo. Observando aquele rosto forte e firme, porém sensível, também se percebia que, mesmo se ela fosse capaz de qualquer impetuosidade, uma nobreza inata de caráter faria de sua influência sempre uma força para o bem. Ela era morena, alta, de silhueta nobre e presença imponente, embora seus olhos escuros exibissem a expressão atraente e frágil de uma criatura caçada que sente a rede a envolver, sem conseguir ver escapatória. Quando ela se deu conta da presença e da ajuda de meu famoso amigo, um toque de cor emergiu em suas faces macilentas, e uma fagulha de esperança começou a brilhar no olhar com que ela nos recebeu.

– Será que o Sr. Neil Gibson lhe disse algo do que ocorreu entre nós? – perguntou ela, com uma voz baixa e ansiosa.

– Sim – respondeu Holmes. – Não precisa se afligir com a dor de entrar nessa parte da história. Agora que a vi, estou preparado para aceitar a declaração do Sr. Gibson no que diz respeito tanto à sua influência sobre ele quanto à inocência da relação entre vocês dois. Mas por que a situação toda não foi apresentada ao tribunal?

– Eu achei inacreditável que essa acusação pudesse durar. Achei que, se esperássemos, a história toda seria esclarecida sem que fôssemos obrigados a entrar nos detalhes dolorosos da vida particular da família. Mas compreendo que, longe de se esclarecer, o caso ficou ainda mais grave.

– Minha cara jovem! – exclamou Holmes, com seriedade. – Por favor, não tenha ilusões quanto ao caso. O Sr. Cummings está aqui para garantir que todas as cartas na mesa estão contra nós, e que precisamos fazer todo o possível para alcançar a luz. Seria uma mentira cruel fingir que você não se encontra em grande perigo. Ajude-me como puder, então, para chegarmos à verdade.

– Não omitirei nada.

– Diga-nos, então, qual era a verdadeira relação entre você e a esposa do Sr. Gibson?

– Ela me odiava, Sr. Holmes. Ela me odiava com todo o fervor de sua natureza tropical. Era uma mulher que jamais se refreava, e a medida de seu amor pelo marido era também a medida de seu ódio por mim. Provavelmente ela não compreendia nossa relação. Eu não gostaria de ofendê-la, mas ela nutria um amor físico tão intenso que mal poderia compreender o vínculo mental, e até espiritual, que ligava seu marido a mim, ou imaginar que eu só permanecia sob seu teto movida por meu desejo de influenciar o poder dele para fins positivos. Agora percebo que foi errado da minha parte. Nada poderia justificar minha presença em um lugar onde eu era causa de infelicidade, ainda que certamente essa infelicidade teria perdurado mesmo se eu fosse embora.

– Agora, Srta. Dunbar – disse Holmes –, por favor, contenos exatamente o que aconteceu naquela noite.

– Posso contar a verdade que eu sei, Sr. Holmes, mas não estou em condições de provar nada, e há alguns detalhes, os mais cruciais, que não sou capaz de explicar nem especular.

– Se a senhorita puder fornecer os fatos, talvez outros venham a encontrar explicações.

– Então, quanto à minha presença na ponte de Thor naquela noite, recebi um bilhete da Sra. Gibson de manhã. Ele estava na mesa da sala de aula, e talvez tenha sido deixado ali por sua própria mão. A mensagem implorava que eu a encontrasse lá após o jantar, dizia que ela precisava me falar algo importante e pedia que eu deixasse uma resposta no relógio de sol do jardim, pois ela não desejava que ninguém mais soubesse. Não vi motivos para tanto segredo, mas fiz o que ela pediu e aceitei o encontro. Ela me orientou a destruir seu bilhete, então o queimei na lareira da sala de aula. Era grande o seu medo do marido, que a tratava de forma tão ríspida que muitas vezes o censurei por isso, e eu só conseguia imaginar que ela estava agindo dessa forma por não querer que ele descobrisse nosso encontro.

– Mas ela guardou sua resposta com muito cuidado?

– Sim. Fiquei surpresa ao saber que ela a segurava quando morreu.

– Bom, então o que aconteceu?

– Fui até lá, como prometido. Quando cheguei à ponte, ela me esperava. Foi apenas naquele momento que me dei conta do ódio que aquela pobre criatura tinha por mim. Ela parecia uma mulher enlouquecida... Na realidade, acho que *estava* enlouquecida; uma loucura sutil por trás do grande poder de ilusão das pessoas insanas. O que mais explicaria sua capacidade de me ver de forma indiferente todos os dias e ao mesmo tempo abrigar um ódio tão furioso no coração? Não repetirei o que ela disse. Ela despejou sobre mim toda a sua fúria ensandecida com palavras ferinas e horríveis. Eu sequer respondi; não consegui.

Foi uma visão pavorosa. Cobri os ouvidos com as mãos e fugi correndo. Quando me fui, ela continuou parada na frente da ponte, berrando seus impropérios contra mim.

– Onde ela foi encontrada mais tarde?

– A alguns metros do lugar.

– E, no entanto, presumindo que ela tenha morrido logo depois de você ir embora, você não ouviu nenhum tiro?

– Não, não ouvi nada. Mas, Sr. Holmes, eu estava tão abalada e horrorizada pelo ataque terrível que voltei correndo à paz de meu quarto e estava incapaz de perceber qualquer coisa.

– A senhorita diz que voltou ao seu quarto. Voltou a sair dele antes da manhã seguinte?

– Sim; quando foi dado o alarme de que a pobre criatura tinha falecido, saí correndo com os outros.

– E viu o Sr. Gibson?

– Sim. Ele tinha acabado de voltar da ponte quando o vi. Havia mandado chamar o médico e a polícia.

– E ele lhe parecia muito perturbado?

– O Sr. Gibson é um homem muito forte e contido. Acho que ele jamais deixaria suas emoções transparecerem. Mas eu, que o conhecia muito bem, percebi que ele estava muito preocupado.

– E agora chegamos ao ponto mais importante. A pistola que foi encontrada em seu quarto. A senhorita já a havia visto antes?

– Nunca, eu juro.

– Quando ela foi encontrada?

– Na manhã seguinte, quando a polícia fez as buscas.

– Em meio às suas roupas?

– Sim. No chão do armário, embaixo de meus vestidos.

– Saberia dizer quanto tempo ela ficara ali?

– Não estava lá na manhã anterior.

– Como sabe?

– Porque eu arrumei o armário.

– Isso é esclarecedor. Então alguém entrou em seu quarto e colocou a pistola ali para incriminá-la.

– Deve ter sido isso.

– E quando?

– Só poderia ter sido durante alguma refeição, ou nas horas em que eu estaria na sala de aula com as crianças.

– Onde a senhorita estava quando recebeu o bilhete?

– Exato. A partir daquele momento, na manhã toda.

– Obrigado, Srta. Dunbar. Há mais algum detalhe que poderia me ajudar nesta investigação?

– Não consigo pensar em nada.

– Havia um sinal de violência no parapeito de pedra da ponte... Uma lasca bastante recente do outro lado do corpo. A senhorita seria capaz de sugerir alguma explicação possível para isso?

– Deve ser mera coincidência.

– Curioso, Srta. Dunbar, muito curioso. Por que aquilo apareceria no mesmo momento da tragédia, e por que no mesmo lugar?

– Mas o que poderia causar isso? Só uma grande violência teria esse efeito.

Holmes não respondeu. Seu rosto pálido e atento assumira de repente aquela expressão tensa e distante que eu havia aprendido a associar à suprema satisfação de sua genialidade. A crise em sua mente era tão nítida que nenhum de nós se atreveu a falar, e permanecemos, advogado, prisioneira e eu, observando-o em um silêncio concentrado e absorto. De súbito, ele se levantou de um salto da cadeira, vibrando com uma energia nervosa e com urgência para agir.

– Vamos, Watson, vamos! – exclamou ele.

– O que foi, Sr. Holmes?

– Não se preocupe, minha cara. Você terá notícias minhas, Sr. Cummings. Com a ajuda do Deus da justiça, vou lhe dar um caso que fará a Inglaterra tremer. Você terá novidades até amanhã, Srta. Dunbar, e até lá tenha certeza de que as nuvens estão se afastando e que tenho grande esperança de que a luz da verdade surgirá.

NÃO ERA UMA VIAGEM LONGA de Winchester até Thor Place, mas, para minha impaciência, me pareceu demorada, ao passo que para Holmes era evidente que parecia interminável. Em sua inquietude nervosa, ele era incapaz de permanecer parado e caminhava pelo vagão ou tamborilava com seus dedos compridos e sensíveis nas almofadas ao seu lado. Porém, de repente, quando nos aproximamos de nosso destino, ele se sentou à minha frente, na cabine de primeira classe que ocupávamos sozinhos, pôs as mãos em meus joelhos e fitou meus olhos com aquela expressão ardilosa peculiar que denunciava seu estado de espírito mais malicioso.

– Watson – comentou ele –, lembro vagamente que você costuma vir armado nestas nossas excursões.

Era em seu benefício que eu ia, pois ele mal atentava para a própria segurança quando sua mente ficava absorta em algum problema, então em mais de uma ocasião meu revólver fora um bom amigo na hora certa. Lembrei-o do fato.

– Sim, sim, sou um pouco distraído com esses detalhes. Mas você está com seu revólver?

Retirei-o do bolso da calça, uma arma pequena e discreta, mas muito útil. Ele abriu o tambor, retirou os cartuchos e a examinou atentamente.

– É pesada... bastante pesada – constatou.

– Sim, é uma peça bem robusta.

Ele ponderou por um minuto.

– Sabe, Watson – disse ele –, acredito que seu revólver terá uma relação muito íntima com o mistério que estamos investigando.

– Meu caro Holmes, você está brincando.

– Não, Watson, é muito sério. É um teste. Se o teste for bem-sucedido, tudo se esclarecerá. E o teste dependerá da conduta desta pequena arma. Tiremos um dos cartuchos. Agora, recoloquemos os outros cinco e prendamos a trava de segurança. Assim! Isso aumenta o peso e funciona melhor como reprodução.

Eu não fazia a mínima ideia do que meu amigo estava planejando, e ele não me revelou, continuando ali perdido em pensamentos até pararmos na pequena estação de Hampshire. Pegamos uma carroça decadente e, 15 minutos depois, chegamos à casa de nosso amigo sigiloso, o sargento.

– Uma pista, Sr. Holmes? Qual é?

– Tudo depende de como se comportará o revólver do Dr. Watson – respondeu meu amigo. – Aqui está. Agora, sargento, pode me ceder 10 metros de linha?

A loja local proporcionou uma bola de barbante grosso.

– Acredito que isso nos bastará – disse Holmes. – Agora, por favor, vamos até onde espero que seja a última parada de nossa viagem.

O sol estava se pondo, transformando o pântano acidentado de Hampshire em um maravilhoso panorama outonal. O sargento, que exibia muitas expressões de crítica e incredulidade, indicações de suas grandes dúvidas quanto à sanidade de meu companheiro, nos seguia silenciosamente. Quando nos aproximamos da cena do crime, vi que meu amigo, por trás da frieza habitual, estava na verdade profundamente agitado.

– Sim – disse ele, em resposta ao meu comentário –, você já me viu cometer deslizes antes, Watson. Tenho um instinto para esse tipo de coisa, e no entanto ele às vezes me engana. Parecia uma certeza quando cruzou minha mente pela primeira vez na cela em Winchester, mas uma mente ativa tem a desvantagem de sempre conseguir conceber explicações alternativas que poderiam transformar nossa suspeita inicial em uma pista falsa. Porém... porém... Bom, Watson, só nos resta tentar.

Enquanto andava, ele havia amarrado com firmeza uma das pontas do barbante ao cabo do revólver. Já estávamos na cena da tragédia. Com grande cuidado e a ajuda do policial, ele marcou o local exato onde o corpo fora encontrado. Em seguida, procurou no meio da vegetação baixa até achar uma pedra de tamanho considerável. A ela foi amarrada a outra extremidade do barbante, e ele a pendurou por cima do parapeito da ponte, de modo que ficasse acima da água. Por fim, parou no ponto fatal, a alguma distância do começo da ponte, e empunhou meu revólver, mantendo o barbante estirado entre a arma e a pedra pesada do outro lado.

– E agora vai! – exclamou ele.

Ao dizer isso, levou a arma até a cabeça e então a soltou. Em um instante ela foi arrancada pelo peso da pedra, bateu com um som agudo no parapeito e desapareceu da borda para dentro da água. Mal ela afundara e Holmes já estava ajoelhado ao lado do parapeito, e um brado de alegria mostrou que ele havia encontrado o que esperava.

– Já houve alguma vez demonstração mais perfeita? – exclamou ele. – Veja, Watson, seu revólver solucionou o problema! – Ele então apontou para uma segunda falha exatamente do mesmo tamanho e formato da primeira que havia aparecido sob a borda da balaustrada de pedra.

– Passaremos a noite na estalagem hoje – continuou ele, ao se levantar e encarar o sargento espantado. – Você, claro, trará um gancho e recuperará com facilidade o revólver de meu amigo. Também encontrará ao lado dele o revólver, o barbante e o peso com que essa mulher vingativa tentou disfarçar seu próprio crime e imputar uma acusação de assassinato a uma vítima inocente. Pode informar o Sr. Gibson que o verei amanhã de manhã, quando poderão ser tomadas as providências para a libertação da Srta. Dunbar.

NAQUELA NOITE, ENQUANTO FUMÁVAMOS nossos cachimbos na estalagem da cidade, Holmes me deu um breve resumo do que havia ocorrido.

– Receio, Watson – disse ele –, que o acréscimo do Caso do Mistério na Ponte de Thor aos seus anais não irá incrementar qualquer reputação que eu possa ter adquirido. Fui lento de raciocínio e desprovido daquela mistura de imaginação e realidade que constitui a base de minha arte. Confesso que aquela lasca na pedra era pista suficiente para sugerir a solução verdadeira, e que é minha a culpa por não tê-la descoberto mais rápido.

"É preciso admitir que os processos da mente dessa mulher infeliz eram profundos e sutis, de modo que não foi simples desvendar seu plano. Acredito que, em nossas aventuras, nunca tenhamos encontrado exemplo mais estranho do que um amor desvirtuado pode produzir. Quer a Srta. Dunbar fosse uma rival no aspecto físico ou apenas mental, de qualquer forma deve ter parecido igualmente imperdoável aos olhos dela. Sem dúvida ela culpava a moça inocente por todas as ações brutas e palavras grosseiras com que seu marido tentava repelir seu afeto excessivamente ostensivo. Sua primeira resolução foi dar um fim à própria vida. A segunda foi fazê-lo de modo a envolver sua vítima em um destino muito pior do que qualquer morte súbita.

"É possível seguirmos os vários passos com grande nitidez, e eles revelam uma mente excepcionalmente sutil. Obteve com grande astúcia um bilhete da Srta. Dunbar para criar a aparência de que ela havia escolhido a cena do crime. Ansiosa para que o bilhete fosse descoberto, exagerou um pouco, segurando-o até o fim. Isso já deveria ter gerado suspeita desde o início.

"Depois, ela pegou um dos revólveres do marido, pois, como você viu, havia um arsenal na casa, e guardou-o para uso próprio. E escondeu outro semelhante dentro do armário da Srta. Dunbar naquela manhã, depois de disparar uma bala, algo que ela pôde fazer sem dificuldades no bosque sem chamar atenção. Ela então foi à ponte, onde havia concebido aquele método muito engenhoso para se livrar da arma. Quando a Srta. Dunbar apareceu, ela aplicou seu último suspiro em uma explosão de ódio e, por fim, quando os ouvidos da moça estavam fora de alcance, executou seu propósito terrível. Cada elo está em seu lugar, e a corrente agora se completa. Os jornais podem perguntar por que o lago não foi dragado logo no início, mas é fácil criticar em retrospecto, e de qualquer forma não é tarefa simples dragar toda uma lagoa cheia de juncos sem uma ideia clara do que procurar e onde. Bom, Watson, ajudamos uma mulher fascinante, e também um homem formidável. Caso no futuro eles unam forças, o que não parece improvável, o mundo financeiro pode vir a descobrir que o Sr. Neil Gibson aprendeu algo na sala de aula do Pesar, onde tomamos nossas lições do mundo."

12

Os planos do *Bruce-Partington*

Na terceira semana de novembro do ano de 1895, uma neblina densa e amarelada se abateu sobre Londres. De segunda a quinta, parecia impossível enxergar o vulto das casas diante de nossas janelas na Baker Street. Holmes passara o primeiro dia indexando seu imenso livro de referências. O segundo e o terceiro dias foram ocupados pacientemente com um tópico que havia se tornado um hobby recente para ele – a música da Idade Média. Mas, na quarta vez que afastamos nossa cadeira da mesa após o café da manhã e vimos a pesada e pastosa massa turva pairando na rua e se condensando em gotas viscosas no vidro das janelas, a natureza irrequieta e ativa de meu camarada já não suportava mais aquela lúgubre existência. Ele caminhava incessantemente por nossa sala de estar em um estado febril de energia reprimida, roendo as unhas, tamborilando nos móveis e bufando por causa da inação.

– Nada interessante no jornal, Watson? – perguntou.

Eu sabia que, por interessante, Holmes se referia a algum crime interessante. Havia notícias sobre uma revolução, uma possível guerra e a iminência de uma mudança de governo; mas esses fatos não se enquadravam no horizonte de meu companheiro. Não vi nada de ordem criminosa que não fosse banal e fútil. Holmes proferiu um grunhido e retomou sua agitação inquieta.

– Os criminosos londrinos certamente são tediosos – disse ele, com o tom queixoso de um torcedor decepcionado com seu time. – Dê uma olhada pela janela, Watson. Veja como os vultos se assomam, quase se veem, e voltam a se fundir à massa nebulosa. Um ladrão ou um assassino poderia vagar por Londres neste dia como um tigre na selva, invisível até o momento do bote, e então apenas a vítima saberia de sua presença.

– Houve – falei – muitos casos de furto.

Holmes bufou de desdém.

– Este cenário grandioso e sombrio se formou para algo mais digno do que isso – respondeu ele. – Esta comunidade é afortunada por eu não ser um criminoso.

– Realmente! – falei, com entusiasmo.

– Imagine se eu fosse Brooks ou Woodhouse, ou qualquer um dos cinquenta homens que ofereceram bons motivos para tirar a minha vida. Quanto tempo eu conseguiria sobreviver se enfrentasse minha própria perseguição? Uma visita, uma reunião falsa, e seria o fim de tudo. É afortunado que não haja dias de neblina nos países latinos, os países do assassinato. Pelos céus! Enfim chega algo para romper nossa monotonia apática.

Era a criada com um telegrama. Holmes rasgou o envelope e desatou a rir.

– Ora, ora! Que surpresa! – disse ele. – Meu irmão Mycroft virá aqui.

– Por que não viria? – perguntei.

– Por que não? É como se você visse um bonde descendo uma estrada de terra. Mycroft tem seus trilhos e corre neles. Seu apartamento em Pall Mall, o Diogenes Club, Whitehall. Essa é a rota dele. Só em uma única ocasião ele esteve aqui. Que distúrbio seria capaz de fazê-lo descarrilar?

– Ele não explica?

Holmes me entregou o telegrama do irmão.

Preciso tratar com você sobre Cadogan West. Chegarei logo.

Mycroft.

– Cadogan West? Já ouvi esse nome.

– Ele não me traz nada à mente. Mas o fato de que Mycroft decida divergir de forma tão errática! Seria tão provável quanto um planeta deixar a própria órbita. A propósito, você sabe o que Mycroft é?

Eu me lembrava vagamente de uma explicação da época da "Aventura do intérprete grego".

– Você me disse que ele exercia alguma função pequena no governo britânico.

Holmes soltou uma risada.

– Naquela época você e eu não nos conhecíamos tão bem. É preciso discrição quando se fala de assuntos importantes de Estado. Você tem razão em acreditar que ele trabalha para o governo britânico. Também teria razão, em certo sentido, se dissesse que ocasionalmente ele *é* o governo britânico.

– Meu caro Holmes!

– Imaginei que você fosse ficar surpreso. Mycroft recebe 450 libras por ano, permanece em condição de subordinado, não possui ambição alguma, rejeita qualquer honraria ou título, porém continua a ser o homem mais indispensável da nação.

– Mas como?

– Bom, seu posto é único. Ele o criou para si. Nunca houve nada parecido antes, e nunca voltará a haver. Seu cérebro é o mais rigoroso e ordenado, e, de toda a humanidade, é quem tem a maior capacidade de armazenar fatos. Os mesmos grandes poderes que dedico à detecção de crimes ele aplica a esse ramo específico. Todo departamento transmite suas conclusões a ele, e ele é a central, a câmara de compensação, que resolve o balanço. Todos os outros são especialistas, mas a especialidade dele é a onisciência. Digamos que um ministro precise de informação em um assunto que envolva a Marinha, a Índia, o Canadá e a questão bimetálica; ele poderia receber os aportes de diversos departamentos sobre cada tema, mas só Mycroft é capaz de concentrar todos e dizer prontamente como cada fator afetaria os demais. No começo, ele era usado como um atalho, uma conveniência; agora, tornou-se essencial. Naquele cérebro extraordinário, tudo é catalogado e pode ser acessado em um instante. Repetidas vezes sua palavra já decidiu a política nacional. Ele a vive. Não pensa em mais nada, salvo quando, a título de exercício intelectual, cede ao meu chamado caso eu lhe peça conselhos em meus pequenos problemas. Mas Júpiter está descendente hoje. O que isso tudo significa? Quem é Cadogan West e o que ele é para Mycroft?

– Já sei – exclamei, e revirei o amontoado de jornais que repousava no sofá. – Sim, sim, aqui está, claro! Cadogan West era o jovem que foi encontrado morto no metrô terça-feira de manhã.

Holmes se empertigou na poltrona, com o cachimbo parado no meio do ar.

– Isso deve ser sério, Watson. Uma morte capaz de provocar uma alteração de hábitos em meu irmão não pode ser uma morte comum. O que ele terá a ver com isso? O caso, pelo que me lembro, nada tinha de notável. O jovem aparentemente caíra do trem e se matara. Ele não tinha sido assaltado, e não havia nenhum motivo especial que indicasse violência. Não é isso?

– Houve uma investigação – falei –, e uma boa quantidade de fatos novos vieram à tona. Após um olhar mais atento, eu certamente diria que é um caso curioso.

– A julgar pelo efeito causado em meu irmão, imagino que se trate de um caso absolutamente extraordinário. – Ele se aconchegou na poltrona. – Agora, Watson, vamos aos fatos.

– O homem se chamava Arthur Cadogan West. Ele tinha 27 anos de idade, era solteiro e trabalhava como auxiliar de escritório no Woolwich Arsenal.

– Emprego no governo. Observe a ligação com meu irmão Mycroft!

– Ele saiu de Woolwich de repente na noite de segunda-feira. Foi visto pela última vez por sua noiva, a Srta. Violet Westbury, a quem deixou abruptamente e mergulhou na neblina por volta de sete e meia da mesma noite. Não houve qualquer discussão entre os dois, e ela não oferece nenhum motivo para os atos dele. Só se sabe que depois seu corpo foi descoberto por um operário do metrô, chamado Mason, perto da Aldgate Station do sistema metroviário de Londres.

– Quando?

– O corpo foi encontrado às seis da manhã de terça-feira. Estava atravessado sobre os ferros da pista, à esquerda de quem vai rumo ao leste, perto da estação, onde a linha emerge do túnel. A cabeça estava seriamente rachada, um ferimento condizente com a queda de um trem. O corpo só poderia ter chegado à linha dessa forma. Se tivesse sido carregado a partir de qualquer das ruas circundantes, teria passado pelas barreiras da estação, onde sempre há um cobrador. Esse aspecto aparentemente é definitivo.

– Muito bem. O caso parece bem claro. O homem, morto ou vivo, caiu ou foi lançado para fora de um trem. Até aí me parece claro. Continue.

– Os trens que percorrem as linhas ao lado de onde o corpo foi encontrado são os que correm de oeste a leste, sendo algumas linhas estritamente metropolitanas, e outras que partem de Willesden e de conexões da periferia. Pode-se supor como certo que esse jovem, ao encontrar a morte, viajava nessa direção tarde da noite, mas é impossível determinar em que ponto ele entrou no trem.

– O bilhete dele certamente revelaria isso.

– Não havia nenhum bilhete em seus bolsos.

– Nenhum bilhete! Céus, Watson, isto é realmente muito peculiar. Pela minha experiência, não é possível chegar à plataforma de um trem metropolitano sem a apresentação de um bilhete. É de se supor, portanto, que o jovem tivesse um. Teria sido tirado dele a fim de impedir a descoberta da estação em que ele entrou? É possível. Ou será que ele o deixou cair no vagão? Também é possível. Mas esse é um ponto de grande interesse. Ao que consta, não havia qualquer sinal de assalto?

– Aparentemente, não. Tenho aqui uma lista dos pertences dele. Sua carteira continha 2 libras e 15 xelins. Ele tinha também um talão de cheques da filial em Woolwich do Capital and Counties Bank. Foi isso que estabeleceu sua identidade.

Havia também duas entradas de plateia para o Woolwich Theatre para aquela mesma noite. Foi encontrado também um pequeno embrulho com documentos técnicos.

Holmes emitiu uma exclamação satisfeita.

– Aí temos, enfim, Watson! Governo britânico, Woolwich Arsenal, documentos técnicos, irmão Mycroft: a corrente está completa. Mas aí vem ele, se não me engano, para falar por si próprio.

No instante seguinte, o vulto alto e rotundo de Mycroft Holmes foi conduzido para dentro da sala. De porte pesado e imenso, a figura oferecia uma sugestão de inércia física deselegante, mas, acima dessa estrutura grosseira repousava uma cabeça de cenho tão imponente, de olhos cinzentos e profundos tão atentos, de lábios tão firmes e de expressões tão sutis que após a primeira vista qualquer um se esquecia do corpo robusto e se lembrava apenas da mente dominante.

Logo atrás vinha nosso velho amigo Lestrade, da Scotland Yard – magro e austero. A gravidade no rosto de ambos prenunciava algum encargo severo. O detetive apertou as mãos deles sem dizer palavra. Mycroft Holmes retirou o sobretudo com dificuldade e se deixou cair em uma poltrona.

– Um assunto muito incômodo, Sherlock – disse ele. – Fico extremamente contrariado de mudar meus hábitos, mas as autoridades não aceitaram minhas recusas. Na atual conjuntura do Sião, minha ausência no escritório é problemática. Contudo, se trata de uma crise genuína. Nunca vi o primeiro-ministro tão perturbado. Já o Almirantado... fervilha como uma colmeia derrubada. Você chegou a ler sobre o caso?

– Acabamos de ler. O que eram os documentos técnicos?

– Ah, essa é a questão! Felizmente, não veio à tona. Caso contrário, a imprensa teria ficado furiosa. Os documentos que o jovem desafortunado tinha no bolso eram os planos do submarino *Bruce-Partington*.

Mycroft Holmes falou com uma solenidade que denunciava a importância que dava ao assunto. Seu irmão e eu permanecemos em expectativa.

– Decerto vocês já ouviram falar, não? Imaginei que todo mundo já tivesse.

– Só como um nome.

– Seria difícil exagerar a importância disso. É um dos segredos que o governo guarda com mais afinco. Acreditem quando digo que a guerra naval se torna impossível na área de atuação de um *Bruce-Partington*. Dois anos atrás, uma enorme quantia foi incluída às escondidas na proposta orçamentária e gasta na aquisição de um monopólio sobre a invenção. Todos os esforços foram dedicados para mantê-la em segredo. Os planos, extraordinariamente intrincados, compostos de cerca de trinta patentes distintas, cada uma crucial para o funcionamento do conjunto, eram guardados em um cofre complexo localizado em um gabinete secreto anexo ao Arsenal, com portas e janelas protegidas contra invasão. Os planos não poderiam ser retirados do gabinete em hipótese alguma. Se o construtor-chefe da Marinha desejasse consultá-los, até mesmo ele era obrigado a ir ao gabinete em Woolwich para esse fim. E, no entanto, vamos encontrá-los no bolso de um jovem auxiliar de escritório morto no coração de Londres. Do ponto de vista oficial, é uma situação desastrosa.

– Mas vocês os recuperaram?

– Não, Sherlock, não! Esse é o problema. Não recuperamos. Dez documentos foram retirados de Woolwich. Havia sete no bolso de Cadogan West. Os três mais cruciais desapareceram. Foram roubados, sumiram. Você precisa parar tudo o mais, Sherlock. Esqueça seus enigmas banais de justiça. Você precisa resolver um problema internacional de imensa importância. Por que Cadogan West roubou os documentos? Onde estão os desaparecidos? Como ele morreu? Como seu corpo foi parar onde foi encontrado? Como o mal pode ser reparado? Encontre a resposta para todas essas perguntas, e você terá realizado um bom serviço para seu país.

– Por que você mesmo não o resolve, Mycroft? Você consegue enxergar tão bem quanto eu.

– Talvez, Sherlock. Mas é uma questão de obter detalhes. Dê-me seus detalhes, e de uma poltrona lhe entregarei uma excelente opinião especializada. Mas correr para lá e para cá, interrogar guardas ferroviários e me deitar no chão com uma lupa no olho... não é meu *métier.* Não, você é o único homem capaz de esclarecer a questão. Se tiver interesse em ver seu nome na próxima lista de honrarias...

Meu amigo sorriu e balançou a cabeça.

– Eu jogo em nome do próprio jogo – disse ele. – Mas o problema decerto apresenta alguns elementos interessantes, e será um grande prazer examiná-lo. Mais alguns fatos, por favor.

– Anotei os mais cruciais nesta folha de papel, junto com alguns endereços que lhe serão úteis. O guardião oficial dos documentos é Sir James Walter, o famoso especialista do governo, dotado de condecorações e títulos que bastariam para preencher duas linhas em um livro de referências. A vida a serviço do país lhe encaneceu os cabelos; ele é um cavalheiro, é recebido com prestígio pelas casas mais elevadas e, sobretudo, é um homem cujo patriotismo se encontra acima de qualquer suspeita. É uma das duas pessoas que possuem a chave do cofre. Posso acrescentar também que os documentos sem dúvida alguma se encontravam no gabinete durante o expediente de segunda-feira, e que Sir James saiu para Londres às três horas, aproximadamente, levando a chave consigo. Ele estava na casa do almirante Sinclair em Barclay Square na noite em que o incidente ocorreu.

– Esse fato foi confirmado?

– Sim; o irmão dele, o coronel Valentine Walter, deu testemunho de sua saída de Woolwich, e o almirante Sinclair, de sua chegada a Londres. Portanto, Sir James não é mais um fator direto do problema.

– Quem era a outra pessoa em posse de chave?

– O auxiliar-chefe e projetista, Sr. Sidney Johnson. Ele tem 40 anos, é casado e pai de cinco filhos. É um homem calado, moroso, mas, de modo geral, possui um excelente histórico a serviço do governo. Seus colegas não o apreciam muito, mas é bastante trabalhador. Ele afirmou, e foi corroborado apenas por sua esposa, que estava em casa na noite de segunda-feira após o expediente, e que sua chave nunca deixou a corrente de relógio em que é mantida.

– Fale sobre Cadogan West.

– Ele era funcionário público havia dez anos e trabalhava bem. Tem a reputação de ser irascível e impetuoso, mas também um homem sério e honesto. Não temos nada contra ele. Ficava próximo de Sidney Johnson no gabinete. Suas atividades o punham diariamente em contato pessoal com os planos. Ninguém mais lidava com eles.

– Quem guardava os planos à noite?

– O Sr. Sidney Johnson, o auxiliar-chefe.

– Bom, decerto está perfeitamente claro quem os retirou. Eles foram encontrados em posse desse auxiliar, Cadogan West. Isso parece definitivo, não?

– Parece, Sherlock, e no entanto restam muitas questões por explicar. Em primeiro lugar, por que ele os retirou?

– Suponho que os documentos eram valiosos?

– Teria sido muito fácil obter milhares de libras com eles.

– Você consegue sugerir alguma motivação possível para ele trazê-los a Londres que não a venda dos documentos?

– Não, não consigo.

– Então devemos partir desse ponto como nossa hipótese de trabalho. O jovem West retirou os documentos. Agora, isso só poderia ser realizado com o uso de uma chave falsa...

– Algumas chaves falsas. Ele precisou abrir o edifício e a sala.

– Ele tinha, então, algumas chaves falsas. Levou os documentos a Londres para vender o segredo, certamente com a intenção de devolver os planos ao cofre na manhã seguinte, antes que alguém desse por sua falta. Quando ele se encontrava nessa missão traidora em Londres, sua vida chegou ao fim.

– Como?

– Digamos que ele estivesse em viagem de volta a Woolwich quando foi morto e arremessado para fora do vagão.

– Aldgate, onde o corpo foi encontrado, fica a uma distância considerável depois da estação da London Bridge, que teria sido sua rota para Woolwich.

– Podemos imaginar muitas circunstâncias em que ele passaria pela London Bridge. Havia alguém no vagão, por exemplo, com quem ele estava absorto em uma conversa. Essa conversa levou a uma cena violenta que lhe custou a vida. Talvez ele tenha tentado sair do vagão, caído nos trilhos e assim perecido. A outra pessoa fechou a porta. A neblina estava densa, e não era possível ver nada.

– Não há melhor explicação, dados os fatos que conhecemos no momento. No entanto, Sherlock, considere o quanto você deixa de lado. Digamos, hipoteticamente, que o jovem Cadogan West *tivesse* decidido trazer os documentos a Londres. Certamente teria combinado um encontro com o agente estrangeiro e não faria planos para a noite. Entretanto, ele adquiriu duas entradas para o teatro, acompanhou a noiva até metade do caminho e então desapareceu de repente.

– Um mistério – disse Lestrade, que havia acompanhado a conversa com alguma impaciência.

– Um muito singular. Essa é a objeção número um. A número dois: digamos que ele tenha chegado a Londres e encontrado o agente estrangeiro. Ele precisaria levar os documentos de volta antes do amanhecer para que a falta não fosse percebida. Ele levou dez, mas só havia sete em seu bolso. O que teria acontecido com os outros três? Certamente ele não os deixaria por livre e espontânea vontade. Então, mais uma vez, qual foi o preço de sua traição? Seria de se esperar que houvesse uma grande quantia de dinheiro em seu bolso.

– Para mim, parece perfeitamente claro – disse Lestrade. – Não tenho a menor dúvida quanto ao que aconteceu. Ele levou os documentos para vendê-los. Encontrou o agente. Os dois não entraram em acordo quanto ao preço. Ele começou a voltar para casa, mas o agente o seguiu. No trem, o agente o assassinou, pegou os documentos mais cruciais e lançou o corpo dele para fora do vagão. Isso explicaria tudo, não?

– Por que ele não tinha nenhum bilhete?

– O bilhete teria revelado qual era a estação mais próxima da casa do agente. Portanto, ele o retirou dos bolsos do rapaz assassinado.

– Bom, Lestrade, muito bom – disse Holmes. – Sua teoria é coerente. Mas, se isso é verdade, o caso então está encerrado. Por um lado, o traidor está morto. Por outro, os planos do submarino *Bruce-Partington* já devem se encontrar no continente. O que mais podemos fazer?

– Agir, Sherlock... Agir! – exclamou Mycroft, levantando-se de um salto. – Todos os meus instintos vão contra essa explicação. Use seus poderes! Vá à cena do crime! Veja as pessoas envolvidas! Não ignore nenhum detalhe! Em toda a sua carreira, você nunca teve chance tão grande de servir ao seu país.

– Ora, ora! – disse Holmes, encolhendo os ombros. – Vamos, Watson! E você, Lestrade, pode nos brindar sua companhia por uma ou duas horas? Começaremos nossa investigação com uma visita à Aldgate Station. Adeus, Mycroft. Enviarei um relatório ao fim do dia, mas antecipo que você não deve esperar muito.

UMA HORA DEPOIS, Holmes, Lestrade e eu estávamos no ponto dos trilhos do metrô que emerge do túnel logo antes da Aldgate Station. Um senhor idoso cortês de rosto ruborizado representava a companhia ferroviária.

– Era aqui que estava o corpo do rapaz – disse ele, indicando um local a cerca de 1 metro dos ferros. – Não poderia ter caído do alto, pois, como vocês podem observar, estas paredes não têm janelas. Portanto, ele só poderia ter caído de um trem, e esse trem, pelo que pudemos estimar, deve ter passado aproximadamente à meia-noite na segunda-feira.

– Os vagões foram examinados em busca de quaisquer indícios?

– Não havia nenhum indício, e não foi encontrado nenhum bilhete.

– Nenhum registro de porta que tenha sido deixada aberta?

– Não.

– Recebemos uma informação nova hoje de manhã – disse Lestrade. – Um passageiro que passou por Aldgate em um trem metropolitano comum por volta de onze e quarenta da noite de segunda-feira declarou que ouviu um baque alto, como se fosse um corpo caindo nos trilhos, logo antes de o trem chegar à estação. No entanto, a neblina estava densa, e era impossível enxergar. Ele não deu nenhuma importância ao fato na hora. Ora, qual é o problema com o Sr. Holmes?

Meu amigo exibia uma expressão de grande intensidade no rosto, observando os ferros dos trilhos no ponto onde eles faziam uma curva ao sair do túnel. Aldgate é uma junção, e havia uma rede de pontos. Seus olhos ansiosos e questionadores estavam fixos nisso, e vi em seu rosto atento e alerta os lábios comprimidos, as narinas trêmulas e a concentração das sobrancelhas pesadas e largas que eu conhecia muito bem.

– Pontos – murmurou ele. – Os pontos.

– O que têm? O que você quer dizer?

– Imagino que não haja uma grande quantidade de pontos em um sistema como este.

– Não, são muito poucos.

– E é uma curva. Pontos, e uma curva. Pelos céus! Se for isso.

– O que foi, Sr. Holmes? Você tem alguma pista?

– Uma ideia... uma indicação, apenas. Mas o caso certamente se tornou mais interessante. Peculiar, perfeitamente peculiar, e, contudo, por que não? Não vejo nenhum sinal de sangue no trilho.

– Não havia quase nada.

– Mas pelo que entendi o ferimento foi considerável.

– O osso foi esmagado, mas não havia nenhum grande ferimento externo.

– E, no entanto, poderíamos esperar um pouco de sangue. Seria possível examinar o trem que levava o passageiro que ouviu o som de uma queda durante a neblina?

– Receio que não, Sr. Holmes. O trem foi desmembrado mais cedo, e os vagões, redistribuídos.

– Garanto, Sr. Holmes – disse Lestrade –, que todos os vagões foram examinados cuidadosamente. Cuidei disso pessoalmente.

Uma das fraquezas mais óbvias do meu amigo era sua impaciência com inteligências menos alertas que a sua.

– Muito provavelmente – disse ele, virando-se. – Por acaso, não eram os vagões que eu desejava examinar. Watson, fizemos tudo o que era possível aqui. Não precisamos mais incomodá-lo, Sr. Lestrade. Acho que nossa investigação agora deve nos levar a Woolwich.

Na estação da London Bridge, Holmes redigiu um telegrama para o irmão e me entregou antes de enviá-lo. Dizia o seguinte:

Vejo alguma luz na escuridão, mas pode se desvanecer. Enquanto isso, favor enviar por mensageiro, que aguardará resposta na Baker Street, lista completa de todos os espiões estrangeiros ou agentes internacionais que se saiba estarem na Inglaterra, com endereço completo.

Sherlock

– Isso deve ajudar, Watson – observou ele, quando nos acomodamos no trem para Woolwich. – Certamente estamos em dívida com meu irmão Mycroft por nos apresentar o que promete ser um caso realmente muito notável.

Seu rosto ansioso ainda exibia aquela expressão intensa de energia reprimida, o que me indicava que alguma circunstância nova e sugestiva havia aberto uma linha de raciocínio estimulante. A imagem de um sabujo, circulando pelos canis com orelhas caídas e rabo abaixado, comparada à do mesmo sabujo quando, com olhos brilhantes e músculos retesados, assume o porte para perseguir um faro – tamanha a transformação de Holmes desde a manhã. Ele era um homem diferente daquela figura flácida e desocupada de roupão cinzento que caminhara com tamanha inquietação, poucas horas antes, na sala cercada pela neblina.

– Há material aqui. Há dimensão – disse ele. – Estou deveras insensível por não ter compreendido as possibilidades.

– Até agora elas permanecem insondáveis para mim.

– O fim também é insondável para mim, mas tenho uma ideia que pode nos levar longe. A vida do homem chegou ao fim em outro lugar, e seu corpo estava *em cima* do vagão.

– Em cima!

– Notável, não? Mas considere os fatos. É coincidência que ele tenha sido encontrado exatamente no local onde o trem trepida e balança ao passar pelos pontos? Não é nesse lugar que um objeto localizado em cima do trem cairia? Os pontos não afetariam nenhum objeto dentro do trem. Ou o corpo caiu de cima do trem, ou houve uma coincidência muito curiosa. Mas agora considere a questão do sangue. Claro, se o corpo sangrou em outro lugar, não havia sangue no trilho. Cada fato é sugestivo por si só. Juntos, possuem uma força acumulada.

– E o bilhete! – exclamei.

– Exatamente. Nós não poderíamos explicar a ausência de um bilhete. Isso explicaria. Tudo encaixa.

– Mas, se for esse o caso, ainda assim estamos mais longe do que nunca de desvendar o mistério de sua morte. Na realidade, o caso não se torna mais simples, senão mais estranho.

– Talvez – disse Holmes, pensativo –, talvez.

Ele recaiu em um devaneio silencioso, que durou até que o trem lento enfim entrasse na Woolwich Station. Ali, chamou um cabriolé e retirou o papel de Mycroft do bolso.

– Temos uma boa quantidade de visitas a fazer nesta tarde – disse ele. – Acho que nossa atenção deve se voltar primeiro para Sir James Walter.

A casa da famosa autoridade era um belo solar com gramado verdejante que se estendia até o Tâmisa. A neblina estava se dispersando quando chegamos, atravessada por uma tênue luz do sol. Um mordomo atendeu à campainha.

– Sir James, senhor! – exclamou ele, com ar solene. – Sir James morreu hoje de manhã.

– Meu Deus! – exclamou Holmes, espantado. – Como ele morreu?

– Gostaria de entrar, senhor, e falar com o irmão dele, o coronel Valentine?

– Sim, seria melhor.

Fomos conduzidos a uma sala de visitas pouco iluminada, onde logo depois fomos recebidos por um homem elegante, muito alto, de 50 anos e com barba clara: o irmão mais novo do cientista falecido. Os olhos desorientados, as faces manchadas e o cabelo desarranjado revelavam o impacto súbito que a família havia sofrido. Ele mal conseguia articular as palavras ao descrevê-lo.

– Foi esse escândalo horrível – disse ele. – Meu irmão, Sir James, era um homem de honra muito sensível, e ele não conseguiu sobreviver à situação. Isso lhe partiu o coração. Sempre teve muito orgulho da eficiência de seu departamento, e o que ocorreu foi um golpe fatal.

– Nós tínhamos esperança de que ele pudesse nos fornecer alguma indicação que ajudasse a esclarecer o caso.

– Garanto que a situação toda era um mistério tão grande para ele quanto é para vocês e para todos nós. Ele já havia apresentado à polícia tudo o que sabia. Naturalmente, não tinha a menor dúvida da culpa de Cadogan West. Mas todo o resto era inconcebível.

– O senhor não pode lançar nenhuma luz nova no caso?

– Eu mesmo não sei de nada além do que li ou ouvi. Não tenho intenção de soar descortês, mas o senhor compreende, Sr. Holmes, que no momento estamos muito abalados, e preciso lhe pedir que conclua o quanto antes esta conversa.

– Esse acontecimento é deveras inesperado – disse meu amigo quando voltamos ao cabriolé. – Eu me pergunto se a morte foi natural ou se o pobre sujeito se matou! Se for este o caso, devemos considerar um sinal de autocensura por negligência quanto ao dever? Precisamos reservar essa questão para o futuro. Agora, devemos voltar à família Cadogan West.

Uma casa pequena e bem-cuidada na periferia da cidade abrigava a mãe enlutada. A idosa estava abalada demais pela dor para poder nos prestar qualquer ajuda, mas a seu lado estava uma jovem de rosto pálido, que se apresentou como a Srta. Violet Westbury, noiva do falecido e a última pessoa a vê-lo naquela noite fatídica.

– Não consigo explicar, Sr. Holmes – disse ela. – Não preguei os olhos desde a tragédia, pensando, pensando, pensando, noite e dia, em qual é o significado por trás de tudo isso. Arthur era o homem mais dedicado, honrado e patriota desta terra. Mais fácil seria ele cortar fora a mão direita que vender um segredo de Estado que lhe tivesse sido confiado. É absurdo, impossível, ultrajante para qualquer um que o conhecesse.

– Mas e os fatos, Srta. Westbury?

– Sim, sim. Admito que não consigo explicar.

– Ele estava com algum problema financeiro?

– Não. Suas necessidades eram muito simples, e o salário era amplo. Ele havia economizado algumas centenas, e nos casaríamos no Ano-Novo.

– Nenhum sinal de agitação mental? Vamos, Srta. Westbury, seja absolutamente franca conosco.

O olhar atento de meu companheiro havia percebido uma alteração na postura da jovem. Ela se ruborizou e hesitou.

– Sim – disse ela, enfim –, tive a impressão de que ele estava com algo na cabeça.

– Por quanto tempo?

– Só na última semana, mais ou menos. Ele andava pensativo e preocupado. Certo dia, insisti para que me contasse. Ele admitiu que havia algo, e que tinha a ver com seu trabalho. "É sério demais para eu falar, até com você." Não consegui mais nada.

Holmes pareceu sério.

– Continue, Srta. Westbury. Mesmo se parecer incriminador para ele, continue. Não temos como saber aonde isso pode levar.

– Realmente, não tenho mais nada a dizer. Em uma ou duas ocasiões pareceu que ele estava prestes a me contar algo. Uma noite, ele falou da importância do segredo, e me lembro vagamente de ele dizer que não tinha dúvida de que espiões estrangeiros pagariam uma fortuna para sabê-lo.

O rosto de meu amigo ficou ainda mais sério.

– Algo mais?

– Ele disse que nós éramos relapsos nessas questões, que seria fácil para um traidor pôr as mãos nos planos.

– Esses comentários dele são recentes?

– Sim, bastante.

– Agora nos conte sobre aquela última noite.

– Nós iríamos ao teatro. A neblina estava tão cerrada que seria inútil pegar um cabriolé. Fomos andando, e nosso caminho nos levou para perto do escritório. De repente, ele saiu correndo pela neblina.

– Sem dizer nada?

– Ele soltou uma exclamação. Só isso. Esperei, mas ele não voltou. Então decidi voltar para casa. Na manhã seguinte, quando o escritório estava aberto, eles vieram fazer perguntas. Por volta do meio-dia, recebemos a notícia terrível. Ah, Sr. Holmes, se o senhor puder apenas salvar a honra dele! Era muito importante para ele.

Holmes balançou a cabeça, com tristeza.

– Vamos, Watson – disse ele –, nosso caminho nos leva para outro lugar. Nossa próxima parada será o escritório de onde os documentos foram retirados.

Quando nosso cabriolé começou a andar, ele comentou:

– A história já estava sombria antes para o rapaz, mas nossas investigações a tornaram ainda mais sombria. O casamento iminente lhe proporciona um motivo para o crime. Ele naturalmente queria dinheiro. A ideia estava em sua cabeça, visto que ele falou disso. Quase fez da moça uma cúmplice da traição ao lhe contar seus planos. É tudo muito ruim.

– Mas, Holmes, certamente o caráter não conta para algo? E, ainda, por que ele deixaria a moça na rua e fugiria para cometer um crime?

– Exato! Certamente há objeções. Mas é um caso formidável que elas devem atender.

O Sr. Sidney Johnson, o auxiliar-chefe, nos encontrou no escritório e nos recebeu com o respeito que o cartão de meu companheiro sempre inspirava. Ele era um homem de meia-idade, magro e ríspido. Usava óculos e tinha o rosto emaciado. Suas mãos tremiam por causa da tensão nervosa que ele havia sofrido.

– É ruim, Sr. Holmes, muito ruim! O senhor já ficou sabendo da morte do chefe?

– Acabamos de vir da casa dele.

– Está tudo um caos. O chefe morto, Cadogan West morto, nossos documentos roubados. E, no entanto, quando fechamos as portas na noite de segunda-feira, éramos um escritório tão eficiente quanto qualquer outro do governo. Meu Deus, que ideia horrível! De que West, justo ele, fosse fazer algo assim!

– Então o senhor tem certeza da culpa dele?

– Não consigo ver nenhuma outra explicação. E, no entanto, eu confiaria tanto nele quanto confio em mim mesmo.

– A que horas o escritório foi fechado na segunda-feira?

– Às cinco.

– O senhor o fechou?

– Sempre sou o último a sair.

– Onde estavam os planos?

– Naquele cofre. Eu os coloquei ali dentro pessoalmente.

– O edifício não tem nenhum vigia?

– Tem, mas ele precisa tomar conta de outros departamentos também. É um velho soldado e um homem extremamente confiável. Não viu nada naquela noite. Mas é claro que a neblina estava muito cerrada.

– Digamos que Cadogan West quisesse entrar no edifício após o fim do expediente. Ele precisaria de três chaves para chegar aos documentos, certo?

– Sim, precisaria. A chave da porta externa, a chave do escritório e a chave do cofre.

– Só Sir James Walter e o senhor tinham essas chaves?

– Eu não tinha as chaves das portas. Só do cofre.

– Sir James era um homem de hábitos ordenados?

– Sim, creio que sim. Sei que, no que dizia respeito a essas três chaves, ele as mantinha no mesmo molho. Muitas vezes os vi com elas.

– E esse molho foi com ele para Londres?

– Ele disse que sim.

– E o senhor nunca perdeu a posse de sua chave?

– Nunca.

– Então West, se for o culpado, devia ter uma cópia. E, no entanto, não foi encontrada nenhuma chave em seu corpo. Mais uma questão: se um auxiliar deste escritório desejasse vender os planos, não teria sido mais simples copiá-los em vez de levar os originais, ao contrário do que foi feito?

– Seria necessário deter um considerável conhecimento técnico para copiar os planos de forma fidedigna.

– Mas imagino que Sir James, West ou o senhor tivessem esse conhecimento técnico, não?

– Decerto que tínhamos, mas, por favor, não tente me arrastar para essa questão, Sr. Holmes. De que adianta especularmos assim quando os planos originais foram encontrados em West?

– Bom, certamente é curioso que ele fosse correr o risco de roubar os originais se poderia ter feito cópias em segurança, o que teria dado na mesma.

– Curioso, sem dúvida... E, no entanto, foi o que ele fez.

– Cada passo desta investigação revela algo inexplicável. Agora restam ainda três documentos desaparecidos. Ao que consta, eles são os vitais.

– Sim, são.

– Isso significa que qualquer um em posse desses três documentos, e sem os outros sete, seria capaz de construir um submarino *Bruce-Partington*?

– Declarei isso ao almirantado. Mas hoje revisei os projetos, e já não tenho mais tanta certeza. O projeto das válvulas duplas com portinholas de ajuste automático está em um dos documentos recuperados. Os estrangeiros só conseguiriam construir a embarcação depois de as inventarem por conta própria. Mas é claro que eles poderiam superar essa dificuldade em pouco tempo.

– Mas os três projetos desaparecidos são os mais importantes?

– Sem dúvida.

– Acho que, com a sua permissão, eu gostaria de dar uma circulada pelo local. Não me lembro de mais nenhuma pergunta que queira lhe fazer.

Holmes examinou a tranca do cofre, a porta da sala e, finalmente, as venezianas de ferro da janela. Foi só quando saímos para o gramado que o interesse dele ganhou grande intensidade. Havia um pé de louro do lado de fora da janela, e alguns dos galhos exibiam sinais de terem sido torcidos ou quebrados. Meu amigo os examinou cuidadosamente com a lupa, e depois observou umas marcações sutis e vagas na terra sob o arbusto. Por fim, pediu que o auxiliar-chefe fechasse as venezianas de ferro e me indicou que as placas mal se encontravam no centro e que era possível para alguém de fora enxergar o que acontecia dentro da sala.

– Os sinais estão arruinados após o decorrer de três dias. Isso pode significar algo, ou nada. Bom, Watson, acho que Woolwich não nos será mais de utilidade. É uma plantação pequena que já rendeu a colheita. Vejamos se teremos mais sucesso em Londres.

Porém, acrescentamos mais um molho à nossa colheita antes de sairmos da Woolwich Station. O bilheteiro nos afirmou com certeza que viu Cadogan West – a quem ele conhecia bem de vista – na noite de segunda-feira, e que ele foi a Londres no trem das oito e quinze para London Bridge. Ele estava sozinho e adquiriu uma passagem de terceira classe. Na ocasião, o bilheteiro reparou no comportamento agitado e nervoso dele. O rapaz estava tão trêmulo que mal conseguira pegar o troco, e o bilheteiro o ajudara com o dinheiro. Uma consulta ao quadro de horários revelou que o trem das oito e quinze era o primeiro que West poderia ter pegado após deixar a noiva por volta de sete e meia.

– Vamos reconstruir, Watson – disse Holmes após meia hora de silêncio. – Não sei se em algum momento durante todas as buscas que realizamos juntos já encontramos um caso mais difícil de sondar. Cada novo avanço que fazemos revela apenas um novo obstáculo à frente. E, no entanto, é certo que fizemos sensível progresso.

"Nossa investigação em Woolwich provocou efeitos sobretudo contra o jovem Cadogan West; mas os indícios na janela se prestam a uma hipótese mais favorável. Suponhamos, por exemplo, que ele tenha sido abordado por um agente estrangeiro. Essa abordagem pode ter incluído garantias que o impedissem de falar da ocorrência, porém teria afetado seus pensamentos no sentido indicado pelos comentários que o rapaz havia feito à noiva. Muito bem. Agora suponhamos que, no caminho para o teatro com a moça, ele de repente tenha visto de relance na neblina esse mesmo agente indo na direção do escritório. Era um homem impetuoso, dado a decisões rápidas. A noção de dever superou tudo o mais. Ele seguiu o homem, chegou à janela, viu a abstração dos documentos e perseguiu o ladrão. Assim, vencemos a objeção de que ninguém pegaria os originais se fosse possível fazer cópias. Esse intruso precisou pegar os originais. Até aqui, a tese se mantém."

– Qual é o próximo passo?

– Agora encontramos dificuldades. Seria de se imaginar que, nessas circunstâncias, a primeira ação do jovem Cadogan West seria apreender o vilão e soar o alarme. Por que ele não o fez? Será que os documentos foram retirados por uma autoridade superior? Isso explicaria a conduta de West. Ou será que o chefe conseguiu escapar de West na neblina, e West partiu imediatamente para Londres a fim de interceptá-lo em sua residência, considerando que ele soubesse onde era essa residência? A visita deve ter sido muito urgente, já que ele deixou a moça sozinha na neblina e não fez qualquer esforço de se comunicar com ela. Nossa trilha se esfria aqui, e há um amplo vão entre a hipótese e a disposição do corpo de West, com sete documentos no bolso, em cima de um trem do metrô. Meu instinto agora é trabalhar a partir da outra extremidade. Se Mycroft nos proporcionou uma lista de endereços, poderemos identificar nosso homem e seguir duas trilhas, em vez de uma.

DITO E FEITO: um bilhete nos aguardava na Baker Street. Um mensageiro do governo o trouxera com urgência. Holmes deu uma olhada e o entregou a mim.

Há diversos peixes pequenos, mas poucos capazes de lidar com caso tão grande. Os únicos nomes dignos de consideração são Adolph Meyer, ao número 13 da Great George Street, Westminster; Louis la Rothiere, de Campden Mansions, Notting Hill; e Hugo Oberstein, ao número 13 de Caulfield Gardens, Kensington. Sabe-se que esse último se encontrava na cidade na segunda-feira e a informação atual é de que ele se foi. Bom saber que você enxergou alguma luz. O governo aguarda seu relatório final com grande ansiedade. Chegaram representações urgentes do topo da hierarquia. Você tem à sua disposição toda a força do Estado, se achar necessário.

– Receio – disse Holmes, com um sorriso – que todos os cavalos e homens da rainha de nada serviriam neste caso. – Ele havia estendido seu grande mapa de Londres e estava reclinado com uma postura ansiosa sobre a mesa. – Ora, ora – acrescentou logo, com uma exclamação satisfeita –, enfim as coisas estão se encaminhando a nosso favor. Bom, Watson, eu realmente acredito que conseguiremos prevalecer, afinal. – Ele me deu um tapa no ombro com um súbito rompante de risos. – Vou sair agora. É apenas uma exploração. Não farei nada sério sem a companhia próxima de meu biógrafo e camarada de confiança. Fique aqui, e o mais provável é que você volte a me ver em uma ou duas horas. Se o tempo começar a pesar, pegue papel e caneta e comece a sua narrativa de como nós salvamos o país.

Sua altivez se refletiu parcialmente também em mim, pois eu bem sabia que ele só se distanciaria tanto de sua postura austera habitual se houvesse um bom motivo para celebração. Aguardei longas horas naquela noite de novembro, cheio de impaciência pelo retorno dele. Por fim, pouco após as nove horas, chegou um mensageiro com um bilhete:

Estou jantando no Goldini's Restaurant, em Gloucester Road, Kensington. Por favor venha logo me encontrar aqui. Traga um pé de cabra, uma lamparina escura, um cinzel e um revólver.

S.H.

Era um belo equipamento para um cidadão respeitável levar pelas ruas escuras e enevoadas. Guardei tudo discretamente em meu sobretudo e segui imediatamente para o endereço informado. Lá encontrei meu amigo sentado a uma mesinha redonda, perto da porta do restaurante italiano de decoração extravagante.

– Já comeu algo? Então me acompanhe para um café com curaçao. Experimente um dos charutos do dono. São menos venenosos do que seria de se esperar. Trouxe as ferramentas?

– Estão aqui, em meu sobretudo.

– Excelente. Deixe-me resumir brevemente o que fiz e dar alguma indicação do que estamos prestes a fazer. Agora já deve estar evidente para você, Watson, que o corpo do jovem foi *colocado* em cima do trem. Isso ficou claro desde o instante em que determinei o fato de que ele havia caído de cima do trem, não de dentro de um vagão.

– Ele não poderia ter sido jogado de uma ponte?

– Eu diria que é impossível. Se você examinar o topo dos trens, verá que é ligeiramente curvo, e que não há barras nas laterais. Portanto, podemos dizer com certeza que o jovem Cadogan West foi colocado nele.

– Como ele pode ter sido colocado?

– Essa era a pergunta que precisávamos responder. Só há uma possibilidade. Você sabe que o metrô circula fora de túneis em alguns trechos em West End. Eu tinha uma vaga lembrança de, ao viajar nele, ver algumas janelas pouco acima da cabeça. Agora, digamos que um trem parasse debaixo de uma dessas janelas, acha que haveria dificuldade em colocar um corpo em cima dele?

– Parece muito improvável.

– Precisamos recair no velho axioma de que, falhando todas as contingências, o que restar, por mais improvável que seja, deve ser a verdade. Aqui, todas as outras contingências *falharam*. Quando percebi que o principal agente internacional, que havia acabado de sair de Londres, morava em um conjunto de casas adjacentes ao metrô, fiquei tão satisfeito que você se espantou um pouco com minha frivolidade repentina.

– Ah, foi por isso, então?

– Sim, foi por isso. O Sr. Hugo Oberstein, do número 13 em Caulfield Gardens, tornou-se meu objetivo. Comecei meus preparativos na Gloucester Road Station, onde um agente muito prestativo me acompanhou pelo trilho e permitiu que eu confirmasse não apenas que as janelas traseiras de Caulfield Gardens se abriam para o trilho, mas também o fato mais essencial ainda de que, devido à interseção de uma das vias maiores, é frequente que os trens do metrô permaneçam parados por alguns minutos naquele lugar.

– Esplêndido, Holmes! Você conseguiu!

– Até agora... Até agora, Watson. Nós avançamos, mas a meta está distante. Bom, após ver os fundos de Caulfield Gardens, visitei a frente da residência e confirmei que o pássaro de fato deixara o ninho. É uma casa de tamanho considerável, e os andares superiores, pelo que pude determinar, não estão mobiliados. Oberstein morava ali com um único valete, provavelmente um aliado de plena confiança. Precisamos lembrar que ele viajou ao continente para se livrar do butim, mas não com pensamentos de fuga; afinal, Oberstein não tinha motivo algum para recear um mandato de busca, e a ideia de uma visita domiciliar amadora jamais lhe ocorreria. No entanto, é precisamente isso o que estamos a ponto de fazer.

– Não podemos obter um mandato e legalizar?

– Seria difícil com as informações presentes.

– E o que podemos fazer?

– Não há como saber que correspondência pode haver lá.

– Não gosto disso, Holmes.

– Meu caro amigo, você ficará de vigia na rua. Eu cuidarei da parte criminosa. Agora não é o momento de nos atermos a detalhes. Pense na mensagem de Mycroft, no almirantado, no governo, na pessoa agitada que espera notícias. Precisamos ir.

Respondi levantando-me da cadeira.

– Você tem razão, Holmes. Precisamos ir.

Ele colocou-se de pé em um salto e me apertou a mão.

– Eu sabia que você não recuaria no final – disse ele, e por um instante vi que seu olhar chegou mais perto do que nunca de um sentimento de ternura.

No momento seguinte, voltou à mesma postura prática e dominante de sempre.

– É pouco mais de meio quilômetro, mas não temos pressa. Caminhemos – sugeriu ele. – Não deixe cair os instrumentos, por favor. Seria uma complicação muito infeliz se você fosse preso por atitudes suspeitas.

Caulfield Gardens era um daqueles conjuntos de casas de fachada lisa, com colunas e pórticos, que representavam um produto proeminente de meados da era vitoriana no West End de Londres. Na porta vizinha parecia estar acontecendo uma festa infantil, pois o som alegre de vozes jovens e o toque de um piano ecoavam na noite. A neblina persistia no ar e nos cobria com sua amigável proteção. Holmes acendera a lamparina e com ela iluminava a porta imensa.

– Isto é um assunto sério – disse ele. – Com toda a certeza a porta está trancada tanto a chave quanto com o ferrolho. Seria melhor irmos ao acesso do porão. Ali embaixo há um excelente arco caso tenhamos que lidar com o excesso de zelo de algum policial. Dê-me uma ajuda, Watson, e farei o mesmo por você.

Um minuto depois, nos encontrávamos no acesso do porão. Mal havíamos alcançado a proteção das sombras quando ouvimos os passos de um policial na neblina da rua. Quando o ritmo suave silenciou até desaparecer, Holmes começou a trabalhar na porta inferior. Ele se agachou e fez força até que, com um estrondo súbito, a porta se abriu de repente. Entramos rapidamente pela passagem escura e fechamos a porta do porão atrás de nós. Holmes nos levou pela escada curva e acarpetada. O pequeno arco de luz amarela iluminou uma janela baixa.

– Cá estamos, Watson. Deve ser aqui. – Ele a abriu, e, ao fazê-lo, ouvimos um murmúrio baixo e ríspido, que foi crescendo até se tornar o rugido alto de um trem que correu nos trilhos abaixo de nós na escuridão. Holmes passou a luz da lamparina pelo peitoril da janela. Estava muito sujo de fuligem por causa das locomotivas que passavam por ali, mas em alguns pontos da superfície negra havia manchas e borrões.

– Veja onde o corpo foi deitado. Alô, Watson! O que é isto? Sem dúvida alguma é uma mancha de sangue. – Ele apontava para umas ligeiras descolorações ao longo da estrutura de madeira da janela. – Aqui na pedra da escada também tem. A demonstração está completa. Vamos ficar aqui até que um trem pare.

Não foi preciso esperar muito. O trem seguinte logo saiu rugindo do túnel, como o anterior, mas reduziu a velocidade nos trilhos e então, conforme os freios rangiam, parou imediatamente abaixo de nós. Devia haver 1 metro entre a beira da janela e o teto dos vagões. Holmes fechou a janela cuidadosamente.

– Até aqui, estamos justificados – disse ele. – O que você acha, Watson?

– Uma obra-prima. Você nunca se elevou tanto.

– Não posso concordar com você. Desde o instante em que concebi a ideia de um corpo colocado em cima de um vagão, algo que certamente não era nada abstruso, todo o restante foi inevitável. Não fossem os interesses sérios envolvidos na questão, o caso até este ponto seria insignificante. Ainda temos dificuldades a enfrentar. Mas talvez encontremos aqui algo que possa nos ajudar.

Tínhamos subido a escada da cozinha e entrado no conjunto de cômodos do segundo andar. Um deles era a sala de jantar, decorada com austeridade, e não havia ali nada digno de nota. Outro cômodo era um quarto, que também não rendeu nada. O terceiro cômodo parecia mais promissor, e meu companheiro se encarregou de examiná-lo sistematicamente. O espaço estava abarrotado de livros e papéis e, evidentemente, era usado como escritório. Ágil e metódico, Holmes revirou os conteúdos, gaveta após gaveta, armário após armário, mas nenhuma fagulha de sucesso lhe iluminou o rosto sério. Passada uma hora, ele não havia feito nenhum progresso.

– O cão astuto cobriu os próprios rastros – disse Holmes. – Ele não deixou nada que pudesse incriminá-lo. Suas correspondências perigosas foram destruídas ou retiradas. Esta é nossa última chance.

Era uma pequena caixa de metal que repousava na escrivaninha. Holmes usou o cinzel para abri-la. Havia diversos rolos de papel no interior, cobertos com números e cálculos, mas sem qualquer anotação que indicasse a que se referiam. As palavras recorrentes – "pressão de água" e "pressão por polegada quadrada" – sugeriam uma possível relação com um submarino. Holmes os afastou com impaciência. Restava apenas um envelope com alguns pequenos recortes de jornal. Ele os espalhou pela mesa, e imediatamente vi um raio de esperança surgir em seu rosto ansioso.

– O que é isto, Watson? Hein? O que é isto? Registros de uma série de mensagens em anúncios de jornal. A julgar pela tipografia e pelo papel, é a coluna de agonia do *Daily Telegraph*. Canto superior direito de uma página. Nenhuma data... Mas a ordem das mensagens está clara. Esta deve ser a primeira:

Queria ter notícias antes. De acordo com termos. Escrever detalhes a endereço informado em cartão. Pierrot.

"Depois vem:

Complexo demais para descrever. Preciso relatório completo. Pacote espera você quando receber bens. Pierrot.

"E depois:

Tempo urge. Devo retirar oferta a menos que contrato conclua. Marque encontro via carta. Confirmação via anúncio. Pierrot.

"Por fim:

Segunda após nove da noite. Dois toques. Só nós. Não aja de forma suspeita. Pagamento em dinheiro vivo mediante entrega de bens. Pierrot.

"Um registro razoavelmente completo, Watson! Se pudermos chegar ao homem do outro lado!"

Holmes ficou sentado, perdido em pensamentos, tamborilando os dedos na mesa. Por fim, ele se levantou de um salto.

– Bom, talvez não seja tão difícil assim. Não podemos fazer mais nada aqui, Watson. Acho que devemos passar no escritório do *Daily Telegraph* e depois dar por encerrado um bom dia de trabalho.

MYCROFT HOLMES E LESTRADE haviam chegado na hora combinada após o café da manhã do dia seguinte, e Sherlock Holmes lhes contara tudo o que havia acontecido no dia anterior. O profissional balançou a cabeça ao nos ouvir confessar a invasão.

– Não podemos fazer essas coisas na polícia, Sr. Holmes – disse ele. – Não me admira que o senhor consiga obter resultados além do nosso alcance. Mas algum dia o senhor e seu amigo irão longe demais e acabarão com problemas.

– Em nome da Inglaterra, do lar e da beleza... Não, Watson? Mártires no altar de nossa pátria. Mas o que você acha, Mycroft?

– Excelente, Sherlock! Admirável! Mas que proveito você tirará disso?

Holmes pegou o *Daily Telegraph* que repousava na mesa.

– Viu o anúncio de Pierrot hoje?

– O quê? Outro?

– Sim, aqui está: *Hoje à noite. Mesmo horário. Mesmo local. Dois toques. Importância crucial. Sua segurança em jogo. Pierrot.*

– Por George! – exclamou Lestrade. – Se ele responder, nós o pegamos!

– Essa era a minha ideia quando o publiquei. Acho que, se vocês dois puderem fazer o esforço de vir conosco por volta de oito da noite a Caulfield Gardens, talvez cheguemos um pouco mais perto de uma solução.

UMA DAS CARACTERÍSTICAS mais impressionantes de Sherlock Holmes era sua capacidade de desativar o cérebro e transferir todos os seus pensamentos para questões mais levianas sempre que se convencia de que não poderia trabalhar plenamente. Lembro que, durante todo aquele dia memorável, ele se perdeu em uma monografia na qual havia investigado os motetos polifônicos de Lasso. Como eu mesmo era desprovido desse poder de abstração, aquele dia me pareceu interminável. A vasta relevância nacional do assunto, o suspense elevado, a natureza direta do experimento que estávamos realizando... tudo se combinava para abalar meus nervos. Foi um alívio para mim quando, finalmente, após um jantar leve, partimos em nossa expedição. Lestrade e Mycroft nos encontraram na hora combinada diante da Gloucester Road Station. A porta do porão da casa de Oberstein fora deixada aberta na noite anterior, e, diante da recusa categórica e indignada de Mycroft Holmes de pular a cerca, precisei entrar e abrir a porta do hall. Às nove, estávamos todos sentados no escritório, aguardando pacientemente nosso homem.

Passou-se uma hora, e mais outra. Quando deram onze horas, as badaladas ritmadas do grande relógio da igreja pareceram ecoar o pesar de nossa esperança. Lestrade e Mycroft se mexiam inquietos e olhavam seus relógios duas vezes por minuto. Holmes permanecia calado e calmo, de pálpebras semicerradas, mas com cada sentido em alerta. Com um gesto súbito, ele ergueu a cabeça.

– Ele está vindo – disse meu amigo.

Ouvimos um passo furtivo do lado de fora da porta. De novo. Um ruído indistinto veio do lado externo, e então dois toques firmes na aldrava. Holmes se levantou e indicou que permanecêssemos sentados. A lâmpada a gás no hall era um mero ponto de luz. Ele abriu a porta externa e, quando uma figura sombria passou, voltou a fechá-la e a trancou.

– Por aqui! – ouvimos Holmes dizer.

No instante seguinte, nosso homem surgiu à nossa frente. Holmes o havia seguido de perto, e, quando o sujeito se virou com uma exclamação de surpresa e alarme, ele o pegou pelo colarinho e o empurrou de volta para o cômodo. Antes que nosso prisioneiro recuperasse o equilíbrio, a porta foi fechada e Holmes se apoiou de costas nela. O intruso olhou à sua volta, cambaleou e tombou no chão, inconsciente. Com o impacto, o chapéu de abas largas caiu de sua cabeça, o lenço se afastou da boca, e vimos a barba comprida e clara e os traços belos e delicados do coronel Valentine Walter.

Holmes proferiu um assobio de surpresa.

– Pode me descrever como um néscio desta vez, Watson – disse ele. – Não era este o pássaro que eu esperava pegar.

– Quem é ele? – perguntou Mycroft, ansioso.

– O irmão mais novo do falecido Sir James Walter, o chefe do Departamento de Submarinos. Sim, sim; vejo as cartas caindo. Ele está voltando a si. Acho que é melhor deixar o interrogatório dele comigo.

Nós havíamos carregado o corpo desfalecido ao sofá. Nosso prisioneiro agora se sentou, olhou à sua volta com uma expressão horrorizada no rosto e passou a mão na testa, como uma pessoa incapaz de acreditar nos próprios sentidos.

– O que é isto? – perguntou ele. – Vim aqui visitar o Sr. Oberstein.

– Já sabemos de tudo, coronel Walter – disse Holmes. – Não compreendo como um cavalheiro inglês poderia agir de tal forma. Mas estamos cientes de toda a sua correspondência e relação com Oberstein. E também das circunstâncias relativas à morte do jovem Cadogan West. Permita-me aconselhá-lo a conquistar ao menos o pequeno crédito de redenção e confissão, visto que ainda restam alguns detalhes que só podem ser esclarecidos por seus lábios.

O homem grunhiu e afundou o rosto entre as mãos. Nós esperamos, mas ele permaneceu calado.

– Garanto – disse Holmes – que já sabemos de todas as informações básicas. Sabemos que precisava de dinheiro; e que começou a se corresponder com Oberstein, que respondia às suas cartas mediante anúncios nas colunas do *Daily Telegraph*. Estamos cientes de que foi visto e seguido pelo jovem Cadogan West, que provavelmente tinha motivos para desconfiar de você. Ele viu seu roubo, mas não pôde soar o alarme, pois era bem possível que você estivesse levando os documentos a seu irmão em Londres. Esquecendo todos os compromissos particulares, como o bom cidadão que era, ele o seguiu de perto pela neblina e se manteve em seu encalço até você chegar a esta casa. Em seguida ele interveio, e foi então, coronel Walter, que à traição você acrescentou o crime mais terrível de assassinato.

– Não! Não! Juro por Deus que não! – exclamou nosso prisioneiro, consternado.

– Diga-nos, então, como Cadogan West veio a falecer antes que você o colocasse em cima de um vagão de trem?

– Sim. Juro que vou contar. Eu fiz todo o resto. Confesso. Foi exatamente como você falou. Eu tinha uma dívida na bolsa de valores. Precisava muito do dinheiro. Oberstein me ofereceu 5 mil. Era para me salvar da ruína. Mas, quanto ao assassinato, sou tão inocente quanto você.

– Então o que aconteceu?

Ele já desconfiava antes e me seguiu, tal como você descreveu. Só me dei conta quando cheguei à porta aqui. A neblina estava cerrada, e era impossível enxergar além de 3 metros. Eu bati duas vezes, e Oberstein veio à porta. O jovem surgiu e exigiu saber o que nós faríamos com os documentos. Oberstein tinha um pequeno porrete e sempre o trazia consigo. Quando West invadiu a casa atrás de nós, Oberstein lhe bateu na cabeça. O golpe foi letal. Ele morreu em cinco minutos. Lá estava ele, caído no hall, e nós não tínhamos a menor ideia do que fazer. Oberstein então pensou nos trens que paravam abaixo de sua janela nos fundos da casa. Mas antes ele examinou os documentos que eu havia trazido. Disse que três eram essenciais e que precisaria ficar com eles.

– Você não pode ficar com eles – falei. – Será uma confusão terrível em Woolwich se os documentos não forem devolvidos.

– Preciso ficar com eles – respondeu ele –, pois são técnicos demais e seria impossível copiá-los em tempo.'

– Então eles têm que voltar todos hoje à noite – falei.

Ele pensou durante alguns minutos e então exclamou que já sabia o que fazer.

– Vou ficar com três – disse ele. – Os outros nós enfiamos no bolso deste jovem. Quando ele for encontrado, com certeza o caso todo será atribuído a ele.

Não consegui ver nenhuma alternativa, então fizemos tal como ele havia sugerido. Esperamos por meia hora na janela até um trem parar. A neblina estava tão densa que era impossível ver qualquer coisa, e não tivemos dificuldade para depositar o corpo de West no trem. Esse foi o fim da história para mim.

– E seu irmão?

– Ele não falou nada, mas já havia me flagrado uma vez com suas chaves, e acho que ele desconfiava. Li a suspeita em seus olhos. Como sabe, ele nunca mais ergueu a cabeça.

Fez-se silêncio no cômodo, rompido por Mycroft Holmes.

– Você poderia reparar o dano? Traria alívio para sua consciência, e talvez para sua punição.

– Como eu posso reparar?

– Aonde Oberstein levou os documentos?

– Não sei.

– Ele não deu nenhum endereço?

– Ele disse que cartas enviadas ao Hôtel du Louvre, em Paris, chegariam a ele.

– Então você ainda tem condições de reparar o dano – disse Sherlock Holmes.

– Farei o que for possível. Não devo nenhuma satisfação a esse sujeito. Ele foi a minha ruína e o meu fim.

– Aqui estão papel e caneta. Sente-se a esta mesa e escreva o que vou lhe ditar. Anote no envelope o endereço informado. Isso mesmo. Agora, a carta:

Prezado senhor,

A respeito de nossa transação, o senhor certamente já observou que falta um detalhe crucial. Tenho uma reprodução que completará o material. No entanto, isso me acarretou mais problemas, e preciso lhe pedir outras 500 libras. Não confiarei o documento ao correio, nem aceitarei o pagamento em qualquer forma que não ouro ou dinheiro corrente. Eu poderia encontrá-lo no exterior, mas chamaria atenção se eu deixasse o país no momento. Portanto, eu o esperarei na sala de fumantes do Charing Cross Hotel ao meio-dia de sábado. Lembre-se de que só aceitarei dinheiro inglês ou ouro.

– Isso servirá muito bem. Ficarei muito surpreso se essa jogada não nos levar à captura de nosso homem.

E LEVOU! ENTROU PARA A HISTÓRIA – a história secreta de um país, que com frequência é muito mais íntima e interessante que as crônicas públicas – o fato de que Oberstein, afoito para concluir o golpe de sua vida, atendeu ao chamado e foi devidamente detido por 15 anos em uma prisão britânica. Na mala dele foram encontrados os inestimáveis planos do *Bruce-Partington*, que ele havia oferecido em leilão para todos os centros navais da Europa.

O coronel Walters morreu na prisão ao final do segundo ano da pena. Quanto a Holmes, meu amigo voltou revigorado à sua monografia sobre os Motetos Polifônicos de Lasso, que depois veio a ser publicada para circulação restrita, e especialistas afirmam que o trabalho é a última palavra sobre o tema. Algumas semanas depois, fiquei sabendo por acaso que Holmes passou um dia em Windsor, de onde voltou com um alfinete de gravata de esmeralda de qualidade excepcional. Quando perguntei se ele o havia comprado, sua resposta foi que havia sido um presente de certa dama elegante em cujo nome ele tivera a felicidade de realizar um pequeno encargo. E não disse mais nada; mas creio que poderia adivinhar o nome augusto da dama e tenho poucas dúvidas de que o alfinete de esmeralda para sempre trará a meu amigo a lembrança da aventura dos planos do *Bruce-Partington*.

13

O detetive agonizante

A Sra. Hudson, senhoria de Sherlock Holmes, era uma mulher muito sofrida. Não apenas o apartamento do segundo andar de sua casa era invadido a todo instante por incontáveis personagens peculiares e, muitas vezes, indesejáveis, mas seu inquilino notável se mostrava tão excêntrico e irregular na vida que devia ser um teste árduo à paciência da dama. A incrível desordem, o vício em música em horas estranhas, os ocasionais treinos com pistola dentro do apartamento, os experimentos científicos esquisitos e muitas vezes malcheirosos e a atmosfera de violência e perigo que pairava em volta dele faziam de Holmes o pior inquilino de toda a Londres. Por outro lado, seus pagamentos eram régios. Não tenho a menor dúvida de que a casa poderia ter sido adquirida pelo preço que Holmes pagou pelo apartamento durante os anos em que morei com ele.

A senhoria nutria imensa admiração por ele e nunca se atrevia a interferir em suas atividades, por mais ultrajantes que pudessem parecer. E ela também o apreciava, pois ele era excepcionalmente gentil e cortês ao lidar com mulheres. Sherlock Holmes não tinha afeição nem confiança pelo sexo, mas sempre era um oponente galante. Ciente de que o sentimento dela por meu amigo era genuíno, ouvi com atenção ao seu relato quando ela veio à minha residência no segundo ano de minha vida de casado e me contou as condições lamentáveis a que meu pobre amigo fora reduzido.

– Ele está morrendo, Dr. Watson – revelou-me ela. – Há três dias que está afundando, e duvido que resista ao fim deste. Ele não deixou que eu chamasse um médico. Hoje de manhã, quando vi os ossos salientes em seu rosto e aqueles grandes olhos luminosos me observaram, não consegui aguentar mais.

– Com ou sem sua permissão, Sr. Holmes, vou chamar um médico imediatamente – falei.

– Que seja Watson, então – respondeu ele. Eu não perderia nenhum segundo para ir vê-lo, senhor, ou talvez você não o encontre mais vivo.

Fiquei horrorizado, pois não tivera nenhuma notícia da doença de Holmes. Não preciso dizer que peguei às pressas meu casaco e o chapéu. No trajeto até lá, pedi os detalhes.

– Não posso dizer muita coisa, senhor. Ele estava trabalhando em um caso em Rotherhithe, em um beco perto do rio, e trouxe essa doença para casa. Ficou de cama na tarde de quarta-feira e não saiu mais. Nos últimos três dias, ele não colocou nada de comida ou bebida na boca.

– Meu Deus! Por que você não chamou um médico?

– Ele não deixou! O senhor sabe como ele é rigoroso. Não me atrevi a desobedecê-lo. Mas ele não vai ficar muito mais tempo neste mundo, como o senhor mesmo verá assim que puser os olhos nele.

Holmes estava mesmo um espetáculo deplorável. Na luz fraca daquele dia nevoento de novembro, o quarto do enfermo era um lugar sombrio, mas foi aquele rosto esquálido e desgastado que me encarava da cama que produziu calafrios em meu coração. Os olhos dele tinham um brilho febril, suas faces exibiam um rubor doentio, e cascas escuras cobriam-lhe os lábios. As mãos magras em cima na coberta tremiam sem parar, e sua voz soava rouca e espasmódica. Ele jazia inquieto quando entrei no cômodo, embora uma fagulha de reconhecimento tenha surgido em seus olhos quando me viu.

– Ora, Watson, parece que entramos em dias malignos – disse ele, com uma voz débil, mas ainda com um pouco de sua velha postura despreocupada.

– Meu caro amigo! – exclamei, aproximando-me.

– Para trás! Fique para trás! – disse ele, com a imponência brusca que eu associava apenas a momentos de crise. – Se você se aproximar, Watson, mandarei expulsá-lo da casa.

– Mas por quê?

– Porque é o que eu desejo. Isso não basta?

Sim, a Sra. Hudson tinha razão. Ele estava mais rigoroso do que nunca. Mas era de dar pena a exaustão que exibia.

– Eu só quero ajudar – expliquei.

– Exatamente! Você me ajudará mais se fizer o que eu lhe digo.

– Perfeitamente, Holmes.

Ele relaxou a austeridade de seus modos.

– Você não está bravo? – perguntou ele, lutando para respirar.

Pobre coitado, como eu poderia ficar bravo enquanto o via padecer de tamanha angústia?

– É para seu próprio bem, Watson – murmurou ele.

– Para o *meu* bem?

– Eu sei qual é o problema comigo. É uma doença dos cules da Sumatra, algo que os holandeses conhecem melhor do que nós, embora pouco a compreendam atualmente. Só uma coisa é certa. Ela é definitivamente letal e terrivelmente contagiosa.

Holmes falou com uma energia febril, e suas mãos longas me afastavam em meio a tremores e convulsões.

– Contagiosa ao toque, Watson. É isso, ao toque. Mantenha a distância, e tudo ficará bem.

– Pelos céus, Holmes! Você acha que essa consideração me afeta sequer por um segundo? Não me afetaria no caso de um estranho. Você imagina que me impediria de cumprir meu dever para com um amigo tão antigo?

Mais uma vez avancei, mas ele me repeliu com um olhar de intensa fúria.

– Se você continuar aí, falarei. Caso contrário, você terá que sair do quarto.

Tenho um respeito tão profundo pelas qualidades extraordinárias de Sherlock Holmes que sempre atendi suas vontades, inclusive quando não as compreendia. Porém, naquele momento, todos os meus instintos profissionais estavam em alerta. Que ele seja mestre de todos em outros lugares, mas pelo menos eu era o dele durante uma enfermidade.

– Holmes – falei –, você está fora de si. Um homem doente não passa de uma criança, e assim o tratarei. Quer você goste ou não, vou examinar seus sintomas e tratá-los.

Ele me encarou com um olhar venenoso.

– Se vou ser obrigado a receber um médico independentemente da minha vontade, deixe que pelo menos seja alguém em quem eu confie – disse ele.

– Então você não confia em mim?

– Em nossa amizade, certamente. Mas fatos são fatos, Watson, e, afinal, você é apenas um clínico geral com experiência muito limitada e capacitação medíocre. Dói-me dizer isso, mas você não me deixa alternativa.

Fiquei profundamente magoado.

– Esse comentário está abaixo de sua dignidade, Holmes. Ele me demonstra com muita clareza as condições de seus nervos. Mas, se você não confia em mim, não vou impor meus serviços. Deixe que eu traga Sir Jasper Meek ou Penrose Fisher, ou qualquer um dos melhores médicos de Londres. Mas você *precisa* receber alguém, e fim de discussão. Se acha que vou ficar aqui e vê-lo morrer sem ajudá-lo pessoalmente ou sem trazer outra pessoa, então você se engana.

– Suas intenções são boas, Watson – disse o enfermo com uma combinação de soluço e gemido. – Devo demonstrar sua ignorância? Por favor, o que você sabe sobre a febre de Tapanuli? O que você sabe sobre a decomposição negra de Formosa?

– Nunca ouvi falar de nenhuma das duas.

– Existem muitos problemas de doenças, muitas possibilidades patológicas estranhas no Oriente, Watson. – Ele parava ao fim de cada frase para recuperar as energias debilitadas. – Aprendi muito durante pesquisas recentes de aspecto médico-criminal. Foi no decorrer dessas pesquisas que contraí esta moléstia. Você não pode fazer nada.

– Talvez não. Mas, por acaso, sei que o Dr. Ainstree, a maior autoridade mundial em doenças tropicais, se encontra em Londres. É inútil protestar, Holmes. Irei buscá-lo agora mesmo. – E me virei determinado para a porta.

Nunca vivi tamanho espanto! Em um instante, como um tigre que dá o bote, o homem agonizante me interceptara. Ouvi o estalo agudo de uma chave virada. No momento seguinte, ele cambaleou de volta à cama, exausto e arfante após aquele tremendo rompante de energia.

– Você não tirará a chave de mim à força, Watson. Venci, meu amigo. Aqui está você, e aqui ficará até segunda ordem. Mas o atenderei. – (Tudo isso ele disse de forma pausada, lutando terrivelmente para respirar nos intervalos.) – Você só pensa no meu bem-estar. Claro que sei muito bem disso. Você poderá fazer o que deseja, mas me dê tempo para recuperar as forças. Agora não, Watson, agora não. São quatro horas. Às seis você pode sair.

– Isso é loucura, Holmes.

– Só duas horas, Watson. Prometo que você sairá às seis. Aceita esperar?

– Parece que não tenho escolha.

– Nenhuma absolutamente, Watson. Obrigado, não preciso de ajuda para ajeitar as roupas. Por favor, mantenha distância. Agora, Watson, eu gostaria de exigir uma segunda condição. Você buscará ajuda, mas não do homem que mencionou, e sim de um de minha escolha.

– Certamente.

– A primeira palavra de sensatez que você pronuncia desde que entrou neste quarto, Watson. Você encontrará alguns livros ali. Estou um pouco exausto; como será que uma bateria se sente após despejar eletricidade em uma substância não condutora? Às seis, Watson, continuaremos nossa conversa.

Mas ela estava destinada a continuar muito antes desse horário, e em circunstâncias que me causaram um espanto quase tão grande quanto o salto de Sherlock até a porta. Eu tinha passado alguns minutos observando a figura silenciosa na cama. Seu rosto estava quase coberto pelas roupas, e ele parecia dormir. Então, incapaz de me sentar e ler, comecei a andar lentamente pelo quarto, examinando os retratos de criminosos famosos que decoravam todas as paredes. Por fim, em minha perambulação aleatória, cheguei à lareira. Uma caixa de cachimbos, bolsas de fumo, seringas, canivetes, cartuchos de revólver e outros detritos estavam espalhados por cima da cornija. No meio de tudo, havia uma pequena caixa preta e branca de marfim com tampa deslizante. Era um pequeno objeto bonito, e, quando estendi a mão para examiná-la mais de perto...

Foi um brado pavoroso o de Sherlock – um grito que poderia ter sido escutado da rua. Minha pele gelou e meu cabelo se arrepiou ao som do berro. Quando me virei, vi rapidamente um rosto retorcido e um olhar frenético. Fiquei paralisado com a caixa na mão.

– Coloque-a no lugar! No lugar, agora mesmo, Watson, agora mesmo! – Ele repousou a cabeça de novo no travesseiro e deu um grande suspiro aliviado quando pus a caixa de volta na cornija. – Odeio que mexam nas minhas coisas, Watson. Você sabe que eu odeio. Sua inquietação é insuportável. Você, um médico... Você basta para mandar qualquer paciente ao sanatório. Sente-se, homem, e me deixe descansar!

O incidente me causou uma impressão profundamente desagradável. A agitação violenta e despropositada, seguida pela brutalidade do discurso, tão distante da gentileza habitual dele, me demonstraram a gravidade do desarranjo de sua mente. De todas as ruínas, a de uma mente nobre é a mais deplorável. Fiquei sentado em um estado de miséria silenciosa até o fim do período determinado. Ele parecia também atento ao relógio, pois logo que deram seis horas ele começou a falar com a mesma animação febril de antes.

- Agora, Watson - disse ele. - Você tem algum trocado no bolso?

- Sim.

- Tem prata?

- Um bocado.

- Quantas meias-coroas?

- Tenho cinco.

- Ah, muito poucas! Muito poucas! Que pena, Watson. No entanto, pode colocar as que tiver no bolso em que carrega o relógio. E todo o resto do dinheiro, no bolso esquerdo da calça. Obrigado. Você ficará muito mais equilibrado assim.

Isso era pura insanidade. Ele estremeceu e emitiu mais um som que combinava uma tosse e um soluço.

- Agora, acenda o gás, Watson, mas tome muito cuidado para que nem por um instante a luz fique maior que a metade da potência. Tenha cuidado, Watson, eu imploro. Obrigado, está excelente. Não, não precisa fechar a veneziana. Agora, faça a gentileza de colocar algumas cartas e folhas de papel nesta mesa ao meu alcance. Obrigado. Agora, algumas daquelas coisas na cornija da lareira. Excelente, Watson! Há uma pinça de açúcar ali. Faça a gentileza de usá-la para pegar aquela caixinha de marfim. Coloque-a aqui entre os papéis. Ótimo! Agora pode ir buscar o Sr. Culverton Smith, na Lower Burke Street, número 13.

Para falar a verdade, minha vontade de buscar um médico havia diminuído um pouco, pois tão nítido era o estado delirante do pobre Holmes que parecia perigoso deixá-lo sozinho. No entanto, sua determinação em consultar a pessoa mencionada parecia tão intensa quanto a rejeição obstinada anterior.

- Nunca ouvi falar nesse nome - respondi.

- Talvez não, meu bom Watson. Você talvez fique surpreso de saber que o homem mais familiarizado no mundo com esta doença não é um médico profissional, mas um agricultor. O Sr. Culverton Smith é um conhecido morador da Sumatra que se encontra de visita em Londres. Um surto da doença na plantação dele, que estava longe de auxílio médico, o levou a estudá-la pessoalmente, produzindo alguns resultados um tanto importantes. Ele é uma pessoa muito metódica, e eu não queria que você começasse antes das seis porque tinha plena consciência de que não o encontraria em seu escritório. Se você puder persuadi-lo a vir aqui e nos prestar o benefício de sua experiência peculiar com esta doença, cuja análise é seu hobby preferido, não duvido que ele seja capaz de me ajudar.

Relato a fala de Holmes como um conjunto completo e não tentarei indicar as interrupções causadas por seus esforços para respirar e as contorções das mãos que revelavam a dor que ele sofria. Durante as poucas horas que eu havia passado com meu amigo, sua aparência se tornara ainda pior. As manchas doentias estavam mais pronunciadas, os olhos brilhavam com mais intensidade no fundo de covas mais escuras, e um suor frio reluzia sobre sua testa. Entretanto, sua fala ainda preservava aquela galantaria confiante. Ele seria o mestre até o último suspiro.

– Você lhe descreverá exatamente meu estado quando me deixou aqui – disse ele. – Transmita a mesma impressão que sua mente formou: a de um moribundo delirante. Realmente, não consigo imaginar por que o oceano inteiro não é uma massa uniforme de ostras, considerando quão prolíficas são essas criaturas. Ah, estou divagando! Como é estranho o modo como o cérebro controla o cérebro! O que eu estava falando, Watson?

– Minhas instruções para o Sr. Culverton Smith.

– Ah, sim, eu me lembro. Minha vida depende disso. Suplique para ele, Watson. Não há bons sentimentos entre nós dois. O sobrinho dele, Watson... Eu desconfiava de atitudes criminosas e permiti que ele soubesse. O rapaz teve uma morte horrível. Ele guarda rancor de mim. Amacie-o, Watson.

Implore, suplique, faça o que for preciso para que ele venha aqui. Ele pode me salvar... Só ele!

– Vou trazê-lo em um cabriolé, nem que precise arrastá-lo pessoalmente.

– Não faça nada disso. Convença-o a vir. E então volte antes dele. Invente qualquer desculpa para não vir junto. Não esqueça, Watson. Não me decepcione, Watson. Você nunca me decepcionou. Sem dúvida existem inimigos naturais que limitam o aumento das criaturas. Você e eu, Watson, fizemos a nossa parte. O mundo será, então, dominado pelas ostras? Não, não; horrível! Comunique tudo o que está em sua mente.

Deixei-o, carregando a imagem daquele intelecto magnífico, que balbuciava como uma criança estúpida. Ele havia me entregado a chave, e com prazer levei-a comigo para evitar que ele se trancasse no quarto. A Sra. Hudson esperava, trêmula e aos prantos, no corredor. Conforme eu saía da casa, ouvia atrás de mim a voz aguda e frágil de Holmes enunciar algum cântico delirante. Na rua, enquanto eu chamava um cabriolé, um homem emergiu da neblina e veio até mim.

– Como está o Sr. Holmes? – perguntou ele.

Era um velho conhecido, o inspetor Morton, da Scotland Yard, vestido à paisana de *tweed*.

– Está muito doente – respondi.

Ele me lançou um olhar profundamente peculiar. Não fosse o pensamento excessivamente cruel, eu teria imaginado que o brilho à luz da porta exibira satisfação em seu rosto.

– Ouvi alguém comentar isso – disse ele.

O cabriolé havia parado, e o deixei ali.

A Lower Burke Street era uma fileira de casas elegantes dispostas na divisa vaga entre Notting Hill e Kensington. A residência específica diante da qual meu condutor parou tinha um ar de respeitabilidade discreta e presunçosa, com suas grades de ferro antiquadas, a imensa porta articulada e os detalhes brilhosos em latão. Tudo combinava com o mordomo solene, que apareceu envolto na luminescência rosada de uma lâmpada elétrica às suas costas.

– Sim, o Sr. Culverton Smith se encontra. Dr. Watson! Perfeitamente, senhor, entregarei seu cartão.

Aparentemente, a humildade de meu nome e título não impressionou o Sr. Culverton Smith. Pela porta entreaberta, escutei uma voz alta, petulante e incisiva.

– Quem é essa pessoa? O que ele quer? Céus, Staples, quantas vezes já disse que não devo ser perturbado durante minhas horas de estudo?

O mordomo emitiu uma delicada onda de explicações amenas.

– Bom, não o receberei, Staples. Meu trabalho não pode ser interrompido assim. Não estou em casa. Diga isso. Diga para ele voltar amanhã de manhã, se de fato precisar falar comigo.

Mais uma vez o murmúrio brando.

– Bom, bom, dê-lhe minha mensagem. Ele pode vir amanhã de manhã, ou pode ir embora. Meu trabalho não deve ser prejudicado.

Pensei na imagem de Holmes se debatendo na cama, enfermo, talvez contando os minutos até que eu pudesse levar a ajuda até ele. Aquela não era hora para cerimônias. A vida dele dependia de minha rapidez. Antes que o mordomo constrangido transmitisse a mensagem, passei por ele à força e entrei no cômodo.

Com um grito agudo de raiva, um homem se ergueu de uma poltrona reclinável junto à lareira. Vi um grande rosto amarelo, áspero e gorduroso, com um pesado queixo duplo e um par de olhos cinzentos, soturnos e ameaçadores, que me encaravam de baixo de sobrancelhas louras e fartas. Uma alta cabeça careca portava um pequeno gorro de veludo, disposto de forma displicente sobre um dos lados daquela curva rosada. O crânio possuía uma capacidade enorme, porém, quando abaixei os olhos, vi, com espanto, que a figura do homem era pequena e franzina, de ombros e costas disformes, como alguém que tivesse sofrido de raquitismo na infância.

– O que é isto? – gritou ele com uma voz aguda e estridente. – O que significa esta intrusão? Não mandei lhe dizer que o receberei amanhã de manhã?

– Sinto muito – respondi –, mas o assunto não pode esperar. O Sr. Sherlock Holmes...

A menção ao nome de meu amigo produziu um efeito extraordinário no homenzinho. O olhar de raiva desapareceu daquele rosto em um instante. Sua expressão se tornou tensa e alerta.

– Você foi enviado por Holmes? – perguntou ele.

– Acabei de vir de lá.

– E Holmes? Como ele está?

– Está terrivelmente enfermo. É por isso que vim.

O homem me indicou uma cadeira e se virou para voltar à sua poltrona. Nesse momento, vislumbrei seu rosto no espelho sobre a lareira. Eu poderia jurar que vi um sorriso abominável cheio de malícia. No entanto, tratei de me convencer de que eu devia ter flagrado alguma contração nervosa, pois logo em seguida ele se virou com um olhar de genuína preocupação.

– Sinto muito – disse ele. – Só conheço o Sr. Holmes a partir de alguns negócios que tratamos, mas tenho absoluto respeito por seus talentos e por seu caráter. Ele é um amante do crime, assim como eu sou da doença. Para ele, o vilão, para mim, o micróbio. Ali estão minhas prisões – continuou ele, apontando para um conjunto de frascos e potes que repousavam sobre um aparador. – Naquelas culturas de gelatina cumprem pena alguns dos piores contraventores do mundo.

– Era devido a seu conhecimento especial que o Sr. Holmes desejava vê-lo. Ele tem grande consideração pelo senhor e acredita que o senhor é o único homem em Londres que pode ajudá-lo.

O homenzinho se espantou, e o gorro pitoresco caiu ao chão.

– Por quê? – perguntou ele. – Por que o Sr. Holmes acharia que posso ajudá-lo com seu problema?

– Por causa de seu conhecimento sobre enfermidades orientais.

– Mas por que ele acredita que essa doença que ele contraiu é oriental?

– Porque, em alguma investigação profissional, ele estava trabalhando junto a marinheiros chineses no cais.

O Sr. Culverton deu um sorriso satisfeito e pegou o gorro.

– Ah, foi isso, é? – disse ele. – Certamente a questão não é tão grave quanto você imagina. Há quanto tempo ele está doente?

– Há cerca de três dias.

– Está delirante?

– Às vezes, sim.

– Tsc, tsc, parece sério! Seria desumano não atender ao chamado dele. Fico muito aborrecido com interrupções em meu trabalho, Dr. Watson, mas este caso certamente é excepcional. Irei com o senhor imediatamente.

Lembrei-me da exigência de Holmes.

– Tenho outro compromisso – falei.

– Muito bem. Irei sozinho. Tenho anotado o endereço do Sr. Holmes. Pode contar com minha presença lá em no máximo meia hora.

Foi com o coração apertado que voltei a entrar no quarto de Holmes. Eu imaginava que o pior poderia ter acontecido durante minha ausência. Para meu imenso alívio, ele havia melhorado muito no intervalo. Sua aparência continuava extremamente macilenta, porém todos os sinais de delírio tinham desaparecido, e ele falava com voz débil, de fato, mas com ainda mais de sua lucidez e seu vigor habituais.

– Bom, você o encontrou, Watson?

– Sim; ele está a caminho.

– Admirável, Watson! Admirável! Você é o melhor dos mensageiros.

– Ele queria ter vindo comigo.

– Isso não serviria, Watson. Obviamente, seria impossível. Ele perguntou o que me afligia?

– Falei de chineses no East End.

– Exatamente! Bom, Watson, você fez tudo o que um bom amigo faria. Agora pode sumir de cena.

– Preciso esperar e ouvir a opinião dele, Holmes.

– É claro que sim. Mas tenho motivos para acreditar que a opinião dele será muito mais sincera e valiosa se ele imaginar que estamos a sós. Há espaço logo atrás de minha cabeceira, Watson.

– Meu caro Holmes!

– Receio que não haja alternativa, Watson. O quarto oferece opções de esconderijo, e é melhor assim, caso contrário poderia despertar suspeita. Mas ali, Watson, acredito que seria possível. – De repente, ele se sentou na cama com uma expressão de rígida concentração no rosto abatido. – Aí vêm as rodas, Watson. Rápido, homem, se me quer bem! E não saia, em hipótese alguma... em hipótese alguma, ouviu? Não fale! Não se mexa! Apenas escute com seus ouvidos.

E então, em um instante, aquele rompante súbito de energia se foi, e a voz imponente e determinada se esvaiu até se tornar os murmúrios baixos e vagos de um homem semidelirante.

Do esconderijo onde me abriguei com tanta pressa, ouvi os passos na escada e o som da porta do quarto ao se abrir e se fechar. Para a minha surpresa, houve um longo silêncio, perturbado apenas pela respiração dificultosa e pesada do enfermo. Imaginei nosso visitante parado ao lado da cama, fitando o doente. Finalmente, o estranho silêncio foi rompido.

– Holmes! – exclamou ele. – Holmes! – Era o tom insistente de alguém que tentava acordar uma pessoa adormecida. – Está me ouvindo, Holmes?

Ouvi uma espécie de farfalhar, como se ele tivesse sacudido o ombro do acamado.

– Sr. Smith? – sussurrou Holmes. – Quase perdi as esperanças de que o senhor viria.

O outro riu.

– Imagino – disse ele. – E, no entanto, pode ver que aqui estou. Brasas de fogo, Holmes... Brasas de fogo!

– É muita bondade sua... Muito nobre da sua parte. Estou ciente de seu conhecimento especial.

Nosso visitante riu com desdém.

– Sim. O senhor, felizmente, é o único homem em Londres que está ciente. Sabe o que é que o aflige?

– Os mesmos – disse Holmes.

– Ah! Reconhece os sintomas?

– Bem até demais.

– Bom, eu não ficaria surpreso, Holmes. Eu não ficaria surpreso se *fossem* os mesmos. Se forem, a situação não está boa para você. O pobre Victor estava morto no quarto dia... Um jovem cheio de força e energia. Como o senhor disse, certamente foi muito surpreendente que ele tenha contraído uma doença asiática inusitada no coração de Londres... E ainda por cima uma doença que se tornara um objeto de estudo muito especial meu. Uma coincidência singular, Holmes. Foi muito inteligente de sua parte percebê-la, mas um tanto quanto indelicado por sugerir uma relação de causa e efeito.

– Eu sabia que tinha sido o senhor.

– Ah, sabia, é? Bom, não é possível provar nada, de qualquer forma. Mas o que acha de espalhar esse tipo de informação sobre mim e depois me implorar para que o ajude assim que se vê com problemas? Que jogo é esse, hein?

Ouvi a respiração fraca e penosa do homem enfermo.

– Dê-me água! – murmurou.

– Seu fim está muito perto, meu caro, mas não quero que se vá antes que tenhamos uma pequena conversa. É por isso que lhe dou água. Cuidado, não derrame! Isso mesmo. O senhor entende o que eu digo?

Holmes gemeu.

– Faça o que puder por mim. Tudo são águas passadas – sussurrou. – Vou tirar o pensamento da minha cabeça... eu juro. Cure-me, e esquecerei tudo.

– Esquecer o quê?

– Ora, a morte de Victor Savage. O senhor praticamente acabou de admitir que o matou. Eu esquecerei.

– Pode esquecer ou lembrar, fique à vontade. Não o imagino diante do tribunal. Será um juiz bem diferente, meu bom Holmes, garanto. De nada me importa que saiba como meu sobrinho morreu. Não é sobre ele que estamos falando. É sobre o senhor.

– Sim, sim.

– O sujeito que veio me ver... Esqueci como se chamava... Disse que o senhor contraiu essa doença com marinheiros no East End.

– Foi a única conclusão a que cheguei.

– O seu cérebro lhe orgulha, Holmes, não? O senhor se considera inteligente, não? Desta vez, encontrou alguém mais inteligente. Agora recue em sua memória. Não consegue pensar em nenhuma outra forma de ter contraído isto?

– Não consigo pensar. Minha mente se foi. Pelo amor de Deus, me ajude!

– Sim, vou ajudá-lo. Vou ajudá-lo a entender onde está e como chegou aqui. Quero que saiba antes de morrer.

– Dê algo para aliviar minha dor.

– Dói, não? Sim, os cules costumavam gritar no final. Acho que ataca como cólicas.

– Sim, sim; são cólicas.

– Bom, de qualquer forma, pode me ouvir. Escute agora! O senhor se lembra de algum incidente incomum em sua vida por volta do momento em que seus sintomas começaram?

– Não, não; nada.

– Pense bem.

– Estou doente demais para pensar.

– Bom, então vou ajudá-lo. Chegou alguma coisa pelo correio?

– Correio?

– Uma caixa, por acaso?

– Estou desmaiando... Vou morrer!

– Escute, Holmes! – Um som, como se ele estivesse sacudindo o homem agonizante, e foi com enorme esforço que permaneci em silêncio e não saí de meu esconderijo. – Precisa me ouvir. *Vai* me ouvir. Lembra-se de uma caixa, uma caixa de marfim? Ela chegou na quarta-feira. O senhor a abriu. Lembra-se?

– Sim, sim, eu a abri. Havia um mecanismo afiado dentro. Alguma brincadeira...

– Não foi brincadeira, como descobrirá, para sua ruína. Seu idiota, queria tanto que acabou conseguindo. Quem lhe pediu para cruzar meu caminho? Se tivesse me deixado em paz, eu não o teria ferido.

– Eu me lembro – murmurou Holmes. – O mecanismo! Tirou sangue. Esta caixa... esta que está na mesa.

– Por George, esta mesma! E ela vai sair deste quarto dentro do meu bolso. Aí vai sua última prova. Mas agora o senhor sabe a verdade, Holmes, e pode morrer ciente de que eu o matei. O senhor sabia demais do destino de Victor Savage, então lhe concedi o mesmo destino. Agora seu fim está muito perto, Holmes. Ficarei sentado aqui e o verei morrer.

A voz de Holmes havia se transformado em um sussurro quase inaudível.

– O que foi? – disse Smith. – Aumentar a luz? Ah, as sombras estão começando a cair, é? Sim, vou aumentar a luz, para que possa vê-lo melhor. – Ele cruzou o cômodo, e de repente o quarto ficou mais iluminado. – Gostaria que eu lhe oferecesse algo mais, meu caro?

– Um fósforo e um cigarro.

Quase gritei de alegria e espanto. Ele falava com sua voz natural – um pouco debilitada, talvez, mas era a mesma voz que eu conhecia. Houve uma longa pausa, e senti que Culverton Smith encarava meu amigo com uma expressão de choque silencioso.

– O que significa isto? – disse ele, enfim, com uma voz ríspida e seca.

– A melhor forma de representar bem um papel é viver o papel – disse Holmes. – Prometo que, durante três dias, não comi nem bebi nada até que o senhor me fizesse a gentileza de servir aquele copo d'água. Mas é o tabaco que mais me incomoda. Ah, *aqui* temos alguns cigarros. – Ouvi um fósforo sendo riscado. – Agora está muito melhor. Alô! Alô! Estou ouvindo os passos de um amigo?

Passos soaram do lado de fora do quarto, a porta se abriu, e o inspetor Morton entrou.

– Está tudo certo, e aí está seu homem – disse Holmes.

O policial fez a declaração habitual.

– Você está preso pelo assassinato de Victor Savage – concluiu ele.

– E pode acrescentar tentativa de assassinato a Sherlock Holmes – comentou meu amigo, com uma risada. – Para poupar as energias de um inválido, inspetor, o Sr. Culverton Smith fez a gentileza de aumentar a luz para dar o nosso sinal. A propósito, o prisioneiro está com uma pequena caixa no bolso direito do casaco, e seria bom removê-la. Obrigado. Eu tomaria cuidado com o manuseio, no seu lugar. Coloque-a aqui. Ela será importante no julgamento.

Houve um ruído súbito de agitação, seguido por choque de ferros e um grito de dor.

– Você só vai conseguir se machucar – disse o inspetor. – Quer ficar parado? – Escutei o clique de algemas sendo fechadas.

– Uma bela armadilha! – exclamou aquela voz aguda e furiosa. – Você é que irá ao tribunal, Holmes, não eu. Ele me pediu para vir aqui curá-lo. Eu me compadeci e vim. Agora sem dúvida ele quer inventar que falei algo que corrobore suas suspeitas insanas. Pode mentir o quanto quiser, Holmes. É a minha palavra contra a sua.

– Minha nossa! – exclamou Holmes. – Eu tinha esquecido completamente. Meu caro Watson, devo-lhe mil desculpas. E pensar que não me lembrei de você! Não preciso apresentá-lo ao Sr. Culverton Smith, pois sei que vocês se conheceram ainda esta noite. O cabriolé está lá embaixo? Irei com vocês assim que me vestir, pois talvez possa ajudar na delegacia.

Enquanto se asseava, ele se revigorou com uma taça de *claret* e alguns biscoitos.

– Nunca precisei tanto disto – disse ele. – Contudo, como você sabe, meus hábitos são irregulares, e um feito como este me afeta menos do que a maioria dos homens. Era crucial que eu impressionasse a Sra. Hudson com a realidade de minha condição, pois ela precisava transmiti-la a você, e você, por sua vez, a ele. Não está ofendido, Watson? Veja bem, dissimulação não é um de seus muitos talentos, e, se você soubesse meu segredo, jamais teria sido capaz de impressionar Smith com a necessidade urgente da presença dele, que era o ponto vital de todo o plano. Ciente de sua natureza vingativa, eu tinha certeza absoluta de que ele viria admirar o próprio trabalho.

– Mas e sua aparência, Holmes, seu rosto pálido?

– Três dias de jejum absoluto não aprimoram a beleza de ninguém, Watson. Quanto ao restante, nada que uma esponja não cure. Com vaselina na testa, beladona nos olhos, ruge nas faces e lascas de cera em volta dos lábios, é possível produzir um efeito muito satisfatório. Fingimento é um tema que às vezes considero para produzir uma monografia. Algumas menções a meias-coroas, ostras e outros assuntos alheios produzem um efeito agradável de delírios.

– Mas por que você não queria que eu me aproximasse, quando na verdade não havia qualquer infecção?

– Como você pode me perguntar isso, meu caro Watson? Imagina que não tenho respeito por seus talentos médicos? Eu imaginaria que sua avaliação astuta não detectaria que um moribundo, por mais debilitado que estivesse, não apresentaria pulsação acelerada ou aumento de temperatura? A 4 metros de distância, eu poderia enganá-lo. Se não o enganasse, quem traria Smith ao meu alcance? Não, Watson, eu jamais tocaria naquela caixa. Se você olhar para ela de lado, pode ver que o mecanismo afiado emerge como o dente de uma víbora ao abrir a tampa. Arrisco dizer que foi por algum aparelho semelhante que o pobre Savage, que se encontrava entre aquele monstro e uma reversão, sucumbiu. Entretanto, como você sabe, recebo correspondências de ordens diversas e sempre tomo algum cuidado com quaisquer pacotes que chegam. Mas estava claro para mim que, se eu fingisse que o plano realmente tivera sucesso, talvez eu conseguisse extrair uma confissão. Executei esse pretexto com a meticulosidade de um verdadeiro artista. Obrigado, Watson, preciso de sua ajuda com o casaco. Quando terminarmos na delegacia, acho que algo nutritivo no Simpson's não seria ruim.

14

O pé do diabo

De tempos em tempos, ao registrar algumas das experiências curiosas e lembranças interessantes que associo à minha longa e íntima amizade com o Sr. Sherlock Holmes, repetidas vezes me vi diante de dificuldades causadas pela aversão que ele sentia por publicidade. Seu espírito sóbrio e cínico abominava todo e qualquer aplauso popular, e nada o divertia mais ao final de um caso solucionado do que transferir a exposição a alguma autoridade ortodoxa e ouvir com um sorriso debochado o coro generalizado de felicitações equivocadas. De fato, foi essa postura de meu amigo, e certamente não a falta de material interessante, que nos últimos anos me fez disponibilizar ao público muito poucos de meus registros. Minha participação em algumas de suas aventuras sempre foi um privilégio que me impunha discrição e reticência.

Foi, então, com considerável surpresa que recebi um telegrama de Holmes na terça-feira passada – não se sabe de ele jamais ter escrito um telegrama em situações de extrema necessidade – nos seguintes termos:

> *Por que não lhes contar sobre o horror da Cornualha? – o caso mais estranho que já enfrentei.*

Não imagino que onda retrógrada na memória dele trouxera à tona o caso, nem que fenômeno lhe provocara um desejo de que eu o relatasse; mas me apresso, antes que receba outro telegrama de cancelamento, em resgatar as anotações que me forneçam os detalhes exatos do caso e apresentar a narrativa aos meus leitores.

Foi na primavera de 1897 que a constituição de ferro de Holmes exibiu sintomas de debilidade diante do ritmo constante de trabalho pesado e extremamente rigoroso, talvez agravado por ocasionais indiscrições a que ele próprio se entregava. Em março daquele ano, o Dr. Moore Agar, da Harley Street, cuja apresentação dramática a Holmes eu talvez venha a relatar algum dia, deu ordens categóricas para que o famoso agente particular deixasse de lado todos os casos e cedesse a um repouso completo se quisesse impedir um colapso absoluto. Ele não dedicava um mínimo de atenção ao próprio estado de saúde, pois sua abstração mental era absoluta, mas, sob a ameaça de ser incapacitado permanentemente para o trabalho, enfim foi obrigado a proporcionar a si mesmo uma mudança de ares e de ambiente. Tais eram as circunstâncias que, no começo da primavera daquele ano, nos levaram a um chalé pequeno perto de Poldhu Bay, na extremidade mais distante da península da Cornualha.

Era um local peculiar e particularmente adequado ao humor de meu paciente. Das janelas de nossa pequena casa branca, que jazia no alto de um promontório gramado, víamos todo o semicírculo sinistro de Mounts Bay, aquela velha armadilha letal para embarcações, com sua orla de penhascos negros e recifes tormentosos que tiraram a vida de inúmeros navegantes. Com uma brisa do norte, o local é plácido e abrigado, convidando a embarcação a sair da tempestade para um momento de descanso e proteção. E, de repente, o vento sopra uma lufada súbita, um vendaval fustigante do sudoeste, a âncora presa, a costa a sota-vento, e a última batalha na arrebentação espumosa. O navegador sábio se mantém bastante afastado daquele lugar maligno.

Em terra, nossos arredores eram tão sombrios quanto o mar. A região era de charneca ondulada, lúgubre e ruça, e uma ou outra torre de igreja marcavam a presença de algum vilarejo ancestral. Em todas as direções por essa charneca viam-se traços de alguma raça extinta que havia desaparecido completamente e cujos únicos resquícios eram estranhos monumentos de pedra, montes irregulares que continham as cinzas queimadas dos mortos e curiosas formações no terreno que indicavam conflitos pré-históricos. O glamour e o mistério do lugar, com aquela atmosfera sinistra de nações esquecidas, instigou a imaginação de meu amigo, e ele passou muito de seu tempo em longas caminhadas e em solitária meditação na charneca. A língua ancestral da Cornualha também lhe prendera a atenção, e lembro que ele concebera a ideia de que era análoga ao caldeu e se derivara em grande parte pelo idioma dos mercadores fenícios de estanho. Ele havia recebido uma remessa de livros de filologia e se preparava para desenvolver sua tese quando de repente, para minha infelicidade e sua sincera alegria, nos vimos, naquela mesma terra idílica, imersos em um problema logo à nossa porta que era mais intenso, envolvente e infinitamente mais misterioso do que qualquer um dos que tinham motivado nossa saída de Londres. Nossa vida simples e pacata e a rotina saudável foram interrompidas de forma violenta, e acabamos lançados em uma série de acontecimentos que provocaram enorme agitação não apenas na Cornualha, mas em todo o oeste da Inglaterra. Muitos de meus leitores devem guardar alguma memória do que na ocasião se chamou de "O horror da Cornualha", embora a imprensa londrina tenha apresentado um relato profundamente imperfeito. Agora, passados 13 anos, darei ao público os detalhes verdadeiros desse caso inconcebível.

Já comentei que torres esparsas marcavam a localização dos vilarejos, preenchendo aquela parte da Cornualha. A mais próxima era o povoado de Tredannick Wollas, onde os chalés de poucas centenas de habitantes cercavam uma antiga igreja coberta de musgo. O Sr. Roundhay, vigário da paróquia, tinha uma veia de arqueólogo, e portanto Holmes e ele estabeleceram relações. Era um homem de meia-idade, rotundo e afável, com um estoque considerável de conhecimento da história local. A seu convite, tomamos chá em sua residência e viemos a conhecer também o Sr. Mortimer Tregennis, um cavalheiro independente que incrementava os parcos recursos do clérigo ao alugar acomodações naquela casa grande e expansiva. O vigário, solteiro, estava satisfeito com o acordo, embora pouco tivesse em comum com seu inquilino, que era um homem magro e moreno de óculos e cujas costas eram encurvadas de tal modo que dava a impressão de ter uma genuína deformidade física. Lembro que, durante nossa curta visita, o vigário nos pareceu tagarela, mas seu inquilino estava estranhamente taciturno, um homem introspectivo e triste, sentado com o olhar perdido, aparentemente refletindo sobre seus próprios problemas.

Foram esses dois homens que entraram de forma abrupta em nossa pequena sala de visitas na terça-feira, 16 de março, pouco após o café da manhã, quando estávamos fumando juntos, preparando-nos para nossa excursão diária pela charneca.

– Sr. Holmes – disse o vigário, com uma voz agitada –, aconteceu algo extremamente trágico e extraordinário durante a noite. É algo muito inusitado. Só pode ser resultado de uma providência especial o fato de que por acaso o senhor está aqui hoje, pois de toda a Inglaterra é justamente do senhor que precisamos.

Lancei ao vigário intruso um olhar de poucos amigos; mas Holmes tirou o cachimbo dos lábios e se endireitou na poltrona como um velho perdigueiro que escuta o chamado do caçador. Ele gesticulou em direção ao sofá, e nosso hóspede palpitante se sentou ao lado de seu companheiro agitado. O Sr. Mortimer Tregennis era mais reservado que o clérigo, mas o tremor nas mãos magras e o brilho dos olhos escuros demonstravam que os dois partilhavam de uma mesma emoção.

– Falo eu ou você? – perguntou ele ao vigário.

– Bom, como parece que a descoberta foi sua, o que quer que tenha sido, e que o vigário só sabe indiretamente, talvez seja melhor o senhor falar – respondeu Holmes.

Olhei para o clérigo e seu inquilino, este vestido formalmente e aquele trajado às pressas, e me diverti com a surpresa que os rostos deles exibiram diante da simples dedução de Holmes.

– Talvez seja melhor eu dizer umas palavras antes – falou o vigário –, e aí o senhor poderá avaliar se deseja ouvir os detalhes do Sr. Tregennis ou se não deveríamos seguir imediatamente ao cenário deste caso misterioso. Explico, então, que nosso amigo aqui passou a última noite na companhia de seus dois irmãos, Owen e George, e da irmã, Brenda, na casa deles em Tredannick Wartha, que fica perto da velha cruz de pedra na charneca. Ele os deixou pouco após as dez horas, jogando baralho na mesa da sala de jantar, em excelente saúde e disposição. Hoje de manhã, como costuma acordar cedo, ele caminhou naquela direção antes do café e foi alcançado pela carruagem do Dr. Richards, que explicou que acabara de receber um chamado urgente para Tredannick Wartha. O Sr. Mortimer Tregennis, naturalmente, foi junto. Quando chegou a Tredannick Wartha, encontrou uma situação extraordinária. Os dois irmãos e a irmã estavam sentados em volta da mesa na exata posição em que ele os deixara na noite anterior; as cartas ainda se encontravam distribuídas diante dos três, e as velas, esgotadas até os castiçais. A irmã jazia inerte em sua cadeira, e os dois irmãos, um a cada lado dela, riam, gritavam e cantavam, completamente desprovidos de juízo. Todos os três, a mulher morta e os dois homens enlouquecidos, exibiam no rosto uma expressão de absoluto horror, uma convulsão de terror abominável. Não havia sinal da presença de mais ninguém na casa, exceto a Sra. Porter, a velha cozinheira e governanta, que declarou que dormira um sono profundo e não escutara coisa alguma durante a noite. Nada fora roubado ou deslocado, e não havia absolutamente nada que explicasse um horror capaz de matar de susto uma mulher e privar dois homens da razão. Essa é a situação, Sr. Holmes, em suma, e seria excelente se o senhor pudesse nos ajudar a esclarecê-la.

Eu tinha esperanças de conseguir convencer de alguma forma meu amigo a retomar a tranquilidade que era o objetivo original de nossa viagem, mas um olhar em seu rosto intenso e suas sobrancelhas contraídas me revelaram que a expectativa, então, já era vã. Ele permaneceu um breve intervalo em silêncio, absorto no estranho drama que invadira nossa paz.

– Examinarei o caso – disse ele, enfim. – À primeira vista, a situação parece ser de uma natureza muito excepcional. O senhor chegou a ir lá pessoalmente, Sr. Roundhay?

– Não, Sr. Holmes. O Sr. Tregennis voltou à minha casa com a notícia, e imediatamente vim até aqui para consultá-lo.

– Qual é a distância até a casa onde essa tragédia peculiar ocorreu?

– A cerca de 1 quilômetro e meio da costa.

– Então andaremos até lá juntos. Mas, antes de começarmos, preciso lhe fazer algumas perguntas, Sr. Mortimer Tregennis.

O outro permanecera em silêncio o tempo todo, mas eu havia observado que sua agitação mais controlada era ainda maior do que a emoção explícita do clérigo. Seu rosto estava pálido e extenuado, o olhar angustiado fitava Holmes fixamente, e as mãos magras se contorciam de modo convulsivo. Os lábios sem cor estremeciam durante o relato da experiência pavorosa que se abatera sobre sua família, e os olhos escuros pareciam refletir parte do horror da cena.

– Pergunte o que quiser, Sr. Holmes – disse ele, ansioso. – É ruim falar disto, mas responderei com a verdade.

– Fale da noite passada.

– Bom, Sr. Holmes, jantei lá, como o vigário falou, e meu irmão mais velho, George, sugeriu um jogo de *whist* depois. Eram umas nove horas quando nos sentamos, e dez e quinze quando me levantei para ir embora. Deixei os três em volta da mesa, felizes da vida.

– Quem o levou até a porta?

– A Sra. Porter já havia se recolhido, então saí sozinho e fechei a porta do hall. A janela da sala onde eles estavam tinha sido fechada, mas as venezianas não foram abaixadas. Não havia nenhuma mudança na porta ou na janela hoje cedo, nem qualquer motivo para indicar que algum desconhecido entrara na casa. E, no entanto, lá estavam eles, completamente enlouquecidos de terror, e Brenda, morta de pavor, com a cabeça caída por cima do braço da cadeira. A imagem daquela sala vai assombrar minha mente até o fim da vida.

– Os fatos, tais como os descreve, são realmente impressionantes – disse Holmes. – Suponho que o senhor mesmo não tenha nenhuma teoria que possa explicá-los, sim?

– É diabólico, Sr. Holmes, diabólico! – exclamou Mortimer Tregennis. – Não é deste mundo. Alguma coisa entrou naquela sala e arrancou a razão da mente deles. Que artifício humano seria capaz disso?

– Receio – respondeu Holmes – que, se o caso está além do alcance da humanidade, certamente estará além do meu. Porém, precisamos esgotar todas as explicações naturais antes de recorrermos a uma teoria como essa. Quanto a você, Sr. Tregennis, suponho que tenha se afastado de alguma forma de sua família, visto que eles moravam juntos e o senhor tinha uma residência à parte, sim?

– Isso mesmo, Sr. Holmes, mas a história está no passado e foi resolvida. Éramos uma família de mineradores de estanho de Redruth, mas vendemos nossa empreitada a uma companhia e nos aposentamos com o suficiente para nos sustentarmos. Não nego que houve certa desavença quanto à divisão do dinheiro, e durante algum tempo isso nos afetou, mas tudo já fora esquecido e perdoado, e éramos grandes amigos quando juntos.

– Olhando em retrospecto a noite que vocês passaram juntos, há algum detalhe que se destaque e que possa lançar luz à tragédia? Pense com cuidado, Sr. Tregennis, pois qualquer pista pode me ajudar.

– Não há nada mesmo, senhor.

– Seus parentes estavam no estado de espírito de sempre?

– Estavam ótimos.

– Eram pessoas nervosas? Chegaram a exibir qualquer apreensão quanto a um perigo iminente?

– Nada do tipo.

– O senhor então não tem nada a acrescentar que possa me auxiliar?

Mortimer refletiu atentamente por um instante.

– Só me ocorre uma coisa – disse ele, enfim. – Quando estávamos em volta da mesa, minha cadeira ficava de costas para a janela, e meu irmão George, meu parceiro no jogo, estava de frente para mim. Vi-o olhar de repente por cima do meu ombro, então me virei e olhei também. A veneziana estava recolhida e a janela, fechada, mas consegui distinguir os arbustos no quintal, e por um instante tive a impressão de ver algo se mexendo ali. Eu não saberia dizer nem se era um homem ou um animal, mas pensei apenas que havia algo ali. Quando perguntei a George o que ele estava olhando, meu irmão respondeu que teve a mesma impressão. Isso é tudo que posso dizer.

– Vocês não investigaram?

– Não. A questão não pareceu importante.

– Então, quando o senhor saiu, não havia qualquer premonição maligna?

– Nenhuma.

– Não ficou claro como o senhor recebeu a notícia tão cedo hoje.

– Costumo me levantar cedo e sair para caminhar antes do café. Hoje de manhã, eu mal havia começado quando a carruagem do doutor me alcançou. Ele me disse que a velha Sra. Porter tinha mandado um menino com uma mensagem urgente. Subi ao lado dele e fomos até lá. Quando chegamos, olhamos para aquela sala pavorosa. Devia fazer horas que as velas e a lareira tinham se exaurido, e eles haviam ficado sentados lá no escuro até o amanhecer. O doutor disse que devia fazer pelo menos seis horas que Brenda estava morta. Não havia qualquer sinal de violência. Ela estava desfalecida por cima do braço da cadeira com aquela expressão no rosto. George e Owen cantavam pedaços de músicas e balbuciavam como dois macacos enormes. Ah, que visão horrível! Foi insuportável, e o doutor estava branco feito papel. Na verdade, ele caiu em uma cadeira meio sem forças, e quase precisamos cuidar dele também.

– Impressionante... muito impressionante! – disse Holmes, levantando-se e pegando o chapéu. – Acho que talvez seja melhor irmos a Tredannick Wartha agora mesmo. Confesso que poucos foram os casos que à primeira vista tenham apresentado um problema mais peculiar.

NOSSAS AÇÕES NA MANHÃ daquele primeiro dia pouco contribuíram para o avanço da investigação. Porém, o período foi marcado logo no início por um incidente que produziu uma impressão profundamente sinistra em minha mente. A aproximação ao local da tragédia era por uma via rural estreita e sinuosa. Quando estávamos a caminho, ouvimos o ruído de uma carruagem vindo em nossa direção e nos afastamos para lhe dar passagem. Quando ela nos alcançou, vi de relance pela janela fechada que um rosto sorridente, tomado por uma contorção horrível, nos encarava. Aqueles olhos fixos e dentes expostos passaram por nós como uma visão infernal.

– Meus irmãos! – exclamou Mortimer Tregennis, pálido. – Estão sendo levados a Helston.

Olhamos horrorizados para a carruagem negra que trepidava pela via. Depois, retomamos nosso caminho rumo àquela casa agourenta em que eles haviam sofrido a estranha sina.

Era uma residência grande e bela, mais um solar do que um chalé, com um jardim considerável que, naquele ar da Cornualha, já estava cheio de flores da primavera. A janela da sala de visitas dava para esse jardim, e, segundo Mortimer Tregennis, provavelmente fora dali que saíra aquela força maligna que aniquilara com puro horror a mente de seus irmãos. Holmes caminhou lenta e pensativamente por entre os canteiros de flores e pela trilha antes de subirmos à varanda. Lembro que ele estava tão envolvido em seus pensamentos que tropeçou no regador, derramou o conteúdo e encharcou os nossos pés e a trilha do jardim. Dentro da casa, fomos recebidos pela Sra. Porter, a idosa governanta córnica que, com o auxílio de uma menina, cuidava das necessidades da família. Ela respondeu prontamente a todas as perguntas de Holmes. Não havia escutado nada durante a noite. O humor de seus patrões andara excelente nos últimos tempos, e ela nunca os vira mais alegres e prósperos. Desmaiara horrorizada ao entrar na sala naquela manhã e se deparar a companhia pavorosa em volta da mesa. Quando se recuperou, abriu a janela para que o ar matinal entrasse e correu até a rua, de onde mandou o rapaz buscar o doutor. A senhorita estava na cama no andar de cima, caso quiséssemos vê-la. Foram necessários quatro homens fortes para colocar os irmãos na carruagem do sanatório. Ela não desejava passar nem mais um dia na casa, e naquela mesma tarde voltaria para sua própria família em St. Ives.

Subimos a escada e vimos o corpo. A Srta. Brenda Tregennis fora uma moça muito bonita, embora agora estivesse adentrando a meia-idade. Seu rosto distinto e sério era belo, mesmo na morte, mas persistia nele parte daquela convulsão de horror que fora sua última emoção humana. Do quarto dela, descemos para a sala de visitas, onde aquela estranha tragédia ocorrera. As cinzas carbonizadas do fogo da noite continuavam na lareira. Na mesa estavam as quatro velas consumidas, bem como as cartas espalhadas. As cadeiras haviam sido levadas até as paredes, mas todo o restante estava tal como estivera na noite anterior. Holmes perambulou com passos ligeiros pelo cômodo; sentou-se nas várias cadeiras, puxando-as e recolocando-as em suas posições. Ele avaliou quanto do jardim era visível; examinou o chão, o teto e a lareira; mas em nenhum momento vi aquele lampejo súbito em seus olhos e a tensão nos lábios que teriam me indicado que ele percebera algum fragmento de luz em meio àquela absoluta escuridão.

– Por que um fogo? – perguntou ele, uma vez. – Eles sempre acendiam a lareira nesta sala pequena em noites de primavera?

Mortimer Tregennis explicou que naquela noite o tempo estava frio e úmido. Por esse motivo, a lareira foi acesa depois que ele chegou.

– O que o senhor vai fazer agora, Sr. Holmes? – perguntou ele.

Meu amigo sorriu e pôs a mão em meu braço.

– Acho, Watson, que retomarei aquele processo de envenenamento por tabaco que você condenava com frequência e razão – disse ele. – Com sua permissão, senhores, voltaremos agora ao nosso chalé, pois não sei se será possível perceber qualquer fator novo aqui. Revirarei os fatos em minha mente, Sr. Tregennis, e, caso me ocorra algo, certamente me comunicarei com o senhor e o vigário. Enquanto isso, desejo aos dois um bom dia.

Foi só muito depois de voltarmos ao chalé em Poldhu Cottage que Holmes interrompeu seu silêncio completo e absorto. Ele estava aconchegado em sua poltrona, o rosto tenso e ascético praticamente invisível por trás da nuvem azul de fumaça de seu cachimbo, as sobrancelhas negras abaixadas, a testa contraída, o olhar perdido e distante. Por fim, ele abaixou o cachimbo e se levantou de um salto.

– Não serve, Watson! – disse ele, rindo. – Vamos caminhar juntos pelo penhasco da orla e procurar por pontas de flecha. É mais provável acharmos isso do que pistas para o problema. Fazer o cérebro trabalhar sem material suficiente é o mesmo que forçar um motor. Ele sacode e sacode até se despedaçar. O ar marítimo, a luz do sol e a paciência, Watson... Todo o resto virá.

Conforme contornávamos o penhasco, ele continuou:

Agora, vamos estabelecer com calma nossa posição. Vamos reforçar nosso domínio sobre o muito pouco que *de fato* sabemos, para que, quando fatos novos vierem à tona, possamos estar preparados para encaixá-los em seus respectivos lugares. Antes de mais nada, suponho que nenhum de nós está disposto a admitir intrusões diabólicas nos afazeres humanos. Comecemos descartando completamente essa hipótese. Ótimo. Restam três indivíduos que sofreram uma severa aflição promovida por algum ato humano, consciente ou não. Isso é sólido. Agora, quando isso aconteceu? Lógico, partindo do princípio de que a narrativa dele é verdadeira, foi imediatamente após o Sr. Mortimer Tregennis sair daquela sala. Isto é um detalhe muito importante: a suposição de que o ocorrido se deu alguns minutos depois. As cartas ainda estavam na mesa. Já passava da hora em que eles costumavam se retirar. No entanto, não haviam mudado de posição nem recuado com as cadeiras. Repito, então, que o ocorrido foi imediatamente depois da saída dele, e antes das onze horas daquela noite.

Nosso próximo passo óbvio é verificar, até onde for possível, os movimentos de Mortimer Tregennis após ele sair da sala. Aqui não há dificuldade. E eles parecem acima de qualquer suspeita. Dado que você conhece meus métodos, decerto estava ciente do subterfúgio um tanto quanto desajeitado com o regador que me permitiu obter a imagem mais clara possível da pegada do sujeito. A trilha molhada e arenosa se moldou de forma admirável. Você lembra que na noite passada ela também estava molhada, e não foi difícil, de posse de uma amostra da pegada, identificar o caminho dele em meio aos demais e acompanhar seus movimentos. Aparentemente, ele andou a um passo acelerado na direção da casa do vigário.

Se, assim, Mortimer Tregennis desapareceu da cena e uma outra pessoa de fora afetou os envolvidos no carteado, como podemos reconstituir essa pessoa, e como se produziu uma impressão de horror? A Sra. Porter precisa ser eliminada. Ela evidentemente é inofensiva. Existe qualquer sinal de que alguém tenha se aproximado da janela do jardim e realizado alguma espécie de dano tão terrível a ponto de transtornar a mente de quem o visse? A única sugestão nesse sentido vem do próprio Mortimer Tregennis, que disse que seu irmão mencionou algum movimento no jardim. Isso é realmente impressionante, pois era uma noite escura, de chuva e céu encoberto. Se alguém desejasse alarmar aquelas pessoas, seria preciso grudar o rosto no vidro da janela para chegar a ser visto. Há um canteiro de flores com 1 metro de largura na frente dessa janela, mas não há sinal algum de pegada. É difícil imaginar, portanto, como alguém de fora poderia ter produzido uma impressão tão terrível no grupo, e tampouco achamos qualquer motivo possível para um esforço tão estranho e elaborado. Percebe nossas dificuldades, Watson?

– Com muita clareza – respondi, com convicção.

– Porém, com um pouco mais de material, podemos constatar que elas não são intransponíveis – disse Holmes. – Acredito que, em meio a seus numerosos arquivos, Watson, você talvez encontre alguns quase igualmente obscuros. Enquanto isso, deixemos o caso de lado até termos acesso a dados mais precisos e dediquemos o restante da manhã à busca do homem neolítico.

É possível que eu já tenha comentado sobre o poder de abstração mental de meu amigo, mas nunca isso me chamou tanto a atenção quanto naquela manhã de primavera na Cornualha, quando por duas horas ele discorreu sobre celtas, pontas de flecha e fragmentos, com a tranquilidade de alguém que não precisava solucionar um mistério sinistro. Foi apenas quando voltamos ao nosso chalé à tarde que encontramos um visitante à nossa espera, que logo trouxe nossos pensamentos de volta ao caso em questão. Para nós dois, o visitante dispensava apresentações. O corpo imenso, o rosto marcado e profundamente enrugado, com olhos ferozes e nariz aquilino, o cabelo grisalho que quase tocava o teto do chalé, a barba – dourada nas pontas e branca perto dos lábios, exceto pela mancha de nicotina do constante charuto –, tudo era bem conhecido em Londres e na África e só podia ser associado à tremenda personalidade do Dr. Leon Sterndale, o grande explorador e caçador de leões.

Tivéramos notícia de sua presença na região e em uma ou duas ocasiões víramos sua silhueta alta nas trilhas da charneca. No entanto, ele não nos interpelou, e nós tampouco jamais conceberíamos interpelá-lo, visto que era notório o amor dele pelo isolamento, o que o fazia passar a maior parte dos intervalos entre suas viagens em um pequeno bangalô na solidão da floresta de Beauchamp Arriance. Ali, em meio a seus livros e mapas, ele levava uma vida de absoluta solidão, cuidando de suas necessidades simples e demonstrando pouco interesse pela rotina de seus vizinhos. Para mim, portanto, foi uma surpresa vê-lo perguntar a Holmes, com uma voz ansiosa, se ele havia feito algum progresso na reconstituição daquele episódio misterioso.

– A polícia do condado está completamente confusa – disse ele –, mas talvez sua experiência mais ampla tenha sugerido alguma explicação plausível. Minha única causa para justificar a confidência é que, ao longo de meus muitos períodos de residência aqui, vim a conhecer muito bem os Tregennis, e de fato eu poderia chamá-los de primos pela família de minha mãe, então é natural que a estranha sina deles tenha me causado um grande choque. Posso dizer que estava em Plymouth a caminho da África quando a notícia me alcançou hoje de manhã, e voltei imediatamente para ajudar na investigação.

Holmes ergueu as sobrancelhas.

– Você perdeu o navio por isso?

– Pegarei o próximo.

– Minha nossa! Isso é que é amizade.

– Falei que eram meus parentes.

– De fato... primos da sua mãe. Sua bagagem estava no navio?

– Uma parte, mas a maioria está no hotel.

– Entendo. Mas com certeza o ocorrido não alcançou os jornais de Plymouth.

– Não, senhor. Recebi um telegrama.

– Posso perguntar quem o enviou?

Uma sombra passou pelo rosto esquálido do explorador.

– O senhor é muito inquisitivo, Sr. Holmes.

– É meu ofício.

Com esforço, o Dr. Sterndale recobrou a compostura bruta.

– Não tenho objeção a lhe contar – respondeu ele. – Foi o Sr. Roundhay, o vigário, que enviou o telegrama que me trouxe de volta.

– Obrigado – disse Holmes. – Em resposta à sua primeira pergunta, posso afirmar que não esclareci minha mente de todo quanto ao caso, mas tenho grandes esperanças de que chegarei a alguma conclusão. Seria prematuro de minha parte dizer mais que isso.

– Você se incomodaria de me falar se suas suspeitas apontam para alguma direção em particular?

– Não, definitivamente não posso responder.

– Então perdi meu tempo e não preciso prolongar minha visita.

O famoso doutor saiu de nosso chalé a passos largos e com um mau humor considerável. Cinco minutos depois, Holmes o seguiu. Só voltei a vê-lo ao anoitecer, quando ele regressou devagar com uma expressão descontente que me deixou claro que ele não havia realizado nenhum grande progresso na investigação. Sherlock Holmes deu uma olhada em um telegrama que o aguardava e o jogou na lareira.

– Do hotel de Plymouth, Watson – disse. – Obtive o nome com o vigário e mandei um telegrama para verificar o relato do Dr. Leon Sterndale. Parece que ele de fato passou a noite lá, e que realmente permitiu que parte de sua bagagem seguisse viagem para a África enquanto voltava para presenciar a investigação. O que você acha disso, Watson?

– Ele tem um grande interesse.

– Grande interesse... sim. Há um fio nessa história que ainda não captamos e que pode nos ajudar a solucionar o emaranhado. Anime-se, Watson, pois tenho toda a certeza de que nosso material não terminou de surgir. Quando terminar, logo deixaremos nossas dificuldades para trás.

Mal sabia eu que não tardaria para que as palavras de Holmes se concretizassem, nem que um novo acontecimento estranho e sinistro viria a abrir toda uma nova linha de investigação. Eu estava me barbeando de manhã junto à janela, quando ouvi o ruído de cascos e, ao olhar para fora, vi uma carroça se aproximar a galope pela estrada. Ela parou à nossa porta, e nosso amigo, o vigário, saltou e correu pela trilha do jardim. Holmes já estava vestido, e nos apressamos a descer para recebê-lo.

Nosso visitante estava tão agitado que mal conseguia se articular, mas, por fim, aos trancos e barrancos, conseguiu relatar a história trágica.

– O diabo está entre nós, Sr. Holmes! O diabo está em minha paróquia infeliz! – exclamou ele. – O próprio Satã está à solta! Estamos presos nas mãos dele!

Ele andava de um lado a outro, agitado – uma cena ridícula, não fosse pela expressão consternada e pelo olhar de choque. Finalmente, ele deu a notícia terrível.

– O Sr. Mortimer Tregennis morreu durante a noite, e exatamente com os mesmos sintomas do restante de sua família.

Holmes se levantou de um salto, imediatamente cheio de vigor.

– Nós dois cabemos em sua carroça?

– Cabem, sim.

– Então, Watson, adiaremos nosso café da manhã. Sr. Roundhay, estamos totalmente às suas ordens. Rápido, rápido, antes que tudo seja desarrumado.

O inquilino ocupava dois cômodos na casa do vigário, ambos de canto, um em cima do outro. Embaixo estava uma sala de visitas grande, e em cima, o quarto. Ambos tinham vista para um gramado de croqué que se estendia até as janelas. Nós havíamos chegado antes do médico e da polícia, então tudo estava absolutamente intocado. Permita-me descrever com exatidão a cena que vimos naquela manhã brumosa de março. Ela me causou na mente uma impressão que jamais se apagará.

O ar dentro do cômodo produzia uma sensação abafada horrível e deprimente. A primeira criada a entrar ali abrira a janela – caso contrário, o lugar teria sido ainda mais intolerável. Isso talvez se devesse, em parte, ao fato de que havia uma lamparina acesa e fumegante na mesa de centro. Ao lado dela jazia o morto, recostado na cadeira, a barba rala erguida, os óculos apoiados no alto da testa, e o rosto magro e sério virado na direção da janela e retorcido naquela mesma face de horror que marcara sua irmã falecida. Os membros estavam convulsionados, e os dedos, contorcidos, como se ele tivesse morrido em um paroxismo extremo de medo. Ele estava todo trajado, mas havia sinais de que as roupas tinham sido vestidas às pressas. Já havíamos sido informados de que a cama fora usada e de que aquela tragédia o acometera na madrugada. A energia incandescente que fervilhava sob o exterior fleumático de Holmes se fazia evidente diante da mudança súbita que o tomou no instante em que entrou no cômodo fatal. Em um segundo, ele se tornou tenso e alerta, com um brilho nos olhos, rosto determinado, membros vibrando de intensa atividade. Quando saiu ao gramado, passou pela janela, circulou pela sala e subiu ao quarto, tal qual um cão de caça farejando uma toca. No quarto, fez uma exploração rápida e terminou abrindo a janela, o que aparentemente lhe deu mais motivos para se animar, pois ele se inclinou para fora com expressões ruidosas de interesse e satisfação. Depois, desceu correndo a escada, saiu pela janela aberta, jogou-se de bruços no gramado, levantou-se e voltou para dentro da sala, sempre com a energia de um caçador prestes a alcançar a presa. A lamparina, que era de um modelo comum, ele examinou minuciosamente, tomando certas medidas da cúpula. Com a lupa, analisou cuidadosamente o anteparo de fumaça da chaminé e raspou uma porção das cinzas que estavam aderidas à superfície superior, colocando-as dentro de um envelope, que ele então guardou dentro de sua carteira. Por fim, assim que o médico e uma autoridade da polícia se apresentaram, Holmes chamou o vigário, e nós três saímos ao gramado.

– Fico feliz de dizer que minha investigação não foi totalmente vã – comentou. – Não posso permanecer aqui para debater a questão com a polícia, mas ficaria profundamente grato, Sr. Roundhay, se o senhor transmitisse meus cumprimentos ao inspetor e chamasse a atenção dele para a janela do quarto e a lamparina da sala. Ambos são sugestivos e, em conjunto, são quase conclusivos. Se a polícia desejar maiores informações, será um prazer recebê-los no chalé. E agora, Watson, acho que talvez possamos ser mais úteis em outro lugar.

Talvez a polícia tenha se ressentido da intrusão de um amador, ou talvez eles se imaginassem em uma linha de investigação que pudesse render frutos; o certo é que não tivemos nenhuma notícia dela nos dois dias seguintes. Nesse período, Holmes passou parte do tempo fumando e sonhando no chalé; embora uma porção maior tenha sido dedicada a caminhadas solitárias pelo campo, e depois de muitas horas ele voltava sem oferecer qualquer comentário sobre onde estivera. Um experimento serviu para me indicar sua linha de investigação. Holmes havia comprado uma lamparina idêntica à que fora usada na sala de Mortimer Tregennis na manhã da tragédia. Ele a abasteceu com o mesmo óleo usado na casa do vigário e calculou cuidadosamente o tempo que levaria para o combustível se esgotar. Outro experimento dele foi de natureza mais desagradável, e provavelmente jamais irei esquecê-lo.

– Lembre, Watson – observou ele, certa tarde –, que os diversos relatos que chegaram a nós possuem um único fator em comum. Trata-se do efeito que o ar dentro do cômodo em cada caso produziu na primeira pessoa a entrar no recinto. Recorda-se que Mortimer Tregennis, ao descrever o episódio de sua última visita à casa do irmão, comentou que o médico caiu em uma cadeira ao entrar na sala? Você tinha esquecido? Bom, posso afirmar que sim, pois é fato. Agora, lembre ainda que a Sra. Porter, a governanta, nos disse que também desfaleceu ao entrar na sala e depois abriu a janela. No segundo caso, o do próprio Mortimer Tregennis, não é possível que você tenha esquecido a horrível sensação abafada do cômodo quando chegamos, embora a criada tivesse aberto a janela. Essa criada, depois constatei, passou tão mal que foi se deitar. Admita, Watson, que esses fatos são muito sugestivos. Em cada caso, há indícios de um ar venenoso. Em cada caso há também algo em combustão no cômodo: em um, uma lareira; no outro, uma lamparina. O fogo na lareira era necessário, mas, se compararmos o consumo de óleo, verifica-se que a lamparina foi acesa em plena luz do dia. Por quê? Certamente, porque há alguma relação entre três elementos: a queima, o ar abafado e, por fim, a loucura ou morte daquelas pessoas desafortunadas. Isso tudo está claro, não?

– Parece que sim.

– Pelo menos podemos aceitar isso como uma hipótese de trabalho. Suponhamos, então, que em cada caso algo tenha sido queimado para produzir um ar que causasse efeitos tóxicos estranhos. Muito bem. Na primeira ocorrência, na casa da família Tregennis, essa substância foi colocada na lareira. A janela estava fechada, mas o fogo levaria naturalmente certa dose dos vapores pela chaminé. Portanto, seria de se esperar que os efeitos do veneno fossem menos fortes do que no segundo caso, onde havia menos perda dos gases. O resultado parece indicar que foi isso o que aconteceu, visto que, no primeiro caso, apenas a mulher, cujo organismo devemos presumir que era mais sensível, morreu, enquanto os outros exibiram aquela loucura temporária ou permanente que, evidentemente, é o primeiro efeito da droga. No segundo caso, o resultado foi completo. Os fatos, portanto, parecem confirmar a teoria de algum veneno produzido mediante combustão.

"Seguindo esse raciocínio, naturalmente examinei o cômodo de Mortimer Tregennis para procurar resíduos dessa substância. O lugar óbvio a olhar era o anteparo de fumaça da lamparina. Ali, de fato, percebi um punhado de cinzas granulosas, e nas bordas havia um resquício de um pó marrom que não chegara a ser consumido. Metade disso eu retirei, como você viu, e guardei em um envelope."

– Por que metade, Holmes?

– Não cabe a mim, meu caro Watson, interferir na autoridade da força policial. Deixei para eles todos os indícios que encontrei. O veneno continuava no anteparo, caso eles tivessem a perspicácia de encontrá-lo. Agora, Watson, acenderemos nossa lamparina. Contudo, tomaremos a precaução de abrir nossa janela para evitar o falecimento prematuro de dois membros dignos da sociedade, e você pode se sentar em uma poltrona perto da janela aberta, a menos que seja sensato e decida não se envolver com a operação. Ah, imagino que queira presenciá-la, certo? Eu achei que conhecesse meu Watson. Esta cadeira, colocarei diante da sua, para que fiquemos à mesma distância do veneno e um de frente para o outro. A porta, deixaremos entreaberta. Agora nós dois estamos em posição de observar um ao outro e de encerrar o experimento caso os sintomas pareçam alarmantes. Está tudo claro? Bom, então vou retirar do envelope nosso pó, ou o que resta dele, e colocá-lo acima da lamparina acesa. Assim! Agora, Watson, vamos nos sentar e aguardar o resultado.

Ele não tardou a acontecer. Eu mal havia me acomodado quando notei um pesado odor pungente, sutil e nauseante. Assim que o aspirei, meu cérebro e minha imaginação me fugiram ao controle. Uma nuvem negra e densa cobriu meus olhos, e minha mente me disse que nessa nuvem, prestes a dar o bote em meus sentidos consternados, ocultava-se tudo que havia de vagamente horrível, tudo que era monstruoso e absurdamente maligno no universo. Formas indistintas dançavam e nadavam em meio à massa de nuvens escuras, todas ameaçadoras e precursoras de algo iminente, o advento de algum habitante indescritível a ponto de emergir, algo cuja sombra poderia destruir minha alma. Fui possuído por um horror paralisante. Senti meu cabelo se arrepiar, meus olhos se esbugalharem, minha boca se abrir, minha língua secar. Meu cérebro estava tomado por um tormento tão grande que algo certamente cederia. Tentei gritar e tive uma vaga noção de algum murmúrio rouco que era minha voz, mas soava distante e desconectada de mim. Ao mesmo tempo, em um esforço para escapar, atravessei essa nuvem de desespero e vislumbrei o rosto de Holmes, pálido, rígido e tomado de horror – a mesma expressão que eu vira no rosto dos mortos. Foi essa imagem que me deu um instante de sanidade e força. Saltei de minha cadeira, envolvi Holmes com os braços, e juntos corremos porta afora, e no instante seguinte nos jogamos no gramado e nos deitamos lado a lado, cientes apenas da gloriosa luz do sol que irrompia através da nuvem infernal de terror que nos havia envolvido. Lentamente, ela se desvaneceu de nossa alma como névoa sobre a terra, até que a paz e a tranquilidade retornaram e nos vimos sentados na grama, enxugando nossa testa úmida e olhando um ao outro com apreensão para observar os últimos sinais do experimento pavoroso que havíamos realizado.

– Francamente, Watson! – disse Holmes, enfim, com voz irregular –, devo-lhe tanto minha gratidão quanto minhas desculpas. Esse experimento era injustificável até mesmo para o responsável, e duplamente injustificável por incluir um amigo. Sinto muitíssimo.

– Você sabe – respondi, um tanto emocionado, pois eu nunca tinha visto tanto do coração de Holmes – que é um grande prazer e privilégio ajudá-lo.

Ele voltou imediatamente à postura semidebochada e cínica que lhe era habitual para com todos à sua volta.

– Seria despropositado nos enlouquecer, meu caro Watson – disse ele. – Um observador imparcial certamente declararia que nós dois já éramos loucos antes de embarcarmos em um experimento tão descabido. Confesso que nunca imaginei que o efeito seria tão súbito e severo. – Ele entrou correndo no chalé e, ao voltar para fora trazendo a lamparina acesa com o braço estendido, jogou-a em um arbusto de espinheiros. – Precisamos esperar um pouco até o chalé arejar. Imagino que não reste sombra de dúvida em sua mente, Watson, quanto ao modo como essas tragédias foram realizadas, certo?

– Definitivamente.

– Mas a causa continua obscura como antes. Vamos nos acomodar aqui nesta pérgula e discutir o assunto. Acho que é preciso admitir que todos os indícios apontam que esse homem, Mortimer Tregennis, foi o criminoso da primeira tragédia, embora tenha sido a vítima da segunda. Antes de mais nada, precisamos lembrar que houve certa disputa na família, seguida de reconciliação. Não sabemos dizer quão severa fora a disputa, nem quão falsa foi a reconciliação. Quando penso em Mortimer Tregennis, com seu rosto vulpino e aqueles pequenos olhos redondos e astutos por trás dos óculos, eu não diria que ele é um homem particularmente inclinado ao perdão. Bom, em seguida, lembre que aquela ideia de que havia alguém se mexendo no jardim, o que por um instante afastou nossa atenção da verdadeira causa da tragédia, emanou dele. Ele tinha motivo para nos confundir. Por fim, se não foi ele quem lançou a substância na lareira ao sair da sala, quem mais? O caso ocorreu imediatamente após sua saída. Se alguém mais tivesse entrado, certamente a família teria se levantado da mesa. Além disso, na pacata Cornualha, nenhum visitante chega após as dez da noite. Assim, podemos concluir que todos os indícios apontam para Mortimer Tregennis como o responsável.

– Então a morte dele foi suicídio!

– Bom, Watson, à primeira vista essa não é uma suposição impossível. O homem cuja alma estava pesada com a culpa por ter produzido tal fim à sua própria família poderia muito bem ser levado pelo remorso a infligi-lo também a si mesmo. Entretanto, há alguns sinais convincentes em contrário. Felizmente, existe um homem na Inglaterra ciente de tudo, e tomei providências para que hoje à tarde possamos ouvir os fatos a partir de seus próprios lábios. Ah, ele chegou um pouco antes da hora! Se o senhor puder fazer a gentileza de vir por aqui, Dr. Leon Sterndale. Estávamos conduzindo um experimento químico dentro do chalé, e o cômodo não está adequado para receber um visitante tão distinto quanto o senhor.

Eu havia escutado o estalo do portão do jardim, e agora a figura majestosa do grande explorador africano apareceu na trilha. Com alguma surpresa, ele se virou para a pérgula rústica em que estávamos sentados.

– O senhor mandou me buscar, Sr. Holmes. Recebi sua mensagem há cerca de uma hora e vim, mas não sei bem por que deveria atender ao seu chamado.

– Talvez possamos esclarecer a questão antes de nos separarmos – respondeu Holmes. – Enquanto isso, sou-lhe muito grato pela cortesia de sua presença. Peço que me desculpe por esta recepção informal a céu aberto, mas eu e meu amigo

Watson quase acrescentamos um novo capítulo ao que os jornais estão chamando de Horror da Cornualha, e no momento preferimos uma atmosfera límpida. Visto que o assunto que temos a discutir o afetará pessoalmente de maneira muito íntima, talvez seja melhor que estejamos em um lugar longe de ouvidos indesejados.

O explorador tirou o charuto da boca e lançou um olhar grave ao meu companheiro.

– Eu não consigo imaginar – retrucou ele – o que o senhor tem a dizer que me afeta pessoalmente de maneira muito íntima.

– O assassinato de Mortimer Tregennis – respondeu Holmes.

Por um instante, lamentei não estar armado. O rosto feroz de Sterndale ficou rubro, seus olhos faiscaram e as veias enérgicas se salientaram em sua testa. Ele saltou à frente com as mãos flexionadas na direção de meu companheiro. Em seguida parou e, com violento esforço, recobrou uma calma fria e rígida que talvez fosse maior indicativo de perigo do que o rompante de ira.

– Vivi por tanto tempo entre selvagens e afastado da lei que passei a ser minha própria lei. Seria bom, Sr. Holmes, que o senhor não se esquecesse disso, pois não desejo feri-lo.

– Tampouco eu desejo feri-lo, Dr. Sterndale. Certamente, a maior prova disso é o fato de que, sabendo o que sei, mandei chamar o senhor, não a polícia.

Sterndale se sentou sem ar e, talvez pela primeira vez em sua vida de aventuras, em choque. A postura de Holmes transmitia certa ratificação de poder tranquila e irresistível. Nosso visitante gaguejou por um tempo, abrindo e fechando as grandes mãos, agitado.

– O que quer dizer? – perguntou ele, enfim. – Se isto é um blefe seu, Sr. Holmes, o senhor escolheu um homem ruim em quem realizar seu experimento. Deixemos de meias palavras. O *que* quer dizer?

– Vou lhe dizer – respondeu Holmes –, e o motivo por que lhe digo é que espero que franqueza gere franqueza. Meu próximo passo talvez dependa exclusivamente da natureza de sua própria defesa.

– Minha defesa?

– Sim, senhor.

– Minha defesa contra o quê?

– Contra a acusação de assassinato de Mortimer Tregennis.

Sterndale enxugou a testa com o lenço.

– Francamente, isto está me irritando – disse ele. – Todos os seus sucessos dependem desse prodigioso poder de blefe?

– O blefe – respondeu Holmes, com seriedade – é da sua parte, Dr. Leon Sterndale, não da minha. Como prova, vou lhe dizer alguns dos fatos que fundamentam minhas conclusões. A respeito de sua volta de Plymouth, permitindo que muitos de seus pertences seguissem para a África, nada direi, salvo que em primeiro lugar isso me informou de que o senhor era um dos fatores que deviam ser levados em conta na reconstituição deste drama...

– Voltei...

– Já ouvi seus motivos e os considero inadequados e pouco convincentes. Vamos ignorá-los. O senhor veio aqui me perguntar de quem eu desconfiava. Recusei-me a responder. O senhor então foi à casa do vigário, esperou por algum tempo do lado de fora e, por fim, voltou ao seu chalé.

– Como você sabe disso?

– Eu o segui.

– Não vi ninguém.

– É o que se deve esperar ver quando eu sigo alguém. O senhor passou uma noite insone em seu chalé e formou certos planos, que ao amanhecer tratou de executar. Quando saiu de seu chalé ao raiar do dia, encheu o bolso com algumas pedrinhas avermelhadas que se amontoam junto ao seu portão.

Sterndale se virou violentamente e olhou para Holmes, espantado.

– O senhor então andou rapidamente por 1,5 quilômetro e até chegar à casa do vigário. Afirmo ainda que usava o mesmo par de tênis com detalhes listrados que está em seus pés neste momento. Na casa do vigário, o senhor passou pelo pomar e pela cerca viva lateral e foi até a janela do inquilino

Tregennis. Já era dia, mas a casa ainda não havia despertado. O senhor tirou algumas das pedrinhas do bolso e as jogou na janela no segundo andar.

Sterndale se levantou de um salto.

– Acredito que seja é o diabo em pessoa! – exclamou ele.

Holmes sorriu diante do elogio.

– Foram duas, ou talvez três, tentativas até que o inquilino viesse até a janela. O senhor o convenceu a descer. Ele se vestiu às pressas e veio até a sala. Depois o senhor entrou pela janela. Houve uma conversa, breve, durante a qual você andou de um lado a outro pela sala. E então saiu e fechou a janela, parando no gramado para fumar um charuto e assistir ao que acontecia. Por fim, após a morte de Tregennis, o senhor saiu por onde havia vindo. Agora, Dr. Sterndale, como justifica tal conduta, e quais foram os motivos para suas ações? Se responder com mentiras e subterfúgios, garanto que o caso sairá de minhas mãos para sempre.

O rosto de nosso visitante havia perdido toda a cor conforme ele ouvia as palavras daquele que o acusava. Ele ficou um bom tempo sentado em silêncio, com o rosto afundado nas mãos. Depois, com um gesto impulsivo súbito, retirou uma fotografia do bolso da camisa e a jogou na mesa rústica à nossa frente.

– Foi por isso que eu fiz – disse.

A foto mostrava o busto e o rosto de uma mulher muito bonita. Holmes se curvou sobre a imagem.

– Brenda Tregennis – afirmou.

– Sim, Brenda Tregennis – repetiu nosso visitante. – Por anos eu a amei. Por anos ela me amou. Este é o segredo daquela reclusão na Cornualha de que as pessoas tanto se admiravam. Foi o que me aproximou da única coisa na Terra que me é querida. Eu não podia me casar com ela, pois tenho uma esposa que me abandonou há anos, mas de quem, graças às leis deploráveis da Inglaterra, não pude me divorciar. Brenda esperou por anos. Eu esperei por anos. E foi para isso que esperamos.

Um soluço terrível sacudiu o grande vulto, e ele agarrou o pescoço por baixo da barba colorida. Depois, com esforço, recobrou o controle e continuou.

– O vigário sabia. Nós havíamos confidenciado a ele. Ele dizia que ela era um anjo que havia descido dos céus. Foi por isso que me enviou um telegrama e eu voltei. Que me importava minha bagagem ou a África quando descobri o fim que levara minha amada? Aí está a pista que lhe faltava para meu ato, Sr. Holmes.

– Prossiga – disse meu amigo.

O Dr. Sterndale sacou do bolso um embrulho de papel e o colocou na mesa. Do lado de fora estava escrito *Radix pedis diaboli*, com um símbolo vermelho de veneno ao lado. Ele o empurrou na minha direção.

– Soube que o senhor é médico. Já ouviu falar deste composto?

– Raiz de pé do diabo! Não, nunca ouvi falar.

– Isso não depõe contra seu conhecimento profissional – disse ele –, pois creio que, salvo uma amostra em um laboratório em Buda, não exista mais nenhum exemplar na Europa. Ele ainda não foi incluído na farmacopeia nem na literatura toxicológica. A raiz lembra ao mesmo tempo um pé humano e uma pata de bode, daí o nome evocativo, dado por um botânico missionário. Ela é usada como veneno de ordálio pelos curandeiros de certas regiões na África Ocidental e é mantida em segredo por eles. Obtive este exemplar específico em circunstâncias muito extraordinárias na região do Ubangi.

Enquanto falava, ele abriu o embrulho e revelou um punhado de pó amarronzado que lembrava rapé.

– Bom, senhor? – perguntou Holmes, sério.

– Estou prestes a lhe dizer, Sr. Holmes, tudo que de fato aconteceu, pois o senhor já sabe tanto que claramente me interessa que saiba tudo. Já expliquei minha relação com a família Tregennis. Devido à irmã, eu era amigo dos irmãos. Uma disputa familiar relacionada a dinheiro provocou o afastamento desse Mortimer, mas supostamente ela havia sido resolvida, e depois eu o conheci assim como aos outros. Ele era um homem ardiloso, sutil e maquinador, e alguns detalhes me fizeram desconfiar dele, mas nunca tive motivos para qualquer problema de fato.

Um dia, poucas semanas atrás, ele veio ao meu chalé, e lhe mostrei algumas de minhas curiosidades africanas. Entre outras coisas, mostrei este pó e lhe falei de suas propriedades estranhas, do estímulo que ele provoca nos centros cerebrais que controlam a emoção do medo, e do fato de que o resultado para os nativos desafortunados que eram submetidos ao ordálio pelo sacerdote da tribo era a loucura ou a morte. Falei também que a ciência europeia seria incapaz de detectá-lo. Não sei dizer como ele o pegou, pois não o deixei sozinho em nenhuma ocasião, mas tenho certeza de que foi naquele momento, enquanto eu abria armários e me abaixava para pegar caixas, que ele conseguiu surrupiar um pouco da raiz de pé do diabo. Lembro-me muito bem das muitas perguntas que ele fez quanto à quantidade e ao tempo necessários para se fazer efeito, mas jamais imaginei que ele teria segundas intenções.

Nunca mais pensei na questão, até ver o telegrama do vigário em Plymouth. Aquele vilão tinha imaginado que eu estaria no mar antes que a notícia me alcançasse e que passaria anos perdido na África. Mas voltei imediatamente. É claro que, ao ouvir os detalhes, tive certeza de que meu veneno havia sido usado. Vim vê-lo na esperança de que o senhor pudesse ter pressentido alguma outra explicação. Mas não havia nenhuma. Eu estava convencido de que Mortimer Tregennis era o assassino; de que, por dinheiro, e talvez com a ideia de que, se todos os seus outros parentes estivessem loucos, ele seria o único guardião da propriedade conjunta dos irmãos, por isso teria usado o pó de pé do diabo neles, enlouquecendo dois e matando a irmã Brenda, o único ser humano que eu já amei ou que já me amou. Esse foi o crime dele; qual seria seu castigo?

Eu devia ter recorrido à lei? Que provas eu tinha? Eu sabia que os fatos eram verdadeiros, mas seria possível fazer um júri inglês acreditar em uma história tão fantástica assim? Talvez, ou talvez não. Mas eu não podia correr o risco do fracasso. Minha alma clamava por vingança. Já falei, Sr. Holmes, que passei grande parte da minha vida fora da lei, e que por fim acabei me tornando minha própria lei. Foi esse o caso. Determinei que ele deveria sofrer também a sina que afligira a outros. Ou isso, ou eu faria justiça com minhas próprias mãos. Em toda a Inglaterra, ninguém dá menos valor à própria vida do que eu mesmo, neste momento.

Agora terminei de contar tudo. O senhor já forneceu o restante. Como disse, passei uma noite insone e saí bem cedo de meu chalé. Antevi a dificuldade de despertá-lo, então peguei algumas pedrinhas do monte que o senhor mencionou e as joguei na janela dele. Ele desceu e me deixou entrar pela janela da sala. Apresentei-lhe o crime que ele cometeu. Falei que tinha ido na condição de juiz e carrasco. O desgraçado se deixou cair em uma cadeira, paralisado ao ver meu revólver. Acendi a lamparina, depositei o pó acima dela e saí pela janela, disposto a cumprir minha ameaça de atirar caso ele tentasse sair da sala. Ele morreu em cinco minutos. Meu Deus! Como ele morreu! Mas meu coração era de pedra, pois ele não sofreu nada que minha amada inocente não havia sentido antes. Essa é minha história, Sr. Holmes. Talvez, se o senhor amasse uma mulher, tivesse feito o mesmo. De qualquer forma, estou em suas mãos. O senhor pode tomar quaisquer medidas que desejar. Como já falei, não há ninguém vivo que tema a morte menos que eu.

Holmes permaneceu sentado por algum tempo, calado.

– Quais eram seus planos? – perguntou ele, enfim.

– Eu pretendia me enterrar na África Central. Meu trabalho lá ainda não está completo.

– Pois vá completá-lo – disse Holmes. – Eu, pelo menos, não estou preparado para impedi-lo.

O Dr. Sterndale ergueu o corpo gigante, fez uma reverência sóbria e se afastou da pérgula. Holmes acendeu o cachimbo e me entregou a bolsa de fumo.

– Alguns vapores não venenosos seriam uma boa novidade – disse ele. – Acho que você concorda, Watson, que este caso não é um que demanda nossa intervenção. Nossa investigação foi independente, e nossa ação também deve sê-lo. Você denunciaria esse homem?

– Definitivamente não – respondi.

– Nunca amei, Watson, mas, se tivesse amado, e se a mulher que eu amasse tivesse sofrido tal fim, talvez eu tivesse agido como nosso caçador sem lei. Quem sabe? Bom, Watson, não insultarei sua inteligência ao explicar o óbvio. As pedrinhas no peitoril da janela foram, claro, o ponto de partida de minha busca. Não havia nada parecido no jardim do vigário. Só encontrei semelhante quando minha atenção fora atraída para o Dr. Sterndale e seu chalé. A lamparina acesa em plena luz do dia e os resquícios de pó no anteparo foram elos consecutivos em uma corrente relativamente óbvia. E agora, meu caro Watson, acho que podemos esquecer o assunto e voltar com a consciência tranquila ao estudo daquelas raízes caldeias que certamente podemos identificar na família córnica da grande língua celta.

15

Seu último caso – Um epílogo de Sherlock Holmes

Eram nove da noite do dia 2 de agosto – o agosto mais terrível da história do mundo. Podia-se imaginar que o peso da condenação divina já pairava sobre um mundo degenerado, pois o ar tórrido e estagnado parecia carregado de um silêncio sobrenatural e uma sensação de indistinta expectativa. O sol se pusera havia muito tempo, mas um rasgo vermelho como sangue persistia no distante horizonte do oeste como uma ferida aberta. No alto, as estrelas brilhavam com força, e abaixo, as luzes dos navios cintilavam na baía. Os dois alemães famosos estavam junto ao parapeito de pedra da varanda do jardim, de costas para a casa grande, baixa e muito triangular, e observavam a vasta faixa de praia ao pé do grande penhasco de pedra calcária em que Von Bork, como uma águia errante, pousara quatro anos antes. Os dois conversavam em voz baixa, em tom confidencial, de cabeças próximas. De baixo, as duas extremidades iluminadas de seus charutos teriam parecido os olhos incandescentes de alguma fera maligna em meio à escuridão.

Homem impressionante esse Von Bork – um homem superior a qualquer um dos agentes dedicados do *Kaiser.* Seus talentos haviam sido a causa de sua recomendação para a missão inglesa, a missão mais importante de todas, mas, desde que ele a aceitara, esses talentos se tornaram mais e mais evidentes à meia dúzia de indivíduos no mundo que de fato tinham noção da verdade. Um desses era o homem que lhe fazia companhia, o barão Von Herling, secretário-chefe da legação, cujo imenso automóvel Benz, de cem cavalos de potência, obstruía a via rural enquanto esperava para conduzir seu dono de volta a Londres.

– Todas as peças agora estão se movendo rápido e perfeitamente de acordo com o cronograma.* Até onde a tendência dos acontecimentos indica, você provavelmente estará de volta a Berlim em uma semana – dizia o secretário. – Quando chegar lá, meu caro Von Bork, acho que ficará surpreso pela recepção calorosa que o aguarda. Eu por acaso sei o que o alto escalão pensa de seu trabalho neste país.

O secretário era um homem enorme, espesso, largo e alto, e seu jeito de falar lento e carregado fora sua principal vantagem na carreira política.

Von Bork deu uma risada de desdém.

– Não é muito difícil enganar esses ingleses – comentou ele. – É impossível imaginar gente mais dócil e simples.

– Não sei, não – respondeu o outro, pensativo. – Eles têm limites estranhos, e é preciso aprender a observá-los. Essa simplicidade superficial é uma armadilha para aqueles que não os conhecem. A primeira impressão que se tem é de que eles são completamente brandos. Depois, encontra-se de repente algo muito duro, e aí se percebe que foi atingido o limite e que é preciso se adaptar ao fato. Por exemplo, eles têm suas convenções insulares que simplesmente *precisam* ser observadas.

– Você se refere a "etiqueta" e "comportamento apropriado", esse tipo de coisa? – Von Bork suspirou profundamente, como se sofresse.

– Eu me refiro a todas as manifestações peculiares do preconceito e das convenções britânicas. Posso citar como exemplo uma das piores trapalhadas que eu mesmo cometi; tenho condições de falar de minhas trapalhadas, pois você conhece o

---

*Tomamos como base para esta edição a primeira publicação do conto, que contava com diversos trechos (como a primeira frase do parágrafo) omitidos ao longo de suas edições. Temos aqui a versão completa. (*N. do T.*)

bastante de meu trabalho para saber de meus sucessos. Foi na primeira vez que cheguei aqui. Fui convidado para passar um fim de semana na casa de campo de um ministro do governo. A conversa foi incrivelmente indiscreta.

Von Bork assentiu com a cabeça.

– Sei como é – disse ele, com um tom seco.

– Exato. Bom, naturalmente, enviei a Berlim uma síntese das informações. Infelizmente, nosso bom chanceler tem a mão um pouco pesada nessas situações e transferiu uma observação que indicava que sabia o que fora dito. Isso, claro, conduziu o rastro diretamente a mim. Você não faz ideia de como isso me prejudicou. Garanto que não havia nada de brando em nossos anfitriões britânicos naquela ocasião. Levei dois anos para superar as consequências. Agora você, com essa sua pose esportiva...

– Não, não, não chame de pose. Uma pose é uma criação artificial. Isto é perfeitamente natural. Sou um esportista nato. Encontro prazer nisso.

– Bom, isso faz com que seja ainda mais eficaz. Você veleja com eles, caça com eles, joga polo, disputa todas as partidas, vence a corrida de carruagens no Olympia. Soube até mesmo que chega a lutar boxe com os oficiais jovens. Qual é o resultado? Ninguém o leva a sério. Você é um "bom camarada", um "alemão até que decente", um rapaz despreocupado dado a beber muito, frequentar casas noturnas e farrear pela cidade. E, ao mesmo tempo, essa sua casa de campo tranquila é o centro de metade das maquinações na Inglaterra, e o cavalheiro esportista é o agente secreto mais astuto da Europa. Genial, meu caro Von Bork... Genial!

– Estou lisonjeado, barão. Mas é certo que posso afirmar que meus quatro anos neste país não foram improdutivos. Nunca lhe mostrei meu pequeno estoque. Gostaria de entrar por um instante?

A porta do escritório se abria diretamente para a varanda. Von Bork a empurrou e, entrando na frente, apertou o interruptor da lâmpada elétrica. Depois, fechou a porta atrás do vulto corpulento que o seguiu e ajustou cuidadosamente a cortina pesada diante da janela com treliça. Só após essas precauções serem todas instaladas e testadas foi que ele virou para o convidado o rosto aquilino bronzeado.

– Alguns de meus documentos se foram – disse ele. – Minha esposa e a criadagem levaram os menos importantes ontem, quando saíram para Flushing. É claro que preciso solicitar a proteção da embaixada para os demais.

– Todas as providências já foram tomadas com absoluto cuidado. Seu nome foi registrado como parte da comitiva pessoal. Não haverá dificuldade alguma para você ou sua bagagem. Claro, é bem possível que não tenhamos que ir. A Inglaterra pode deixar a França aos próprios cuidados. Temos certeza de que os países não estão vinculados por tratado algum.

– E a Bélgica?

– Sim, a Bélgica também.

Von Bork balançou a cabeça.

– Não sei como isso é possível. Certamente existe um tratado. Seria o fim dela, e que fim! Ela nunca se recuperaria de tamanha humilhação.

– Ela pelo menos teria paz por enquanto.

– Mas e a honra?

– Tsc, tsc. Meu caro, nós vivemos em uma era utilitária. Honra é um conceito medieval. Além do mais, a Inglaterra não está pronta. É inconcebível, mas nem nosso imposto de guerra especial de 50 milhões, que seria de se pensar que deixou nosso propósito tão claro quanto se tivéssemos anunciado na primeira página do *Times*, foi capaz de despertar esse povo sonolento. Aqui e ali se ouve uma pergunta. É meu trabalho descobrir uma resposta. Aqui e ali também se percebe uma irritação. É meu trabalho aplacá-la. Mas eu lhe garanto que, no que diz respeito aos elementos essenciais, como a estocagem de munição, os preparativos para ataques submarinos e as providências para a fabricação de explosivos de alta potência, nada está pronto. Como, então, é possível que a Inglaterra intervenha, especialmente quando a agitamos com um caldo diabólico de guerra civil na Irlanda, Fúrias quebradoras de vitrines e só Deus sabe o que mais para manter o país pensando na própria casa?

– Ela precisa pensar no futuro.

– Ah, isso é outra história. Acredito que no futuro venhamos a ter nossos próprios planos muito definidos para a Inglaterra, e que suas informações serão cruciais para nós. É hoje ou amanhã para o Sr. John Bull.* Se ele preferir hoje, estamos perfeitamente preparados, e principalmente graças ao seu trabalho, meu caro Von Bork. Se for amanhã, não preciso dizer que estaremos ainda mais. Imagino que eles seriam mais sensatos se lutassem junto de aliados do que sozinhos, mas isso é problema deles. Esta semana seu destino será selado. Mas deixemos de especulações e voltemos à *real-politik*. Você estava falando de seus documentos. – Ele se sentou na poltrona e deu baforadas despreocupadas no charuto enquanto observava os movimentos do companheiro, e sua ampla cabeça careca refletiu a luz das lâmpadas.

As paredes daquele cômodo espaçoso eram revestidas de painéis de carvalho e estantes de livros, e uma cortina pendia do canto mais afastado. Ao ser recolhida, ela revelou um grande cofre com detalhes de latão. Von Bork retirou uma pequena chave da corrente do relógio e, após uma boa dose de manipulação na tranca, abriu a porta pesada.

– Veja! – disse ele, afastando-se e fazendo um gesto com a mão.

A luz clareou vividamente o interior do cofre, e o secretário da embaixada observou com grande interesse as fileiras de escaninhos cheios que continha. Cada escaninho estava identificado por uma etiqueta, e o olhar do secretário passou por todas e leu uma extensa série de títulos como "Fords", "Defesas portuárias", "Aeroplanos", "Irlanda", "Egito", "Fortes

---

*Referência ao povo inglês, tal como o "Tio Sam" representa os Estados Unidos. (*N. do T.*)

de Portsmouth", "Canal", "Rosyth" e vários outros. Cada compartimento estava farto de documentos e planos.

– Colossal! – disse o secretário. Ele abaixou o charuto e juntou as mãos gordas com delicadeza.

– E tudo isso em quatro anos, barão. Nada mal para um cavalheiro do campo que bebe e joga muito. Mas a joia da minha coleção se encontra a caminho, e ali está o depositório preparado para recebê-la. – Ele apontou para um espaço sob a identificação de "Códigos navais".

– Mas você já tem um bom dossiê pronto ali.

– Desatualizado e inútil. De alguma forma, o almirantado foi alertado, e todos os códigos foram alterados. Foi um golpe, barão, o pior contratempo em toda a minha campanha. Mas, graças ao meu talão de cheques e ao bom Altamont, tudo ficará bem hoje à noite.

O barão olhou para o relógio e proferiu uma exclamação gutural de decepção.

– Bom, realmente não posso esperar mais. Você deve imaginar que no momento a roda está girando em Carlton House Terrace* e que todos precisamos estar a postos. Eu gostaria de poder levar a notícia de seu grande golpe. Altamont não definiu um horário?

Von Bork lhe empurrou um telegrama.

Chego sem falta à noite e levo novas velas de ignição.

Altamont

– Velas de ignição, é?

– Veja bem, ele se apresenta como um especialista em automóveis, e tenho uma garagem completa. Em nosso código, qualquer coisa de interesse recebe o nome de alguma peça. Se ele falar de radiador, é um couraçado, se for bomba de óleo, é um cruzador, e por aí vai. Velas de ignição são códigos navais.

---

*Referência à embaixada alemã. (*N. do T.*)

– De Portsmouth ao meio-dia – disse o secretário, examinando o endereçamento. – A propósito, o que você deu a ele?

– Quinhentas libras para esse trabalho específico. Mas é claro que ele também recebeu um salário.

– Rebeldes gananciosos. Esses traidores são úteis, mas eu os desprezo por aceitar dinheiro de sangue.

– Não sinto nenhum desprezo por Altamont. Ele é um excelente trabalhador. Se eu o pagar bem, pelo menos ele apresenta resultados, nas palavras dele. Além do mais, não é um traidor. Garanto que a agressividade de nosso aristocrata mais pangermânico em relação à Inglaterra é como a de uma pombinha se comparada à de um verdadeiro irlandês-americano.

– Ah, irlandês-americano?

– Se você o ouvisse falar, não teria a menor dúvida. Asseguro que às vezes mal consigo compreendê-lo. Parece que ele declarou guerra tanto ao inglês do rei quanto ao rei dos ingleses. Você precisa mesmo ir? Ele deve chegar a qualquer momento.

– Não. Sinto muito, mas já me demorei mais do que devia. Nós o esperaremos amanhã cedo, e, quando você depositar esse livro de códigos na portinha aos pés do Duque de York,* poderá marcar o fim triunfante de seu trabalho na Inglaterra. O quê! Tokay!

Ele indicou uma garrafa empoeirada com um selo grosso que repousava em uma salva junto com duas taças altas.

– Posso lhe oferecer uma taça antes de sua viagem?

– Não, obrigado. Mas parece um deleite.

– Altamont tem bom gosto para vinhos, e ele apreciou meu Tokay. É um sujeito temperamental e precisa ser adulado em pequenos detalhes. Ele é parte absolutamente crucial para os meus planos, e garanto que preciso estudá-lo. – Eles haviam voltado à varanda e a percorreram até o final, onde, ao toque do chofer do barão, o grande carro estremeceu e roncou.

– Acredito que aquelas sejam as luzes de Harwich – disse o secretário, vestindo a jaqueta. – Como parece tudo tranquilo e

*Mais uma referência ao endereço da embaixada alemã. (*N. do T.*)

pacato. Talvez surjam outras luzes no decorrer desta semana, e o litoral inglês será um lugar menos plácido! O firmamento também pode deixar de ser tranquilo se o bom Zeppelin cumprir tudo o que prometeu. A propósito, quem está ali?

Só uma janela exibia luz atrás deles; do lado de dentro, via-se uma lamparina e, junto dela, sentada a uma mesa, uma senhora idosa com rosto vermelho e boina na cabeça. Ela tricotava, concentrada, e de vez em quando parava para alisar um gato preto grande que repousava em um banco ao seu lado.

– Aquela é Martha, a única criada que me resta.

O secretário deu risada.

– Ela parece quase personificar Britânia – disse ele –, com aquela postura completamente absorta e o ar generalizado de confortável sonolência. Bom, *au revoir*, Von Bork!

Com um último aceno, ele saltou para dentro do carro, e em um instante os dois cones dourados dos faróis arrancaram rumo à escuridão. O secretário se recostou no assento da luxuosa limusine, e seus pensamentos estavam tão perdidos na iminente tragédia europeia que ele mal percebeu que, ao contornar a rua do vilarejo, seu carro quase passou por cima de um pequeno Ford que vinha na direção contrária.

Von Bork andava lentamente de volta ao escritório enquanto os últimos resquícios de luz das lanternas do carro desapareciam na distância. No caminho, observou que a velha governanta havia apagado a lamparina e se recolhera. Aquela era uma experiência nova para ele, o silêncio e a escuridão de sua casa vasta, pois sua família e a criadagem eram grandes. No entanto, era um alívio saber que estavam todos em segurança e que, salvo aquela idosa que permanecera na cozinha, ele estava sozinho. Havia muito a arrumar no escritório, portanto se empenhou na tarefa até que seu rosto astuto e belo ficasse rubro com o calor dos documentos queimados. Havia uma valise de couro ao lado de sua mesa, e ele começou a guardar nela com muito cuidado e apuro o precioso conteúdo de seu cofre. Entretanto, mal havia começado o trabalho quando seus ouvidos sensíveis captaram o som de um carro distante. Na mesma hora ele proferiu uma exclamação satisfeita, fechou a valise, trancou o cofre e correu para fora da varanda. Chegou bem a tempo de ver as luzes de um carro pequeno que parava diante do portão. Um passageiro saltou do veículo e avançou rapidamente em sua direção, enquanto o chofer, um homem idoso e corpulento com bigode grisalho, se acomodava como se estivesse resignado com a perspectiva de uma longa vigília.

– E aí? – perguntou Von Bork, ansioso, correndo para receber o visitante.

Em resposta, o homem agitou, triunfante, um pequeno embrulho de papel pardo acima da cabeça.

– Pode dar uma batida aqui esta noite, senhor – gritou ele. – Finalmente trago o prêmio para casa.

– Os códigos?

– Exatamente o que eu falei no telegrama. Todos eles, semáforas, códigos luminosos, Marconi... Veja bem, é uma cópia, não o original. O trouxa que me vendeu teria dado o próprio livro. Era perigoso demais. Mas é para valer, pode ter certeza. – Ele deu um tapa no ombro do alemão com uma familiaridade grosseira que inspirou uma careta no rosto do outro.

– Entre – disse Von Bork. – Estou sozinho na casa. Só estava esperando isto. É claro que uma cópia é melhor que o original. Se alguém desse pela falta do original, os códigos seriam todos alterados. Você acha que não há nenhum problema com a cópia?

O irlandês-americano tinha entrado no escritório e esticara as pernas longas na poltrona. Era um homem alto e magro, de 60 anos, com traços distintos e um pequeno cavanhaque que lhe conferia uma vaga semelhança com as caricaturas do Tio Sam. Metade de um charuto babado se dependurava do canto de sua boca, e, ao se sentar, ele riscou um fósforo e o reacendeu.

– Preparando uma mudança? – comentou ele, dando uma olhada à sua volta. – Ora, senhor – acrescentou, quando seus olhos fitaram o cofre, não mais coberto pela cortina –, não me diga que o senhor guarda seus documentos ali dentro?

– Por que não?

– Nossa, num equipamento escancarado desses! E ainda dizem que o senhor é um baita espião. Ora, um ianque conseguiria invadir isso aí com um abridor de latas. Se eu soubesse que minhas cartas seriam largadas dentro de um negócio desses, só se fosse muito burro que eu escreveria para você.

– Qualquer pilantra seu ficaria perdido se tentasse abrir este cofre à força – respondeu Von Bork. – Nenhuma ferramenta é capaz de rasgar esse metal.

– Mas e a tranca?

– Não, é uma tranca de segredo duplo. Sabe o que é isso?

– Nem ideia – disse o americano.

– Bom, é preciso tanto uma palavra quanto uma combinação de números para abrir. – Ele se levantou e mostrou um disco duplo em volta do buraco da chave. – O disco de fora é para letras, e o de dentro, para números.

– Ora, ora, que bom.

– Então não é tão simples quanto você pensava. Eu o encomendei há quatro anos, e quais foram a palavra e os números que você acha que escolhi?

– Nem imagino.

– Bom, para a palavra, escolhi "agosto". Para os números, foi "1914", e cá estamos.

O rosto do americano exibiu uma expressão de surpresa e admiração.

– Ora, mas que esperteza! O senhor planejou tudo com muito cuidado.

– Sim, até naquela época, poucos de nós seriam capazes de adivinhar a data. Aqui está, e vou encerrar tudo amanhã de manhã.

– Bom, acho que você também vai ter que resolver o meu lado. Não vou ficar neste país miserável sozinho. Em uma semana, ou menos, pelo que estou vendo, John Bull vai estar ouriçado e dando coice. Prefiro ver isso do outro lado do mar.

– Mas você é um cidadão americano?

– Bom, Jack James também era cidadão americano, mas ainda assim ele está cumprindo pena em Portland. Nenhum guarda britânico vai dar a mínima se eu falar que sou cidadão americano. "Aqui valem a lei e a ordem britânicas", diriam eles. A propósito, senhor, por falar em Jack James, parece que o senhor não faz muito para ajudar seus homens.

– Como assim? – perguntou Von Bork, com um tom rígido.

– Bom, o senhor é o patrão, né? É responsabilidade sua evitar que seus homens não caiam. Mas eles caem, e quando foi que os ajudou a se levantar? Tem James...

– Foi culpa de James. Você sabe disso. Ele era petulante demais para o trabalho.

– James era um tapado, admito. Mas tem Hollis também.

– O sujeito era louco.

– Bom, ele ficou um pouco biruta no final. Qualquer um piraria se tivesse que desempenhar um papel o dia inteiro enquanto cem caras estão prestes a chamar a atenção da polícia. Mas e Steiner...

Von Bork se virou de repente, e seu rosto corado empalideceu ligeiramente.

– O que tem Steiner?

– Bom, ele foi pego, só isso. Invadiram a loja dele ontem à noite, e ele e seus documentos estão na cadeia de Portsmouth. O senhor vai embora, e ele, coitado, vai ter que segurar a barra, e vai ser uma sorte se ele continuar vivo. É por isso que eu quero atravessar o mar tão rápido quanto o senhor.

Von Bork era um homem forte e controlado, mas era fácil perceber que a notícia o abalara.

– Como é possível que eles tenham descoberto Steiner? – murmurou ele. – Esse é o pior golpe.

– Bom, o senhor quase teve um pior, porque acho que não demora até me descobrirem.

– Você não está falando sério!

– Com certeza. Minha senhoria em Fratton foi interrogada, e quando fiquei sabendo percebi que era hora de dar no pé. Mas o que eu quero saber, senhor, é como a polícia sabe disso tudo? Steiner é o quinto homem seu que cai desde que comecei a trabalhar para o senhor, e sei qual vai ser o nome do sexto se eu não der o fora. Como é que o senhor explica isso? Não sente vergonha de ver todos os seus homens serem presos assim?

O rosto de Von Bork ficou rubro.

– Como você se atreve a falar assim comigo?

– Se eu não fosse atrevido, não estaria ao seu serviço. Mas vou abrir o jogo e dizer o que estou pensando. Ouvi falar que vocês, políticos alemães, não lamentam quando um agente é capturado depois que o trabalho é feito e ele não pode falar mais nada.

Von Bork se pôs de pé.

– Você se atreve a insinuar que eu entreguei meus próprios agentes!

– Não estou dizendo isso, senhor, mas tem algum alcaguete ou alguma tramoia, e você tem que descobrir o que é que está acontecendo. De qualquer forma, não vou me arriscar mais. Estou indo para a Holanda. E quanto antes, melhor.

Von Bork controlou a raiva.

– Somos aliados há tempo demais para brigar logo agora, no momento da vitória – disse ele. – Você fez um trabalho esplêndido e correu grandes riscos, e não vou esquecer. Sim, vá para a Holanda, e você pode vir conosco para Berlim ou pegar um navio em Roterdã para Nova York. Daqui a uma semana, depois que Von Tirpitz começar os trabalhos, nenhuma outra rota será segura. Mas vamos encerrar as contas, Altamont. Vou pegar este livro e juntar com o restante.

O americano estendeu o pequeno embrulho em sua mão, mas não fez qualquer menção de entregá-lo.

– E a prata? – perguntou ele.

– O quê?

– A grana. O prêmio. As 500 libras. O soldado resolveu criar caso na última hora, e se eu não tivesse descolado mais cem dólares para ele a situação teria pegado para mim e para você. "Não adianta!", ele falou, e falou sério, mas as 100 pratas no fim adiantaram. Isso me custou 200 libras do começo ao fim, então eu não vou abrir mão disso sem minha bufunfa.

Von Bork deu um sorriso ligeiramente magoado.

– Parece que você não tem muita fé na minha honra – disse ele –, se quer o dinheiro antes de entregar o livro.

– Bom, senhor, é uma proposta de negócios.

– Tudo bem. Como queira. – Ele se sentou à mesa e preencheu um cheque, que rasgou do talão, mas não chegou a entregá-lo ao outro. – Afinal, se essa é a nossa relação, Sr. Altamont – disse ele –, não vejo por que deveria confiar em você mais do que você confia em mim. Entende? – acrescentou ele, olhando por cima do ombro para o americano. – Aqui está o cheque na mesa. Exijo o direito de examinar esse pacote antes de você pegar o dinheiro.

O americano entregou o pacote sem dizer palavra. Von Bork desenrolou o barbante do fecho e duas camadas de papel. E então se sentou, observando por um momento, tomado por um espanto silencioso, o pequeno livro azul à sua frente. Na capa estava impresso com letras douradas o título *Manual prático para a criação de abelhas*. Só por um segundo o grande espião fitou a inscrição estranhamente irrelevante. No segundo seguinte, sentiu um aperto feroz segurando-o pela nuca, enquanto uma esponja com clorofórmio foi mantida na frente de seu rosto retorcido.

– OUTRA TAÇA, WATSON! – disse o Sr. Sherlock Holmes, ao oferecer a garrafa empoeirada de Imperial Tokay. – Precisamos brindar a este feliz reencontro.

O chofer corpulento, que havia se sentado à mesa, estendeu sua taça com certa ansiedade.

– É um bom vinho, Holmes.

– Um vinho notável, Watson. Nosso amigo barulhento no sofá me garantiu que é da adega especial de Francisco José, no Palácio de Schönbrunn. Pode fazer a gentileza de abrir a janela? O vapor de clorofórmio não favorece o paladar.

O cofre estava entreaberto, e Holmes, na frente dele, removia dossiês e dossiês, examinando cada um rapidamente, e depois acomodando todos com cuidado na valise de Von Bork.

O alemão dormia estrepitosamente no sofá, com uma amarra em seus braços e outra em torno das pernas.

– Não precisamos nos apressar, Watson. Estamos a salvo de interrupções. Poderia fazer o favor de tocar a sineta? Não há mais ninguém na casa além da velha Martha, que desempenhou seu papel de forma admirável. Eu lhe apresentei a situação aqui assim que assumi o caso. Ah, Martha, você vai gostar de saber que tudo está bem.

A simpática senhora havia aparecido na porta. Ela cumprimentou o Sr. Holmes com um sorriso, mas olhou com certa apreensão para a figura no sofá.

– Está tudo bem, Martha. Ele não sofreu nenhum ferimento.

– Fico feliz, Sr. Holmes. Ele se julgava um patrão generoso. Queria que eu acompanhasse sua esposa à Alemanha ontem, mas isso não teria servido para seus planos, não é, senhor?

– Realmente não, Martha. Sua presença aqui me tranquilizou a mente. Esperamos por algum tempo seu sinal hoje à noite.

– Foi o secretário, senhor, o cavalheiro robusto de Londres.

– Eu sei. O carro dele passou pelo nosso. Não fosse por sua excelente habilidade ao volante, Watson, nós teríamos sido tal qual a Europa sob o rolo compressor prussiano. O que mais, Martha?

– Achei que ele não iria embora nunca. Sei que encontrá-lo aqui não teria servido para seus planos, senhor.

– Realmente não. Bom, isso só nos fez esperar mais ou menos meia hora na colina até que vi sua luz se apagar e soube que a barra estava limpa. Pode se apresentar a mim amanhã em Londres, Martha, no Claridge's Hotel.

– Muito bem, senhor.

– Imagino que já tenha deixado tudo pronto para sair.

– Sim, senhor. Ele enviou sete cartas hoje. Anotei os endereços, como sempre. Ele recebeu nove; também as guardei.

– Excelente, Martha. Darei uma olhada nisso amanhã. Boa noite. Estes documentos – continuou ele, quando a idosa foi embora – não são muito importantes, pois evidentemente as informações que eles contêm já foram enviadas ao governo alemão há muito tempo. Estes são os originais que não podiam ser retirados do país em segurança.

– Então eles são inúteis.

– Eu não chegaria a tanto, Watson. Pelo menos eles indicarão ao nosso lado o que se sabe e o que não se sabe. Eu diria que boa parte destes documentos ele recebeu por meu intermédio, e não preciso acrescentar que são completamente falsos. Meus anos finais seriam alegrados pela visão de um cruzador alemão navegando o Solent de acordo com os mapas de minas submarinas que forneci. Mas você, Watson... – Ele interrompeu o trabalho e segurou o velho amigo pelos ombros. – Mal o vi na luz. Como os últimos anos o trataram? Você parece o mesmo rapaz pacato de sempre.

– Eu me sinto vinte anos mais jovem, Holmes. Poucas vezes fiquei tão feliz como quando recebi seu telegrama pedindo que o encontrasse em Harwich com o carro. Mas você, Holmes, você mudou muito pouco, exceto por esse cavanhaque horrível.

– São os sacrifícios que se deve fazer pelo país, Watson – disse Holmes, puxando o pequeno tufo. – Amanhã ele não passará de uma péssima lembrança. Após um corte de cabelo e mais algumas mudanças superficiais, certamente minha aparência no Claridge's amanhã será a mesma de antes de ser encarregado deste troço... Sinto muito, Watson, meu domínio da língua parece ter sido contaminado permanentemente... antes de ser encarregado deste trabalho americano.

– Mas você estava aposentado, Holmes. Soubemos que você estava levando uma vida de ermitão em meio às suas abelhas e aos livros em uma chácara nos South Downs.

– Exato, Watson. Aqui está o fruto de minha folga prazerosa, a *magnum opus* de meus últimos anos! – Ele pegou o volume da mesa e leu o título completo, *Manual prático para a criação de abelhas, com observações a respeito da segregação da rainha*. – Eu o realizei sozinho. Observe o fruto de noites de contemplação e dias de labuta, quando eu vigiava as pequenas gangues trabalhadoras tal como antes eu vigiara o mundo do crime de Londres.

– Mas como você voltou a trabalhar?

– Ah, eu mesmo me maravilhei com isso em muitas ocasiões. Eu poderia ter resistido, tivesse sido apenas o ministro do Exterior, mas, quando o primeiro-ministro também se dignou a fazer uma visita à minha humilde residência...! O fato, Watson, é que este cavalheiro no sofá era um pouco bom demais para o nosso pessoal. Ele pertencia a um patamar todo especial. As coisas estavam dando errado, e ninguém conseguia entender por que estavam dando errado. Havia suspeitas de agentes, e alguns até foram capturados, mas havia indícios de alguma poderosa força secreta no centro de tudo. Expô-la era absolutamente necessário. Fui muito pressionado a examinar a questão. Custou-me dois anos, Watson, mas não foram anos privados de emoção. Se eu disser que comecei minha peregrinação em Chicago, formei-me em uma sociedade secreta irlandesa de Buffalo, criei sérios problemas à polícia de Skibbereen e, com o tempo, chamei a atenção de um agente subordinado a Von Bork, que me recomendou como um homem de interesse, você perceberá que o caso foi complexo. Desde então, tive a honra de partilhar da confiança dele, o que não impediu que a maioria de seus planos desse errado de alguma forma sutil e cinco de seus melhores agentes fossem presos. Eu os observei, Watson, e colhi-os assim que amadureciam. Bom, senhor, espero que você não esteja mal!

O último comentário foi dirigido ao próprio Von Bork, que, depois de muito engasgar e piscar, ficara em silêncio no sofá enquanto ouvia a declaração de Holmes. Ele desatou a bradar uma sequência furiosa de invectivas em alemão, e seu rosto se convulsionava de emoção. Holmes prosseguiu com a investigação rápida dos documentos, abrindo e dobrando papéis com seus dedos longos e inquietos, enquanto o prisioneiro xingava e gritava.

– Embora pouco melódica, a língua alemã é a mais expressiva de todas – observou ele quando Von Bork se calou por pura exaustão. – Ora! Ora! – acrescentou, após um olhar atento no canto de um decalque, que então foi guardado na valise. – Isto deve levar outro pássaro para a gaiola. Eu não fazia ideia de que o tesoureiro era um pulha, se bem que há tempos estou de olho nele. Sr. Von Bork, o senhor deve muitas satisfações.

O prisioneiro havia levantado o corpo com alguma dificuldade no sofá e encarava seu captor com uma mistura estranha de espanto e ódio.

– Eu vou me vingar, Altamont – disse ele, falando de forma lenta e deliberada. – Mesmo que me leve a vida inteira, eu vou me vingar!

– Que bela e velha canção – disse Holmes. – Quantas vezes já a ouvi em dias passados. Era uma cantiga apreciada pelo falecido e saudoso professor Moriarty. O coronel Sebastian Moran também gostava de cantarolar tal cantiga. Entretanto, sigo vivo e criando abelhas junto aos South Downs.

– Maldito seja, seu traidor duplo! – gritou o alemão, resistindo às amarras e despejando sanha assassina de seus olhos furiosos.

– Não, não, não é tão ruim assim – disse Holmes, com um sorriso. – Como minha fala já deve ter demonstrado, o Sr. Altamont de Chicago nunca existiu de fato. Ele era uma invenção, um mito, um fio isolado de meu rolo de personalidades. Eu o usei, e ele se foi.

– Então quem é você?

– Minha identidade não é nada relevante, mas, como o assunto parece interessá-lo, Sr. Von Bork, eu diria que este não é meu primeiro contato com os integrantes de sua família. Já realizei muitos trabalhos na Alemanha, e meu nome provavelmente lhe é conhecido.

– Eu gostaria de saber qual é – respondeu o prussiano, com um tom sombrio.

– Fui eu quem efetuou a separação entre Irene Adler e o falecido rei da Boêmia na época em que seu primo Heinrich era o Enviado Imperial. Fui eu também quem impediu o niilista Klopman de assassinar o conde Von und Zu Grafenstein, que era o irmão mais velho de sua mãe. Fui eu...

Von Bork se sentou, com uma expressão de espanto no rosto.

– Só poderia ser um homem! – exclamou ele.

– Exatamente – disse Holmes.

Von Bork gemeu e se deixou afundar no sofá.

– E a maior parte dessas informações partiu de você – exclamou ele. – De que valem? O que foi que eu fiz? Estou arruinado para sempre!

– Elas certamente não são muito dignas de confiança – disse Holmes. – Vão demandar certa dose de verificação, e o senhor terá pouco tempo para verificá-la. Seu almirante talvez descubra que os canhões novos são um pouco maiores do que ele esperava, e os cruzadores, talvez ligeiramente mais rápidos.

Von Bork agarrou o próprio pescoço, desesperado.

– Há mais uma boa quantidade de detalhes que, sem dúvida, virão à tona em seu devido tempo. Mas o senhor é dotado de uma qualidade muito rara na Alemanha, Sr. Von Bork: o senhor é um esportista e não levará a mal quando se der conta de que, após enganar tantas outras pessoas, também foi finalmente enganado. Afinal, o senhor fez tudo o que pôde pelo seu país, e eu fiz tudo o que pude pelo meu, e o que seria mais natural que isso? Além do mais – acrescentou ele, não sem gentileza, ao apoiar a mão no ombro do homem prostrado –, é melhor isso do que cair diante um inimigo ignóbil. Estes documentos estão prontos, Watson. Se você puder me ajudar com nosso prisioneiro, acho que já podemos seguir para Londres.

Não foi fácil conduzir Von Bork, pois ele era um homem forte e desesperado. Finalmente, cada um segurando um braço, os dois amigos o conduziram muito lentamente pela varanda em que ele havia caminhado cheio de orgulho e confiança após receber os parabéns do famoso diplomata poucas horas antes. Após um último e breve esforço de resistência, ele foi colocado, ainda de mãos e pés amarrados, no assento vago do carro compacto. Sua preciosa valise foi acomodada ao seu lado.

– Espero que o senhor esteja tão confortável quanto as circunstâncias permitem – disse Holmes, quando terminou de organizar tudo. – Seria um excesso de liberdade de minha parte se eu acendesse um charuto e o colocasse em seus lábios?

Mas toda amenidade era vã para com o alemão furioso.

– Imagino que o senhor saiba, Sr. Sherlock Holmes – disse ele –, que, se seu governo consentir com este tratamento, o fato será considerado um ato de guerra.

– E seu governo e todo este tratamento? – perguntou Holmes, tocando a valise.

– O senhor é um indivíduo privado. Não tem qualquer direito de me deter. Este processo todo é absolutamente ilegal e ultrajante.

– Absolutamente – disse Holmes.

– O sequestro de um súdito alemão.

– E o roubo de seus documentos particulares.

– Bom, o senhor está ciente de sua posição, e de seu cúmplice aqui. Se eu gritar por socorro quando passarmos pelo vilarejo...

– Meu caro senhor, se fizer uma insensatez dessas, o mais provável é que acrescente à oferta extremamente limitada de tabernas do vilarejo o letreiro de "O prussiano enforcado". O cidadão inglês é uma criatura paciente, mas, no momento, o temperamento dele está um pouco inflamado, e seria pertinente não provocá-lo demais. Não, Sr. Von Bork, o senhor nos acompanhará em silêncio, de forma civilizada, até a Scotland Yard, de onde poderá chamar seu amigo, o barão Von Herling, e descobrir se ainda terá condições de ocupar aquele lugar que ele lhe reservou na comitiva da embaixada. Já você, Watson, soube que voltaria ao serviço na força, então Londres não seria um desvio de seu caminho. Venha me acompanhar aqui na varanda, pois talvez seja nossa última oportunidade para uma conversa tranquila.

Os dois amigos se envolveram em um papo íntimo por alguns minutos, relembrando mais uma vez os dias passados, enquanto o prisioneiro se debatia em vão para tentar se livrar das amarras. Quando ambos se viraram para o carro, Holmes apontou para o mar ao luar e balançou a cabeça, pensativo.

– Um vento leste se aproxima, Watson.

– Acho que não, Holmes. Está bastante quente.

– Meu bom Watson! Você é o único ponto fixo em uma era de transformações. Um vento leste se aproxima mesmo assim, um vento tal qual nunca houve antes na Inglaterra. Será frio e cruel, Watson, e pode ser que muitos de nós venhamos a perecer antes que ele passe. Mas é o vento do próprio Deus, e uma terra melhor, mais limpa e forte desfrutará a luz do sol após a tempestade. Dê a partida, Watson, pois é hora de seguirmos caminho. Tenho um cheque de 500 libras e preciso compensá-lo logo, pois o emissor é bem capaz de sustá-lo, se puder.

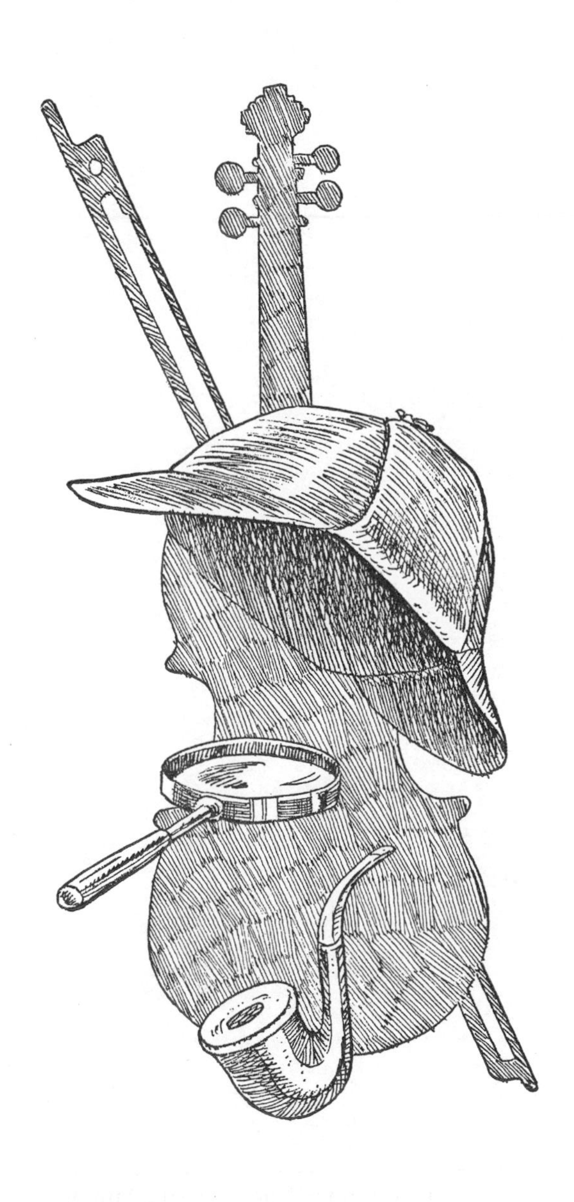

Este livro foi composto na tipografia Minion
Pro Regular, em corpo 10,5/13, e impresso
em papel off-white no Sistema Cameron
da Divisão Gráfica da Distribuidora Record.